乾嘉詩文名家叢刊
張寅彭 主編

郭麐詩集

（下）

姚蓉 鹿苗苗 孫欣婷 點校

人民文學出版社

卷六 戊子

老復丁庵集

短歌呈聽香審庵

老色上面歡去心，六十二翁衰病侵。天生此老未相度，不鐘鼎又非山林。年年渡江逐旅雁，違憂懷息淹至今。稻粱稀薄伴侶少，江湖迢遙風雪深。入春十日寒尚沍，排檐冰柱森如簪。畏寒瑟縮龜入殼，頭見朝日始出衾。龍鍾如此亦安用，待築文冢薶書蟫。江兄汪丈年長我，負疾不死天可諶。河上之歌憐同病，請徹呻痛爲長吟。

人日寄子履兼懷種水

椒辛菜細論風物，茶苦香清慰寂寥。人事還隨日共出，名心久與雪俱銷。世因老去多相棄，君自能來不用招。更憶南湖曹處士，草堂花發舊長條。

子履作續人日之會分詠庭前花木得紫藤以涉七氣已弄分韻得弄字

春風如故人，將來喜先送。欣欣凡草木，含意久欲貢。桃李嬉陽和，松筠耐霜凇。觀化亮有然，物理孰爲洞？紫藤走長條，婁絡穿石空。低爲瓔珞垂，高欲閶闔玒。當其張王時，濃緑暗如夢。櫻桃謝鶯含，葡萄慙馬湩。千絲步障圍，百鳥笙簧哢。衹今雖回春，冰雪困餘凍。多煩灌園人，汲井勤抱甕。吾儕得相逢，酣飲豈辭痛。題詩亦漫興，託物非有諷。誰能紫雲迴，玉笛邀快弄？

有感

新霽初乾雪後泥，看人壺榼遠提攜。松枝處處濡春露，麥飯年年愧夏畦。昔日辛勤望成立，衹今老大尚東西。澄湖港水湖灣路，歸及原頭緑草萋。

讀晉書樂府八首

面覆牀

石文炳然大討曹，夢中三馬共一槽。天生老姦豈無意，爲漢復讐殄魏祀。子元子上遂狼伉，不殺賈充殺成濟。園陵宗社沉雒陽，問開基事面覆牀。若如公言安得長，踰垣兵入戕內房，不及山陽公與陳留王。

蝦蟇問

南風吹沙馬子死，華林園裏鼃聲起。干戈骨肉各逞忿，爲官爲私君不問。嵇侍中血語可哀，蝦蟇之問何其獃。蝦蟇給廩民肉糜，瓦盆麤飯長苦飢。

府公錄

軍中忽失大都督，黃鉞緹幢身被錄。大兒襲金鐘[一]，小兒困枯木。府公南面聲色厲，師耶昭耶定誰是？既惑吾子亂吾孫，數世可知國亦替。賈梁道，魏忠臣，有子乃以國輸人。當年爲祟不殺子，留取覆亡司馬氏。

折翼誣

庾元規拜陶士行，爾時尚復崇虛名。王茂宏求蘇武節，江左夷吾有慚色。起家寒門作小吏，格天大業皆自致。後有溫太真，前有劉和季。忠誠歷歷史所書，八翼之折毋乃誣？王謝家兒皆佐命，後人尚有彭澤令。

負良友

周伯仁，戴若思，不爲三司則殺之。當時默然無一詞，今年殺賊印如斗。伯仁之死正坐口，流涕冥冥負良友。負友負國爾何意，始終自作家門計，不見開門周札請賜謚。

餘杭令

阿黑老作賊，尚能正國典。溫也姦過之，乃以一死免。中朝名士謝與王，暫緩九錫幸其亡〔二〕。當時無人正厥罪，遂令靈寶還披猖。謝石何必貶，殷浩何足褒？藉此伸主威，陳義良已高。髯參短簿徒豪橫，千秋愧爾餘杭令。

投鞭斷

略計精兵九十萬，投鞭足可江流斷。天心未肯一輿圖，裙屐兒郎誇靖亂。燕秦兩氏皆英雄〔三〕，堅頭綽有魏武風。不知司馬何德澤，乃以正朔推江東。用王猛，誅樊世，不殺慕容垂，居然帝王事。流俗紛紛論成敗，不及老胡笑孤媚〔四〕。

捫蝨談

賃畚賣嵩高父老，謝公拜，捫蝨談，高官督護請俱南。此間自可致富貴，汝與桓溫豈並世？山中之師定何人，吾意麗公一流是。嗚呼張賓謝艾亦人豪，奇哉皆不生中朝。

【校記】

〔一〕『鐘』，許增本作『鍾』。

〔二〕『暫』，底本作『慙』，據許增本改。

〔三〕『氏』，許增本作『氏』。

〔四〕『狐』，底本作『孤』，據許增本改。

子履見題老復丁庵集次韻奉酬一首

春光歲歲來誰邊，忽然去我如逝川。羇臣遷客倍怊悵，蜚鳥向越馬首燕。老來更覺交遊寡，兒輩輕肥自裘馬。逃名挫廉豈能然，可憐亦是悠悠者。魯仲連稱天下士，拂衣欲蹈東海水。平原妄意壽千金，世不相知有如此。入林不密山不深，乃爲俗物所監臨。猶餘一事差慰意，千秋風雅容闚尋。箏琶登場笙笛鬧，囊中政有南風琴。重華不作夔曠杳，睪然坐覺九州小。此聲此耳爲誰傳，一默任渠窮百巧。大風琅琅胡爲來，恍如置我淩歊臺。眼前草木增氣勢，怒出鱗甲乘風雷。太息今人不如古，淺嘗那得知甘苦？蘧蒢漫學西家顰，狼籍爭夸京兆嫵。和凝百卷足詅癡，陽五一編供笑侮。天孫自有九張機，貧女但工五雜組。君爲我歌我起舞，古調雖亡端可補。牛渚磯邊月滿空，飯顆山頭日卓午。春風來吹客子衣，王孫游子何不歸？江南千里空極目，芳草自綠瀟湘湄。畏寒堆堆坐硯北，江草江花渾未識。得詩聊復展眉頭，人道朝來有黃色。說經橫舍何觥觥，餘力尚主騷壇盟。我如屈完已聽命，敢說漢水誇方城？慎勿築室兼返耕，飛矢在上人行成。

二月一日作

一春將半過芳時，擁褐終朝坐若癡。書課稍添知晝永，酒懷漸減愛杯遲。仍煩劉晏籌輸輓，終見陳湯斬郅支。世事休論且一笑，木蘭花發要新詩。

白羽

白羽雲屯合，紅旗露布馳。喜聞禽頡利，不比獲青宜。苞已刊三蘗，威仍守四夷。屯田與列障，廟算亟乘時。

次韻和芥航河帥喜聞張格爾就禽四首

天威遠震海西壖，蠢爾兇渠敢放顛。玁狁雖煩師六月，鬼方那用克三年？可知神武同高廟，豈知明靈比漢宣？麟閣雲臺待圖畫，一時想見面如田。

絶塞窮冬朔雪飛，出師慷慨賦無衣。一宵竟縛吳元濟，百戰奚須劉武威。偶漏吞舟知網大，終焚頑石見山輝。傳聲屬國諸酋長，不用屯邊更合圍。

苞蘖潛狙已幾年，是誰玉帳領中權？如何都護安西地，更費軍興少府錢。鵰鶚三秋窮遠勢，貔貅萬竈宿炊煙。請看偃伯靈臺後，會有恩言下日邊。

清時原少吏催租，水旱猶聞庚癸呼。劉晏即今通轉漕，宏羊敢復議均輸？洗兵已挽長河水，籲俊仍開四達衢。從此修羅銷戰伐，諸天歡喜各牀敷。

口號八首

正月已破二月來，已過驚蟄未聞雷。莫怪老翁門不出，少年亦是坐堆堆。

薄寒中人忽驟暖，連日吹殺東南風。老夫略識天公意，未遣弊裘藏篋中。

柳芽未抽草木茸，更問桃李白與紅。寄語從軍莫言苦，玉門今日有春風。

大雪何人入蔡軍，致令力士仆碑文？聖朝遠邁元和德，列爵先酬相度勛。

中天萬里縣威弧，一時淨掃妖氛無。扶持自有神靈在，不待昭陵石馬趨。

屯田湟水從充國，嗚劍伊吾謝玉關。莫謂漢家無上策，但教票騎勒燕山。

右臂匈奴是昔時，廓然無外更何疑。不知已縛鬼章了，可有東坡上便宜？

漢世爲郎亦入貲，不更簪褭又當時。問他一例武功爵，誰是馬卿張釋之？

食西施乳

滑愛流匙美入脣，塞酥村俗豈能鄰？佳人自昔曾傾國，尤物從來不殺人。河肫有毒，惟此無忌。題品漫言嶺表茘，風流合配五湖蒓。春來未得加湌字，盼斷江頭六六鱗。

餅中插海棠有感

千金難買一嫣然，下蔡危城直幾錢？喚起卅年春夢影，粉痕著枕暈連權。

一滴生紅一滴春，衹愁風雨便成塵。放翁行作稽山土，難忘當年照影人。

題周東村田家卷子

吳中畫手推唐寅，問誰師者爲周臣。冰寒藍青評雖有，當其至處亦絶倫。此圖純用宋人法，筆意直與馬遠親。平疇淺港有遠勢，斷岸大石無多皴。江鄉風景宛在目，展卷令我歎息頻。吾鄉瀕湖宜秔稻，八九月交可食新。高田不旱下不潦，晚禾未刈蚤已薪。爾時婦子各從事，腰鐮肩擔來莘莘。䆉稏出墻大於屋，碌碡碾地平如銀。堂前老翁鬚鬢白，映檐白醉時頻申。樹底牸牛亦閑臥，如功臣老得乞身。參差茅屋排魚鱗，東阡北陌通婚姻。胥疏江湖嗟久矣，欲歸未得長逡巡。瓶中未有隔宿米，恨不早作扶犁人。唐生周生跡已陳，翰墨不救生前貧，聞我此詩應愴神。

和人莫愁湖感興

一代開基此帝都，六朝舊物賸明湖。舟人漁子占浦漵，嵐翠煙光皆畫圖。天下英雄今在不，閨中少婦有愁無？卅年裙屐登臨地，太息知交各已徂。

無錫道中

陰陰新緑午雞聲，漫漫春流拍岸平。十里輕風兼細雨，江南真是可憐生。漳濱無復劉郎臥，鑑曲難尋賀老狂。人物百年銷歇去，獨留老眼與迴腸。謂芙初。

次韻竹西見簡二首

一牛鳴地抵由旬，遣僕傳詩意更親。笑我暫歸同結夏，聞君臥病送殘春。閒隨元子稱聱叟，老怕公孫比惡賓。通家子辭事不造謁。各有叢書門兩版，固應唐述未知津。

衰暮難爲烈士心，可知後定不如今。是中有鬼容高臥，君方病足。與世相忘且陸沉。井不波瀾能百尺，木因擁腫到千尋。清狂雅願聞吴語，惆悵翻憐似越吟。

莡鄰方伯新建梁高士祠徵詩爲賦一首

西湖祀林逋，肇端坡公詩。奇哉高士祠，鄙人先發之。去歲爲方伯作滄浪亭詩，末章及伯鸞墓，有『願公甄祀典，蕉荔與升堂』之句。談言微中竊自憙，事會遭逢皆如此。生時賃廡死食廟，不爾那知天下士？要離冢與專諸墓，圖諜微茫不知處。高人烈士千秋心，何用一抔華表樹？高人之裔長樂公，方伯連帥來吴中。妥靈揭虔建祠屋，要令末俗還古風。聖欲居夷賢避地，適魯游吴同此意。吾州真有尚賢人，杵臼之間識椎結。未央宫闕何遼遼，雲臺將相甲第高。風煙磨滅香火斷，敢與羈鬼爭豁毛。淮壖遊子歸來乍，讓王門外帆初卸。喜聞俎豆一時新，手酌寒泉拜階下。問説皋橋有泰孃，靈談鬼笑莫登堂。請歌河女神弦曲，來試吴兒木石腸。

周東村漂母圖

舉世皆亭長，方知此媪賢。王孫窮道左，年少笑橋邊。折券酒家負，投金瀨水船。千秋丈夫淚，霑灑畫圖前。

即感五月一日

衰髮刁騷不滿巾，歌離哀逝感兹辰。榴花豈爲紅裙妬，芳草偏於玉骨親。往日夢中餘恨事，有人地下亦傷春。段家橋北西陵水，雪落楊花盡化蘋。

苦雨二首

漠漠復紛紛，疑朝不辨曛。鑪煙罨雲氣，檐滴織㡘文。開闔書一卷，醉醒酒半醺。明朝思吊屈，筵卜問靈氛。

曼衍魚龍戲，蒼芒風雨秋。猶傳荆楚記，不盡古今愁。茂苑城如畫，闔門瓦欲流。此時玉溪老，寂寞感高樓。

題張芑堂畫蘭

湘水瀟煙入渺茫，風苗露葉任低昂。瓣香未覺風流盡，絶似春波老侍郎。蘀石君所師法也。

遺文金石與誰論，石鼓亭荒墨妙存。圖裏春風吹不到，也同宿草認陳根。

題程序伯庭鷺畫山樓圖即用見贈韻二首

卅年欲築翦淞閣，路絶風雲無與通。羨爾家山入圖畫，愛憑闌檻俯空濛。置身已在塵埃外，絶藝多成坎壈中。會有千秋賞音者，莫從都市碎枯桐。

年華冉冉歎衰遲，自愧虚名爲世知。伏櫪本無千里足，殘機能有幾絇絲？應緣契分相期古，又恐丹青不入時。待約過從樓上坐，看君點筆我杯持。

鐙窗梧竹圖爲苕鄰方伯題并引

覃谿先生論詩，末云：『多少鐙窗梧竹響，欲憑舊雨爲傳神。』方伯繪圖，仍和二首。余亦次其韻。

高梧修竹蘇齋好，大隱不作由東鄰。只兩三行重遺墨，更幾百年有此人？雲煙過眼畫圖託，師友關心懷抱真。寒鐙清夜靜相對，贈答不勞形景神。

次山水樂韶護音，涪翁竹枝騷雅心。苦言能令少陵服，别派未覺江西深。文章有神得者少，梧竹如此人何任？傳衣夜半宗法在，莫向針師門賣針。

見月感逝四首

明月來青天，故人歸黄墟。不知黄墟下，有此明月無？青天詄宕宕，坐見日月徂〔一〕。既不觴詠共，曷不徂謝俱？悠然鑑清暉，塊獨成老夫。

王君十年長椒畦，顧生總角交竺生。先後得凶耗，睫淚栖不牢。開篋無近寄久不得竺生訊，披圖有遠招椒畦嘗以畫送還魏塘。益知筆墨貴，痛惜人琴遙。昨過滄浪亭，卅年停雙舠。余年二十許時，應考紫陽書院。每與竺生並泊舟滄浪亭，夜話達旦。

七薌以畫名，一出掙前輩。人物尤擅長，新意得古態。可憐識真寡，但賞好眉黛。楞嚴二十五，相約同懺悔。他年徵諸責，邈矣龍華會。君許畫二十五圓通像而余爲書。

宿將思故國，老女憶舊歡。豈無末契託，誰與平生言？此月不常好，時復還其躔。凡我所知人，何時起九原？痛逝行自念，諒哉曹子桓。

【校記】

〔一〕『徂』，底本作『殂』，據許增本改。

題陶雲汀中丞濬吴淞放水詩畫卷

財賦東南重，江湖溝洫通。維賢籌國計，此水即民功。芰葑連雲地，玻瓈十頃風。歐蘇當日意，法外得陶公。

平當明禹貢，鄭國起秦渠〔一〕。豈比世言利，須知術用儒。濯龍上帝惜，叱犢下農趍。想像吾家閣，渺然見五湖。余舊有翦淞閣圖。

【校記】

〔一〕『秦』，底本作『蘇』，據許增本改。

奚囊拾句圖

王孫上天樂不苦，遺下斑斕一囊古。世間復有人苦吟，荒冢陊殿來嘔心。語穿天根出月窟，咳唾如珠慎勿拾。吹嘘枯樹生華風，一洗仙鬼芥蔕胸。玉谿不達東野窮，此論休信天隨翁。

題七薌畫冊十六首

暴秦毒四海，商顏亦秦地。云何此皓者，得共白雲戲？我知桃源人，非無綺里季。角里采芝。

蟠桃非苜蓿，不能上林栽。茂陵秋風客，悵望金銀臺。豈知列戟中，乃有歲星哉？方朔蟠桃。

雲流學水聲，水住雲亦住。牙曠久不作，那識此中趣？太息玉壺生七薌自號，窅然刺船去。紘外水雲。

不可一日無，此語傳千秋。平生所交友，豈不此君疇？如何剡谿路，雪夜回扁舟？子猷看竹。

君爲松壺生叔美，曾寫采鞠圖。君今已返真，渠尚留江湖。今年黃花酒，老我愁羈孤。東籬秋色。

騎鯨去不還，青山埋醉骨。至今青天上，孤此一明月。吾欲招之飲，怕見頭上髮。舉杯邀月。

新詩似六朝，好句在人口。記爲竹西遊，同醉官厨酒。謂同客江都。重過小金山，因君一迴首。東閣觀梅。

我笑此上人，種樹乃種紙。免墨伯英池，不費鄭虔柿。蕭然晏坐身，定悟芭蕉是。綠天醉墨。

性海製竹鑪，雅思掩流具〔一〕。流傳盛題詠，一一名公賦。可惜舍人圖，流落竟何處？松風竹鑪。

山中何所有，白雲如白煙。我知玉壺生，託意非偶然。何人栞其詞，爲繼張玉田？山中白雲。

歐齋修祀事，屑金畫東坡。在袁浦事。杖頭挂大瓢〔二〕，如唱哨遍歌。往事忽已過，諒哉春夢婆。坡公笠屐。

少日愛填詞，魂銷柳七句。年來心死灰，風月等閑度。又因酒醒時，忽憶送人處。曉風殘月。

自我別西湖，十載困塵霧。嫩寒清曉時，常入斷橋夢。他年圓澤逢，牛笛爲我弄。孤山探梅。

濂溪澹宕人，於花愛蓮獨。灑然冰雪文，大勝諸語錄。千秋君子名，一洗六郎辱。濂谿愛蓮。

庭前見奇礓，呼童具袍笏。米顛雖可笑，寓意豈在物。眼中無丈人，此鄰久不屈。洞天一品。

逭暑苦無地，避俗愁無方。高梧一畝陰，清涼勝華堂。不見儋州翁，摘葉諂桄榔。桐陰高士。

【校記】

〔一〕『流』，許增本作『茶』。

〔二〕『瓢』，底本作『飄』，據許增本改。

題錢武肅王投龍簡拓本

錢唐江上龍不睡，一十四州民俗泰。閉門天子亦何人，不如建國稱元帥。鎔銀作簡文以龍，名山洞府祈報崇。七百餘年陵谷變，老漁擎出蛟螭宮此出太湖。蘋沉自是周官典，禱止一身無乃淺。壽齡遐遠眼目明，親見成都入草衍。金銀易爍文字留，尚令好事爲尋求。史傳世家碑表觀，千秋終賴蘇與歐。

七月一日作

所忻立秋後，三日得新涼。茶苦汲長孺，酒清顧建康。引睡有書卷，養生非藥方。幽蘭似天女，來侍淨名旁。

答竹西見贈

自笑雲水僧，歲一歸結夏。今年疲津梁，中夏復命駕。粥飯豈不懷，冠帶亦所怕。暫歸迓新涼，如囚逢詔赦。贅翁常優閑，老境甘噉蔗。時同莊生遊，不作列子駕。足疾亦復佳，政可褦襶謝。詩來喜過從，意厚極慰藉。衰老百無取，豈復重聲價。達官采虛名，傭書聊假借。日來入城居，花竹繞籬舍。閒賡嬌女詩，笑弄稚孫姹。琴書款永晝，枕簟愜良夜。欣然成此章，報遲君勿訝。

芳谷招集定香水榭用前韻

蟬鳴已吟商，蛩聲不能夏。清風翏然來，炎官促返駕。佳招愜新賞，畏景有餘怕。土龍祈不靈，白鵝刑罔赦時方求雨。笑我何與此，閑田少蔫蔗。殘荷尚菡萏，歛然女新嫁。主賓擬徐龐，子弟挈王謝丹叔、楠姪同在席。碧筩香可呷，綠莎淨堪藉。困瞑憑養和，蹇步緩不借謂竹西。螟蛉逃二豪，鵝鴨閙旁舍。何知頌酒伶，但解數錢姹。清談銷永晝，微月已白夜。醉語非譏嘲，傳觀漫疑訝。

連日秋暑酷烈再用前韻

闔廬辟寒暑，茆屋齊大夏。欣逢熱屬去，如返俗士駕。如何此秋暘，艴赫吁可怕。正如酷吏心，論報不及赦。又如無憂王，伐樹灌以蔗。庚稚伏不起，丁女老猶嫁。怒欲逞淫威，驕不受代謝。雄雷口喑啞，黑蜧臥枕藉。吾請爲天公，前箸試一借。銀河挽九天，大火退三舍。亟遣馮夸號，兼勅阿香姹。田塍殺螽蝻，水車緩晨夜。吾亦得安居，狂詞莫深訝。

寄竹西四首

歊然秋暑困拘囚，二老無愁只此愁。尚被僮奴惱多事，滿頭赤日走詩郵。

秋士逢秋鳴不平，卻緣苦熱鬥奇兵。難堪東野詩囚謗，不作陰蟲切切聲。

近日飛廉老太慵，緘詞枉託小心風。尋常酷吏推難去，莫更攜來主簿蟲。

鵝子浥糟黃破殼，來禽泛酒綠侵肌。笑君特送醰醰味，來博吾家苦澀詩。

即事

秋熱我所苦，秋旱農所歎。一物何足念，衆心多煩冤。連日大作勢，時起雲瀰漫。須臾自破碎，落落如著瘢。雷殷側耳聽，電掣蒿目看。聲影忽俱寂，但見星闌干。吁嗟出万口，似怨相欺謾。從來勢積重，回斡力易殫〔一〕。吾知造化工，頗亦費控摶。爾農慎勿怨，責天斯無難。

【校記】

〔一〕『斡』，底本作『幹』，據許增本改。

次已山見懷韻

羅綺叢中老不堪，漫教兩月住江南。興豪久謝杯三疋，才盡真同繭八蠶。昔夢已空還自笑，狂游何美至今談酒座有豔稱曩歲白公祠之事者。故人若果重尋約，秋日谿山或共探。

次韻竹西見招小集

酷熱無安居，上下等巢窟。一朝健新涼，颯爽若俊鶻。狂思得痛飲，豈避酒檮杌。原阢字與杌同，借用。

安知醉鄉人，不具封侯骨。已勝觸熱輩，趨走整袍笏。先生妙性靈，肯受世俗汩？使逢王武子，題目當亮拔。笑彼圈牢物，豢養苦充腯。懵然度寒暑，一旦亡也忽。雖能枕糟麴，何異豕負涂。豪強衒鄉里，佻達在城闕。相去馬牛風，奚翅隔燕越。今晨來折簡，病起高興發。似言相見來，閉置將一月。飛濤鳴長松，微雨灑清樾。景物正幽妍，客主非倉卒。吾儕縱衰老，情瀾尚不竭。但嫌好語言，有愧君子訥。

蜒蚰即螔蝓之轉音

爾雅釋蟲魚，螔蝓入魚類。本草列蛞蝓，用別蝸牛派。陵蠡或異名，無足總爲豸。俗呼爲蜒蚰，殊與人耳異。形模太委瑣，支體苦痿痺。所以北方人，斥之如涶涕亦呼鼻涕蟲。原無蠚螫毒，兼乏齒牙利。似與物無爭，恣其自生遂。豈知性陰賊，數惡難一二。潛藏盆盎底，孳息沮洳地。晴明伏不出，一雨乃恣肆。明窗紙新糊，潔白淨無翳。不知來何時，邊幅食之既。粉壁粘新詩，風軒懸妙繪。偶然疏周防，腥涎若塗墍。闌檻剝青紅，衣裳汙鮮麗。著物粘如膠，污人過於膩。居然出頭角，妄謂知文字。蘚墻及苔階，屈曲學篆隸。善柔同宵小，淄蠢類妾婢。謂宜伏顯誅，彼又無大罪。春秋有造獄，特出法外意。臭可鮑魚同，戲引蠆盆例。深瓮貯石灰，羅鉗置其內。略仿尹子心，虎穴尸百輩。但令枕藉死，永不復發視。平生疾惡心，於此聊小試。嗚呼物有毒，衆人皆知畏。大者爲虺蛇，小亦有蠭蠆。之蟲若無能，凶德有如是。張禹媚王氏，胡廣順梁冀。遂令兩漢亡，爲禍真不細。君子秉陽剛，愼哉匪人比。

竹西疊前韻和答一首

秋涼返吟魂，勝焚香聚窟。翩然思輕舉，仰羨浮圖鶻。但畏酒食場，牙齒半臬硊。硬餅未拆字，大臠或連骨。喜赴居士招，丈室淨十笏。天留息壤盟，不遺伯鯀汩。梨從張公飣，葵乞園丁拔。酒如聖之清，肴屏肫曰腯。笑談杯行遲，白日下飄忽。輕舟類鼂翁，泛此小波淈。絡角見銀河，澮沱亘天闕。欲問七襄機，一水渺難越。旁人盡失笑，狂語又妄發。吾生幾中秋，幾見好圓月？今夕上弦初，微光映疏樾。從此至團圞，爲吾莫卒卒。姮娥與天孫，庶亮微誠竭。不學柳柳州，工言換舌訥。

中秋雨後待月

佳節偏教鬱好懷，濕雲未斂雨收纔。一秋已半平分去是日秋分，千里曾經悵望來。老大肯爲兒女怨，高寒可待管弦開？明朝又作離家客，芋栗堆槃勸盡杯。

啗芋

爲有蹲鴟遠道輕，療飢果爾勝煎烹。富人今日知多少，可有蛾眉尚長卿？

過姚建木榿回夜中風雨不寐有懷春木河北〔一〕

江湖慣送牧之行，鄉里恒將孫楚輕。會向雲間尋二陸，匹如殘月望長庚。春秋井井人皆老，風雨蕭蕭雞一鳴。何日扁舟徑來往，兄酬弟勸酒同傾？

【校記】

〔一〕『過』，許增本以墨筆改爲『送』。『春木』，底本作『春水』，據許增本改。

旅夜

豈是酒無力，其如夢不成。寄生銜鼠穴，畫角學雞聲。事往從頭憶，心空著處驚。何須歎羈旅，所得是孤清。

贈沈曉滄明府炳垣即題其斵研齋詩

淮壖相過未從容，婁水仍從客館逢。未免南州孺子歎，栖栖何事郭林宗？

百里江鄉一櫂催，長筵好爲老親開。鱸魚不屬秋風客，要佐姜家入饌來。

臣向應知即更生，校書未得且專城。淮南鴻寶何須讀，早信黃金鑄不成。君詩中有仍原名書〔一〕。

【校記】

〔一〕『者』，底本作『書』，據許增本改。

酬朱蔗根甘澍見贈

仍向江湖載酒行，風鷗零落舊同盟。似聞一士菰蘆老，欲與千秋溝壑爭。白髮盈顛思末契，青山流涕見深情。時以《知止山房歌》見示。花潭尚有汪倫在汪生亦超以詩見投，何日相從懷抱傾？

歲莫雜感

膠膠擾擾百年身，爭逐豪端一點塵。金若能成土同價，天而可上地無人。蒼顏華髮衰相逼，白日黃雞歲入新。薄暮城中桴鼓起，驚心吠犬惱比鄰。屢有盜警。

夙聞黃浦戒舟行，來往都無一日程。熟睡不知潮長落，思歸始覺歲崢嶸。鴉盤遠樹寒成陣，葉走虛廊夜有聲。鐙影依窗人隱几，此時孤客太愁生。

朔風淅淅颭窗鐙，聞説階除積一層。少日顛狂惟喜雪，衰年懷抱總如冰。故人多向原頭送，華髮頻從鏡裏增。賴有酒尊相慰藉，不然渾是一枯僧。

春賃書傭已飽更，又教游跡滯茸城。危詞幾殺齊三士，迂論多慙魯兩生。那復雞蟲爭得失，間看魚螽走縱橫。酒邊逷地吾真醉，敢笑王郎去就輕。穩算家園住過冬，殘年斗粟要同舂。白頭浪裏浮三泖，黄耳書來問五茸。暫别未能忘惝悼，得歸猶足慰龍鍾。寒梅已放凍醪熟，餘事紛紛不挂胸。答丹叔送之松江。

布衾瑟縮望朝暾，身似僵蠶待火溫。夢有詩成醒不記，夜聞雪作曉無痕。亟謀鸞榼三升酒，深閉叢書兩版門。略忍朝飢具鹽酪，爛蒸肥瓠勝蒸豚。和韻丹叔曉起。

寂寥三徑少羊求，斗酒何煩與婦謀。未有餘蔬留鼠壤，况能老境闢菟裘？堵墻病馬惟思伏，敧仄危帆可待收。問舍求田了難遂，是誰百尺臥高樓？和韻丹叔雜興。

臘月十九日竹西見過賦謝一首

客中無交知，我我相周旋。歸來亦寡侶，兄弟書牀連。與我共秃翁，惟有東鄰錢。一冬不相見，久苦衰疾纏。昨聞已勿藥，送客當門前。見我猶子過，問我何時還。比日候嚴冷，擁褐聳山肩。忽報有客至，已泊門外船。失喜互尉藉，溫語何嬋嫣。舉俗競錐刀，誰結文字緣？皤皤何老子〔一〕，匡坐談詩篇。我能致此客，自顧疑亦賢。

二蘇皆天人，曠世無其偶。山中瘁草木，天上落魁斗。長公墮地辰〔二〕，臘月日十九。後世仰風流，開筵薦清酒。前年翁舉此，折簡召賓友。吾歸讀諸作，恨不與奔走。今朝翁入門，坐定開笑口。云訪軾轍來，此日何可負。翁言雖善謔，我聽實顏厚。窮鄉兩兄弟，寒餓迫衰醜。區區數篇詩，日昃漫鼓缶。使掃蘇公門，定棄此敝帚。矢詩寫悚慚，汗出仍呵手。

【校記】

〔一〕『皤皤』，底本作『皤皤』，據許增本改。

〔二〕『墮』，底本作『隨』，據許增本改。

卷七　乙丑

老復丁庵集

元日立春

元日春朝合作緣，予生三度此行年。皆有詩，見前集。天公豈有兩回厭，人意還於數見鮮。消息何須論卦氣，攝提從此正星躔。老夫已拜影堂了，袖手鑪香佛火邊。

人日柬竹西

入春蟲蟄未昭蘇，閉戶終朝擁褐蒲。好語聞君健腰腳元日出門，多言戒我鼓嚨胡時患喉痛。靜看野馬縈窗動，已有游禽勸酒酤。一樹垂垂梅漸放，肯題詩寄草堂無？

次丹叔韻

新因肺病酒尊空，引睡時還遣一中。懶不詣人宜坐雨，夢猶爲客怯聽風。蕭寥鐙火侵元夕，搖落江湖號長翁。略忍餘寒待妍暖，老來光景太匆匆。

庭前梅花盛開三首

兩株玉雪映檐端，已占閒庭一半寬。綠萼檀香有官樣，野人只愛野梅看。

老仙遺蜕久薶藏，此是渠家子弟行。莫怪尊前孔北海，典刑猶喜似中郎。老梅爲水所傷，此補植者。

花應念我在家時，開徧南枝與北枝。失笑前年寓樓上，彭亨酒瓮當軍持。

題種水扇影詞三首

老來猶賸少年心，風物追憮入苦吟。一等煙雲眼前過，何須評賈説千金？千金扇面，天籟閣物。

口業年來付懺摩，回腸盪氣奈君何。幸然不及閒脂粉，免被當時鐵秀訶。

白傅生朝偶與齊，謝君撥櫂訪寒溪。分明記得同舟事，聯句詩成跁踦題。時爲書二便面。

二十日生朝竹西有肴蒸之饋越日和僕集中祀白太傅詩見投次韻爲謝

客歲偶家居，先後過伏臘。平生足羈栖，此段聊補貼。病骨兀堵墻，豈復慕騰蹋。空中帆影懸，鄉者久目慴。侵尋花甲逾，如閱八十劫。學道苦未成，靈運恨心雜。作詩不求工，灑落取意愜。取友不欲多，談嘲未至媟。晚歲得王孫，與我情好協。猶餘少年心，失喜因見獵。戢戢束筍投，薈蕞都幾什。樂哉同聲應，宛爾倦羽翕。咸疑二士逢，必説微妙法。昨朝折簡來，招飲一尊合。乃因風雪交，未獲步武接。遂煩五漿饋，不待衆簪盍。是日設湯餅，竈妾洗槃榤。何來護世城，美膳供迦葉？歡喜到兒童，朵頤笑生靨。老夫亦陶然，嗑嗑傾百榼。

二月八日戲作

人言祠山王，今日是初度。開筵招眷屬，前後必風雨。我欲出門爲遲留，政恐舟行觸其怒。豈知旭日兼和風，拍拍春波暖津渡。禹乘四載有遺跡，厥考化熊婦化石。書多志怪人好奇，俗語丹青指爲實。雲陽曲阿舟檝膠，年年開河民力勞。安得神功爲疏瀹，穩浮百斛通千艘？禮官加封臚祀典，不宰烏羊屠白犬。烏羊，見《能改齋漫錄》。俗傳神嗜狗肉。

待牐

高談水利與河渠，咫尺通途成畏途。十里帆檣高歷歷，一時都學相風烏。岸上班班走小車〔一〕，蓬窗兀坐意如何。生平未有臨池學，戲仿王孫待牐書。

【校記】

〔一〕『班班』，許增本作『斑斑』。

題王蓬心濯足圖圖爲萬梅皋先生作

國朝畫手推太倉，蓬心後出能兼長。高曾規矩參活法，外貌荒率中老蒼。此圖邊幅僅尺咫，幾疊巉厓半江水。扁舟濯足者何人，歗歌疑是元真子。梅皋老仙厭承明，一官笑比脱屣輕。次山春陵刺船意，須知不苟飛長纓。兩翁閲世去我久，看畫沉吟爲搔首。江湖滿地不歸來，汗腳尺三牛馬走。

贈别張淥卿

知交盡落盡，意外得君過。别久忘年月，談深雜哭歌。老諳諸事幻，貧苦一官多。回首飛揚日，蹉跎兩若何？作客老王粲，變名窮范雎。頭銜妄一尉，心事尚三餘。欲妥先人宅，頻移家具車。何時遂前約，結屋伴耕漁？

芥航河帥見餉越酒石刻奉謝二首

遠客羈栖鬱好懷，睡餘失喜馬車來。不愁杜甫尋常債，急洗嵇康瀲灩杯。垂老唯耽犀首飲，餞春剛及鼠姑開。書生口腹真堪笑，夢裏吳江似潑醅。

先酬舊德遺書重，石室眉山妙跡同。先德手筆及文蘇畫竹，諸人題詠。喬木百年留翠墨，叢篁兩幀起清風。魏公笏在人門盛，莘老亭荒碑版空。想得先生懷古意，要將佳話託無窮。

次韻子履春感四首

已交夏首尚餘寒，零落殘紅不忍看。雨送春光歸太速，老逢舊友別尤難。鑪香欲燼微成篆，池水新添小作瀾。鼎鼎百年如此過，只消四大獲輕安。

兼旬不出任陰晴，試問端居作麼生？夜臥每先林鳥宿，晨興爲警木魚聲每朝有僧擊木魚市上。誦經不復適中食，謝客無煩虛左迎。比似頭陀餘髮在，新來朝沐更頭輕。

靜掩疏窗幾扇紗，睡餘冠佩任欹斜。行行此客猶難止，草草吾生亦有涯。潦倒三杯愁裏酒，悠揚一枕夢中家。連朝盼斷南來信，誤喜殘鐙夜作花。

春如過客杳難尋，客送春歸感自深。廿四番風真瞥眼，一千里路易傷心。懷人祇得詩相寄，中酒渾忘病不斟。傳語海天遼廓處，有人遙聽伯牙琴。

積堂見過送其入都四首

人生無百歲，一別動十年。十年須臾耳，念念隨變遷。君從瘴鄉歸，骨清腴頰顴。顧我雖健在，腰瘦行槃散。定知非昔人，梵志何當還？亦有不變在，石心鐵肺肝。

屈指十年中，人事無不有。生死夢幻影，來往屈申肘。萬石陳孟公，一去不可取廉山、曼生。屠侯病逆旅，范子歿戶牖琴塢、小湖。窮達雖不同，瞑目就廣柳。我生能幾何，安敢託不朽？諸君皆乞余誌墓。

士窮不可活，乃復思爲官。君今爲此行，令我足悲歎。四民士其一，漢唐仕途寬。樊川與樊南，幕府容槃桓。倘令處今世，入貲亦宜然。初心諒非爾，視後勤著鞭。人生要自立，何塗其無賢。

偶然獨不死，遂爲世所重。豈知衰病餘，自顧百無用。舊學日廢忘，新知少磨礱。猶復走江湖，兒輩競謿諷。惟君念故人，相對恍如夢。生平不錄錄，今日豈殊衆。爲吾告潘尼，沉飲尚能痛。時致紅茶方伯書，即復託寄。

風雨憶秋圖

騷人始悲秋，作者同一律。惟有李謫仙，獨云秋興逸。四時何者無良辰，鳥嘑蟲吟何與人？紛紛兒女自恩怨，秋士歎息春女顰。君今何爲感風雨，憶事懷人苦延佇？空將回薄萬古心，吟向蒼茫獨立處。西湖卅年吾舊遊，佳日往往挐輕舟。何時乘興一相訪，晴空蹋遍南山秋。

題鐵生秋林圖

打頭黃葉酒人來，曾共奚生數舉杯。君向西湖試尋看，壞墻題字沒蒼苔。首句與老鐵倡和詩也。

次韻子履見寄

老迫霜霰期，竊恐無幾見。生墮憂患中，那復許自便？仲春又戒途，先後逐社燕。自顧衰病餘，豈免室家戀？徒以形容存，未即姓名變。平生只石田，臨老食破研。慙愧臨邛人，雍容詑游倦。與君兩衛尉，束髮經百戰。弓弦拓辟歷，飛矢激驚電。諸妄皆侯封，數奇獨淪賤。置之勿復言，我狂匹君狷。年來泯得喪，久矣去健羡。惟見蒙袂人，對飯不忍嚥謂已山。曩時相呴濡，今日孰慰薦？更念老蛾眉，閉戶絶媒衒謂審庵。遺編守樸拙，出口無逸諺。垂死遘災凶，何以勸來彦？苦語答枉篇，聊發弦上箭。

審庵有子冬官十二而夭作詩慰之仍用前韻

世事如眼花，因青妄有見。誰爲刮金鎞，與作大方便？殷勤負子蜂，辛苦營巢燕。當其謀孶乳，豈不極眷戀？一朝形體成，各隨氣候變。先生宿耽書，俛首事筆研。一經非望傳，好學自不勸。又蚤澹泊甘，久絶紛華戰。但恐束名教，未了法露電。優曇與惡叉，豈遽分貴賤。攘攘誰爲衆〔一〕，踽踽孰云狷？不聞伯魚夭，而更商瞿羨。食蠅必唾棄，不見乃遂嚥。還與昔無同，此言真可薦。昌黎慰東野，未免奇博衒。負債以恩償，佛説符俗諺。不知金環兒，去作誰家彦？請磨割愛刃，勿受穿胸箭。

【校記】

〔一〕『攘攘』，底本作『壤攘』，據許增本改。

明宮人脂粉箱爲淵北賦

脂田粉碓隨桑海〔二〕，一箱留得春風在。方池員窞舊規模，宣代成年門光采。雙龍抱珠如攫拏，黄色澹學秋葵花。宮人入道好裝束，想見玉臂揎紅紗。清淚流鉛市朝變，何時得合延津劍？配將蟋蟀戧金盆，付與詞人詠宮怨。器少一蓋。

【校記】

〔一〕『碓』，底本作『確』，據許增本改。

連得家信及友人書

節候催人怯異鄉，强憑書冊遣流光。百年衰鬢先秋白，五月裌衣如水涼。朋舊有書憐我老，鄉園無夢怨宵長。對牀是事關心極，相見不知誰瘦彊。丹叔苦痔。

得紫柏大師小印以寄竹庵上人

垂老思參洞下禪，印文紫柏得心傳。妙莊嚴路楞嚴寺，合與此間有少緣。

鄉村餅盎更蕭然，愧我栖栖江海壖。何日一龕三塔畔，破鐺罨飯過殘年？竹庵退居下院，近三塔寺。

子履作衆山一覽圖見贈并系一首次韻答謝

蓬萊渺滄海，世無釣鼇客。誰能住青山，呼起狂太白？塵埃日鹵莽，胸臆困偪窄。多君擅性靈，衆妙羅一宅。驅使諸峰巒，萬里入咫尺。開卷令我愁，惝怳動魂魄。似聞飛空人，神遊本無跡。肯學巢神僊〔一〕，忍飢啖松柏？

【校記】

〔一〕『僊』，許增本作『僊』。

新涼獨酌寄丹叔〔一〕

思字愁墉鬱不開，新涼便覺體佳哉。秋從洗手花邊到，月自曝衣樓上來。問字有人攜楉酒，采香無客鬥篘杯。題詩爲報老同叔，此夕真須作萬迴。

【校記】

〔一〕『獨』，底本作『歜』，據許增本改。

即事

殘暑猶能困老慵，颯然涼雨挾清風。便看鐙火欲相就，但恨酒杯無與同。歲月何心催白髮，乾坤多事泣秋蟲遺山句。不應滿地江湖在，少箇扁舟著此翁。

此耳久絶鼁聲戲作一絶

池坳井坎寂無譁，落佩攲冠坐日斜。説與如來應一笑，有人醉後伏蝦蟇。

慈仲自晉陽寄書并二詩次韻答之

老無筆力卷瀾濤，入手新詩氣尚豪。蟋蟀在堂生古怨，驊騮得路豈徒勞？文人自昔多從幕，男子何妨暫詣曹。知不秋窗展書處，鐙前鬢影更刁騷？

棲遲且作處囊穎，奇麗爭誇出網珊。但使風雲壯懷在，不愁湖海舊盟寒。貧殊有味何須逐，老已無心可遣安。一事報君應失喜，擭龍新長兩三竿。

壽爽泉六十三首

四海供俛仰，百年閱眉睫。當時弟畜人，亦已歲周甲。高君最佚宕，恢笑似易狎。豈知中惛定，庸衆等奴妾。平生陳孟公曼生，儒也實大俠。長筵羅賓朋，高步辟鵝鴨。歡游恃意氣，各未有須鬣。荏苒卅年過，衰髮不堪鑷。自從此人亡，日覺世路狹。與君兩窮交，奔走一書挾。但請斂薑芽，莫作乞米帖。

查生曠代才梅史，彭老天下士甘亭。孫郎謝通侯，黄麗閈里第古雲。虚懷善下人，致此二三子。君能彼我通，我亦季孟視。談藝有可不，直道無諾唯。同心比金石，異姓乃昆弟。此樂安可常，一瞥成逝水。禪客證泥洹，故侯掩銘譂。畿縣綰銅章，顛頷亦老矣。惟我與君者，不官亦不死。不官庸何傷，不死自可喜。爲君勸一觴，此酒未宜止。君久不飲。

人生良可笑，千金學屠龍。姓名苟能記，安用虞褚工。世誰有真賞，竊柎懸帳中。且可持畫餅，歡笑調兒童。前年由拳城，新修梵王宮。書來請作記，巨石先磨礲。我文不足傳，賴君揮銛鋒。千秋或有託，譬彼蟨與蛩〔一〕。頗聞味禪説，掩關聽鄰鐘。皈心妙蓮華，筆筆生芙蓉。脱復了生死，世壽等蟭蟟。何時一丈室，對坐兩禿翁？金壺貝多葉，筆授如房融。

【校記】

〔一〕『蛩』，底本作『蝨』，據許增本改。

贈儀墨農〔一〕

東粤西秦騀馬遊，少年豪氣隘齊州。爭春句已黄童服，疏影詞令白石愁。霽青兄弟極稱君，時以詞見質。跋扈飛揚有如此，栖遲零落未歸休。愧君兩度相過處，仍是江湖不繫舟。

【校記】

〔一〕題目，許增本『墨農』下有小字『克中』。

秋感二首

來時鶗鴂鳴，今聞蜻蛚吟。春秋自代謝，微物曾何心？騷人悲晼晚〔一〕，良士戒荒淫。明鐙照古策，歎息爲彌襟。

中秋一以過，庭樹生涼風。君子何所思，延首桂樹叢。物土非其宜，多在盆盎中。階前兒女花，泫露嘅妖紅。

【校記】

〔一〕『晼晚』，底本作『晼晼』，據許增本改。

題小農河帥南池雅集圖三首

參差雉堞與雲平，雲木蒼然暑亦清。一片空明樓下水，台星傍只酒星明。

神游八極渺前塵，喜見危樓斷手新。苦憶溧陽沉醉處，楊花三月正愁人。

雍容文酒又今時，誰繼光芒李杜詩？可惜遺山元老子，不來搖筆賦南池。《遺山集》中洓南詩最多，獨未至太白樓。

秋社見燕

昨朝已過秋分也，冷雨淒風作秋社。梁間燕子送將歸，可憐亦是勞勞者。春去秋來老卻人，汝方如客雁來賓。誰能天眼定中看，八萬劫前兩鳥身。

哭鄭氏妹

三人中最小，吾母所嬌憐。擇壻得佳士，有才夭盛年。銘文曾我託，遺稿望誰傳？今日重泉見，應知各泫然。

卅載家中住，還同轉徙頻。老愁汝倚著，別感我貧辛。雪涕痛難出，雷書報莫因。兩親如見問，休道髮如銀。

次莒鄰方伯題禹鴻臚卜居圖韻四首（二）

高議雲臺抗伏蒲，上書司馬撼金鋪。當時袞袞群公在，若箇淩煙入畫圖？

挂籍臚句亦偶然，平生翰墨有深緣。洞庭煙水揚州月，問爾定歸何處田？

曾寫分湖水一灣，全家我亦住其間。年年卻被鄰翁笑，時見征帆往復還。

心有天游是處宜，朱門蓬戶總安之。瓊茅欲向靈氛卜，冷笑騷人未免癡。

【校記】

〔一〕「卜」，底本作「下」，據許增本改。

湘麋爲鐵門畫金山於扇面題詩其上且署云它日屬郭十三和之見之感歎不已次韻一首

大地本來浮，虛空出蜃樓。登臨懷往記，倡和在扁舟。一自人琴渺，空餘翰墨愁。紀年僂指數，歲月去如流。畫作於乾隆壬子，至今三十七年矣。佛藏浮幢海，仙居白玉樓。君先同化劍，我尚刻虛舟。交誼千秋重，文章一世愁。年年來往處，老淚與江流。

題虹亭太史與稼堂手札

吾鄉首數兩徵君，先後歸田結比鄰。鞠莊樂府遂初筆，太息百年無此人。

哀樂中年并一時書言喪明悼亡在兩年之中，移書多半苦危詞。定應不戀閑釵釧，爲報風懷朱十知。竹垞贈詩有『不應尚戀閑釵釧』之句。

硤石鎮

冬景喧和愜敝袍，寒流瀺灂送輕舠。山低了了見蘭若，水落重重挽桔槔。谿女筠籃收柏子〔一〕，村氓樵擔帶松羔。不知吳質今何似，食酒還能舊日豪？謂榕園。

【校記】

〔一〕『柏』，許增本作『桕』。

次梅史韻送子同之官江右

先後城闉共泊船〔一〕，無心相遇更歡然。參卿軍事休狂語，可有人知孫楚賢？春江水暖長茭蘆，此去經行我舊途。逢著匡山相問訊，爲言李白尚江湖。

【校記】

〔一〕『泊』，底本作『汩』，據許增本改。

春江滌硯圖爲星溪都督題

兩石之弓一丁字，長槍大戟毛錐子。衆人見謂背道馳，不知世有傅脩期。春江鱗鱗好洗馬，赭白驕嘶柳陰下。將軍一笑擕羅文，湯沐分得中書君。説禮敦詩古元帥，雅歌投壺征虜祭。知君不爭儒將名，但笑磨盾真荒傖。

至杭未至西湖詩以解謿

齎君鏡具赴杭州時往唁紅茶方伯，兼要西湖續舊游。人事相牽清興懶，艮山門外便回舟。

衰慵其奈老來何，冬日雖暄風未和。説與咸平老處士，梅花著蕊定重過。

草長紅心柳瘦腰，十年魂斷段家橋。免教地下元同見，彳亍扶來椰栗條〔一〕。

【校記】

〔一〕『椰』，底本作『榔』，據許增本改。

七薌魚元機詩思圖

繡襦甲帳渺前塵，海思雲愁送好春。一種蘭姨瓊姊恨，人間幾箇有心人？

題唐刺史盧元輔天竺磨厓倒用其韻

龍泓性癖愛煙霞，響榻幽尋到梵家〔一〕。丁敬身搜出。泉號伏犀鳴石竇，字如優盋見天花。右旁行豈從西竺，名句身多頌釋迦。何日團茆乞餘地，祇消分我一袈裟。

【校記】

〔一〕『榻』，許增本作『搨』。

金塗塔歌

金輪鐵輪王天下，佛不出世時稱尊。粟散小王王一國，於大千界何足論。五代八姓迭興廢，吴越一隅蝨處褌。誅昌伐宏自建置，稍喜節度能開門。柳綿鵝子苦征稅，猶勝兵死多煩冤。乞靈古佛造功德，範銅作瓦金其垣。彫鐫物象八幺觫，天龍神鬼頭如黿。原其本意在邀福，欲長有國遺子孫。一朝版圖席卷送〔一〕，父老雨泣難攀援。然能與宋相終始，天祚忠孝豈佛恩。金冊鐵券盡銷鑠，黃妃保叔餘空墩。此瓦幸存足考證，愧非歐陽永叔劉道原。

【校記】

〔一〕『版』，底本作『服』，據許增本改。

即事三首

地發天不應，厥氣爲霧雺。始蔽雲靉靆，旅覘日曈曨。三朝皆若此，占又爲西風。農田龜兆坼，絜皋難爲功。宿麥未入土，菜秧如枯蓬。敢望明年春？且過今年冬。天時幸恒燠，裋褐暖若烘。牀頭濁醪在，一醉天瞢瞢。

寒暑四序分，有時或差僭。村氓信口占，往往乃多驗。果然西風狂，削脯卷茆苫。寒溫相薄射，雲物變慘闇〔二〕。連朝地蒸淫，柱礎汗珠汎。謂當雨滂沱，曾不陌塵斂。明知雨工慵，未可風伯勘。長官令祈雪，是亦爲民念。三白倘及時，猶冀石與甔。

京口至雲陽，轉漕之所繇。中有豬婆灘，淺澀鯁在喉。年年役萬夫，畚鍤不得休。大府議建牐，潴畜練湖流。練流塞已多，宣泄固不周。所恃大江潮，旦夕能浮舟。頻年潮汛小，不足輸渠溝。古人興水利，動作數世謀。如何一歲間，所畫已不讎？東南民力竭，歎息此悠悠。

【校記】

〔一〕『變』，底本作『燮』，據許增本改。

修伯有和余答鄔澹庵詩仍用韻示之

世無南風手，箏琶競登場。羽龡久不用，白苧爛生光。焫蕭降天神，一變爲行香。鴻都倡優伎，詳延上巖廊。遷流無奈何，漸恐易元黃。古心貴獨詣，世味且淺嘗。不聞殺君馬，其人在路旁。藐姑有處子，不以外自傷。郭注：『處子者不以外傷内。』爲學非用兵，貴實不貴聲。虚名等鞶帨〔一〕，榮顧皆通苓。我無石上禾，可以養伯齡。從官亦其理，勿視爲謀生。灸眉以艾炷，噴鼻以瓜蔕。用此相磨礲，亦未大失計。政成不廢學，庶幾乃翁似。

【校記】

〔一〕『帨』，底本作『悦』，誤。

長至書事

三旬不雨桔槔忙，忽訝溪添一尺强。已喜連朝飛雪霰，更逢至日轉春陽。窗深缾水留殘鞠，篝潤鑪熏浥舊香。遮莫老夫門不出，映檐白醉抵霞觴。

和丹叔冬旱二首

昨往杭州港汊枯，道路舟子相招呼。算緡所怕遇關吏，通津那得禁虞？上河不通下河淺，興盡不復游西湖。故人留我動小酌，數數左顧防中廚。是夕鬱攸爀三處，我獨安睡扁舟孤。彊憂水旱緣底事，人生何者非蘧廬？

昨朝雨雪頗及期，三日不恨晴光遲。濕鳩乾鵲爾何物，強聒自謂知天時。天公聊復徇人意，勉爲死草生華滋。縣令催科亟鞭箠，朝廷寬大憂度支。乃知此雨非小補，餘潤所及無官私。冬菹百瓮醃已足，慮淺不及明年飢蘇句。

侵尋

侵尋老境數相聞，暴下朝朝奏厠勤。自笑周仁衣溺袴，誰爲石奮澣中裙？午惟一食尚嫌飽，夜每三杯不待醺。祗有讀書心尚在，雖知自詡亦多忻。

嘲貓

俎登魚腥走繞坐，竈戀柴頭暖無火。小兒愛縛四脚蹲，老婢偶忘終日餓。紛紛鼠輩雖狡猾，欲出亦愁當道臥。虚聲勿謂竟無用，許靖未妨來馬磨。只應好在廉將軍，遺矢莫令裀褥涴。

欹器圖 器爲宋宣仁后賜傅伯壽者，今惟見圖

三代去已遠，法物多就湮。居然宥坐器，形橅尚能傳。持盈道所貴，勢高恒疾顛。姬公魯叟意，垂戒如盂槃。宣仁女堯舜，朝廷聚群賢。譬如器已欹，欲墜仍安全。邪説紹述起，誣謗何紛然。正士盡遠竄，宵小爭持權。遂令金甌缺，淩夷靖康年。感物論其世，識者爲喟焉。器已數易主，圖記溯其源。我詩當作銘，以配磨兜堅。

番泉拓本冊爲錢夢廬題

製詭幺錢女布，貨通南賧西琛。休説海夷革面，恐笑中國方心。夷人以泉易銀，終爲中國之患，余有詩及之。

畫餅那能屬饜？同姓或是宗盟。若使蹇裳可涉，何妨見我家兄？

簡竹西

歲晏人皆忙，我獨苦岑寂。所知隔城闉，相望邈矣逖。長官甚勤民，水道盡疏滌。遂令咫尺間，恨不通舟艓。雉羹煩見斟，羔酒愧獨喫。憧憧街衢中，足踝如轂擊。卻笑兩禪師，有腳皆挂壁。

讀宛陵集二首

我讀宛陵詩，卅年復一徧。先除鹵莽心，重對故交面。金槃薦橄欖，咀嚼未遽嚥。微甘苦澀餘，至竟無可戀。豈我學不進，猶是昔時見？茆檐寒日短，掩卷目力倦。

歐公慕昌黎，坐梅以匹孟。和平乃勝之，出語皆勁正。能於楊劉後，一救靡麗病。遂開蘇黄先，追復盛唐盛。文章應帝車，回斡視其柄。無此二百年，稍過亦公評。

喜種水見過

風色蕭寥薄莫時，寒流清淺進船遲。歲除誰復衰翁念，老去難忘幼婦詞。苕霅舊遊還入夢，谿山無盡寄相思。時以詞稿屬定〔一〕，及見示碧浪湖圖倡和之作。紛紛人世閒忙裏，公道評論若箇癡。

【校記】

〔一〕「時」，底本作「詩」，誤。

次韻竹西歲暮感懷四首

萬事叢殘俱破除，祇應未與酒杯疏。仙人蚤乞休糧藥，鄰叟來求種樹書。已分形骸同土木，那拋心力注蟲魚？睡餘摩腹慙多負，儘喫新醃百甕菹。

結習三生豈易償？埋頭鄴架與曹倉。繡從紅女金針度，錦要天人玉尺量。馬小糜、曹種水各以詩詞乞定。百歲悤悤真過鳥，多歧往往有亡羊。諸君未遽能相舍，自笑殘年秉燭忙。

新詩多態藹春雲，彩筆能傳附鶴群。作達君真白少傅，傷春我老杜司勳。耄期不亂今安有，冷澹爲歡古所云。爲祝年年精力健，獨扛百斛鼎龍文。

舊侶如星向曉稀，若論末契少年非。龍鍾東野誰能拜，局束昌黎不受譏。烈士可知心尚壯，吐辭未免口多微。庚寅明歲逢初度，約載松醪一款扉。君明年七十。

卷八 庚寅

老復丁庵集

丹叔有喜種水見過之作次韻

無此今朝懷抱開，故人能與蚤春來昨日立春。門前風色看茸帽，燭下朱顔借酒杯。佳約留爲它日話，好詞曾費少年才時以詞稿屬删定。還應未免黄壚感，欲問梅花櫂卻回。

竹西以肴酒爲生辰之餉留飲

簋貳籩加酒一盛，兩年爲我暖新正。龎公元直誰賓主，拾得寒山老弟兄。世事何如風馬耳，壯心不已兩雞鳴是日陰。從今歲歲沿爲例，説與梅花同此盟。

石門雨中用元遺山山陽夜雨韻

寒銷適七九，春氣益以坌。老人如枯株，一雨四體潤。扁舟銜煙波，欲破鵝鸛陳。漁舫相延緣，先後若驂靳。願言從之游，蓑笠詎無分？彎環石門灣，人喧晚墟趁。暝色昏易成，貪程猶孟晉。浮生久江湖，照影慙衰鬢。此行赴友招，自卜無悔吝。晴好雨亦佳，天心吾能順。微喧衣可卸，緩酌酒未盡。呼僮撥深爐，灰暖有餘燼。

題鐵生小景八幀

一重一掩轉深幽，沙觜彎碕隱渡頭。莫怪老奚窮到骨，畫成真遣一生愁。
我與諸君到處同，太虛爲室月當空。始知絶代元真子，不在風斜雨細中。
一條略彴隔谿橫，對面群峰大段青。記得蹇驢馱我去，松風兩耳冷泉亭。
疏篁幽澗各泠泠，坐撫枯梧對石屏。此地斷無箏笛耳，何妨彈與此君聽？
殘堞微茫澹月寒[二]，孤篷疏柳隔前灘。人間第一銷魂景，莫遣屯田柳七看。
當年來老愛君句，作畫贈之落墨肥。雨裏雲中好粉本，何曾辛苦學元暉？鐵門喜誦君『雨裏雲中』之句，君畫便面似之，今藏子所。

吾家舊是水村居，老柳蕭蕭獨樹疏。只少屋頭山一角，不然多恐畫難如。
從來秋士愛秋山，澗碧苔蒼自往還。明日去尋湖上路，春紅應笑醉時顔。

【校記】

〔一〕『堞』，底本作『牒』，據許增本改。

題紅茶方伯富良江使槎圖

閉滇豈有夜郎王，進孰羞稱博望張。徼外魚龍朝漢節，天中日月照蠻疆〔一〕。能令茅蕝更椎結，肯遺珠犀入橐裝？謂正受詔之禮及卻餽事。今日披圖重惝怳，長風高浪極蒼茫。

【校記】

〔一〕『疆』，底本作『彊』，據許增本改。

題林秋孃詩冊吳中石氏侍兒北行題壁者

吳苑煙花燕路塵，爲誰顛頓爲誰顰？樓前一墮輕於葉，始覺齊奴是可人。
世間無物不參差，墮溷漂茵各一時。可惜樊川今老去，不能爲賦杜秋詩。

二月七日訊岑招集巢居閣感賦一首

西湖一别十年久，夢裏山靈屢招手。今朝初上西湖船，喜見新黃幾絲柳。新柳如絲水漸波，百疊皺作方空羅。中流孤山先照眼，曉煙羃䍥浮青螺。孤山花蚤我來暮，多恐已隨夢雲去。天公一夜釀春寒，留取玉妃裙衩住。高高下下八百株，濃如施粉澹施朱。紅兒退房頩雙頰，雪兒傾國回清矑。紅香澹白各有態，開早開遲總相待。老來與世百不宜，獨與此花有緣在。當年祠成集衆賓，適亦來作西湖民。參差小梅短於我，昂藏野鶴長如人。君家賢兄名第五，首倡新詞補樂府。繼聲白石豈能工，小記柳州差近古。十年前事重低回，珍重花前共舉杯。樹猶如此吾衰矣，羽化仙禽來不來二鶴已化去？

下榻紅茶山房旬日矣主人喜已向愈詩以發之

萬里相望十七年，三湘六詔百蠻天。死生契闊遽如許曼生、小湖、琴塢，窮達升沉皆可憐。丈室新除居士疾，剡溪未返子猷船。佇君彊起同杯杓，春欲平分月漸圓。

坐雨有感

沉陰閣雨替傷春，春物還傷客裏神。一段微波湖上路，九原芳草夢中人。香桃自短多生命，弱柳猶疑舊日顰。留得城南沈園在，便教老去總含辛。

鏡檻書牀共一寮，當時不省有無憀。戲嬰院小孩兒巷，按樂樓高和合橋。紅蠟沉沉闃夜酌，碧牋短短勸詩鈔。而今都入蘅蕪夢，點滴空階聽徹宵。

題靜芳女史暝琴綠陰圖

明光彈罷靜愔愔，蘿屋寒多晝亦陰。合喚侍兒早囊取，移時只恐落花深。

高情雅調少人知，何似昭文不鼓時。一樣春風吹鬢影，自憐禪榻杜分司。

題湯雨生都督貽汾琴隱圖三首

學琴端可治幽憂，誰信麤官有急流。漏月不須歌慷慨，年來久矣忘恩讎。

窮邊冰雪鍊精神，聞說名園地絕塵君在靈丘築園，即以此名之。稚子孺人盡琴德，一家中自有陽春。

握手相看白髮生，揚州舊夢記分明。衹愁重過黄壚畔，不聽琴聲聽笛聲謂蓮裳、老薑。

題徐問渠楙秋聲館圖館爲符幼魯故居

一宅臨江豈重輕，千秋終屬庾蘭成。高梧修竹應多幸，莫向西風鳴不平。

二月廿日偕李西齋堂游靈隱諸院紀事三十五韻

薄雲開朝暾，檐際噪乾鵲。山心起我早，況與故人約。肩輿出城闉，老去硬腰脚。山靈應見亮，豈少一雙屩。緩行漸入深，嵐翠仰面落。悦然十年别，一見樂莫樂。樹石不知老，風煙漲滿壑。流泉嗚咽聲，似責舊時諾。寺新刼火餘，瓦礫焕丹雘。龍象有廢興，世事何足愕。山門旁逕通，桀出借秋閣。視客貝葉經，梵字如屈蠖。葉文無圭稜，但類木杮削。何能辨真贋，且可資噱噱。言尋松靄房，朱老舊栖託竹垞。猶藏六詠篇，僧廚謹鐍鑰。汪梁鄭重題水蓮、山舟，墨戒後人著。歎息見前輩，用意異輕薄。四松已無存，山茶朥殘蕚。門前桫欏樹，色古氣磅礴。惜時葉未生，形象難意度。跂光未及上，細路轉略彴。重爲靈鷲游，洞穴恣探索。朵朵雲倒垂，面面窗四拓。披胸露肺肝，開口見垠鄂。日光透空明，苔花繡鑱鑿。可憐半閑老，題字亦不惡。既貽宗社耻，難洗林澗怍。臨湖舊酒樓，小憩款杯杓。當年當壚人，衰鬢驚秋蘀。惟有對面山，煙鬟儼如昨。回憶卅載前，旅食寓西郭。僧樓與可莊，每歲宅更平泊。兩山裏外湖，日日朋酒醵。飛來最心賞，百鷲讓一鶚。兹遊賴賈勇，危不敗前卻。時雨後天寒，同人多尼之者。餘年知幾何，塵土坐拘縛。重游訂後期，老健與君各。

題酒樓

玉勒金絨諸少年，銀瓶索酒致翩翩。一株老柳如吾老，也有春人來繫船。

松靄山房

十笏旁分靈鷲支，深深嵐翠撲須眉。過牆竹筧咽幽響，隔院海紅開老枝。五粒松隨龍蜕去，百年人訝鶴歸遲謂竹坨。獨尋巉削看山骨，如讀先生吳體詩。

次韻奉酬雨生都督扇頭見贈一首

老來端合署休休，尚有心情問鷺鷗。四海亦知雙鬢白，十年未有一書修。聲名自昔齊驃騎，去就何嘗爲督郵。今日西湖付管領，金絨試作少年游。

未許屠龍身手閑，天教生入雁門關。漁竿漫罷江邊釣君有秋江罷釣圖，詩筆奇爭塞外山。感舊尊前歎藎落，承歡膝下舞斕褊。知君雅有胸丘壑，置我荒江老屋間。時爲作《老復丁庵圖》。

來禽作花二首

十年手種此林禽，簇簇新紅見一篸。説與遺山元老子，海棠嫌淺杏嫌深。

漫題新館儗前賢，豈有臨池帖可傳。今日看花增悵恨，邢家妹已隔人天。

舊藏黄鶴山樵松谿圖絶品也興到斐然用鄧文原丁氏松澗圖韻題其上

高厓絶壑多風煙，奔流百道爲平川。川回山轉谷口出，絶境開自太古先。豐茸芳草滿幽逕，掩冉不辨蕙與荃。下有清流百尺澗，上有一握孤雲天。舉頭惟見石磊磊，傾耳靜聽鳴濺濺。支離老叟十百輩，解和虞帝南風弦。鍊形不落赤松後，清歗合在孫登前。不知老樵何自識，此境比似黄鶴尤雄妍。渠家謝舅擅平遠，愛逞姿媚何嫣然。老我若得此佳處，便結茅屋長草玄。但資松水已自足，何必更問山中田。

苦雨

寒日清明數日閒，未佳天氣是天慳。黄鸝紫鷰寂無語，彀彀班鳩來屋山。

濕雲罨戶眼重遮，夢裏皋亭油壁車。老去無心管閒事，連朝作惡爲桃華。

喜晴柬竹西

十日沉陰忽快晴，書龕初喜紙窗明。來禽學作徐孃面半樹有花，逐婦新收老婢聲。寒食出游邀友共，清明上冢喚舟輕。題詩爲報王孫道，陌上真堪緩緩行。

河東君鏡拓本

銘曰：『官看巾帽整，妾映點妝成。照日菱花出，臨池滿月生。』此唐鏡舊文，旁『蘼蕪』二字，乃後劖刻者。

一撲香綿膩粉殘，蘼蕪春老恨漫漫。圓冰衹合妝臺伴，肯照官人再整冠？

上冢即事

村村草木長，稜稜菜畦黄。小港肥新水，平田碎夕陽。出游晴始愜，歸櫂晚多忙。纜解猶遲發，難忘是故鄉。

春鳥

春鳥爾何意，於春似有情。曉窗先宿燕，深樹替流鶯。正好披風聽，伊誰隔葉驚？衹愁梅熟後，雨坐但檐聲。飲梅水即不鳴。

春會

此邦重賽會，夏首尚春餘四月四日。野次施行馬，村艫學貫魚。兒童祝晴霽，婢嫗巧妝梳。泥飲逢田父，贏錢亦可醵。

次韻柳古槎樹芳見寄

夢斷明光與駊娑，老來但未入雞窩。閉門小院如蘭若，堆案叢書是貝多。夜雨談深雙燭跋，春谿水長一舟拖。西河正要傳詩學，試聽商聲曳履歌。君有哭子詩，甚哀。

題雨生參戎秋江罷釣圖

世事翻覆無不有，得失何須咨北叟。奇哉龍伯偶蹉跌，便袖平生六鼇手。羽林孤兒例從戎，此中乃有張長公。隨身蓑笠自不惡，況有茶竈兼詩筒。斜風細雨西塞山，冰天雪窖雁門關。只今又作西湖長，滿地江湖如等閑。書來乞和漁父歌，我歌與昔當殊科。水波已定拏音遠，欸乃一聲君謂何？

瘦山贈詩且約南池之游次韻爲答

老矣懷安居欲燕，事乃不然弦上箭。千里命駕洵有之，莫謂古人今不見。裴回歧路悲素絲，與君此意綿歲時。枯魚窮鳥一相值，出口隱約多廋詞。身賤梁陰載桔梗，名虛道左竭甘井。何當冉冉將盡年，觸此隆隆可畏景？屈指袁江分手人，往來五見鼠姑春。髮衰面皺無足歎，世間萬事皆前塵。太息前賢亦行路，留作後來指點處。千秋只有飯顆山，能知海内爲長句。隨意招邀好命疇，南池水亦江湖流。分明去歲題詩在，端爲遺山補昔游。

廖裴舟雲槎菖湖草堂圖

頻歲南池寄客蹤，時時清夢落吳淞。便教入雒才名盛，終是雲間陸士龍。

舊遊回首歲侵尋，一櫂何當返故林。祇恐歸時又惆悵，秋風江上女嬃碪。謂織雲夫人。

瘦山市南老屋圖

不用陳方問越巫，還君舊觀只須臾。六丁儘自誇身手，禁得閑人點筆無？

同病誰能作賀書，旅巢當日亦焚如。豈知圖裏靈芬館，也不先人昔敝廬。

六月十三日嚴公子子高遜招同瘦山登太白樓小飲南池得詩三首

江山莫終古，星斗麗高天。煌煌長庚光，照此古城邊。時代屢變更〔二〕，相去年已千。當時沉醉地，久矣蘊蒼煙。沉香清平麗，采石宫袍鮮。捉月蛻醉骨，騎鯨渺飛仙。於此亦何有，一廛棲豪顛。平生慕高氣，抗心古風篇。來游想陳跡，如月有故躔。再拜酹一尊，天風下翩然。

雉堞高突兀，亭臺俯可闞。清流無一掬，云是古南池。鳴蟬出灌木，菡萏相紛披。奚須鍥舟覓，允與開尊宜。二公不相從，歎息韓退之。何意得合并，千載此一時。片石刻遺像，清削海鶴姿。褒揚得天章，永爲詩人規。惜哉許主簿，配食乃見遺。豈必慙賀老，恨無一卷詩。蓋臣詩史，乾隆御題額也。太白樓有賀公像作配，故及之。

往歲思東遊，望雲首空矯。垂老作此行，公案要當了。雖無細馬馱，蛾黛畫縹緲。猶勝戴笠人，杯炙託一飽。持節今嚴公，久要見華皓。公子敬父執，緩酌恕我老。況有鄭台州，詩筆窮百巧。故人意中多，俗物眼底少。安知更千年，不此奠清醥？一笑又放狂，高天過飛鳥。

【校記】

〔一〕「變」，底本作「髮」，據許增本改。

次韻許孟淵夫人珠四首

試手雲霞妙翦裁，清于蓮蕊澹于梅。平生略記瑤臺夢，剛道飛瓊姓字來。

士賤紛紛笑闒前，風規那復見前賢。遺經政有周官在，珍重韋家倚席年。時設帳節署。

前輩風流託後生，君家月旦有公評。垂肩白髮懸河口，一讀真教老眼明。夫人曾見亡友鐵門，上句即所題《南鄰感舊圖》詩也。

夢斷紅闌四百橋，驅車前路更遥遥。詩成愁寄江南客，若箇門前少畫橈。

過曾子故里

道左留殘碣，先師昔此鄉。簞瓢思吾友，酒肉有高堂。梟已郭門徒，《水經注》：『高門，曾參居此，梟不入郭。』瓜從老圃荒。應知非勝母，伏軾且徜徉。

獨山曉發

殘夢悠悠馬齧槽，曉涼翦翦客披袍。風聲遠樹栖烏起，精色東方太白高。疏柳長槐來蒼茫，紅粱綠穄與周遭。卅年重逐車輪轉，自歎勞人老更勞。

題叔美終葵畫扇

是處榴花照眼明，緋袍烏帽好儀形〔一〕。清時草木無依附，閒看終南山色青。

畫手長康亦太癡，神叢愛寫此于思。不如貌取渠家妹，舞褁弓彎唱鮑詩。

【校記】

〔一〕『烏』，底本作『鳥』，誤。

題小農河帥河上防秋圖四首

水於天地間，鉅者海與河。自從資飛挽，河尤仗恬波。利博害亦大，議論爭鐫磨。倉囷十年畜，藉此方舟柁。魚鱗百萬戶，神靈助撝呵。所以民功庸，不殊戰功多。持節臨盛秋，有若將荷戈。延望元帥來，約束驅鮫鼉。

書生紙上談，開口比賈讓。誰能當大任，以身作保障？堂堂嚴鄭公，先後開玉帳。油幢歲此莅，金隄屹相向。有如趙營平，老將猷克壯。尚嫌代一時〔一〕，不自列功狀。爲圖矢辛勤，可作勞臣樣。後有楊子雲，即贊於其上。

河渠漢代志，厥後爲河防。元明事已異，豈況宋與唐？東南各寘帥，茅蕝分土疆。中州接青壤，形勢居中央。建瓴自積石，遮害通黎陽。重煩此擘畫，安集嫌輪將。溓夷逾十稔，宵旰寬廟堂〔二〕。區區通禹貢，陋矣稱平當。

故人不相見，僂指已五秋。千里忽命駕，乘興來東遊。邅回船上牐，犖确車摧輈。艱難得一笑，老矣何所求。君爲摩天鵠，我如狎波鷗。几杖倚富貴，尊俎互獻酬。試問帳下兒，頗見此客不？題詩志感慨，沉醉筆亦投。

【校記】

〔一〕『代』，許增本作『伐』。

〔二〕『盱』，底本作『旴』，據許增本改。

題方雲室勤讀書秋樹根圖

老木空山秋意深，祇餘風漢此呻吟。笑他佛助寮人偉，坐鋭匡牀轉樹陰。

新涼即事示叔美小農

兼旬秋熱猛於虎，一霎清風埽欲無。銷夏常憑特健藥叔美於清晨作畫，招涼戲學潑寒胡小農以百斛水洗庭竹。入脣浮螘開新瓮，斂翅蒼蠅避碧幮。卻憶家鄉當此日，雞頭菱角滿南湖。

爲小農題山館新秋圖

腹搖鼻息未得睡，一月炎蒸坐蕉萃。清風急雨灑然來，絶似故人天外至。故人相見更多情，窗下叢篁俱眼青。秋聲滿耳在圖畫，留取他時夜讀聽。

對月七月十四夜

星期已隔世，鬼節是明朝。月在天涯白，魂難地下招。河流分泱漭，野色入蕭條。絶侶蕪城夜，秋鐙一穗搖。

題楊蕊淵夫人詞集

金荃蘭畹漱餘芳，琹德愔愔入樂章。莫怪聆音知雅奏，十年屣倒蔡中郎尊甫蓉裳先生。紛紛蟲篆費琱搜，閨閣清才此一流。今日皆成天上曲，生香館與瘦吟樓。

芥航河帥以銅鼓送焦山作詩徵和遙同一首

金焦两山屹對峙，各不相下雄長江。自從山門留玉帶，遂覺勝蹟難爲雙。豈知山靈欲爭長，焦山未肯元帥降〔一〕。周鼎漢鼎先後至，有力直可龍文扛。張公銅鼓亦奇物，來自駱越踰潮瀧。當年戈樓下灘瀨，坐令側貳膏矛鏦。爭攜土物充貢獻，佅僸歌噪言多哤。蠻童蜑女共走送，想載椰酒兼羊腔。流傳千載未剝蝕，腰鼜黯澹皋陶韗。彭亨未渠鐘鎛列〔二〕，朋肯亦異金石摐。一朝施舍付香刹，僧徒膜拜羅旛幢。蛟龍踊躍作前導，鼉鱓妥帖成長矼。此時博望疑逵空，水天如畫浮吳艭。山中得此成鼎足，如二老後逢耆龎。於周差晚漢其亞，西京東雒皆舊邦。森然法物照殿宇，喜入老衲長眉厖。吾聞楞嚴佛所説，此土當以音聞悛〔三〕。此鼓吾知不待擊，十處各各聞逢逢。馮夷舞罷見晶域，沙戶去後開明窗。名賢寓物聊寄託，新詠發響同琤瑽。歸時一訪三詔洞，來聽天末疏鐘撞。

【校記】

〔一〕『山』，許增本作『仙』。

〔二〕『鎛』，底本作『鏄』，誤。

〔三〕『土』，底本作『士』，據許增本改。

題紀夢圖

長松修竹舊書寮，多謝趾離著意招。夢裏尚無名位想，笑他宮殿説笙簫。

題春山訪友圖

窈窕谿山杖履春，平川如畫草如茵。故人定有年前約，試問新來馱蘗人。

如聞二首

如聞遺種地，不信徙薪言。既欲標銅柱，那能閉玉門？安西自都護，保塞孰烏孫？行見千金費，多煩九府論。

狗盜雄何有，鴞音革亦纔。豈知回面後，直是戴頭來。天網原難漏，民巖亦可哀。如聞鮫蜃窟，往往尚樓臺。

奉答朱椒堂京兆爲弼見懷即爲其六十之壽

我初識君由陳侯曼生，新橋老屋多朋儔。琅嬛弟子稱入室，錄古不數趙與歐。陳侯於君中表誼，自少同學長同游。吾與陳侯但異姓，實同舅弟同喜憂。因陳爲介亦弟畜，心交三數不外求。當君計偕將就道，放言出口如探喉。傍人見謂又妄發，君獨擊節爲長謳。從此一別幾卅載，我羈君宦兩不謀。洮湖之長雅好客，大啟賓館羅觥籌。君家季弟亦招往，白藤織笈烏几鬏。猥蒙師事盡禮敬，亦推兄愛加綢繆。臨風對月雁行念，兩篇在紙互倡酬。人生聚散那可料，百年歲月風鐙遒。生存零落遽如許，又見玉樹埋荒丘謂小曼。三輔趙張妙爲政，諸侯賓客老足羞。寄聲千里通問訊，鵷鷺乃憶滄江鷗。甲子相配窮六十，吾已過四君才周。臣年雖老卿尚少，三公便到非黑頭。當湖鶴湖不百里，來往任放蜻蛉舟。

何時歸田共話舊，鄰曲指點談風流？兄酬弟勸頌綃綽，吉金貞石供瑀鍑。應誇意氣尚如昔，衹少百尺元龍樓。

艢上泊舟口占

連雞宿雁漫成行，三日都無百里程。浩浩湯湯攪清夢，卻教夜夜聽灘聲。

夜過仲家淺

夙聞仲家淺，過者肅瞻拜。一登太僕室，禦侮想風概。扁舟過昏黑，展敬恨不逮。當年傷哉貧，豈不以親在？平生負米心，今日問誰爲？栖栖道塗中，痛愧汗出背。

南陽待艢

歸櫂無端秋已深，秋深野岸出疏林。天於曠處見爲遠，雲在水邊時有陰。雲外雁鴻游子淚，天涯碪杵故園心。蕭辰長夜俱難遣，題作南陽待艢吟。

曼生第三子寶恒以貽研圖乞題感賦一首

乃翁作官不作緄，但有圖書數千卷。傳家亦無田幾雙，落落石友共明窗。淩雲一笑早歸去，膝下伶仃小兒女。兩兒齊年皆十六，頭角森然同立竹。能傳筆跡學塗鴉，不但書聲如布穀。蚌胎明月山谷詩，當時壽翁曾及之。傳送銀艾二千石，漢隸綰綽多吉詞曼生所藏漢甎研。禾生石上或有諸，乃翁手澤腴不枯〔一〕。努力望爾勤菑畬，三株之樹弱一株。

【校記】

〔一〕『枯』，底本作『姑』，據許增本改。

題莖鄰方伯藤花吟館圖

三月春風趺蔓長，諸天瓔珞粲生光〔一〕。分明罨畫谿山路，知是著書人姓梁。

青楊五柳高名重，桐木三槐世悳深〔二〕。到處甘棠長如幄，中庭添得幾多陰。

千秋傳説此高齋，畫手詩心費翦裁。一等世間閑草木，卻教人弔剡溪來。

【校記】

〔一〕『天』，許增本作『夭』。

〔二〕『悳』，許增本作『寘』。

題高飲江楨讀未完書齋圖

自從秦火來，天下無完書。六經既殘闕，百氏爭矯誣。武成二三策，魯史斷爛餘。所以善讀者，吐滓咀其腴。汲冢去簡編，航頭來典謨。全人脰肩肩，失笑甕盎徒。奈何媚學子，誓願追亡逋。未完讀之補，此意無乃愚？歆向校中祕，僅能別部居。安世識三篋，此外未聞諸。逐日走鄧林，夢渴吞江湖。先生志大矣，畢竟能償無？老夫老廢學，白魚生香廚。新知固無有，舊業還荒蕪。回思昔所誦，十不一二俱。四句屏貝葉，七言謝蕊珠。君如載酒來，但有虛室虛。

友漁齋席上詠小白龜龜長不滿二寸，色瑩如玉，肌肉亦白，不食不飲。

介物天然玉雪清，孅紋細甲可憐生。元衣巾換中單素，白藕花開上葉行。一氣定能千息服，六藏何用四靈名。君家陰德如孔氏，左顧還看鑄印成。

睡醒衣被泰溫而窗月皎然

如此寒宵亦復佳，被池溫暖半肩挨。明星來枕非前夢，素練縈窗入綺懷。病謝故人相慰藉，老禁殘歲重推排。醒然徹曉渾忘倦，一笑何由到大槐。

戲題八仙圖

天下漫漢鎖鼻睡，醒來卻識蔡忠惠。下第進士世所輕，送迎乃有城南精。丹經劍術亦何有，不及春風染花手。春華秋月一擲梭，藍衫脫下且踏歌。人世榮名等露電，外戚何如列僊傳。可笑堯年甲子人，捉向唐宮充禁臠。真人所貴存其真，兀者何必非全人。莫言苦相女身是，鳥爪同閱東海塵。神仙近來不用儒，劉葛所傳皆已無。丹青傳寫氍毹演，別有真靈位業圖。

題何竹香明府士祁村居讀書圖用梅麓韻

俗儒讀書如鳥鈔，一朝得食離其巢。已忘琴歌及酒賦，況念橘刺兼藤梢〔一〕？如君豈屑五斗米，老屋正有三重茅。乘時且縱千里棹，莫學杯水膠堂坳。

【校記】

〔一〕『剌』，底本作『刺』，據許增本改。

丁南羽十八羅漢卷爲蕭少府翺題

山桃紅熟枝葉新，拳擎跽獻者野賓。蠻奴歸向泥蹋額，禮此白毫相功德。食禽就掌知朝飢，師蹲坐下同甝貍。二物本皆具佛性，偶爾馴伏非神奇。名香頂禮瓜手奉，色香味亦隨所供。鹿苑從教鹿女遊，龍宮合有龍神擁。諸無學人何所爲，杖屨巾拂相參差。或立或坐或偶奇，若笑若語若思惟。樹孔坐入滅盡定，指端發光證海印。是誰禮此塔中王，擎者如瞋拜者敬。善哉南羽丁居士，手研長箋能寫此。莊嚴供養問何人，乃是蕭梁老孫子。君家老公天人姿，有一老胡不能師。何如空齋展卷讀我詩，亦勝同泰講説多繁詞。

姚菽憨橋東老屋圖

鹽橋作客曾三載，竹樹雖少多人文。才略輻湊有嚴助歷亭，説經折角來朱雲鐵門。冬華庵主時枉過，仙林寺鐘真飽聞。見君此圖爲太息，惜不蚤同鸞鶴群。

卷九 辛卯

老復丁庵集

元日和丹叔二首

整頓衣冠謹拜跪，松枝栢子簇深爐。此身幸不登朝宁，祖父前頭許給扶。

晏起猶然殢宿醺，尊前致語欲云云。山廚除夕分膰肉，祝爾年年共細君。

竹西有肴酒之餽用靈芬館集中禪字韻作詩爲侑奉答二首

墮地男兒亦偶然，敢將初度比前賢。生來豈是陳芳國，歸去終還兜率天。多謝重重送肴核，更煩歲歲侑詩篇。爲言丈室支離甚，月上維摩共坐禪。

衰病纏綿覺薾然，文書遮眼似猶賢。精神用苦將辭我，景物搜殘恐暴天。白月新鈔服朮序，服野朮有效，紫薇夫人作《服朮序》，見《雲笈七籤》。清齋重理養生篇。四朝自是吾宗事，請學神仙不學禪。

芳谷招同人集花光軒

新正年事畢，吾輩可槃湌。窗外響篙櫓，花間聞笑言。春雲晴有態，詩老醉逾溫。見說寒香賸，還尋東郭村半耕約東莊看梅。

春寒即事

春已月餘過，寒威反勝冬。圖方完九九，裘更著重重。稚柳凍新汁，殘梅鍊玉容。昨朝還旭旦，賺殺暖遊蜂。

維摩常示疾，彌勒與同龕。宿久空牀獨，飯仍遺矢三。賢人心恨濁，國老口嫌甘止酒服藥〔一〕。一種枯禪味，龐公許共參。

阻卻東郊興，負梅并負春。知君衰老子，令我念前人。衝雨舟如箬，披風草作茵。應憐舊時侶，一櫂幾逡巡。

【校記】

〔一〕『止』，底本作『上』，據許增本改。

鸞鶴如東坡紫姑神事

鸞鶴下天中，如聞位業崇。金堂餘漢士，玉札出龍宮。病許刀圭乞，文傳懺悔工。平生笑王謝，五斗奉家風。

又說童初地，有人其姓劉海樹大令。仍教官府足，何不世間留？夙昔遥相慕，神明應洞幽。君房兒子在，還解寄聲不？

次韻竹西坐雨見寄二首

一家分住屋西東，婦歎兒啼最惱公。數九已完春黯黯，初三不見月朧朧。俗占雨晴云：『上看初三，下看十六。』難浮南浦花間棹，誰躍西陵松下驄？料得故人知我懶，不將爽約問郵筒。

螘垤蜂窩各自封，云何開拓此心胸。屐稀綠已回庭草，屋老青先出瓦松。凈洗甲兵心有願，高排閶闔路無從。何時得見乾封盛，二月燔柴紀岱宗。

去冬歸葺樓下一小室爲臥起之所紀之以詩

復翁不伏老，自詑能遠遊。黄塵䟣跋中，兖豫歷兩州。歸來思息肩，平日所住樓。腰腳變頑痺，欲上不自由。有心發汝覆，汝老知以不？吾取自適耳，豈與腰腳讎。樓下葺斗室，亦可羅衾裯。地濕板以閣，檐低牆相韠。間置書數冊，坐臥隨緇紬。冬寒氣栗烈，小病況未瘳。遂使一百日，伏處如潛虯。客至或一出，去即藏深幽。前榮靈芬館，兩梅枝相料。今年著花多，雪色寒香浮。開落一任之，亦未杯酒酬。人生要盈餘，百方多所求。老病倏然至，殗殜惟牀頭〔一〕。雖有萬間廈，視之等贅疣。昔思建一閣，百里遠景收。名之曰蒻淞，頗已傳朋疇。草堂資未具，此願隨東流。儻得竟斷手，百尺淩滄洲。網戶開窈窕，綺窗巧琱鏤。今日登不得，懊恨其誰尤？平心去妄念，實爲善自謀。搬薑笑點鼠，奪巢鄙拙鳩。兩足縱倔強，一室堪夷猶。他時睪如也，樂哉歸吾丘。

【校記】

〔一〕『殗殜』，底本作『硊碟』，據許增本改。

接慈仲浮山所寄詩卻寄一首

迢遞詩篇雁足過，宰官鞅掌近如何？治才總待臨時見，循吏從來瘠地多。枕席過師懸繞霤，牛羊低草走明駝時有兵差。暇時更乞殘碑訪，可有鄉民祀石婆？見金李俊明《浮山女媧廟記》。

花朝喜晴

朝來紫燕拂簾旌，枕上先聞喚起聲。多謝天公開老眼，獨教今日放新晴。流連花月雖無分，愛惜韶華尚有情。從此也應衰病較，清明攜杖陌頭行。

竹西見過後詩來次韻二首

數日閒看即禁煙，喜君能放庳篷船。寬鞋瘦策春遊健，柘彈銅丸好句圓。不信祈晴須蒴帖，祇愁聽雨又成篇。昨宵夢蹋南山去，滿袖白雲身在巔。

辛夷花放山塘路，曾逐遊人載酒鎗。幛步都圍雲母麗，部頭尚記膽娘名。斬新正見庭前樹，感舊難忘花下盟。太息風情元九老，懶拈斑管詠春鶯。

和竹西疊前韻

爆竹薪炊滿屋煙，又愁入市要乘船。殘僧無術空號佛，野老何知漫測圓。《天文書》有測圓海鏡。笑我誦經纔半偈，看君下筆輒連篇。會須先作綢繆計，何處高厓好踞巔？

病起翛然心太平，屏除嵇㦗與徐鎗。遨頭節又逢茶事，俳體詩多用藥名。但使天河能洗甲，遂令甌脱不寒盟。牀牀屋漏吾何憾，豈羡翻飛出谷鶯。

得杭州故人書速爲西湖之遊疊韻二首

緑徧雙隄楊柳煙，書來勸放總宜船。已聞土步如酥嫩，更想蓴絲比荇圓。行樂但吟詩半格，憂時莫上策三篇。湖樓館我從登覽，不似兩峰難到巔。

無求何事不能平，罨飯惟消五合鎗。老眼有花書大字，病軀不出得高名。煩開細草三三逕，恐負閒鷗六六盟。到日計期剛上巳，先教傳語與流鶯。

寒食日作

寒食今朝是，新晴分外寒。暾先晃窗網，風怯傍闌干。丁子心猶結，辛夷葎已殘。郊遊知未可，蠻榼不須攢。

下牀見朝旭，喜似獲奇珍。久病成孱魯，餘威猶暴秦。藎芽呵出手，浮蝗凍沾唇。自笑如林類，披裘愛底春。

讀晉書

王杜功名冠一時，橫江鐵鎖變降旗。更煩聖慮平吳後，此語真堪墮淚思。

將往武林先簡諸相知

精神役疲勞，情性易衰晚。念念遷改中，如車下隴阪。我今自點檢，約略有三反。平昔善食酒，肉味屏牢圈。醉後勉一飧，但索魚羹飯。爾來嗜肥濃，割鮮不容緩。鳧鶩寒露雞，更不數鰷鰋。平昔惡居內，下牀急漱盥。自晨至夜分，不離靈芬館。閨人訝見面，畜犬吠入梱。爾來百餘日，房榻對婉娩。平昔喜出遊，無問路近遠。每逢故人招，略不暇息偃。爾來三易期，春陽坐頭畏孟德風，足疑鑿齒蹇。晚晼。夢想皋亭山，山桃開應滿。南郭隱几人，生死出關揵。梵志非昔人，行路無乃癉。我今猶故吾，何以日見損。鯨鵬遊逍遙，爵蛤化蜒蜿。景純所歎嗟，聞道未知本。馬駑自竊銜，輻脫奚待輥。拭涕爲俗人，肯信瓚公懶。明晨擬戒途，行旐已舒㫃。作歌寫近狀，如訴自列款。相見能幾何，且復答繾綣。

題沈東江謙手書詩卷用甘亭韻

淒涼痛哭記，哀怨水雲琴。即此滄桑感〔一〕，居然天地心。青燐隨撥櫂，白雁入行吟。莫補大晟曲，恐多亡國音。

【校記】

〔一〕『滄』，底本作『蒼』，據許增本改。

次韻丹叔送之武林

絶越收功罷戍征，旄頭星落泰階明。正逢海宇清夷日，大好湖山跌宕行。百歲那容三宿戀，千紅只競一春晴。虛名誤被人傳說，世上幾多有耳鐺？

頭核自嘲

胸中無武庫，何事忽生癭。朝來起盌頰，觸手類梅杏。謂小不足治，兩日漸如鯁。就枕相鉏鋙，轉喉見直梗。人言忿怒多，氣滯出頑獷。吾今面吐乾，奚煩此相警？得非本吳人，陰報瓠繫頸？食疑物在咽，衣待闊裁領。因之緩舉頤，兼可顧瞻省。儻復逢齊侯，瓮盎吾其幸。

挽賓谷先生

廿年管鹽筴，睽睽萬目看。再來時事改，積重設施難。朝籍名猶挂〔一〕，懸車路已殫。白頭重索米，投老轉孤寒。

老矣知交盡，公乎義分深。論文千古眼，好事一生心。人海成鳧没，江湖分陸沉。祇應漢上侶，泉路續題衿。謂甘亭。

【校記】

〔一〕『籍』，底本作『藉』，據許增本改。

題皋亭一角樓圖

高君愛山山不賒，一樓縹緲淩飛霞。窗中如開馬遠畫，陌上自賞仙源花。何人相贈青玉玦，此客不羨黃金車。幾時坐我麗譙上，盡拓八面玲瓏紗？

雨後偶成

三月已破九日強，老夫畏寒腳復僵。昨日今日風惻惻，南山北山雲茫茫。村媪醵錢上鷲嶺，榜人爭渡同魚梁。鷗天高閣登不得，擁褐坐爇金爐香。

題金芸舫倚松聽瀑圖

秋山過雨萬壑傾，幽人策杖山中行。崖深未脫龍虎骨，天半同作風雷聲。飛流時濺衣袂濕，偃蓋忽動鬣鬣驚。不知巖訊定誰及，問是黃山是赤城？

泛湖即事

槍籬迤邐復低高，短策輕扶過石橋。一片新蒲綠無次，水波響處有魚跳。
放鴨無船水面空，長隄人影亂青紅。兒童莫便衰翁笑，也怯湖心擲鷁風。
何心還問少年場，儔侶清歡總不忘。送盡人間嵇與阮，酒壚依舊曬斜陽。

孫閑卿女史停琴佇涼月圖

院落星河澹泞天，石牀雲冷七條弦。不須更説成虧事，好月裁能幾度圓？

補屋牽蘿作底忙，更無聊詠共衰光〔一〕。伯夷操裏彈鴻雁，寥落遥天有斷行。

【校記】

〔一〕『衰』，許增本作『哀』。

羅君以智以詩見投且乞題瓊臺夢月圖因過天台不得遊而作也題者皆倚聲余不作此十年矣乃次來韻二首以爲琅玕之報廣雲海之思云爾

年少清遊不諱狂，預排湘管寫香姜。赤城霞豈塵中物，玉洞花非陌上桑。天姥尋仙原有路，石梁選佛别爲場。定知追憶還怊悵，枕上詩成落月光。

放棹西湖續昔盟，十年魚鳥見來生。老難分刌脩蕭譜，病怯逡廵鬬酒兵。海上青山終古好，夢中緑骨一絲輕。何當乞與飛霞佩，尻馬神輿自在行？

題金意山先生飲香圖遺照先生名黻，山陰藉，由進士出宰。乾隆癸卯鄉試，先生分房，某試卷首薦，下第後蒙千里以書相慰。今其從弟芸舫以圖來索題。

我年十七充秋賦，墮地生駒望雲路。霜蹄遭蹶本尋常，卻得孫陽一回顧。此事至今五十年，久謝科舉荒江邊。堵墻老馬賸皮骨，王良一星先上天。新安山水牽絲乍，移宰龍眠卒官下。鬱此奇氣埋九京，欲識龍門在圖畫。畫圖想像舊丰神，袖挹天香杯飲醇。白頭今日題詩者，曾是落陽年少人〔一〕。

【校記】

〔一〕『洛』，底本作『落』，據許增本改。

題陳訒庵來泰山館吟秋圖

紫陽山曲子城偏，瘦石疏花秋更妍。天上星辰自兒女是日七夕，客中詩酒即神仙。舊遊回首嗟吾老，令序關心覺子賢。朱九屠郎盡長往，鐵門、琴塢，君師友也。披圖振觸轉淒然。

病久厭苦書悶

臥起懨懨三月餘，送春盡又夏臨初。一身無著將歸土，萬念都空并廢書。已厭鴻泥尋故跡不赴袁江，不愁鼠壤有餘蔬。寄書何點何時達何韋人，應笑區區獲散樗。

喜何韋人其偉見過用前韻

簳山巖訊隔年餘，黃色眉間握手初。能活故人豈望報，又成新著肯拋書以近著見示？刀圭乞得好行藥，裹飯來尋罷翦蔬不飯而去。投老相於倍珍惜，楞伽宰樹似園樗謂鐵甫。

頸核未消戲成俳體十二韻

衰病今年婁謁醫，好頭頸又杖刀圭。未經作吏強何有，偶爾登場拗不題。初覺隱頤殊磊磊，旋難左顧好媞媞。食單不議爛蒸鴨，斜領新寬急縛雞。擁腫恐嗤瓠繫狗，因循漸欲角穿蹊〔一〕。礦砂貴儗尋番舶，丸藥靈真乞峒黎。乍可回身笑狼狽，豈宜並枕惱蝤蠐。忍如勾踐心先鄙，壽似毘騫物可齊。時或扶肩呼弱女，久辭引臂替山妻。雍容杜預嘲猶恐，貴踞消難括敢詆。剝剝叩頭驚靜聽，啞啞白項望朝啼。聯詩石鼎君休誚，高結喉中聲尚嘶。

【校記】

〔一〕『蹊』，許增本作『蹊』。

壽丹叔六十即用其自壽二首韻

窗外安榴紅欲然，阿兄病起老能顛。春將斗粟爲生日，倒卻三松祝降年。昆弟交應無幾輩，江湖集可繼群賢。笑他射虎南山老，剛説區區休問天。

浮世光陰弱草塵，但能適意豈憂貧。竹奴湯婢呼房老，縣寺府廷充國賓。丹叔無姬侍，一應小試輒謝去。粉黱送將青鬢客，科名磨作白頭人。從今與爾同家衖，老向荆蠻謚作民。倪瓚自號荆蠻民。

梔子

休論玉質與冰肌，六出真從香國移。不忿遺山元老子，祗將金色讚黄葵。

兩兩心同未可誣，根株低小傍墻隅。他時真見成林日，記取主林神是吾。

枕上口占

將軍帳下喧歌吹，龍母祠前鬧管絃去年廟工事。今日一鐙明復滅，臥聽蚓笛出墻壖。

湖樓一月養微疴，老子婆娑奈爾何？葛嶺西頭小繭栗，有人長寐卅年多。

潘郎多事寫吾真，幸作唐裝衹半身。不爾樓家童子見，又疑針灸畫銅人。病後骨出，見者多訝。童子事見攻愧題跋。

上藥真能養大年，囊中略賸賣文錢。人間一例支羅服，正要陳君觀玉篇。爽泉勸服吉林蔘，有效。

老去何關世重輕，多煩何點出山行。夢中隱語傳家怪，誰識西泠陸麗京？謂韋人。

有兒執訊走淮瀆，愁水愁風夢裏聞。歸到牀前談近事，老夫病體減三分。

有女相依亦似兒，稱量藥水賴扶持。三年夫壻專城貴，仍在貧家買罛籬。

遲嫁人間郭密香，今年尚在老夫旁。十漿三酒尋常事，先學黃昏一種湯。女姪茗仙。

阿奴哀我太龍鍾〔一〕，骨出真同藥店龍。便欲招来兩黃鵠，又愁老弟不能從。丹叔今年體肥。

粥飯殘僧歲打包，津梁疲矣恐飢枵。千門萬戶張平子，誤認靈光是把茅。芥航書慰，有碩果之祝，故及。

莫道醫科素賤癰，牀頭延接極爲恭。王褒庾信名聲大，不及當年長壽公。

【校記】

〔一〕『鍾』，底本作『鐘』，據許增本改。

謝古槎送人葠

跰躚照井尚爲人，多謝頒來藥餌珍。價重驟驚貧士目，甘回比醫女郎脣。王充莫歎支羅服，柳子應慚老伏神。倚枕題詩非云報，墨和藥汁不能勻。

長晝病遣

稱娖炎官朱兩輪，裴回長晝困羸身。生憐兒女經時久，多感交知念我貧茝林、小農、古查皆餉葠。老病偏嘗惟欠死，貪痴漸少未除瞋醫云膽病忌怒。從今一任盲聾了，同室何須問越秦。

病中四適

久苦諸君劇未差，扶頭不起臥夭斜。口無他味都如蠟，心有生機尚愛花鄰家送折枝蘭爲供。酒已絶交如叔夜，藥分諛墓似劉叉。問君此骨何由肉，試看稜稜方空紗。

成瘵

朝夕親牀褥，此身那得安？在形爲外骨，於德是中乾。得化莊生蝶，如驂子晉鸞。醒看一榻外，大地本來寬。

遲明

宵短無如夏，偏於病枕長。心煩亂喧寂，身重易溫涼。延望窗櫺色，遲回燈燭光。朝來惱癡婢，更著一簾障。

藥停

攻伐兼旬久，宜開一角圍。如聞天下宥，聊示地文機。空盌餘馨在，深爐宿火微。何時具杯酒，話此爲重欷？

醫賀

未免三醫謁，其誰八脈閑？親朋候言論，憂喜卜眉間。似已生機轉，當知歷試艱。相煩哀老子，一晌只癡頑。

即事

幽微難畫此中天，谷鳥林蟬各悄然。一朵荷花伴清曉，人間有此病神仙。

爨餘集

燹餘集

壬午十二月廿二日，所假館之樓火，僅跳而免，所著皆燼。友朋掇拾，間以抄寄，不復次第，得即存之。

碧月謠得古鏡作

素娥螺黛懶不收，老兔攫之杵臼投。出入碧海相浸灌，一團濕翠中天浮。中天滑蕩嵌不入，忽墮滄江有人拾。挂以八尺青珊瑚，夜蛤無光睡驪泣。捧心照膽應無比，青鸞一去紅桐死。秦衣不捲故宮人，三泉銀液寒如水。

明荷謠得馬腦筆洗作

明河迢迢藕花底，臨川妙語有如此。可知世界皆意造，今識斯言不孤起。老冰水玉無足論，一片招得玻璃魂。田田池心乍抽葉，上與絡角銀河翻。維河與月秋始逢，延之入座常相從。我詩自能補造化，湯沐策勳及筆公。

論書絶句十三首

一代文章醇肆間，晉人書法獨開先。同時儘有五雲吏，銘就新宮合自鐫。姜西溟。

頓挫流灕運筆工，亦如辨口騁談龍。歐虞家法分明在，豈止黄金鑄一馮？余藏趙秋谷書一幅，極工，實出鈍吟之上。

一編手錄墨痕新，張敏求兼林吉人。比似兩家詩格好，一饒風骨一風神。《曝書亭》、《精華錄》兩集，張林所書也。

落筆能令萬馬空，玉虹樓上氣如虹。居然蹴踏真龍象，不信有人解御風。得天居士。

美女時花孰敢憎，香光老筆劇飛騰。紛紛海內傳衣鉢，猶認羊車是上乘。

澹蕩冲瀜妙入神，意兼諸體接前人。後來若買千金骨，莫失當年韓幹真。石庵書體近肥，作偽者滋多〔一〕。

力掣鯨魚筆自遒，魏公嫵媚得風流。後生莫漫輕嗤點，不見堂堂鎮海樓。杭州「鎮海樓」三大字，王夢樓書，今毁於火。

絶學高文懷抱真，即論遊藝亦通神。一篇快雨堂中記，不惜金針盡度人〔二〕。《惜抱文集》有《快雨堂記》。

相軋相輕自古同，頻羅早達吉羅窮。而今遺墨爭藏弆，始信評論死後公。山堂山舟。

老去靈光海内推，一時描畫盡趨陪。鄉人卻有邴根矩，不逐康成車後來。

書畫由來本一途，筆虚筆實要心摹。世人多愛奚郎畫，誰解收藏筆陣圖？鐵生。

鐵夫晚與吴興近王，蓮海從容季孟間尤。更有平生袁伯業湘湄，老年退筆總如山。

今年太息故人亡，無復縱横翰墨場。寄語遺山元老子，横流莫便罪蘇黄。曼生。

【校記】

〔一〕『作』，許增本無。

〔二〕『針』，許增本作『計』。

反擬古詩存五首

人生非植物，安能長鄉里？下牀動足行，萬里從此始。平昔與君期，久要不忘此。東瀛西月竄，跬步如尺咫〔一〕。百年亦須臾，相見徒爲爾。既不相見期，但可長相思。

芳草生庭除，葉葉何葳蕤。春風一以過，嚴霜來萃之。風霜豈有私，物微易憔悴。男兒無錢刀，那得論意氣？

春風漾微波，蘋葉生參差。上有浮雲影，奄忽如背馳。朱張平生言，妻子不及知。范張登堂約，慈母且見疑。侯公遺子來，下拜答王丹。知人固不易，結交良獨難。箕斗本虚名，歷歷何足歎。

東家有處子，窈窕閑且都。靡顔謝膏澤，盛鬋無璣珠。塊獨守中閨，闞覘聲影無。坐此迫歲晏，偃蹇已數夫。誰云桃李姿，而與松柏殊？世無百歲人，而有千載士。五圖與九籥，即此一丸是。世主竭財力，蓬萊無方舟〔二〕。誰見王子喬，吹笙攜朋儔？寄言不死者，羽人非丹丘。和風雜靈氣，此是真人游。

【校記】

〔一〕『尺咫』，許增本作『咫尺』。

〔二〕『蓬』，許增本作『篷』。

喬侍讀一峰草堂看花詩冊爲吴子修題

一代數人物，百年幾倡酬？偶然成勝賞，邈矣念前修。集自人人有，詩堪歷歷讎。布衣懷叔毅，遺稿定誰收。子修以諸人集各爲較字，他日跋云：『陳曾薮詩未到，余曾於沈生所見其殘稿。』

雲芝石爲廉山作

紫芝只在山頭長，下有白雲空復空。三秀獨標諸嶺内，群仙原住慶霄中。已教雪浪離堆似，未要仇池洞穴通。他日歸田成故事，也應閣號玉玲瓏。

得古雲病起見寄書奉答

春風遲放度江船，豈意相存病榻前？執手危成生死別，安心已過巳辰年。功名幾輩遭天忌曼生、琴塢，朋舊無多荷鬼憐。一語報君應破涕，儋州凶問已先傳未歸時有傳余病没者。

孫綺塘夢影圖

麝已成塵蠟已灰，分明是夢夢初回。睡蛇去後眠應穩，莫記前頭影事來。
中年家室感黔婁，魚目鰥鰥淚未收。慎勿寒宵擁衾坐，素娥青女一時愁。
縑素何須論故新，荀郎回首總傷神。只憑一語爲君解，較勝同牀各夢人。

和丹叔韻

蕭然顧影似禪那，嫌對明釭照芰荷。衰白相仍歡意少，紛華告退戰功多。侵尋時序初嘗麥，嫪戀家園欲首禾。投老弟兄須自愛，尊前聽唱百年歌。

得甘亭見寄詩被酒後雜然有感同韻爲答二首

此身飲罷復何之，慷慨尊前有所思。同輩最憐垂老日，百年俱是不逢時。心期鄭重煩書尺，手筆叢殘任網絲。知己無多離恨劇，爲君題作感秋詩。

少年豪宕老悲辛，往事紛紜莫重陳。此後便爲焚研客，他時誰是定文人？交遊落落某斯在，文字區區身孰親？肯説天台止觀法，妙香先徧幾由巡？

謝吳小穀清皋見贈王雅宜山人草書黄庭内景經

蕊珠七言虚皇傳，誰其書者陳台仙。雅宜山人有仙骨，筆勢欲與爭褊襬。自言資格未精進，已覺道氣凌雲煙。嘗聞山人有借券，文家仲子爲居間。君家祭酒有題句，太息租入無湖田。忍飢誦經古所有，辟穀不死良獨難。神仙可學定虚語，山人去矣三百年。君得此本秘鴻寶，持贈奚翅珍珠船。祇憐凡骨那可换，寸田尺宅紛茅荃。琴心三疊自幼眇，玄鶴不下高高天。惟當持誦日萬遍〔一〕，金璫玉佩同精研。天人之糧可充腹，不用乞米還貸錢。因詩爲報作左契，衰髮一笑何時玄？

【校記】

〔一〕『日』，許增本作『十』。

甘亭以答琴南詩見示次韻寄之

寂寞子雲老執戟，苦被客嘲玄尚白。豈知世有谷口耕，龍蟠於泥如蠖尺。爾我本非輩遯人，壯歲擔簦事于役。朱門蓬戶從所遭，傳舍視之究誰宅？朅來各自厭塵勞，斥鷃方疑彼奚適。吳門袁浦兩寓公，鳥雖倦飛還木擇。有時相望忽高歌，入破弦聲真裂帛。孅兒旁睨竊腹誹，故友垂鄰罷頭責。向者託君定我文，深賴柳州相指畫。兩篇寄我用意深，欲爲童蒙加冠幘。開緘方得一軒渠，同病不禁三歎息。旅客倦矣思迴車，同舍逌然任爭席。摧積世上兩禿翁，此生當更幾兩屐。不肯碌碌反抱關，自是男兒有胸膈。公等方推鄭莊穀，鄙人當贈繞朝策。百年有盡忍飢寒，萬物皆流止金石。歸來相與農里言，間作歌謠頌甘澤。絶交豈效稽康書，病風已愈陳琳檄。

秋已盡矣始得鞠花爲供感而有作并呈廉山已山末章兼示種水

薄寒已中人，節久過吹帽。言念黃金花，定復出蓬藋。園官太莽鹵，佳種委泥淖。哀此風霜姿，晚節更潦倒。風霜亦適然，於我豈足傲。何知有桃李，嫵媚徇衆好？

惟黃爲正色，餘者皆可鄙。坡老賞此言，託意良有以。窈窕亂華丹，蕭艾雜蘭芷。耳目一混淆，遂至昧物始。孤芳自不知，未要相料理。多謝別花人，清泉供棐几。

昌黎感霜菊，杜陵歎決明〔一〕。既晚難爲妍，獨立難爲榮。及此晼晚節，致多憔悴情。鄰娃不揚蛾，孰知淫與貞？孤懷不偶世，肯復以自明〔二〕。西風蟹螯肥，共君餐落英。

【校記】

〔一〕「決」，底本作「洪」，據許增本改。

〔二〕「肯」，底本作「皆」，據許增本改。

疊韻答種水

居恒倚通侻，酒半時脱帽。鐙前一顧影，衰鬢亂霜藋。胡爲長乞食，家豈無糜淖？狂走空皮骨，妄見迷正倒。致令夸毗子，遂謂士可傲。諸君亦何者，毋乃有私好？

朱弦無和心，聲已近北鄙。紛紛箏笛場，久漸忘所以。平生好奇服，雜佩蘅與芷。要是客氣深，積習自無始。窮子雖迷方，夢歸固其理。柴門已在眼，琴瑟并杖几。

我笑儋耳客，晚欲師淵明。果爾得聞道，豈復感悴榮。人事有合離，澹然可忘情。但保歲寒節，勿渝金石貞。舉頭見寒月，共此千里明。毋爲悲悁悁，兒女非豪英。

諸君見和前作復用韻爲答

遇雨或墊巾，因風偶側帽。陋彼標榜心，久欲逃藜藋。如何更尸祝，俎豆薦普淖。平生愧俛仰，每作桔槔倒。言歸計早定，非吏何云傲。託物聊見志，持論從所好。

雍容世甚都，衰殘人見鄙。區區此孤芳，抱之欲何以。長江亦有楓，沅流亦有芷。時序易遷流，志士貴終始。我今方幽憂，未暇天下理。客來勿相驚，頹然此隱几。

老覺酒力薄，夢醒天未明。稍待曙光動，櫛髮當南榮。請視此慵懦，豈有當世情。詅物買無善，衒女多不貞。頗疑荆山子，何苦泣血明。況乃梧臺下，什襲非瓊英。時有言將開大科，當得推轂者〔一〕。

【校記】

〔一〕『得』，許增本作『待』。

近園以楚游紀事詩見寄作此答之

男兒不能砥柱乎中流，當服八石冰夷游。申徒正則非吾疇，污穢濁世矜好修。金侯健者鷹脱韝，蹋門射策屢不收。便欲曠蕩窮探搜，武昌樊口地絶幽。江山靑蒼洲渚浮，高桅雙艫百斛舟。半酣歌歗氣益遒，兄視和仲弟子由。忽然顛風浪白頭，長年絶叫才脱喉。鴻毛飄空轉不留，此身已作杵臼投。

千金之壺何從求，憑仗一木棲浮漚。儵忽卅里如風甌，用拯始得回青眸。奪此一命於蛟虯，歸家痛定翻百憂。吐危苦詞自吟謳，似言身世良悠悠。死而不弔爲可羞，我初傳聞腸若抽。得詩忻然爲君酬，少年意氣傾九州。芥視雲夢垤崇丘，鯨牙可拔鰐可鉤。吹毛血此牛蹏湫，豈如壯志百不讎。平地往往能摧輈，千錢繫腰沉善泅。大氐大賈鼻齁齁，世事類然何足籌。鬼神戲爾非爾仇，從容竟得如游儵。伐毛洗髓三千秋，再生之禮相見休，與君同狎海上鷗。

秋日園居雜興

曲徑幽如此，高齋坐渺然。露明無月夜，雲澹始晴天。帖石秋花媚，闚簾稚竹娟。渾忘客中感，况有酒如泉。

時送蕭蕭雨，旋開面面簾。蛩聲停屧響，藻影亂魚噞。試筆題新句，繙書檢舊籤。故人皆在眼，疏散肯吾嫌？

最好開秋社，能來不待邀。吟聯風漢合，暑退酒人驕。欹石藤蘿蔓，危牆薜荔凋。淹留桂之樹，試著楚詞招。

落落雙桐樹，疏疏幾竹竿。相望永日夕，不自倚高寒。年鬢從催老，交親且罄歡。祇應憐屈宋，詞賦是愁端。

七月八日小穀招同人集紫藤花館分韻得不字

今年盛炎暑，病暍亦云久。入秋欲一旬，涼意稍稍有。客中無樂方，商略到文酒。賤子勉倡始，合樂先瓦缶。吳質發興新，折簡命疇耦。官齋有餘清在淮揚道署〔一〕，藤蔓寬一畝。相攜多故交，一二閒小友。肴饌屏腥羶，衣冠脫械杻。談諧忘永晝，辰坐直過酉。天涯合并難，即事笑開口。而我忽有懷，酒半起搔首。當年祭酒翁，文柄執魁斗。維揚冠蓋交，賤子牛馬走。豈惟不鄙遺，顧我意獨厚。新篇迭賡酬，洪響答小扣。遂令悅己容，自忘嫫醓醜。爾來二十年，慚荷呼負負。翁已爲飛仙，我亦皤然叟。之子繼清標，卓爾振其後。從來名父子，自立始不朽。胡爲謬見推，文字訂可不。虛薄安敢承，用意知不苟。明河漸絡角，欲起又煩肘。作詩感今昔，且望報瓊玖。

【校記】

〔一〕『揚』，許增本作『陽』。

素心蘭

坐來一室靜聞香，定武甆分幾箭長。魯國琴歌霜雪貿，楚江佩冷水雲涼。闃簾夜有明明月，對鏡朝宜澹澹妝。付與騷人說憔悴，至今猶是白霓裳。

次韻種水歲暮見寄

去冬苦寒沍，遠客幸早歸。言念羈旅人，歲莫誰因依。入春雨旬浹，新水暖沒磯。遲君此相過，日夕開荆扉。胡然寄短札，含思詠采薇。家居豈能安，已若箭在機。差池雙短翼，長恐中道違。爾時更相思，草長鶯亂飛。

舊藏種梅所遺犨石侍郎井田研失去後今爲雲巢郡伯兄所得喜紀一詩〔一〕

我生猶及老成人，松陵長水況比鄰。侍郎宜見不克見，但於詩筆窺齋淪。種梅博士官於越，晚歲遇我情相親。時時爲道侍郎事，官爵雖大殊清貧。折枝寫生換酒券，獨寶一研爲奇珍。茆田有井黄犢臥，拳曲不辨牰與犉。開匣摩挲出相視，墨花黯澹青花勻。勒銘厥背認手跡，字畫瘦硬辭清醇。爾時愛玩不忍釋，博士顧笑雙眉申。謂我作詩當脱贈，肯以球玉償瑌珉。硯兮歸我二十載，出入水陸同苦辛。博士俄歸道山去，惟此石友爲主賓。鐫詞其旁寄我意，望古懷舊非嚬呻。阿誰有力負夜半，如弓失楚璧入秦。平生未免尚留物，往來胸次迴車輪。豈知竟落吾友手，物之遭際洵有神。冷攤骨董雜常賣〔二〕，危不破碎泥塗湮。即有好事爲藏弆，老眼欲見知無因。使君風流妙爲政，五花判畢書等身。水晶宫裏淨洗滌，著手點筆皆成春。博士書生寒乞相，此硯應樂新知新。他年政成上廊廟，起草制誥揮絲綸。侍郎高躅勉相繼，良吏往往登從臣。我雖老賤百無用，文學自信能彬彬。重爲作銘刻諸右，過眼百世如環循。

【校記】

〔一〕『紀』，許增本作『紹』。

〔二〕『攤』，許增本作『灘』。

題奚九畫並送種水之楚江

偏是羈人好憶家，慣將圖畫向人誇。百城煙水從渠有，只讓漁師閣釣車。

移家我已廿年留，來往還如不繫舟。難忘兒時隨母過，春波橋與月波樓。

客裏連牀已判年，送君又上楚江船。可能穩作村翁了，日對門前穲稏田？

枕上作

曉色初欲動，宿禽猶未起。如聞蕭寥聲，傾聽不盈耳。窗稀漏數櫺，鐙小垂一蕊。了知此時心，的然在無始。

東家一雞鳴，西家一門啓。俄而遂紛紛，自此事多矣。少壯苦慵懦，垂老益衰靡。任渠椓丁丁，癡頑呼不起。樓下木工無停日。

和種水簾前棗樹新熟邀賦

接葉交柯結實同，略嫌秋澹與添紅。疏疏簾外連朝雨，纂纂階前昨夜風。海上似聞仙縹緲，鄰家恐有歸孤窮。尊前忽動五湖興，已覺東山翠掃空。洞庭棗名『白露酥』。

題種水讀水經注詩後即效其體

陶公抱苦節，于文時見之。刑天與精衛，託意有足悲。詠懷慮世網，游仙悼身危。寓物以見意，文士一律爲。問君何所感，攄此危苦辭。懷古信無盡，切今良可思。

道元矜博奧，出語尤清綺。工爲瑰麗文，刻露爭山水。愧乏著書才，亦未行萬里。我家甫成君，孝友悅學美。有女爲立碑，不復具年紀。此事傷我心，惻惻爲述此。

種水見示雲笈雜詠漫題三絶

四千五百卷都盧，祕笈靈文定有無。不作七言成一集，堯賓畢竟未仙夫。

若論位業笑登真，名姓何須説侍晨。請看和風兼美氣，始知任昉是真人。
有人聞住昜遷宮，玉貌依然似昔紅。黄鶴不來鬒髮變，他年慙見薛玄同。

次韻種水棗花館

彩雲已散渺何之，留與書仙借一枝。往事即今皆影事，前期容易又星期。廊腰步屧無餘響〔一〕，屋角牽蘿似舊垂。滿眼天花君不見，故應摩詰是多師。

【校記】

〔一〕『廊』，許增本作『廓』。

立春日有感寄鐵門沛上用王荆公寄逢原韻

盧敖未能游九垓，春日獨自登高臺。寒雲盡卷積雪在，平地玉山猶峩嵬。生平故人不可見，倦眼端向何人開？樂天囁嚅真老矣，方朔詰屈幾窮哉。春風動地欲吹萬，幽意已動寒葭灰。聊憑倡樂破旅恨，見譏惑溺如拾炲〔二〕。流俗豈知樂其樂，身世自處材不材。狂歌痛飲皆非昔，況鬥豪横新篇裁。天涯相望一千里，將子無死其能來。願君努力加餐食〔三〕，尺素報我河魚回。

【校記】

〔一〕『炲』，底本作『始』，據許增本改。

〔二〕『加』，許增本作『如』。

廉山屬題吴季子劍

欲識挂劍心，即此讓國志。豈知窟室中，乃有魚腸事？

慈仲以梅史贈詩録示用韻寄之

屠酤自酒肉，誦經獨忍飢。古今一窮巷，群士趨相依。少年苦漂泊，蓬轉隨風飛。可得暫小住，開書掩吾扉。年來道念勝，味澹聲愈希。亦如遠行客，終久當得歸。好酒近日減，玉池水生肥。兼屏綺麗作，庶免閑情譏。五欲相縛著，何異纆與徽。那能棲弱草，畏此朝露晞。悟道一言足，譬彼組貫璣。身心兩無恙，何歡更何欷。餘須面相語，以此先乘韋。

用前韻寄答梅史

身泰侏儒飽，運阻婉孌飢。旅遊與薄宦，窮老皆無依。緬懷吾故歡，垂翅困不飛。三年羈官下，未能款柴扉。嗟余久自棄，於世無所希。唯有素心侶，庶同白首歸。脂膏既不潤，糠覈亦足肥。如何千里足，乃負局促譏？尺書久未通，末由嗣音徽。今晨起新沐，散髮南榮晞。忽見一番紙，磊落傾珠璣。未識作者苦，但增悲者欷。摛詞非云報，聊用爲弦韋。

用韻贈顧澗蘋千里

世不生竹實，坐令鳳苦飢。區區卅雞翁，妄意能因依。久甘困塌翼，仰天看群蜚。豈能效燕雀，連翩入朱扉？此志詎不信，此願償者希。平生游道廣，誰爲白首歸？顧子我舊識，瘦狂已勝肥。詩書供賃顧，丘里隨褒譏。同時有老彭，異調同軫徽甘亭。眷言平生交，半已朝露晞。始悔不相貫，散落如琲璣。河上必同病，悲者多紊欷。終當閉門學，摑折編絶韋。

萬梅皋先生歸帆圖爲淵北題

子舍承歡日，空江放櫂秋。湖山娛老眼，風月入扁舟。心事冥鴻遠，行蹤過雁留〔一〕。紫芝眉宇在，髣髴照清流。

赤壁蘇公去，青山李白埋。猶應魂魄戀，復此畫圖開。前輩想餘韻，諸郎盡異才。何時嚴瀨上，撾鼓聽帆回？

【校記】

〔一〕『雁』，許增本作『眼』。

爲柳東題楳卿夫人遺影

最難留取是春風〔一〕，替月呈花付畫工。猶勝黃門了無藉，衹看遺挂在房櫳。

函光佳俠賦葰茙，笙鶴歸時月影孤。玉宇瓊樓寒更峭，不知憶放剪刀無？即用夫人詞意。

【校記】

〔一〕『取』，許增本作『處』。

哭甘亭四首

與世既多違，抗首思古人。古人不可作，庶幾吾友親。平生數交知，磊落星向晨。存者指可屈，逝者不復論。衰年誓相保，賴以忘賤貧。彭君廿年舊，老益用意真。豈惟合道術，兼亦同悲忻。邈然少年場，變化隨浮雲。意中隱有恃，相望如此鄰。奈何遽奪去，一車成孑輪。亦思呵壁問，何者爲大鈞？君有《廣問大鈞賦》。

才士感不遇，命也無如何。百年祇俄頃，夭壽等逝波。惟有千秋名，一立永不磨。妄疑造物意，靳此輕其他。方君髫頴日，妙譽齊甘羅。身騎五花馬，手弄七襄梭。長老咋舌歎，等輩俛首過。謂當即騰上，摘髭收巍科。假令竟得志，簪筆升鑾坡。雖能高照曜，未必窮研摩。安有一尺書，浩瀚流江湖？未知貴達者，所得孰與多？降年即不永，自有揮日戈。

與君廿年前，相逢淮陰市。氣懾諸少年，凛凛兩國士。金陵偕舟抗，邗水同客邸。猶復能飛揚，尚欲掃積靡。荏苒乃至今，衰遲遽如此。君因憂患仍，老鰥依法喜。偶載賓石車古雲，遂隱南郭几。我尚走江湖，食貧累衆指。君窮尚我憫，垂老溷塵滓。嗚呼同心人，世俗安足儗。寄謝賢公卿，未要相料理。

文章一代事，其重等輔佐。廊廟論人才，列傳能幾箇？請看雅頌存，功與將相大。炳然三代表，文士言豈過？草野有鴻儒，獨倡誰與和？後世嗟風流，及身足寒餓。君負蓋世才，珠玉出咳唾。臨老悟真如，世諦皆碎破。我餘文字障，秕糠請揚簸。題詞若犍椎，清響警昏臥。君今超諸有，而我尚掘堁。盛稱所棄餘，無乃翻爲涴。作詩當伽陀，不作楚語些。

次韻寄懷潛園

樹陰覆屋竹闌檐，歸見新蟾兩度纖。忽枉音書來水驛，亟須展讀拓風簾。酒兵雖老能超距，筆陣逢人已解嚴。君尚卑蜚我雌伏，相看一鳥似黐粘。

奉和琴塢太守寄懷原韻

渺然相望迴含愁，太息華年忽我遒。枯樹庾郎感搖落，病梨盧子苦幽憂。梅史羈官下，曼生患風疾。多煩出處商猨鶴，容易江湖著鷺鷗。歲暮秖今紛雨雪，遲回難放剡溪舟。

寄懷頻伽曼生袁江梅史皖江　屠倬

眼前出處總關愁，鬢影驚看歲月遒。老覺故人尤可念，病容高枕且無憂。浮雲幻態憐蒼狗，舊雨前盟讓白鷗。淮水皖江俱信杳，風波應不礙虛舟〔一〕。

【校記】

〔一〕『風波』，許增本作『波風』。

潛園有詩見寄魏塘次韻奉答

老如寒衲傍鐘魚，尚戀窮交訊起居。殘月長庚殊落落，蒼華短髮漸疏疏。十年宦送才人老，一笑名真處士虚。可待延緣候漁父，葦間波定不聞拏。

西湖小集潛園有詩次韻

故人滿眼續前游，況有湖山勸少留。新補梅花如遲客，最高楊柳記維舟。圖能即事已非昔，酒易生悲豈待秋？多謝鄰船暮吹笛，可憐時復犯伊州。是日秋白招集小檀欒室，諸君惟梅史尚在皖江，來詩又及甘亭之亡，故云。

寄潛園時慈仲亦在杭

當時抗論無前輩，今日相逢避少年。人世何曾堪把玩，文章容易誤流傳。湖山跌盪供多病，淮海漂零念此賢。賸欲與君爲致語，春風待放總宜船。

題潛園吟社圖次自題韻四首

志士惜時促，勞人羨身閒。二者不相謀，辟居澤與山。博簺較挾筴，爲術區靈頑。當其得意時〔一〕，羊亡非所患。多生習氣重，自詑鵾雞弦。十年屏樂器，鬱紆心不宣。美疢嗜土炭，何知有九還？飛仙無所事，尚詠虛皇篇。莫笑支離疏，攘臂於其間。

昔年竹林游，亦有嵇中散。疏狂倚意氣，杯酒數相見。世事喜睽人，一别久不面。君視禁中草，我舉廡下案。升沉雖云殊，於事無一辦。行行尚橐筆，鬱鬱可焚研。須知當時榮，乃是天下健。俛首仰屋梁，懷哉爲三歎。

琴塢有舊廬，三人者説詩。明窗拓蠡殼，淨几揩烏皮。迂辛短李間，著我如微之。吐論頗卓犖，群聽生然疑。恃其一往氣，逸足不可追。豈知天公妬〔二〕，各與以羈羈。荏冉二十年，歲月如奔馳。縱識老馬道，敢樹大將旗。羨君能立懂，三千擁水犀。欲以偏師助，鼓噪庸何裨？藉用激衰懦，且告查髯知。

與君不相見，兩暑兼三秋。頗知卜築好，亦有園林幽。前年此信宿，舊侶來鷺鷗秋白、小湖。惟君乃出外，念之生羈愁。恂恂兩兒郎，喜從長者游。自顧劉景升，那得生仲謀？爾來更媚學，典籍窮討搜。道研參同契，識通考異郵。詩篇乃餘事，下筆定不休。他時寫寄我，老眼爲一留。

【校記】

〔一〕『得意』，許增本作『意得』。

〔二〕『姤』，底本作『如』，據許增本改。

庚辰三月廿九日偕張雲巢太守蔣芝生同遊道場白雀寺回泛碧浪湖有詩以紀芝生爲雲巢作圖往時曾與獨遊芝亭遊此未有圖畫近芝生欲爲補圖亦未果忽得石田翁此卷若有神契遂書是詩於後時七月五日

我生兩作吳興客，日月過人飛鳥疾。此行原爲訪君來，况與湖山皆舊識。天公嗔我居塵寰，只許見君不見山。癡雲罨戶愁黯黯，急溜滴檐聞潺潺。昨朝亭午略放晴，侵曉隔牆聞屐聲。君言但去莫更慮，小艇已載行厨行。法華山前路紆折，細雨時時濕巾襪。歸途撥櫂轉城東，要看湖光如笏滑。春流未滿沙痕露，一塔立如拳足鷺。窪尊亭古少流杯，佚老堂荒仍擁樹。此時雨霽山娟娟，暮靄四接生微煙。漁莊網戶互明滅，帆影澹沒湖中天。同遊有客妙繪事，我不能圖以詩記。舊遊回首重茫然，未識風流後誰繼。

種水小迂見和前詩仍用韻奉酬書於其後

七百年來止六客〔一〕，而我重過已衰疾。湖山依舊人渺然，説與山靈應不識。胸有雲夢吞區寰，手無一錢可買山。爲人題畫自感唏，清淚已與泉流潺。石田妙作晴嵐晴，如詩無聲疑有聲。草堂正對野艇泊，帆影澹作浮雲行。石橋絶谿谿曲折，誰辨青鞋與布襪？翛然羨殺山中人，跂腳何知石頭滑。此生百歲等朝露，那不尋盟問鷗鷺。扁舟落手尚江湖，勝地回頭渺雲樹。年年花月自嬋娟〔二〕，况有蘆雪兼菰煙。江鄉如此歸不得，自坐流浪寧開天。多謝兩君能好事，爲我證明如受記。他時一櫂肯相尋〔三〕，倡和松陵倘可繼。

【校記】

〔一〕『止』，許增本作『只』。

〔二〕『自』，許增本作『如』。

〔三〕『櫂』，底本作『擢』，據許增本改。

再疊前韻答種水小迂

千古山靈笑行客，題字臣斯臣去疾。剜苔剔蘚記姓名，向後茫茫那復識？仙人何必離人寰，人自不見常在山。山中畢竟有何好，日對窈窕聽琤潺。俗情苦雨每快晴，鳱鵲謂勝鳴鳩聲。豈知茆堂晏坐者，無事但看人行行。苕谿谿水清百折，上有淩波好羅襪。十年不見一笑逢，鬌鬍高鬟墮雲滑。同遊幾輩歌薤露獨遊、芝亭，尚想風標如白鷺。窪尊猶有未盡觴，衰柳何堪如此樹。千金不惜聘麗娟，只愁入抱俄成煙。江山送老差不惡，徑買十頃玻瓈天。文采風流亦餘事，愚谷愚溪不須記。君不見太白山人骨已寒，後來高唱聲誰繼？

種水五疊前韻余亦四報之末章作於醉後爲行成之請遂并錄卷後紀一時情事資後人譚笑云耳

我得此圖成主客，枚馬同時較遲疾。湖山跌宕意所便，文字從容職俱識。四方上下同一寰，區區爭此紙上山。山靈聞之定失笑，坐見歲月奔流潺。農家欲雨蠶欲晴，物之不平皆有聲。彊將山水語朝貴，陽朔豈有行人行。曹侯愛山知曲折，見之心開席登襪。題詩已作鷹爪拏，疊句真如鶯舌滑。此生厭浥行多露，雙隻常隨堠亭鷺。揭來同是寄居蟲，並舍還成連理樹。東野何必歌嬋娟，東坡何必感雲煙。耽詩愛畫兩癡絶，興到落筆乃其天。我醉諸君勿白事，醉裏詩成了不記。後來一任肆譏評，好入詩存并畫繼。

次山之友無惡客，惟君惡酒如惡疾。四筵呶叫袖手觀，狂禪中坐善知識。游思渺慮窮九寰，鐫劖造化丁開山。傾河注海瀉不盡，卻笑幽澗鳴微潺。一室深坐忘陰晴，塞耳不聞雷霆聲。中宵伊吾嚴鼓絶，時見曉汲蹣跚行。我如五鹿角已折，低首王生甘結襪。惠施本自知莊周，禦寇何勞問禽滑。開緘忽見百色露，我醉言歸歌振鷺。子反已自不能軍，況復登壇旗鼓樹。揚蛾衆中詩修娟〔一〕，知君不作步非煙。貧家女兒總縞綦，羞見盛服胡然天。牽羊肉袒請改事，偶抗顏行過莫記。行將深入醉鄉逃，師力雖強不須繼。

【校記】

〔一〕『蛾』，許增本作『娥』。

祭紅瓶中有一月所謂窰變也已山得之爲作此詩索同人和

歐公石屏上有月，謂自天心淪石骨。石生於山理或然，孕入陶家此何説。我聞有窮之妃竊藥奔月中，琉璃四面爲其宫。心憂此藥未足用，更令玉兔杵臼舂丁東。玉兔狡獪不肯擣，欲逃下界俯看何處能相容。自念往時燔身作供養，天帝憐愍置我桂樹叢。如何復使供賤役，曷不仍投火聚明我衷？爾時閼父正作利器用，神明之後與天通。招來一處許復東方封，姮娥輕身下來捉。光明損失欲飛不得翀，團團露此正面出。紅雲如絮開蓬蓬，或言修羅嗔此月天子。在我頭上行不已，申手摘取作耳璫。不防墮入火輪裏，作瓶天子斷取世界爲陶輪。見之失喜以貯四海水，是二説者皆謬悠。不知何自來閻浮，更千百年不得讎。秖恐一朝碎却七寶無人修。

人日前二日瘦山見過寓樓小飲酒酣感慨作此奉贈兼呈鐵門

古人不可見，奈何薄今人。遷流世故速，顓拔賢材新〔一〕。無已此取友，遲回俟其真。吾友袁與朱，蚤歲兄弟親。爾時滎陽鄭，文學皆份份。因緣得測交，後復昏姻申。第五年最少，英英露其珍。邇來三十年，世事如轉輪。袁君已黄土，朱老常風塵。生家亦凋謝，玉樹尤傷神謂海山、弱士。當時牛馬走，行地爲騏驎。尋常給使令，倨坐稱主賓。生也苦不偶，禮部罷舉頻。傭書與賃舂，三負故國春。涸魚互呴沫，出入同窮鱗。依然見推讓，見之潸悲辛。榮華及顚頷，薄俗不足陳。即論文字業，後進皆積薪。誰能溯江流，濫觴來峨岷。生才何浩渺，大瀾小爲淪。百折終到海，慎勿迷其津。我如汧與瀍，霜落止見漘。偶因相灌輸，忽復波粼粼。古意自敦樸，苦詞多復諄。百物任騰躍，一心希精醇。願言永爲好，庶卜袁朱鄰。

【校記】

〔一〕『材』，許增本作『才』。

寓居臯園次韻瘦山見贈之作

喚起衰慵不自由，好風催棹酒船游。花當春半有殊色，客與主人皆勝流。未惜二毛先上鬢，已判十日醉扶頭。諸君定笑狂奴態，座上嵬峩擁莫愁。

未能卜築傍山阿，且向閒庭學種莎。客裏每驚花事過，天涯翻覺酒人多。消磨豪氣知猶未，寄託閑情喚奈何。衹有鄭虔逢杜老，不辭一放醉時歌。

蘅夢詞

卷一

風蜨令

碪入尖風響，鐙留短焰紅。一衾幽夢斷孤鴻，正是可憐時候可憐儂。　鏡約眉痕外，琴聲鬢影中。王昌不合住墻東，贏得傷春傷別恨重重。

一翦梅

莫愁生小鬱金堂，鬢點飛黃，機織流黃。曼聲一曲轉清商，塵繞歌梁，花顫釵梁。　洞房對霤頓書倉。一丈紅薔，只隔紅墻。題成錦字少人將。月自迴廊，人自迴腸。

菩薩蠻

垂簾柙放雙金蒜，卷簾腕露雙金釧。細雨濕芭蕉，綠窗人寂寥。　好從簾外走，湘影橫波溜。

珠子護雙鴉，兩鬟抹麗花。

又

花幡不禁封姨惱，碧紗窗裏春寒峭。雛燕落風前，嗔人不卷簾。　蹋青南陌路，又把佳期誤。寒食杏花天，魂銷似去年。

賣花聲

深院鎖葳蕤，青鳥飛遲，閒將寸紙寫相思。小研墨香銅雀瓦，自畫烏絲。　窗扇耀琉璃，月影迷離。也曾刻燭倚新詞。到得海棠新月上，便憶當時。

天仙子

小亭開宴梨花白〔一〕，釵痕衫影湘屏隔。衆中欲避暗中來，仍小立，眼波瞥，有人見了紅雙頰。

【校記】

〔一〕『宴』，底本作『晏』，據《四部備要》本改。

一痕沙

落了梨花香雪，過了荒村寒食。負了去年期，可憐伊。　三月已將三十，記得去年今日。今日是何時，沒人知。

菩薩鬘　寒夜

熏鑪瀲鵜寒無力，清冰一片紅蕤濕。抱影就鐙眠〔一〕，雁聲寒一天。　霜華催曉角，殘夢如煙薄。莫道夢無憑，夢兒還不成。

【校記】

〔一〕『抱』，底本作『枹』，據許增本改。

如夢令

漏水沉沉欲凍，煙鏁玉樓雙鳳。喚起小窗前，窗外花枝搖動。休送。休送。今夜月寒霜重。

疏簾澹月　寒月

澄澄寒水，漸浸入玉階，冷清清地。一個愁人獨自，披衣夜起。小窗瘦影初斜矣，怕難禁、清寒如此。梅花閣下，蘆花簾外，那人睡未？　此際遣懷無計。況殘碪鄰笛，一時俱至。獨立閑庭惹起，幾番心事。孤鴻弔影霜天裏，驀回頭月明千里。今宵酒醒，一聲霜角，清愁而已。

釵頭鳳　簷鐵

屏山曲，春眠足，丁冬驚起鴛鴦宿。重簾靜，重闌凭。月明如水，梨花無影。認，認，認。　珍珠箔，秋千索，琤琤攪碎簷前玉。呼人問，春來信。鸚哥報道，東風猶緊。聽，聽，聽。

荷葉杯

兩扇綠窗開了，含笑，獨憑闌。羅衫花影兩相照，知道，月華寒。

好事近

深院斷無人，拆徧秋千紅索。一桁畫簾開處，在曉涼池閣。　潛行行過曲闌干，往事正思著。猶認墮釵聲響，卻梧桐葉落。

天仙子

難得一春常是雨，東皇也解留人住。芻尼何苦報新晴，簾卷處，橫波語，回身且過秋千去。

憶少年　寄徐江庵

黄花開了，兔花寒峭，霜華滿地。酒徒已星散，況酒邊羅髻。　燕去鴻歸人病矣，也無人、會此時意。蘆花徧煙水，作雪花飛起。

一痕沙　夢

雖是無憑無據，還勝不情不緒。萬一得相尋，且兜衾。　尋到年時庭院，又被何人驚斷。鼠觸小屏風，也欺儂。

卜算子

簾外雨如煙，柳外花如雪。已是懨懨薄病天，又作去清明節。　昔日結如心，今日心如結。心裏重重疊疊愁，愁裏山重疊。

鷓鴣天

虯箭丁丁有所思。纔眠重起故遲遲。鐙花如夢人先懶，霜片無聲衣自知。　寒料峭，病支離。闌簾明月一絲絲。小鬟不敢前頭說，又到闌干立盡時。

洞仙歌　贈女冠四九

綠瓊輈上，識雲英仙眷。六六屏風障三面。正黄花開處，青豆房深，重九會，算了又還重算。妝臺試偷覷，寒玉簪煙，十八雙鬟直千萬。真個肯移家，畫舸五湖，占七十二峰一半。奈三度巫山夢都迷，央充使魚鱗，寄書蓬苑。段成式詩：『三十六鱗充使時。』

南樓令　憶箭

銀漢一邊流。珊瑚四寸鉤。小紅簾、卷起清幽。食彈嬌鬟風露下，忘溜了，玉搔頭。纖手弄輕柔。新聲曲譜修。笑檀郎、欲顧無由。腸斷纖纖今夜月，照兩地兩人愁。

珍珠簾　憶竹簾

愛他橫影參差滿。無人處、月地雲階輕轉。非雨復非煙，心字香一翦。挂起瀟湘天接水，隔眇眇、橫波不斷。人懶。任歸來雙燕，也還不平管。絶憶晚涼池閣，那人剛梳洗，黛眉猶淺。自起軸駝鉤，露一雙金釧。還似曲闌干畔見，夢多少、雨絲風片。人遠。想夜來皓月，也還不平卷。

鳳凰臺上憶吹簫

香獸銷煙，雲魚卷彩，空庭簾影深深。正高窗不掩，驚起棲禽。窗外露華如雨，休小立、滴透羅襟。最好是，新涼今夜，教疊香衾。　愔愔。者遭瘦也，多病最文園，負了琴心。記碧梧桐院，紅蔫花陰。冰骨玉肌無汗，天如水、人墮瑤簪。年時事，沉吟至今，今又沉吟。

醉太平

風淒露清，參斜斗横。兔華如水回縈，到簾紋自平。　三更四更，無情有情？枕函殘夢初醒，有金釵墮聲。

清平樂

水文廣簟，傍墮雙釵燕。花映枕函紅兩靨，羞被小鬟看見。　何人驚起蘅蕪，起來手弄荷珠。得伴片時香夢，翻教人羡青奴。

醉太平

竹風韻長，荷風氣香。待他月上迴廊，再圍碁不妨。　竹風一窗，荷風半牀。憑肩笑問檀郎，是今涼昨涼？

一落索　荷葉

三十六陂煙霧。迷藏無數。采蓮人到不驚他，是睡著、鴛鴦處。　等得紅衣脱去。無風自舞。西窗窗外有芭蕉，似商略、今宵雨。

無夢令〔一〕

行過重重樓柱。隨意低低窗户。一樹碧梧桐，垂在小簾深處。小簾深處，簾外數聲殘雨。

【校記】

〔一〕『無』，許增重刊本與《四部備要》本皆作『如』。

清平樂

流鶯聲巧，春事江南早。心上愁如池上草，不覺不知生了。　江南芳草先生，江南行客先行。歲歲年年遊子，風風雨雨清明。

好事近

一月不曾晴，早晚鵓鴣啼急。剛是綿衣換了，卻輕寒惻惻。　年年羈旅送生涯，遮莫又寒食。試向雨聲多處，問杏花消息。

蝶戀花　垂絲海棠

山桃落盡酴醿早。積雨初晴，紅入紗窗曉。睡起美人潮暈小。笑渠一樣鬟欹倒。　病酒心情寒料峭。醒眼看人，醉眼看花好。人不茗艼花定笑。試然絳蠟花間照。

念奴嬌

晝長人悄，正深深一桁、棗花齊揭。甲煎沉香手自熨，心字欲燒先結。十里春風，一聲杜宇，三月楊枝雪。酒邊人遠，酒邊事、向誰説？　誰念作客天涯，寒氊茸帽，又落花時節。金盡牀頭酒價少，卻恨莫寒猶力。燕子飛來，斜陽何限，江上山重疊。蠟花情重，夜來遞淚如昔。

風蝶令

疏雨重簾卷，生香斗帳熏。夜涼長簟易相親。只有水精曾枕墮釵人。　籠鳥多羈思，驚猿易感群。當年聽雨未銷魂，羸得而今各自夜深聞〔一〕。

【校記】

〔一〕『羸』，《四部備要》本作『贏』。

浣溪沙

兩葉眉兒晚黛低，兩頭月子畫樓西。兩重心字小蘋衣。　永夜雙星人獨立，半年小別夢單棲。

斷無人處學含啼。

點絳唇 用夢窗韻

雀舫青簾，放船最好葑門路。蕅花香處，涼露多如雨。　既是吳儂，只合吳城住。君休誤，玉環人去，錦瑟華年暮。

鳳凰臺上憶吹簫 題姚棲霞女史翦愁吟同朱鐵門作

銀燭筵前，鐵簫庵裏，酒闌客正緐憂。出一編相示，絲格銀鉤。真是閒愁萬斛，問恁地、翦得卿愁。分明是，芳心灰盡，紅淚還流。　仙遊。一聲鶴唳，恐玉宇高寒，露冷風秋。悵不逢簫史，空怨秦樓。便是殘香賸粉，人間世、不合長留。宵深也，吹寒角聲，又滿城頭。棲霞《游仙詩》：『卻笑樓頭秦弄玉，肯攜簫史共乘鸞。』《臨終詩》：『冷夢未成鐙自滅，疏鐘畫角一聲聲。』

菩薩蠻 花朝飲袁湘湄秋水池堂

薄寒細雨城南陌，去年今日花朝節。楊柳一絲絲，河橋人去時。　去年春在否，今日花朝酒。

楊柳又依依，河橋未別離。

惜分釵

芙蓉衩，青驄馬，明蟬秀鬌人如畫。傍香匳，頓書籤。樓上新眉，樓外新蟾，纖纖。　綵鸞跨，蘭香嫁，重來人到重樓下。淚痕添，粉痕漸。滿院楊花，一桁疏簾，懨懨。

憶蘿月

雨斜風細，沉坐春寒裏。一樹小梅花謝矣，又是落鐙天氣。　閒中獨自支頤，暗中苦自尋思。驀地有人看見，低頭兜上鞋兒。

酷相思

乍是新正春未透。早門外、絲絲柳。奈脈脈深情渾未逗。人見也、回頭走。儂見也、回頭走。　有分逡巡雙勸酒。小語更闌後。問別後、蘭橈何日又？人去也、書來否？書到也、人來否？

菩薩蠻　自題小影

銀河隔得紅墻住，生綃留得紅顏駐。仰首問常娥，年年秋奈何？　闌干十二曲，弱水三千綠。獨自莫思量，思量人斷腸。

蜨戀花　花宮小院得斷縑於壁月鬢風鬟髣髴未損上書愛月夜眠遲某月日清環寫字跡妍媚可念爰作詞以紀之

青豆房中花似露。圖畫春風，零落蝸涎蛀。不是深閨留絹素，調鉛肯把芳名注。　相逢亦有前緣否？ 花不知名，也合殷勤護。鵲尾金鑪香一炷，夜深蘅夢樓深處。

沁園春　唾

金屋阿嬌，霧沫九天，明珠颺風。記越梅如豆，華池先嚥，石華成紺，廣袖偏工。慢臉輕偎，香痕偶著。欲拭還愁惱個儂。幽歡遂，又何須銀液，始鎮心忪。　私書寫就悤悤。愛猶帶、脂香著意封。正瓊簫吹徹，印留一縷，玉杯餘潤，飲過三鍾。巧濕文窗，戲塗粉蜨，易褪櫻桃小注紅。重簾下，惹檀郎驚認，笑是殘絨。

金縷曲 鴛鴦湖秋感

曉起西風冷。挂輕帆、孩兒橋下，謝孃門徑。落日鴛鴦湖上過，衰柳條條牽恨。問何不、當初折盡？岸草汀蒲都不見，但蘆花蕭瑟風淒緊。橫一葉、釣魚艇。　春人只把春愁省。誰管他、荒荒落照，疏疏雁影。去是春初來秋九，兩袖啼痕重印。只湖水、清流如鏡。鏡裏妝樓金翠換，況樓中、桂葉明蟬鬢。除鷗鷺，沒人問。

清平樂

小桃如綺，命短東風裏。薄薄輕寒人半臂，且把簾兒垂地。　春人如許年華，春閨幾幅窗紗。又是一番寒食，不知多少飛花。

賣花聲

十二玉闌干，六曲屏山。留春不住送春還。昨夜梨花今夜雨，多分闌珊。　春夢太無端，到好先殘。裌衣初換又添綿。只是別來珍重意，不爲春寒。

壽樓春

看簾紋波橫。又日華花影，移上簾旌。正是連宵絲雨，曉來新晴。誰喚我，柔魂驚？是隔窗、春風流鶯。奈繡被香溫，羅幃寒峭，推道殢春酲。　當時在，芙蓉城。有芳年小小，低語卿卿。無奈朝雲如夢，落花無聲。容易別，難爲情。只淚痕、依然分明。問碧海青天，銀河有誰吹玉笙？

高陽臺　過流虹橋感葉元禮事

兩岸緋桃，一灣淥水，斷橋猶說流虹。舊事無端，牽人舊恨重重。多情只合相思死，更何須、眉語曾通。太匆匆，春盡飛花，淚盡啼紅。　高樓當日知何處？想房櫳宛轉，窗戶玲瓏。天遠瑤姬，彩雲去也無蹤。人間我亦傷心史，似流鶯、只哭春風。小橋東，新月天邊，依舊如弓。

卜算子　題王朗亭半舫齋

蠡殼短窗兒，斑竹疏簾子。絶似春江桃葉舟，細雨溟濛裏。　安把木蘭橈，便好浮家去。少個低低小舵樓，少個人雙髻。

柳梢青〔一〕

被冷香溫。自攜銀燭，掩上重門。隔院啼鴉，上簾斜月，又是黄昏。　羅襟別淚猶存。有一半、香痕酒痕。心字叢殘，酒人零落，直得銷魂。

【校記】

〔一〕『梢』，底本作『稍』，誤。

祝英臺近　和龍劍庵韻

小屏山，雙畫燭，寂寞舊時事。過盡春光，尺素未曾寄。試看樓外垂楊，飛花飛絮，憔悴甚、樹猶如此。　輕相棄。惟有六扇樓窗，曾同那人倚。煙鎖重樓，人更可知矣。料應一點寒鐙，一鉤斜月，今夜裏、照伊無睡。

玉樓春

重重簾幙誰家院，東去伯勞西去燕。卻教相別一相逢，只許相思不相見。　青絲絡馬香羅薦，別後音書和夢斷。黄昏怪厓不勝寒，零落梨花如雪片。

金縷曲　題史赤霞翡翠巢詞即用集中論宋詞韻

戲馬臺邊柳。送征人、滿城風雨，歸來重九。除卻新詞無長物，贏得千金享帚。問辛柳、一錢直不？尚有梅谿真同調，也十年、空費屠龍手。長只是，征鞍驟。　閒滋九畹搴三秀。度新腔、偷聲入破，嚴分細剖。天與豔情無豔福，那得笛牀歌袖。但伴我、秋鐙如豆。先向朋箋書左券，到相逢、一笑休開口。歌一闋，一杯酒。

清平樂　秦淮感舊

露臺水榭，天與初涼夜。霧鬢風鬟人去也，面面疏簾都下。　去來苦恨匆匆，相思那得相逢。變盡舊時楊柳，秦淮一夜秋風。

如夢令

衣上微霜淅淅，門外輕寒側側。和淚出門時，又是月高時節。小立，小立，聽得一聲將息。

蜨戀花

鹿城半畝園有女郎以簪畫壁作一絶云低月纖纖扶婢來梨花如雪點蒼苔紅蠶辛苦愁絲盡誰把同功璽擘開後書一毗字意欲題名而未及者作詞其後亦無使其無傳焉

青粉墻頭苔沒砌。誰拔金釵，畫破春痕細。羅襪纖纖來月底，有心人識相思字。　天遠彩雲飛去矣。卿自何來，有個芳名未。料得欲題還又止，當時直恁懨懨地。

喝火令

題許校書清露瑤臺圖

鶴背吹笙下，橋頭步屧通。雲鬟霧鬢太玲瓏。只恐五銖衣薄，曉起不禁風。　好夢渾難覓，重遊未易逢。鬱金堂北畫樓東。記得樓頭，一樹碧梧桐。記得碧梧桐外，兩度月如弓。

鵲橋仙

杏花風裏，梧桐鄉外，七尺燕梢齊播。玉人春病幾多時，直似此、鬟偏髻妥。　員冰輕響，寶釵暗墮，知是曉來梳裏。有緣也算比肩人，只隔箇、船兒同坐。

清平樂

河橋楊柳，待我開帆久。三疊歌聲將進酒，忘了明朝分手。　書窗六幅輕紗，東風一樹梨花。只有去年春到，去年人到天涯。

鎖窗寒　用片玉詞韻

蛛網黏花，蝸涎篆槁，那人窗戶。輕紗六幅，閉了一春風雨。記當時、欲行未行，夜闌昵昵聞私語。又誰知此度，殘衫茸帽，重來羈旅。　薄莫。繫船處。正楊柳腰身，女兒十五。三眠三起，送盡燕儔鶯侶。問別來、如許長條，飄零似我還記不？傍東偏、一樹梨雲，見舊時尊俎。

清平樂　秦淮後感舊

燕兒傳語，人在西湖住。蘇小墳前芳草路，日日輕寒輕雨。　秦淮望斷香車，誰知又到天涯。總是東風無定，如何只怨飛花？

夢芙蓉　題延嘯厓姬人小照

秋江江上樹。向芳塘移種，最深深處。並蒂連枝，雙影照秋水。石家渾漫與。仙城元有人主。六曲闌干，是屧廊香徑，非是浣紗路。　誰滴湘江清露？殺粉調鉛，寫出名花譜。紅橋流水，初過夜來雨。畫屏深幾許？想應簾幙無數。珍重輕綃，有小脣秀靨，當面看題句。

清平樂　紅袖添香夜讀書圖

丁丁蓮漏，篆縷銷香獸。心字漸微蟲蠟瘦，催得冬郎詩就。　人間良夜迢迢，勸郎書卷須拋。只有一枝紅燭，休教負了春宵。

暗香　水僊花

娟娟楚楚，正春人小極，芳心初吐。棐几紙窗，不受人間好風露。除是梅兄礬弟，還配得、氾人漢女。又那得、如此清寒，明媚又如許。　庭宇，最深處。有十二畫屏，曲曲低護。舊時記取，到此花開送人去。花信今年太晚，風又雨、輕寒重作。過了落鐙節候，有人怨不？

卷二

清平樂　題金陵女子柳花詞卷

紅絲小研，小試齊紈扇。第一休嫌才地軟，人與柳枝同倦。　謝家最擅才華，如何只詠楊花。怪底兒家夫壻，年年漂泊天涯。

浣溪沙　馬湘蘭蘭竹便面

澹墨傾欹落扇頭，紅蘭葉葉竹脩脩，紅妝季布儘風流。　今日誰憐王伯穀，後來尚有顧眉樓，爲伊惆悵寫銀鉤。

南樓令　盧竹圃小影

秋鬢也蕭蕭，秋庭夜寂寥。異鄉秋景最無憀。誰畫可憐人獨自，又畫出，可憐宵。　何處作生朝，楊州紅板橋。有當年、公子風標。惜少吹簫人並坐，判我見、又魂銷。

蝶戀花 高竹筠小影

黄昏不下葳蕤鎖。簾幙中間，沉水微微火。銀鴨傍人人傍我，迢迢良夜銷磨過。　聽我狂言君計左。有個人兒，切莫攤書坐。明月漸西花漸妥，鐙殘香灺如何可？

菩薩蠻

窗外秋蟲飛不去，窗前秋色留將住。庭院是誰家，滿庭洗手花。　露光團作雨，總是秋深處。可惜玉簪開，沒人斜戴來。

滿江紅 晚泊秦郵默禱露筋祠下倘乞順風當以平韻滿江紅爲壽如白石生故事遲明解纜旗脚已轉敬酬一闋

十度秦郵，曾未展、叢祠瓣香。剛又是、水楊柳下，輕船繫將。盡日靈風人不見，開門白水本無郎。是誰家、燈火送迎神，歌九章。　東方動，驚曙光。篙師起，理檝忙。見相風烏轉，將飛未翔。去得順風來順水，聰明元是舊心腸。想泠然、一路響珊珊，明月璫。

清平樂

春陰如霧，又著重簾護。夢到當時郎別處，隱隱數聲柔艣。起來滿院斜陽，倚闌一倍倀倀。走撲一雙蝴蝶，知他直甚心腸？

點絳唇　月函女史爲作草蟲扇頭

殺粉調鉛〔一〕，病中寫出秋來意。一絲風裏，紅蓼花扶起。草草花花，添個蟲蟲媚。天如水，露華珠綴，又濕當風袂。

【校記】

〔一〕『調鉛』，手稿本作『研朱』。

滿江紅　呈座客用湘湄風雨對牀圖韻

雪白鐙紅，當酒半、忽跳而起。不痛飲、有如此酒，有如此水。留客酒難頻夜滿，分湖水送離人幾。算人生、不合作同心，同鄉里。浮螘綠〔一〕，釭花喜。朋與舊，兄和弟。便沉沉春酌，不能已已。病起尚存兒女態，醉來稍有英雄氣。得故人、滿眼酒盈尊，吾狂矣。

【校記】

〔一〕『綠』，底本作『淥』，誤。

菩薩蠻

輕陰漠漠昏如霧，入春便有簾纖雨〔一〕。遮莫試鐙前，雪花飛一天。　疏梅三四點，莫是春猶淺。走近小闌干，問他寒不寒？

【校記】

〔一〕『簾』，《四部備要》本與許增重刊本皆作『廉』。

邁陂塘〔一〕　題黄小松秋影庵圖用江玉屏韻

問詞人、馬塍遺跡，可餘花木深秀？小紅嫁後青春老，賸有蕭疏秋柳。宮一畝，讓黄九、風流開拓蜂房牖。歸田若後。怕老去悲秋，重來照影，水面似人皺。　武林路，約賃梁鴻杵臼，野航三兩能受。他時定遂移家願，莫遣白雲封守。都似舊。只鴨腳、黄邊添縛香茅否？來居客右。當集古編成，秋聲賦就，斗酒也須有。

【校記】

〔一〕『邁』，《四部備要》本與許增重刊本皆作『買』。

卜算子　寒食出遊

一隻小瓜皮，兩岸垂楊樹。指點停船宛轉橋，曲曲彎彎處。　定不留春住，那不愁春去。過了今年三月三，又幾點、清明雨。

醜奴兒令

五三六點微微雨，開了梨花，謝了梅花，纔拓濛濛一面紗。　玉階獨立思閒事，花在鄰家，吹落儂家，今日東風較大些。

月華清　詠丁香花

碎翦鮫綃，輕含雞舌，緐英枝綴如霰。百結芳心，慣向春風凌亂。算江南、花信更番，誰似此香生色淺？幽怨。共芭蕉卷處，一齊斜颭。　可惜雨香雲澹。少月影半窗，照伊清婉。丁字簾前，有個丁孃淒斷。想春衫、繡上重重。怕寬了、舊時腰襻。簾卷。又惺忪碎影，小庭篩滿。

行香子

薄遊袁江同人爲設伊蒲供於青龍庵庵主爲其女孫名霞者乞字於余呼令出見曇花一見妙香四聞迦陵其音舍利始弗未足方斯相好也爰舉明如爲贈并貽以詞

青豆房邊，紅豆庭前。仙人子、生小嬋娟。問伊名字，合在瑤天。是花非花，霧非霧，亦非煙。
綺樣芳年，佩結飛仙。佛頭青、雲葉披肩。似聞我佛，爲說因緣。要十年心，雙鴉髻，五湖船。

菩薩蠻

水田百衲雲如葉，薄羅剪出重重疊。生小不知愁，眼波先自秋。　雨過雲不定，小語防人聽。燒了夜香麼，昨宵涼露多。

醉太平

惲月仙夫人桃花扇面

深紅一林，淺紅一簪。枝枝淺淺深深，是春風小心。　寒漿細斟，清溪獨吟。憑他如墨春陰，有前時路尋。

十二時　湘湄爲周校書畫桐屋夜寒扇面同賦一詞

秋宵鐙火，秋衾魂夢，秋孃庭院。傍人那知得〔一〕，說秋風團扇。　流水小橋清且淺，比銀河、算來還遠。思量一年事，只張星曾見。謂張校書繡。

【校記】

〔一〕『傍』，許增本以墨筆改爲『旁』，許增重刊本與《四部備要》本皆作『旁』。

又　同湘湄夜坐

疏窗四面，秋霖一陣，愁人兩個。天涯已腸斷，況離情無那。　桐葉初肥蕉葉大，說淒涼也無人和。今宵尚相對，怕來宵鐙火。

菩薩蠻　湘湄索詞繡帕爲賦

鵝黃淺色揉蘭膩，唾尖絨舌愁滋味。破體作游絲，墨花如折枝。　當年春雨句，和淚歸何處？但解說歸來，杏花春自開。

水龍吟 詠霞用張蛻巖賦倩雲詞韻

生來不學行雲，依俙似散依然聚。分明瞥見，赤城初起，又還飛去。野鶩孤時，澄江靜處，天寒日暮。望高城不見，丹樓漸隱，又何況，彩鸞駐。　說與仙人子道，要留他、罡風相護。不知天上，者般顔色，曾經幾度。秀便思餐，散還成綺，非花非霧。怕朝來一縷，出門難覓，作廉纖雨。

齊天樂 荻莊秋荷

翠匳一境平如拭，數枝點綴秋意。衣褪輕紅，佩翻重碧，又是一番梳洗。涼蟾初起。怕炤見盈盈，玉壺清淚。風急雲輕，露華漸重瀉鉛水。　鬧紅舊事誰省？有斜陽一舸，雲葉雙髻。螢火光寒，蜻蜓翼斷，催老鴛鴦身世。煙波無際。且凍釀頻傾，曲闌峭倚。寄語閒鷗，奈厭厭宿醉。

河傳

春早，將曉，夢魂驚。落月殷勤早鶯，綠窗曙光愁欲明。輕輕，枕函釵一聲。　一段綠雲扶未起，香不已。轉側隨郎臂。莫投懷，且兜鞋。慵來，斷紅紅上顋。

南樓令　題春人綰髻圖

春夢暈潮霞，春風褪臂紗。緩春愁、盤好雙鴉。溜了金釵佯不省，問開否，碧桃花。　鏡檻者般斜，新妝略似他。只脩眉、人在天涯。尚著薄羅衫一件，簾又卷，太寒些。

菩薩蠻

一燈紅貼氍毹地，諸郎蠟鳳中堂戲。獨自下階來，玉梅開未開？　誰移紅燭照？聽見人雙笑。直得小迴身，影兒如一人。

又

新桐院落愔愔地，斷無人到陰天氣。手切綠沈瓜，一重方空紗。　藕花開一半，紅影搖人面。只解遶闌行，隔簾聞笑聲。

惜分釵　有見

雙枝槳，分流響。一江春水如天上。最風流，最嬌柔。貪看鴛鴦，忘了回頭，羞羞。　花惆悵，人模樣，个儂未必全無恙。說前游，莫閑愁。山外青山，樓外高樓，休休。

菩薩鬘

金蟾齧鏁金梯滑，一重門外銀河闊。猶恐未魂銷，夜深聞翦刀。　朝來妝未就，見了佯回首。回首莫嫣然，鏡中雙靨圓。

又

夜深一口紅霞膩，唾尖甜舌殘絨細。不肯繡鴛鴦，枝枝秋海棠。　吳綿裝袷複，卻繡鴛鴦宿。荷葉小於錢，要郎知可憐。

又

清霜微白黄花瓦，全家上冢逢秋社。特地教人知，紗窗鐙上時。　蘭姨智瓊姊，略識人間事。送與蹙羅裳，一雙金鳳凰。

又

五湖船小才如葉，團圞並坐翻欹側。愁水又愁風，袖邊香唾紅。　如何還倚醉，壓著儂裙睡。當面且由他，阿孃顏色和。

又

嫩晴天氣春陽動，鶯喉微澀歌珠痛。蹙損小眉痕，羹湯未入脣。　刀圭分一裹，莫點吳鹽可。只說是梅花，賺伊肯嚥他。

又

猧兒撼得人人起，枕函一片朝雲墜。慢臉笑投懷，夜來難出來。　迷藏何處捉，人語闌干角。莫道沒人知，被痕紅半池。

又

杜蘭四歲來人世，飛瓊不肯留名字。略說與排行，雪花薝蔔香。　近來海水淺，尚有樓三面。煙雨莫登樓，樓頭無限愁。

生查子

金雁畫橋南，碧玉人家小。種得碧桃花，昨夜先開了。　不恨不知愁，只恨無人曉。念得阿郎詩，句句能顛倒。

南鄉子　折枝蕙草

庭院轉光風，不省簾前開幾叢。只向謝娘頭上見，一翦攏鬟，玉釵顔色淺。

梅花引　虎山尋夢圖爲陳竹士作

岫如螺，水如羅，曾共驚鴻照影過。步凌波，步凌波。只問梅花，别來相見麽？此中或有魂來去。茫茫不辨梨雲路。落花多，落花多。一路荒山，月明寒奈何？

洞仙歌　有紀

華燈弄影，照華堂如水。羅襪雙鉤見纖麗。傍中門低處，半曳霓裳，聽佩響，又轉曲屏風底。星橋元不隔，一寸銀河，眼底千金露深意。便算比肩人，香逼春衣，渾未省衆中迴避。也忒倚嬌憨，阿娘憐，想全不周防，个儂年紀。

菩薩蠻

雲階月地春寒淺，迴廊曲徑穿行徧。微雨乍晴時〔一〕，小桃三兩枝。　東風吹不定，小颭雲鬟影。掩歛越羅裳，禁他特地香。

【校記】

〔一〕『乍』，底本作『昨』，誤。

又

嬉春女伴嫌春早，昨晴時候游人少。喜未拆輕綿，晚風一陣寒。　玉梅花下立，點得春衣白。小妹笑人癡，滿身蝴蝶兒。

清平樂

小山窠石，徑窄衣香接。穿過長廊無氣力，坐定雲鬟微側。　重來不走長廊，花間難捉迷藏。驀地一雙蝴蝶，等閒飛上羅裳。

河傳

香徑，人影，驀來前。桃葉桃根並肩，秋波欲流低鬟偏。仙仙，一雙人可憐。　窣地鵝黃裙色淺，尋不見。小立花枝顫。晚來風，忒匆匆。行蹤，落花埋一重。

百字令

幢幢燈影，是曾經照過、幾番元夜。火樹銀花剛一瞥，已是暗風飄灺。翦紙心情，鬧蛾身世，過了今生也。人間天上，柳梢蘭月初挂。　難忘中酒時光，燒燈院落，有个人如畫。衣上峭寒簾外雪，小坐早梅花下。碧海星沉，紅心草宿，說甚淒涼話。春衫依舊，淚痕重疊盈把。

點絳脣

酒綠燈紅，座中有个飛瓊許。弦將手語，幾陣梨花雨。　長定相逢，還解相思否？臨當去，橫波一注，也直三年住。

齊天樂　金銀花

亂紅都逐流波卷，庭院翠陰成幄。麂眼籬方，鷺絲藤細，低罥曉涼池閣。薔薇花落。做夏首心情，春餘題目。裊裊柔條，又牽香夢到簾角。　朝來風露猶重，有人初睡起，羅袖寒薄。葉底心知，花頭眼見，小摘冷香疏萼。熱嫌魚玉。又滿把蒸成，露珠如粟。配點雲龍，竹鑪湯正熟。

賣花聲　題畫扇

小鳳颭釵梁，皓腕先攘〔一〕。是誰驚起曉來妝？問取木芙蓉上露，何日成霜？　舊夢莫思量，滿鏡眉長。水精簾下有微涼。喚作春人渾不似，莫是秋娘？

【校記】

〔一〕『腕』，底本作『捥』，誤。

乳燕飛　和湘湄作寄伯生

誰賦銷魂句？向天涯、吹花嚼蕊，僝風僽雨。我是江南賀梅子，莫問閒愁幾許。空記得、別離情緒。人自漂零天不管，但昏昏薄霧愔愔絮。肯爲我，寄愁去？征車同出春明路。有當時、風懷酒膽，未諳別苦。細馬馱來人二八，醉裏憑肩佰語。笑判取、千金贖汝。一別故人難見面，況鶯鶯燕燕知何處？只此意，向誰訴？

洞仙歌 為吳珊珊夫人題扇

繡襦甲帳，有當年珍偶。跨虎重來事依舊。向櫻桃湖上，寫韻軒開，平視慣，也爲洛神佰首。人間與天上，何限佳人，脩竹蕭蕭倚寒袖。福慧此應無，螢火詩成，定小試、畫羅纖手。問何不當初畫乘鸞，想霧鬢風鬟，見時還又。夫人《詠螢》云：『月黑移來星一點，風高扶上閣三層。』

高陽臺

鈴索判花，遊絲罥絮，送春淚滿輕綃。不見春歸，流波一夜迢迢。明珠十斛何人手，向章臺、折取柔條？可憐宵，蠟照紅嘛，明鏡紅潮。傳來語最魂銷自，說夭桃命短，怕落花朝。重囀春鶯，知他何處樓高？三生杜牧關何事，爲曾經、掌拓纖腰。好無聊，四月時光，雨又瀟瀟。

賣花聲

秋水淡盈盈，秋雨初晴。月華洗出太分明。照見舊時人立處，曲曲圍屏。　風露浩無聲，衣薄涼生，與誰人說此時情？簾幙幾重窗幾扇，說也零星。

菩薩蠻　北固題壁

青天欲放江流去，青山欲截江流住。儂也替江愁，山山不斷頭。　片帆如鳥落，江住儂船泊。畢竟笑山孤，能留儂住無？

唐多令　題畫仕女

深院玉梅天，春風錦瑟年。似驚鴻、留影翩然。手擘薛濤牋一幅，怕遺墨，澹如煙。　一枕小遊仙，三生小比肩。有揚州舊夢誰圓？問是夢中曾見麽，笑已是十年前。

疏影　題素娟錄事畫扇

春愁滿紙。看微雲澹月，夜寒如水。記得前宵，葉葉輕衫，同在曲闌干伍。素娥要鬥嬋娟影，笑一樹、海棠濃睡。得知他、畫作乘鸞，直恁冷清清地。

料想閒宵弄筆，怕紛紅駭綠無此幽致。朱鳥窗前，殺粉調鉛，自滴方諸清淚。懷中一墮三生夢，又碧海青天無際。能禁他、幾徧團圞，老卻畫中人矣。

漁父詞　有紀

四角紅羅窣地垂，銀鉤不動篆煙微。燈澹澹，月絲絲，笑問郎來是幾時？

好事近　題何夢華西湖買春卷

何處好尋春？春在段家橋側。試看門前流水，有桃花顏色。

鏡中照出四圍山，眉黛一時碧。笑指槳牙相趁，盡鴛鴦鸂鶒。

百字令　書戴竹友緑花詞後

雁飛汾水，只人間李嶠、是真才子。解作江南腸斷句，一卷烏絲闌紙。野草花開，池蓮粉墜，宛轉能含思。集中『野花』、『白蓮』二詞尤工。從君貰酒，旗亭應有人記。　最難俊侶如雲，風懷如月，更華年如綺。同學少年皆匿笑，春水干卿何事。鬲指聲微，幺弦調苦，作者今無幾。他時按曲，花間更喚延巳。謂馮生玉如。

女冠子　贈雙脩庵女尼韻香一號清微

清宵更永，微月度雲無影。蹋蒼苔。試問三生事。誰脩雙笑來。　房深香似霧，人澹韻如梅。記取闌干外，玉簪開。

浮眉樓詞

卷一

天香　花露

炊玉成煙，揉春作水，落紅滿地如埽。百末香濃，三霄夜冷，無數花魂招到。仙人掌上，迸鉛水、銅槃多少。空惹鑪王惆悵，未輸蜜脾風調。　謝娘理妝趁曉。面初勻、粉光融了。試手擘牋重盥，薔薇尤好。卻笑文園病渴，似飲露、秋蟬便能飽。待鬭新茶，聽湯未老。

前調　尤維熊二娱

候火安爐，量沙布甑，蒸成芳液盈匕。涼沁荷筩，冷淘槐葉，輸與山僧佳製。絣罌分餉，傾一滴、便消殘醉。卻笑辛勤蜂釀，衹供蜜殊留嗜。　試調井華新水。面纔勻、埽眉還未。慣共粉匳脂盝，上伊纖指。向晚妝臺一餉，又融入、犀梳攏雙髻。夢醒餘香，綠鬟猶膩。

齊天樂　塔鈴

四禪天上天風小，偶然吹墮仙響。窣堵波高，金銀鐺動，雨歇寶繩微漾。雲思霞想。在謖謖松間，星星鐘上。驚起栖禽，飛來還向相輪傍。　三更歌管都罷，只郎當九子，似話惆悵。步屧廊空，吹簫客去，自發人天高唱。舊遊無恙。認放鴿庭陰，護花窗網。小立斜陽，隔墻聞梵放。

前調　尤維熊

人天籟寂煙霄暝，千花法輪常轉。九子齊鳴，一鈴獨語，錯落聲如珠貫。石壇花院。有一陣松颸，高低吹亂。除是澄公，秀支劬秃總能辨。　空廊有客孤寄，向鐙昏獨聽，似近還遠。月下檐牙，雨邊驛路，無此惺忪悽婉。粥魚茶板。只面壁僧枯，聞根先斷。一任山椒，天風搖夜半。

摸魚兒　盪湖船

一篷兒、花天酒地，消磨風月如許。吴娃生長吴船上，只共鴛鴦爲侶。船六柱，從不識、愁風愁水天涯路。輕橈容與。問兩寺東西，半塘前後，商略泊何處。　江南好，不在中流簫鼓。牽人好夢無數。十年水驛風鐙夜，負了畫船聽雨。臨別語，怕紙醉、金迷忘卻秋孃渡。重來記取。有澮澮窗紗，疏疏簾影，隱隱數聲艫。

前調

尤維熊

正江南、蓴絲風軟，波光七里吹皺。移來花月青簾厓，滿載玉缸春酒。鲦華藪，將蠡殼、窗兒偏換明珠繡。停橈渡口。認斟酌橋頭，紅闌低映，幾樹水楊柳。　恰相對，一點遙青橫岫，柁樓人更明秀。蜀薑細搗吳鹽灑，更倩調冰雪溝。勞纖手，看送了魷船、暗拓鞋尖瘦。明鐙炧後。纔緩櫂歸來，高城一角，斜月下蓮漏。

水龍吟　吳歌

摩訶池上歌殘，一聲何處悠揚起？將連忽斷，似無還有，月明風細。月子彎彎，花開緩緩，一般情思。算笛家不是，漁家不是，問莫是，劉三妹？　子夜四時堪儗。變新聲、我儂歡喜。扁舟夜泊，人家兩岸，聽風聽水。白葛單衣，蒲葵小扇，新涼天氣。又前溪柔艫，嘔啞說是，釣船歸矣。

前調

尤維熊

五湖天水空濛，一枝柔櫓衝煙破。聲聲斷續，三高祠下，垂虹亭左。棹入前溪，三三兩兩，菱歌相和。正員沙清淺，鳧飛拍拍，笑脫下，紅裙裹。　最是曉風殘月。賸微茫、一星漁火。遙聞斷港，纔從浦轉，又穿橋過。水國陰晴，江鄉兒女，儘伊煩瑣。怕驚他孤客，篷窗夢醒，又還重作去聲。

桂枝香　蕉扇

誰裁花骨？怕新裂齊紈，無此圓潔。想見黄昏雨足，緑天雲割。憐他不入人懷袖，卻生成、也無圓闕。紫蕉衫底，白荷花下，晚風香辣。　話昔日、山塘土物。同莦席湘筠，一樣清絕。七寶修成不是，舊時明月。舊時舊事何人記？有冷螢、空階明滅。最難忘處，羅帷雙笑，一鐙初殺。山塘賣扇以選葉爲工，近皆飾以金繡，失當時之意矣。

前調　尤維熊

裁雲滿把，憶小院緑天，密雨初灑。誰仿謝家新製，市頭論價？紅檣一抹剛遮映，握春荑、晚妝纔卸。庭軒露坐，乍停還拂，流螢將下。　記女伴、穿鍼閒話。有花骨欹斜，密字偷寫。便肯從人方便，也休輕借。六月不借扇，吳中諺也。輕容不放秋蚊入，向舊幬、深處低挂。桃笙如水，暫教閒卻，嫩涼今夜。

右武邱樂府五首，結夏僧房，端居無俚，輒仿南宋人《樂府補題》之製，譜山中風物，希同調者繼聲焉。二娱尤君首先見和，其詞尤工，用同著于篇。小吳軒行館書。

臺城路 同嚴丈歷亭游舒氏園作

薄陰不散霜飛早，園林深貯秋意。水木清蒼，陂陁高下，澹與暮雲無際。紅泥亭子。占一角孤城，七分煙水。最愛疏疏，竹竿萬个滴寒翠。年來俊侶都散。便登山臨水，只恁顦顇。倦柳攀條，清流照鬢，暗老悲秋身世。荒寒如此。又畫角聲中，夕陽垂地。樹樹西風，暮鴉寒不起。

翠樓吟 山行幽絶臨水數家門外木芙蓉正花爛漫無次殊愜幽情紀以此詞

濕翠霑衣，暗苔粘屐，幽尋最愛清曉。峰回剛路轉，恰對面數峰清峭。似儂曾到。只三兩人家，看來都好。柴門小。芙蓉無數，一時紅了。誰料隨意閒行，有芳塘花島，徐熙畫稿。水邊同照影，定見我風前側帽。也應含笑。怕青鳥丁寧，玉容易老。尋芳早，向人山色，一眉新掃。

望湘人 用縠人先生韻

漸蕭蕭瑟瑟，冷冷清清，客懷如許凄戀。衰柳翻鴉，枯荷鬧雨，子夜怨歌先變。鏡裏霜寒，鐙前人瘦，眉邊山遠。儘哀弦、一曲思歸，飛起十三筝雁。數盡更更點點。把孤衾斷夢，一宵尋徧。只文鴛繡枕，記得舊時曾薦。酒痕濃澹，淚痕重疊，濕了小鸞鍼綫。問何日、纖手親攜，笑勸芳尊須滿？

柳色黄　西湖秋柳用穀人先生秋柳詞韻

西子湖頭，歸路繫船，暮色催霽。疏疏漏出斜陽，便做秋來詩意。春人老去，想見油壁車歸。銷磨裙帶同心字。有一陣西風，添一分顦顇。還擬。東風舊院，北苑新圖，南朝蕭寺。幾點昏鴉，小坐蒼煙叢裏。荷花桂子，分將一鏡新愁。照他鬢影清無底。縱有浣紗人，挽纖腰不起。

江城梅花引

一重方空一重紗。采蓮花。采菱花。愛住吴船、生小號吴娃。墻内紅樓樓外水，有明月，照鴛鴦，宿那家。那家那家在天涯。雨又斜。雲又遮。聽也聽也，聽不到、一曲琵琶。漸漸西風秋柳不藏鴉。欲倩西風吹夢去，還只恐，夢魂中，太遠些。

滿庭芳

扇月投懷，衣香分袂。箇儂道是無愁。采蓮歸去，佯醉臥篷篊。攜取屏山六六，繩河外、殘雨初空流。欲寄銀鉤小字，趁征鴻、飛過樓頭。沉吟徧，又愁別後，不上小紅樓。

收。良期近，一天風露，無睡待牽牛。勾留，能幾日？有門前流，水催上蘭舟。漸蘭舟不見，野水

天香　粉

擣麝成塵，調鉛作雪，秦樓一轉初試。露下芙蓉，雨餘篁竹，滿鏡六朝春思。仙人掌上，先染了、葱根纖指。繡領乍濕餘香，金盆緩傾殘水。　侵晨宿妝紅膩。拂湖綿、掃眉還未。殘夢闌心蝴蜨，欲乾雙翅。不信比來下淚。問玉頰、成痕爲何事？索寫丹青，賸來有幾？

摸魚兒　茨菇

買陂塘，兩邊添種，高荷大芋相似。生成葉葉雙岐樣，合傍谿流燕尾。江上水，記送別，西灣話到年時事。故人歸未？正軟柄欹風，低枝鬧雨，一碧亂無次。　江鄉好，隨意蒓絲菰米，食單多在水際。雞頭蔆角堆槃後，草草田園風味。渾不記，合付與、廚孃略下些鹽豉。旗亭小市。共山栗燔餘，村醪熟後，閒買夜來醉。

水龍吟　蘋花

菱歌唱斷前溪，青山影裏秋江老。晚風乍起，涼煙不散，數花開早。去鳥明邊，閒鷗眠處，采香人少。便翠禽一點，愁他難立，除非是、蜻蜓小。　有客谿頭垂釣，又句留、一年過了。楊花身世，蘆花伴侶，嫩寒清曉。隨意停舟，偶然照眼，添枝紅蓼。向水仙祠下，登蘋搴藻，共寒泉芼。

齊天樂　果贏

蟲蟲生就腰支細，孤懸長自幽怨。小尾雄蠭，畫衣稚蜨，未許尋常相見。案頭筠管。想小寄全家，一丸泥滿。暖日窗櫺，蛛絲捎徧畫檐短。　缾笙相和淒切，聽哀音微細，似續還斷。負蝂身勞，顛當門守，也結蟲天仙眷。休言善幻。笑人世兒曹，骨凡難換。戢戢螽斯，一宵如雨點。

桂枝香　黄蜆

春潮長處，正隔浦聲喧，橛頭船聚。似罱春泥不用，笭箵漁具。從來論斗平量慣，叩舷呼、贏錢拋與。有時亥日，漁娃白足，筠籃提取。　俊味江鄉堪數。比青鯽白蝦，羹湯同煮。合口椒辛薄醉，想伊風趣。兒童不識螺名扁，笑且食蛤蜊知許。湯溫甲卸，配他早韭，翦來新雨。

滿江紅 九日同鐵門登鳳凰山頂尋女教場望江用倦圃竹垞錢唐觀潮韻

四面青山，放江水、適當其闕。流不盡、南朝遺恨，中原如髮。更殺一圍傾國笑，誰橫萬弩迎潮發。只茱萸、醉裏詫漂零，人吳越。　花欲笑，簪邊雪。雲欲擁，巖前月巖名。問男兒何用，置身高絕。百感茫茫隨處有，大江滾滾何時歇？恨觀濤、僕病未能來，中秋節。

邁陂塘〔一〕 題胡雒君廬山識面圖

插清江，成峰成嶺，湖山如此明秀。何人小坐槃陀上，高挹匡君衣袖？開笑口。道蓮社、群賢待爾相尋久。扁舟落手。問何不乘風，開帆捩柁，數徧翠屏九？　平生事，布襪青鞋都有，游踪尚欠江右。五峰一一雲中問，與老人期何後？牛馬走。恐待我、歸來頭白成衰醜。觀河面皺。想意外奇逢，圖中人到，相識定如舊。

【校記】

〔一〕『邁』，底本作『蓮』，許增本以墨筆改爲『邁』，許增重刊本與《四部備要》本作『買』。

金縷曲 閩僮黄姓汀産也湘湄名之曰汀鷗爰紀以詞

欲問伊鄉里。有詞人、小名錄就，當筵須記。萬里家山誰馴得，漂泊黄童年紀。夢不到、汀洲蘅芷。道我主盟三十六，肯相從、浩蕩江湖底。僮約在，煙波裏。可能便逐漁兄弟？買陂塘、緑蓑青笠，船頭沙觜。配箇樵青都不惡，婉婉阜羅鴉髻。應不羨、風標公子。莫度荔枝香一曲，怕回腸、容易鄉思起。謂不信，如春水。

酷相思 苦雨

屋角鵓鴣催不去。和簾外，流鶯語。問裏湖外湖曾到否？朝來也，瀟瀟雨。晚來也，瀟瀟雨。濕了清明寒食路。把杏花期誤。只孤負討春人此度。春去也，留難住。人去也，留難住。

菩薩蠻 何夢華半塘春泛圖

青絲纜細蘭橈艤，濛濛人立垂楊裏。三十六鴛鴦，一堤春水香。半塘春好處，總是藏鴉樹。樹下記兒家，出墻姊妹花。

太常引　夢華以葉小鸞疏香閣眉子研銘拓本見示屬爲賦之

埽眉人倚袖羅寒，月子對彎彎。笙鶴去瑤天，算只有、蟾蜍淚潸。　琉璃匣啟，櫻桃雨潤，長定試麋丸。小字讀迴環，又想見、當時遠山。

臺城路　梅華帳額

珊瑚海底枝枝軟，玲瓏翦碎寒月。羅帳如煙，銀鉤不動，小積半牀香雪。移鐙挂壁。怕骨冷魂清，玉龍吹徹。漠漠梨雲，江南路向此中覓。　年來何遜蕉萃，記東閣詩篇，西磧遊屐。鬢點吳霜，夢殘舊雨，髣髴屋梁顏色。翠禽低說。正人倚高樓，袖羅寒絕。待訴相思，玉參橫永夕。

疏影　花影吹笙圖

空庭潑水。正玲瓏澹月，簾影垂地。悵望銀河，閒弄參差，箇儂知是誰思？　橫枝清瘦疏花活，漸篩滿、薄羅衫子。只枝頭、翠羽雙栖，闕見那時情事。　難忘黃昏院落，畫闌十二曲，曲曲同倚。半攏春纖，半度脂香，炙暖一行銀字。年來白石風情減，有自作、新詞誰記？　但每逢、花月嬋娟，便想畫中雙髻。

百字令　阮雲臺閣學重葺曝書亭命工摹竹垞圖自和竹垞元詞二闋余亦繼聲

鴛鴦湖上，記櫂歌來往、扁舟曾泊。載酒江湖人在眼，渺渺微波難託。八萬卷書，兩三竿竹，閒想歸田樂。百年如夢，暮雲幾葉零落。　當日雨裏芭蕉，水中菡萏，位置煩斟酌。舊觀頓還圖畫好，依約黃簾綠幕。詞客有靈，先生應笑，此子宜丘壑。他時重到，炙笙須喚菱角。

摸魚子　題李武曾徵君藝蘭圖用竹垞集中灌園圖韻

問先生、灌園老矣，尚餘幾稜青畝？平生述作騷苗裔，小寄外孫齏臼。歸隱後，渾不記、上林花木春明柳。遂初賦就。想堂北春濃，陔南人健，一笑且開口。　堂前樹，秋錦勝如錦晝。西風幾度搔首。天涯芳草行吟徧，荃蕙化茅都有。交耐久。算只有、南鄰朱老長攜手。别無恙否？約雜佩紉秋，寒泉薦菊，來訪橘中叟。

國香慢　媚蘭小影爲夢華題

真色生香。有小名試錄，雅稱孤芳。幽居自憐空谷，未嫁王昌。定記宮墻留字，聽鐘聲、催月斜廊。用明宮女媚蘭仙子詩。無言但凝睇，一寸愁心，多少思量。　彩雲天遠處，想明眸秀鬋，霧閣雲窗。玉梅花下，誰念蕉萃何郎？尚有三生舊約，怕錦瑟、今似人長。還應只如此，楚楚眉痕，澹澹明妝。

紅娘子　古祕戲錢

金鑄鴛鴦牒，土蝕相思骨。姹女風流，沈郎輕薄，秦宮偷活。看雙飛蝴蝶正團圞，任漫天榆莢。　覆雨翻雲狹，地久天長恰。蠟視横陳，神傳阿堵，夢殘金穴。笑人間騃女與癡兒，買春風時節。

金縷曲　題雲臺閣學修書圖

上苑春如綺。護重重、琅嬛祕笈，花光雲氣。東馬才名終賈歲，朝罷横陳圖史。早位置、筆牀研几。天上愚懵仙儘有，讓宮中、元九呼才子。紬萬卷，倩雙髻。　使星重指錢江水。看紛綸、珠墳筌典，赤文綠字。椽燭兩行官吏散，學士又修書矣。問福慧、如公能幾？應念書生寒骨相，短鐙檠、昏對牛毛細。旁匿笑，玉川婢。

清平樂　題張淥卿花陰填詞圖

花陰漸轉，衣上春痕淺。圓月一規人半面，好箇深深庭院。　玉簫金管都宜，偷聲減字休遲。知否露寒風峭，紅兒小立多時。

洞仙歌　題蕊宮花史圖圖十有二人

碧城深處，有闌干幾曲。幾疊屏風護群玉。正巫雲滿峽，霄露承盤，三面海、看浴鴛鴦卅六。一年春好處，風信番番，兩兩仙人小名録。隔座辨釵光，下九初三，算佳約、閏年須續。試屈指、花朝是幾時，怕歲歲月圓，時時花落。

摸魚兒　送淥卿入都

甚悤悤、驪歌催發，江天雲物淒緊。西湖鴉舅初黄候，做出別離風景。江上艇，早載著、曉風殘月和愁等。哀鴻成陣。向越角吴根，燕南趙北，相對一繩整。　長安道，十丈紅塵埋軫。五侯八貴朝請。書生馬狗衣鶉結，料爾爲郎無分。堪一哂。道我已、無家隨處漂零肯。酒徒歸盡，問壚畔燕姬，車前騶卒，何處醉眠穩？

又　淥卿自都門歸復遊山左作此贈行并寄黃小松司馬陳曼生上舍

有征鴻、南來北去，道逢旅雁相語。差池短翼三千里，爲是栖栖何苦？嘗險阻，又破帽、殘衫重踽西陵路。搖雲散雨。總難忘當時，西園賓客，梧竹對衡宇。　人生事，銷魂最是羈旅。今人管鮑如土。一錢不直張三影，怨曲旗亭空度。休見妒。道老矣、蛾眉金綫無心作去。事何知許？且問訊陳三，寄聲黃九，慷慨爲君舞。

又　寄淥卿

聽烏烏、城頭畫角，馬頭風色催暮。重來人已漂零慣，衫上淚痕難數。來又去，恰子野、兜孃都在吳城住。酒邊傳語。道有箇吳儂，夜闌沉醉，羅帕喚題句。　青樓夢，三生杜牧還作去。而今絲鬢千縷。雛鶯乳燕曾相識，想在綠陰深處。風吹雨。問秋色、鵲華可似江南否？羈懷最苦。但卻扇風情，題襟心事，都付倦飛羽。

水龍吟　湖心亭夜泛追憶舊游俯仰身世渺渺兮余懷也

月痕都化涼煙，雙堤沉在涼煙裏。溝華露濕，菰根風戰，瓜皮船艤。一寸秋心，三分是月，七分是水。看湖心點點，山山不斷，渾只露，依微髻。　忽憶去年此日。伴故人、叩舷同醉。笑横長笛，倚歌小海，有魚龍氣。游倦成悲，離多易老，居然千里。但回船夜半，圓沙拍拍，唤眠鷗起。

又　人日寄故園諸子

草堂人日梅花，可憐又向天涯度。華前思發，雁邊書遠，道衡空賦。風颭鐙初，雪消寒未，春愁如許。算一般客裏，阻風中酒，還不及，西湖住。　料得故人傳語。欲題詩、故鄉何處？也應難忘，盟鷗池館，黏雞窗戶。子夜歌休，辛槃春老，丁年人去。但柳條弄色，年年仍作，舊時眉嫵。

齊天樂　童佛庵有素冊爲蠹魚所蝕其鑿空處皆肖蛺形殆天巧也詞以寫之

近來不食人間字，滿腔都是春恨。青簡生涯，白蟫身世，幻作漆園夢影。羽陵困損。算不似花間，栖香差穩。莫羨神仙，蜕餘且就此中隱。　有人曝來永晝，比夾雪新籤，白描副本。栩栩蘧蘧，魚魚雅雅，兩翅尚黏殘粉。滕王休哂。是癡絶書生，香奩吟吻。展向春風，半窗芸葉冷。

菩薩蠻

金釭釵粟紅如許，爲誰擁髻淒無語？一夜雨潺潺，春風樓上寒。玉鞭斜墮馬，知在垂楊下。低語祝梅花，上元須到家。

又

暮雲重疊山如織，一痕淺黛依微碧。此際有人愁，夕陽山外樓。春鐙初試了，寒到春衣峭。莫是不歸來，玉梅開未開？

又

月痕移到梅花澹，畫樓人立春寒淺。殘雪未消時，一枝還一枝。銀屏雙瀉鵝，香篆和煙碧。相見便嫣然，問郎恣意憐。

又

東風皺得春痕重，香羅深護梨雲夢。道是太淒迷，隔簾殘雪飛。　蕭郎歸又晚，春勝如花淺。何事有閒愁，玉簫吹兩頭。

又

吳儂何必吳中住，五湖便是三生路。船小慣藏春，千絲網越人。　三年留一笑，底事催歸早？一路遠山多，畫眉人奈何？

邁陂塘〔一〕 自題山陰歸櫂圖

問年年、阻風中酒，江湖人竟歸未？居然一櫂衝風雪，妝點蕭蕭行李。圖畫裏，有萬壑、千巖送箇人雙髻。剡谿休擬。且霜破黃柑，鐙挑紅粟，晚飯柁樓底。　移家好，莫認鴟夷西子，鏡湖他日須賜。千絲細網三生石，兩槳劃開春水。歸去矣，算泛宅、浮家儘可稱鄉里。櫂歌聲起。試擁櫬煩卿，扣舷和汝，此曲定能記。

【校記】

〔一〕『邁』，許增重刊本與《四部備要》本皆作『買』。

又

穀人先生題淥卿露華詞末有見及之語依韻奉酬并寄都下諸故人

算年來、此中日夕，淚痕被面如洗。鶯鶯燕燕張公子，空皺一池春水。誰得髓？便白石、玉田都付旗亭裏。酒闌人起。想紅燭筵前，烏絲闌底，儘做別離味。

知音少，前輩愛才曾幾，當時沈范堪擬。春風傳唱揚州路，齊卷珠簾十里。我倦矣，似漂轉、飛花未許游絲繫。舊遊應記。但寄語燕臺，酒人相見，有口且深閉。

河傳

題夢華綰雲圖

小字，須記。喚爲雲，暮暮朝朝見君。送君南浦愁復深，千金，酬他一笑心。

阻風中酒年年過，誰伴我？且賦風懷左。謝芳姿，網千絲。他時，蠭雄粉蜨雌。夢華屬意一婢，故及。

探春慢　渌卿自山左來杭合并西湖未及十日即爲東阿之行酒邊索贈書以爲別

慢水搖堤，飛花撲帽，相逢又是春半。傍侶疏時，鈿車歸後，小結嬉春閒伴。誰記重來客，算只有、垂楊青眼。問伊昔日風流，鬢絲何事零亂？　卻笑一年一度。渾不似定巢，王謝雙燕。寒食光陰，天涯情味，消得幾回相見。還共西湖約，怕尚有、輕風吹轉。莫滯游踪，高樓人正凝盼。

洞仙歌　寄素君

綺窗臨水，挂一重簾子。簾外垂楊畫船繫。道春風正好，催放輕橈，全不管，先把箇儂催起。　嘔啞聲未遠，轉箇灣頭，眼底居然便千里。不見一重簾，簾外垂楊，又何況隔簾雙髻。算臨別無言忒忽忽，有曲曲谿流，是伊清淚。

又

小桃落盡，又春寒側側。過了今年小寒食。便鶯簧怨雨，蛛網粘花，歸去也，春已三分之一。　昨宵淺夢裏，夢也無憑，夢裏人人更無力。軟語任憑肩，低髻愁眉，是鐙下舊時顏色。只忘卻歸期約何時，猶自說高樓，杏華消息。

邁陂塘〔一〕 蘭泉先生招集瑪瑙寺看牡丹分韻得更字述以此詞

又愔愔、滿湖香絮，一年春已將盡。東風收拾閒紅紫，并作者番芳信。風乍定。有臥穩、狸奴日午花陰正。鉤簾試問。問花底年年，看花伴侶，得似此時俊？　佳招踐，連日陰晴難準。能來須是乘興。沈香應詔關何事，薄醉被人呼醒。文字飲。看白髮、嬉春一老紅闌凴。擘牋賦韻。儘雀舫移頻，鈿車歸了，後約試尋更。

【校記】

〔一〕『邁』，許增重刊本與《四部備要》本皆作『買』。

又 方臺山屬題冰壺夫人桃源春泛圖

看浮槎、坐來天上，一篙春水初暖。川原遠近都如綺，十里明霞新翦。紅一段。向鏡裏、盈盈同照春風面。阿誰曾見，算只有紅襟，掠波雙燕，隔水定偷眼。　仙源好，已熟胡麻仙飯。休歌水遠人遠。當年便笑天台侶，不解人間何戀？歸緩緩，愛輕浪、魚鱗容與中流半。流年暗換。但黃竹箱開，縷金衣試，紅雨尚應滿。

水龍吟　語兒道中萬緑如水澹日微陰時漏疏雨扁舟搖兀其間爲賦此調

是晴還是微陰，濛濛好箇江南路。桑陰兩岸，竹梯橫閣，最深深處。去鳥孤明，連山積翠，夕陽界住。正扁舟有客，微吟淺醉，譜腸斷，方回句。　又是一年羈旅。一年春、又隨人去。换他幾點，鷗邊鷺外，疏疏殘雨。圓鏡冰寒，生綃紅潤，也應淒楚。待歸時細問，香銷夢斷，定思量否？

清平樂　春湖吟社扇面爲夢華作

兩湖如鏡，雙照桃鬟影。花外夕陽紅不定，又是畫船歸近。　去年煙雨溟濛，今年花月惺忪。斷送一生顦顇，只消便面春風。

國香慢　袁壽階屬賦紅蕙

乍轉光風。自三閭去後，九畹滋同。孤芳肯隨荃化，忽訝春容。莫是獨醒良苦，倦行吟、薄酒微中。幽懷與誰語，寫入朱弦，怨曲纏終。　湘江江上水，便覺來淚滴，匀染難工。荷衣顦顇，未應綬帶垂紅。回首金閶樓外，記薛家、小妹初逢。香魂便能返，澹粉輕脂，終恨惺忪。

卷二

疏影　舒衫受落花圖

春陰似墨。正輕衫乍試，何處横笛？應是高樓，不管清愁，便訴江南消息。玉人未醒梨雲夢，想獨步、冰苔猶濕。恁禁他、翠袖天寒，無數落英如積。　苦憶西園清夜，酒邊出素手，曾共攀摘。漸老何郎，便約重來，不是舊時月色。東風衣袂憑誰問，怕只有、淚痕留得。判一生、消受春愁，點點唾花凝碧。

水龍吟　厭勝鏡徑二寸有奇背列祕戲者四女裝絶似武梁祠像六朝物也

分明一片新荷，團圞照見鴛鴦睡。秦時明月，漢宫春色，唐家遺事。影裏鸞孤，盤時龍寡，物猶如此。笑何妨注就，蟲蟲燕燕，添四角，中央字。　長定循環纖指。暈紅潮、背人偷視。宿妝慵整，長眉未畫，懨懨情思。三閣綺羅，六朝金粉，而今何似？看土花淺碧，斕斒多分，是銅仙淚。

紅情　題二娱鷗夢圓圖用玉田韻

生香活色，有水天閒話，憑肩語密。除卻鴛鴦，只有眠鷗似相識。三十六陂舊夢，明鏡裏、低徊潛憶。問微步、一餉凌波，羅襪可曾濕？　小立，髫鬟側。想明月那時，流水今日。春風靈液，澮盪其間浪痕碧。自恨采香太晚，重到也紅衣非昔。又況畫船艤處，船中玉笛。

沁園春　二娱爲余題螙蝡卷子比物象形裁雲縫月後有作者未能或之先矣酒酣以往逸氣坌涌閒爲變調以攄鬱塞之懷并示二娱

鑽紙蠅癡，伏案螢乾，男兒可憐。笑吾其魚矣，人言善幻，蘧然蝡也，或羨成仙。五蠹書成，一生花活，游戲其間然不然。君休問，看此中有鬼，蟲亦能天。　爲君試質前賢，更有箇吾家博物傳。是蒙莊闊達，未離文字，謝郎輕薄，多爲詩篇。磊落景純，蟲魚詮釋，鳳子春駒有闕焉。亡應補，任叢殘科斗，零落蝸涎。

齊天樂

北山旅館圖用穀人先生韻爲華秋槎司馬作

十年載酒江湖徧，不歸如此湖水。小艇鳴榔，低檐結網，穩住一家深翠。畫圖寫意。問選箇江鄉，西湖有幾？鴨腳黄邊，幾人同此夕陽醉？　當歸故鄉應寄，笑薛宣東閣，真欲相吏。箇裏伊涼，胸中雲夢，暗老英雄身世。壯心不已。道種菜閉門，漸諳斯味。何況鱸蒓，秋風斜日裏。

洞仙歌

書素琴校書扇

當年桃葉，向渡頭曾見。問姓分明掌中燕。把舊時衣袂，與説相思。東風裏、可記淚痕曾染？　厭厭三爵後，素女琴心，忽發狂言有誰管？教寫折枝梅，翠羽啾啁，定闋見、玉人清怨。肯等到闌干月明時，便幾箇黄昏，也都情願。

又

題錢叔美爲疏香女子畫梅用袁蘭村韻

東風著力，恰雪痕微逗。略解春情便應瘦。似那回曾見，隔箇窗紗，修竹裏，翠袖暮寒時候。　江南二三月，豔紫妖紅，兒女十平枝五枝繡。誰得比孤清，一斛珠量，除聘取、海棠消受。儗待到昏黄月微明，倩玉笛横吹，看珠簾秀。

風蝴令　秋影樓圖

雁齒紅橋近，烏衣曲巷斜。水天閒話記些些。六扇冰紋槅子慣藏他。　春燕雙栖地，秋風八月槎。重來那不感年華。猶傍水楊柳樹問伊家。

百字令　題蘭村南園春夢圖

東風何苦，只送將春到，難留春住。落絮游絲無氣力，還自飛來飛去。白水橋梁，紅泥亭榭，人説南園路。畫圖省識，看來已是前度。　莫倚錦瑟筵前，楚腰掌上，年少能才語。記得些些惆悵事，便費蠻牋無數。玉局彈棋，銅槃遞淚，此夢儂曾作去。去年今日，桃華亂落如雨。

喝火令　莫愁小像爲汪紫珊姬人綠玉作

文杏裁梁柱，流黄織畫紗。春風留住六朝花。願作紅襟雙燕，飛去入伊家。　有箇人如玉，看來略似他。重幃初卷繡裙斜。只少耳邊，朱暈一些些。只少阿侯膝上，小語學嘔啞。

高陽臺　隨園席上贈别疏香

暗水通潮，癡嵐閣雨，微陰不散重城。留得枯荷，奈他先作離聲。清歌欲遏行雲住，露春纖、並坐調笙。莫多情，第一難忘，席上輕輕。　天涯我是漂零慣，恁飛花無定，相送人行。見説蘭舟，明朝也泊長亭。門前記取垂楊樹，只藏他、三兩秋鶯。一程程，愁水愁風，不要人聽。

買陂塘　信宿隨園頗極文燕之樂將歸之夕蘭村以秋夢樓圖索題黯然賦此

小紅樓、居然百尺，文窗了鳥深閉。豈知中有悲秋客，夢與碧雲無際。湖海氣。只打疊、柔情不斷如春水。偷聲減字。問白石玉田，金荃蘭畹，多少可憐子？　浮名好，低唱淺斟何似？爲誰此景輕棄？六朝山色雙眉嫵，换了青衫從事。我醉矣。想葛帔、西華那有桃花米。能謀酒未？怕江上荻聲，階前蛩語，漸漸有秋意。時蘭村將入都謁選。

祝英臺近　題梅卿女史倚竹圖

玉釵長，金釧瘦，濃緑翦雙袖。刻徧琅玕，又是一詩就。問他翠羽三更，蓐龍半夜，可窺見、繡鞋冰透？　算佳偶，鳳觜天外尋難，得似舊人否？磨鏡劉楨，平視也低首。同君一樣西家，牽蘿補屋，定念我、暮寒時候。

柳梢青　贈琵琶伎

直得魂銷。髾鬌寒玉，袖卷輕綃。半面猶遮，四弦入破，涼月初高。　天涯淪落相遭。酒醒處、天風海濤。翠被秋深，烏篷露冷，一樣今宵。

長相思

荻花殘，蓼花殷。一樣秋風有兩般，紅紅白白看。　笛聲乾，角聲酸。行盡江南無數山，征衣漸漸寒。

好事近　效朱希真體

瓜步晚潮生，一峭布帆百里。酒醒鐘聲何處，出金山寺裏。　金山對面是焦山，睡著兩鬟髻。只有半鉤殘月，照船中笛起。

又　歸舟同竹士作

何處是儂家，歷歷青山無數。青到一重樓上，對箇儂眉嫵。　朝朝江上望歸船，江住見山住。指點片帆飛過，在青山斷處。

闌干萬里心　自題浮眉樓圖

濛濛絲柳不藏秋，隱隱疏簾半上鉤。見說年年愛遠游。一重樓，兩點眉山相對愁。

高陽臺　録别

玉局中心，金釭照眼，悲秋人又長征。擁髻凄然，背鐙直是愁生。三杯兩琖將離酒〔一〕，怎禁他、和淚同傾？太淒清，蛩語聲聲，雁語聲聲。　銅籤屈指無多路，說當時歸櫂，一半曾經。後夜明朝，爲儂細算郵程。鴛鴦湖上條條柳，望前頭、有座旗亭。肯消停，風也須行，雨也須行。

【校記】

〔一〕『琖』，許增重刊本與《四部備要》本皆作『琖』。

貂裘換酒　十月一日偕鐵門倪米樓同游冷泉亭至白衲庵下山經蕭九孃酒壚泥飲而歸屬湘湄作寒壚買醉卷子紀以此詞湘湄曾與余雪夜同宿酒樓持火入山題詩石壁上此圖亦不可無詞也

雅舅紅如此。正千山、萬山夕照，不知幾里。忽見青旗高樓外，其上有翩翩字。有隨分、橙黃筍紫。我是酒徒元無賴，索銀餅莫笑麤豪氣。鸘霜解，可容貰？　四山積雪危闌倚。話當時、風懷酒膽，故人老矣。不向冷泉亭下醉，負此松風兩耳。況落葉、紛紛而至。寫作畫圖傳也得，要壚頭貌个雙丫髻。渠能記，十年事？

前調　袁棠湘湄

誰畫荒寒景？但蒼蒼、暮雲一片，亂峰齊暝。幾陣盤鴉催風色，又作去江干霜信。況遊子、衣單誰省？淒緊客懷無着處，只山樓一角斜陽賸。紅樹外，酒旗影。　題名重向壚頭認。算青衫、十年著破，轉蓬無定。莫更當杯歌忼慨，擁髻清愁未醒。定說到、漳濱人病。舊雨不來前塵在，也依俙鄰笛山陽聽。題此卷，誌我幸。

又　朱春生鐵門

如此秋光好。看西湖、亂山深處，楓林紅了。十里沿谿彎環路，不借一雙能到。且莫管、亂鴉殘照。記取年時沉醉處，揭青帘便索銀瓶倒。煨落葉，暖清醥。　舊愁新恨知多少。似今番、清游有幾，暗傷懷抱。自喫天台胡麻飯，乞食何曾一飽。悔不作、酒家傭保。一樣漂零風絮影，看當壚人也朱顏老。休怪我、鬢霜早。

疏影　帆影和米樓韻

爲誰送到？恁斜斜整整，驀地來悄。暮雨初收，疊鼓猶催，殷勤澹月留照。支笻愛喚秋江渡，問波底、去來多少？只兩邊、純浸遙山，一霎半湖遮了。　記得離筵江上，舉杯尚未勸，聽說風好。猶自憑闌，不覺回頭，已亂一行飛鳥。知他寂歷斜陽外，消幾度、醉眠欹倒。怕有人、腸斷登樓，誤認粘天衰草。

金縷曲　題米樓夢隱詞即用其集中紅豆詞韻

燭灺更闌矣。怪今宵、聲聲落葉，都來窗裏。細字蠶眠無多幅，不信愁人至此。看眼底、詞流有幾？偶作天風海濤曲，又吹花嚼出紅霞蕊。翩然跨，琴高鯉。　天涯別緒紛難理。漫沉吟、舊歡如夢，流年如水。說著江南腸斷句，中有淚痕隱起。只合付、薛家車子。張緒漂零尤袞遠，謂淥卿、二娛。儘時人笑把周秦比。莫寒了，調箏指。

又　題汪飲泉秋隱庵填詞圖

十里春風路。有伊人、裁雲縫月，移宮換羽。身是三生狂杜牧，今日鬢絲如許。只逢著、秋孃能賦。問訊汪倫情何似？也桃花亂落如紅雨。君莫怪，作癡語。　竹西歌吹依然否？但年年、吴公臺畔，鬥雞兒女。腰鼓儘消三百副，誰唱康郎樂府？況白石、揚州詞句？何必紅紅方能記，倩笛家、吹入蕢洲譜。蜀井水，在何處？

賣花聲　姜怡亭葬女郎于西湖作瘞花圖乞題一詞

小雨夜愔愔，寒戀重衾。朝來香徑怯相尋。不信東風魂不斷，葬得深深。　舊事暗沉吟，顛頷而今。長堤宿草有紅心。翻羨當時狂杜牧，來便成陰。

祝英臺近　怡亭秋晴訪碑圖

石排衙，窗列岫，往事記重九。閃閃寒鴉，如墨點雙袖。看君走上層顛，摩抄斷碣，全不怕、藤纏雨溜。　試搔首。要問一片韓陵，共語尚堪否？近日磨厓，山骨斲應瘦。年來愛注蟲魚，肯分金石，笑荼蘼、懷中人有？

夢芙蓉　蘭村寓大佛寺僧樓同人畢集湘湄爲作湖上雲萍圖紀以此詞

北風江上冷。正湖天黯黮，客懷淒緊。凍雲幾葉，流出片帆影。故人期尚準。楓林休負霜信。佛屋蕭然，有兩三倦侶，吟到夜鐙暈。　同調相逢一哂。中酒悲秋，已是三生病。畫中眉嫵，不似舊時靚。雁飛渾未定，夕陽猶戀寒陣。如此江山，又悤悤別去，十日醉應肯？

清平樂　徐山民吳姍姍夫婦柳陰雙槳合册屬題

鶼兒搓就，小試調酥手。眉葉腰身誰比瘦？春水生來先皺。　芳草一路芊眠，江南春盡如天。不信別家樓上，陌頭柳色年年。

醉太平　蘭村移居玉華樓

煙雲一牀，煙波一囊。移家仍住僧房，可青山一窗。　平林夕陽，長橋夜榔。只多十里湖光，見南屏曉妝。

暗香　宋西樵爲其妹作梅花于扇湘湄徵君屬賦之

萬花開落。怪東風最早，吹醒寒玉。只有廣平，一賦千秋擅幽獨。憐取山礬是弟，想雷岸、書回應索。便説是、便面春多，香冷不盈握。　茅屋，翠袖薄。正日莫天寒，絶代空谷。怨蛾自緑，愁點當時額黄角。高臥袁郎記否？曾小小、珍禽同宿。算合唤、楊妹子，爲題滿幅。

疏影　湘湄有所恨畫青梅子一枝以寄意霜辛露酸別有寄託非牧之詩意也以余有元白之好知拂面花故事屬倚聲以紀

玉梅未落，有枝頭點點，酸意先著。齒冷吴孃，不管春寒，臨風自弄霜角。高樓也有人横笛，但樓外、翠禽偷覺。試問伊、葉底清圓，莫認緑陰成幄。　記否年年此際，鶯桃已結子，蠶豆初熟？山店燒春，寒食時光，陌上草痕新緑。消他幾度沉沉雨，已過了、杏花餳粥。又教人、腸斷江南，只恐方回難讀。

金縷曲　山民出示國初諸公寄吴漢槎塞外尺牘輒題其後

幾幅叢殘紙。是當年、冰天雪窖，眼穿而至。萬里風沙寧古塔，那有塞鴻接翅？更緘寄、烏絲彈指二集名。一代奇才千秋恨，换故人和墨三升淚。生還遂，偶然耳。　諸公袞袞京華裏。只斯人、投荒絕徼，非生非死。徐邈顧榮皆舊識立齋、梁汾，難得相門才子容若。歎不僅、憐材而已〔一〕。感慨何須生同世〔二〕，看人間尚寶瑤華字。只此道，幾曾棄？

【校記】

〔一〕『材』，許增重刊本與《四部備要》本皆作『才』。

〔二〕『概』，據許增重刊本改。

生查子

階前一片苔，青到墻陰住。羅襪是何人？小印香痕去。　愁隨鑪篆長，影共鐙花語。關了碧紗窗，各自聽春雨。

邁陂塘

二月十四日坐江山船行諸暨道中山水清妍雜花生樹傷春傷別情見乎詞

放輕船、青山影裏，欹斜帆葉低挂。溶溶漾漾平堤水，誰把越羅新砑？花事乍，已過了、花朝春月圓今夜，柁樓飯罷。有新柳泥人，閒鷗窺客，愁重酒難把。　當年事，想見鴟夷妍雅。扁舟容與其下。一峰最遠眉痕澹，絶似苧蘿初嫁。誰共話？算如此、江山少箇人如畫。先生歸也。問春雨樓頭，杏花賣未？和淚寄羅帕。

金縷曲　得淥卿山左書并見懷之作走筆寄答

好在張公子。正經年、思君不見，飛來片紙。不過相思加餐飯，難禁淚痕如洗。更一一、新詞同寄。宛轉漂流都不訴，但略言青鬢今如此。抱玉泣，且休矣。　檳榔滿斛渾閒事。算天涯、相攜花下，不如歸耳。若得江鄉比鄰住，隨意孤村小市。有舍北、舍南春水。鵝鴨往來菱芡賤，種湖田蘆蔗供租税。只此願，幾時遂？

沁園春　寄伯生

一别三年，不見蔣生，可憐酒徒。記長安市上，狂歌痛飲，盧溝歸路，駿馬名姝。牧豕公卿，爛羊都尉，笑爾盈盈公府趨。因君問，怕沛南士少，歷下亭孤。　年來豪氣銷除。便載酒江湖失故吾。有白頭老母，是兒可念，紅妝少婦，夫壻言殊。歲歲依人，年年下第，頷底鬑鬑漸有鬚。都休矣，看抱關吏賤，處士聲虚。

百字令　春盡夜酒醒有作

沉沉細雨，又一番春事，一宵將盡。判與懵騰扶醉過，酒到無憀偏醒。再爇餘香，重燒紅燭，惜此須臾景。教添半臂，薄寒今夜猶賸。　絶似有客天涯，年年此度，先在河梁等。刻意欲裁腸斷句，筆底落紅成陣。謝女檀郎，濃香淺夢，那有閒心性？中年哀樂，淒然自看雙鬢。

水龍吟　題陶鳧鄉客舫填詞圖

欹斜幾扇烏篷，銷磨詞客江湖老。阿誰畫出，微茫煙樹，翩翻沙鳥〔一〕？苕霅往來，當時想見〔二〕，中仙風調。儘船頭獨酌，船舷獨叩，除鷗鷺，無人曉。　欲放扁舟何處。路彎環、牽去絲風裊。東禪寺畔，相思樹底，小紅猶小。我若相逢，阻風中酒，年年都好。笑悤悤，回首煙波，已過卻松陵道。

【校記】

〔一〕『翻』，《四部備要》本作『翩』。

〔二〕『想』，《四部備要》本作『相』。

新雁過妝樓　漢宫雁足鐙

别苑離宫。傳遺製、分明燭影摇紅。一行低照，三十六處秋風。料得調箏孤影裏，伴他促柱月明中。最惺忪。暮傳鑾蠟，昏綴釵蟲。　誰憐長門永夜？正恁時鐙暗，聽徧征鴻。寒鴉雖冷，猶帶曉日曈曨。羈臣帛書難寄，但悵望甘泉遥舉烽。朝來看，有成堆紅淚，先滿金銅。

月華清　蜀王衍停空鏡

秋老蟾蜍，春迴鸞鵲，故宫鉛水猶冷。蜀道青天，鑄出一丸孤影。想當日、媚臉傳紅，定照見、醉妝初醒。誰省？向麗情集裏，芳名細認。　記否良工質瑩？正繡幌低懸，綺窗幽靚。尖裏羅巾，有箇如花人並。算儘隨、金盌漂零，問可似、玉奴長恨？堪哂。怕後來花蕊，宫詞難詠。

瑞鶴仙　白玉麻姑像

白雲飛一片，是吹來鶴背，風鬟淩亂。方平舊曾見述庵司寇。認少年狡獪，當時人面。良工誰碾？定偷闞、蔡經宅畔。問翩然、何處淩波，東海近來深淺？　堪念。一杯春露，一擲丹砂，年華都换。

游仙夢斷，垂玉筯，淚痕滿。想瑤臺月下，冰綃帳底，妒殺雙成女伴。記有人、手爪相如，比伊較暖。

水龍吟　蒼龍嘯月琴

刺船海上歸來，枯桐蛻骨寒雲裏。大魚出聽，瘦蛟潛舞，誰吟波底？萬竅皆喑，一丸初上，四山如洗。有老漁夜半，拋來鐵網，珊瑚樹，收齊起。　欲把冰絲偷寫。怕滄江、百靈騰沸。蘇門人杳，廣陵散絕，世無此耳。黯黯龍文，愔愔楚籟，匣塵滿矣。但好天良夜，魂清骨冷，抱金徽睡。

臺城路　題徐縵雲今宵酒醒圖

阿誰抵死催人去？樓頭五更鐘動。玉筯痕垂，銀荷灰燼，消得幾番潛送？如塵似夢。有萬疊山低，一篷愁重。月曉風殘，離情別恨此時種。　江郎賦情漸減，送君南浦路，若箇曾共？白雁橫天，秋河絡角，江上夜潮初涌。薄衾孤擁。想隔著高城，水精簾控。吟到銷魂，瘦肩山字聳。

高陽臺　重逢素琴校書

斷夢牽雲，微波怨雨，重逢故國深秋。只隔經年，玉簫已訴離愁。梁塵漠漠飛難盡，爲雙栖、巢印猶留。下簾鉤，掌上迴身，鏡畔迴眸。思量處處堪惆悵，有蘭釭影事，桂檝前游。當日絲楊，而今解拂人頭。江東才思隨年減，怕雲英、見也先羞。一齊休，銀甲彈箏，且合伊州。

憶舊遊　題彭甘亭淮陰鴻爪圖

記相逢市上，偶語橋邊，共識狂奴。斗大山城裏，看無雙國士，多在窮塗。高臺釣絲飄處，淮水正舒舒。問照影征鴻，而今可認，舊日頭顱？　愁余。此重聚，又白下秋深，木末亭孤。回首當年事，話王孫老矣，乞食游吳。羞他少年問訊，長劍佩能無？更有箇官人，鑾雲蜑雨嚬鷓鴣。謂二娛。

又　辛酉秋重過得月樓美人已遠流水無際即事悽眷殊不勝懷屬湘湄作山塘感舊圖因題此解

又秋舲疊鼓，珠箔飄鐙，隔水樓高。試認雙栖處，看文紗六扇，舊綠都銷。隔窗玉鉤閒挂，簾影黑周遭。歎水遠山重，春歸不信，直恁迢迢。　無憀。此重省，記子夜休歌，午枕回潮。欲話吹簫事，問二分明月，何處今宵？只有應門楊柳，還學沈郎腰。賸當日船孃，斜陽喚渡斟酌橋。

清平樂　惜花仕女卷

猧兒撼起，日影闌簾未。屈指春光今賸幾？架上荼蘼開矣。　裍來袙複胸前，耳璫一半猶懸。除卻橫陳時節，者回模樣堪憐。

聲聲慢　西湖寒夜懷淥卿山左

酒波暖處，鐙暈寒初，客愁最苦消凝。鏡裏年光誰念，暮景飛騰。西湖月荒沙白，剩南山、尚見高稜。定笑我，向危樓、獨上曲檻孤憑。　忽憶故人千里，欲舉杯相屬，喚恐難應。雁字回時，須寄一幅吳綾。齊州暮煙九點，怕柔魂、飛夢無憑。待見也，問今宵成夢未曾？

滿庭芳

風颭窗鐙，霜沉街柝，客懷鄉思相撩。一眉寒月，淺澹畫無憀。隔巷不知何樹，到更殘、轉自蕭蕭。難忘處，高樓此際，心字正香燒。　也應，人倦矣，下帷小玉，滅燭輕綃。有雲屏幾曲，圍住春嬌。嘗記宵寒呼酒〔二〕，愛看伊、登頰紅潮。還能否？只愁酒醒，依舊是寒宵。

【校記】

〔一〕『宵寒』，《四部備要》本作『寒宵』。

臺城路　索張墨池畫僧廬聽雨圖

生平不分江湖老，而今鬢絲如許。羅帳鐙昏，孤篷浪白，何似僧寮且住？憑君畫取。也未要荒寒，十分淒楚。山色湖光，濛濛更著幾株樹。　當年俊遊伴侶，有沉雄騷賦，激烈雞舞。一半飛騰，青雲自致，一半已埋黃土。壯懷漫與。只埽地燒香，佛前鐙炷。歸到西窗，泥他深夜語。

又　題米樓高山流水圖

世間無事無三昧，惟愁會心人少。半死桐枯，七條絲細，未識此中何好？有人絕倒。正水遠山長，獨移孤棹。寂寞千秋，也應直得絕弦了。　知君一襟幽抱，問愔愔琴趣，幾箇同調？夢裏庵荒，蘆中士賤，容易國工先老。君有《蘆中秋瑟詞》。夢隱庵，君所居也。波平風小。聽門外拏音，是儂尋到。若訪成連，刺船歸及早。

醉太平　蓮衣詞爲米樓作

紅衣帶挼，紅顔酒酡。休翻驟雨新荷，怕鴛鴦夢多。　前溪緩歌，中流素波。夕陽一舸重過，又西風奈何？

又　題黄退庵友漁齋圖

庭中碧梧，窗中素書。看君便老江湖，有沙鷗笑無？　東家酒壚，西家狗屠。客來高坐誰與？是煙波釣徒。

又　馮玉如月夜聽簫圖

宵寒更清，簫聲獨聞。碧桃花落紛紛，又人間莫春。　而今鄂君，名香細熏。只他涼月殷勤，照秦樓夜深。

壽樓春　夢華屬題壽華樓圖

高樓浮雲齊。見交疏綺戶，飛級唐梯。最好肩扶同憑，手纖偷攜。看畫取，雙蛾眉。是曉來、春風吹低。問淺笑妝成，閑情定後，前事可重提？　天台路，桃花谿。記暈珠未穩，尋夢多迷。漫恨親分釵鳳，暗通靈犀。詞有託，詩無題。分此生、銀河東西。算人欲天從，披圖有人應妒伊。

柳梢青

窗戶誰敲？分明花外，竹影微搖。卯酒醒初，丁簾下了，閒到無憀。　別離魂夢偏勞。似八月、朝潮暮潮。守到黃昏，上來紅燭，又是今宵。

買陂塘　題陳雪樵留春小舫圖

記曾經、千巖萬壑，中流小舫容與。越孃纖手青絲笮，揀繫垂楊多處。來又去。總負了、鶯鶯燕燕匆匆語。知君小住。便挈榼三升，掠波兩槳，敲響水窗户。　人間世，莫道春光難駐。任君青鬢如故。黃皮袴褶從軍樂，已換綠蓑煙雨。儂也誤，算略有、三楹草閣分湖路。頻年羈旅。儘竹外花開，江頭水暖，閒殺舊鷗鷺。

洞仙歌　題張晴厓聽香圖

蟾蜍寒玉，滴露珠清曉。擣麝成塵暗香繞。怪靈犀一點，鼻觀先通，人微笑、莫是遠山須埽？書生病風手，側盾橫磨，底用微揎袖羅小。要見玉纖纖，報墮金釵，難得露、麻姑長爪。算我若當筵索新題，便背上神鞭，也都判了。

懺餘綺語

卷一

月華清 古銅一器如環背隆然有夔文雲臺中丞證以漢書外戚傳班固何晏賦定爲金釭屬賦此詞

根失倉琅，關飛牡鑰，漢宮遺事誰省？幸舍椒塗，猶賸辱金如餅。看團團、環轉無端，見涎涎、燕飛留影。試問，是落帶連錢，此焉二等？　想得溫柔鄉近。映月滿方諸，日闚員匽。流落千年，但有土花苔暈。笑從渠、禍水痕侵。應不比、銅仙淚滲。此恨，只淒然通德，背鐙還認。

疏影 黄葉村圖

已秋未老。正西風幾樹，畫出斜照。如此江南，著箇扁舟，看來煙水都好。漲痕初落籬根露，添屋角、數峰清峭。想前村、定有人尋，樹下小門開了。　自笑吾家同在，半村半郭裏，歸計難料。輸與谿翁，三腳鐺邊，滿地霜華新埽。馬塍西去秋庵冷，只近日、竹林遊少謂小松。怕蕭蕭、檻檻淒淒，點點暮鴉寒早。

柳梢青　惜花圖爲默齋作

斷送春光。花開花落，老卻潘郎。白白朱朱，紛紛點點，惜惜倀倀。　青苔生徧長廊。是埋玉、深深土香。燕子歸時，畫簾垂處，一段斜陽。

一枝花　默齋將有閩海之行以丁巳歲方君蘭坻所作西湖餞別行看屬題歎逝傷離輒成此解

濕翠濃如許，過了朝來涼雨。野航三兩客，舊鷗鷺。且緩驪歌，小著尊前句。圖畫憑留取。老去方干，經營慘澹心苦。　往事休重訴，又早送君南浦。天涯端可惜，酒人去。天末閩山，如薺圍榕樹。橫海樓船渡。問手掣長鯨，更憶釣魚師不？

柳色黄

六扇窗紗，斜掩微寒，梅雨初過。香篝潤逼紅綃，笑覆畫衣文袴。良宵正永，那信一綫春醪〔一〕，遙山漸澹眉痕妥。若是不相憐，肯佯佯偷臥？　真箇。入懷明月，碧海青天，半霄輕墮。花影參差，可恨烏龍閒鎖。自來小膽，況經此度怔忪，勝常道罷回身可。道是不相憐，又遙遙同坐。

【校記】

〔一〕『礤』，許增重刊本與《四部備要》本皆作『㦈』。

柳梢青　題斜倚熏籠坐到明仕女

皺玉誰溫，熏籠倚偏，難熨啼痕。蠟鳳猶明，檐鴉未起，還算黃昏。　有人曾隔中門，只許見、朝來面勻。簾柙垂時，翦刀放了，各自銷魂。

齊天樂　查梅史琴滕軒屬賦

吳蠶愛作同功繭，冰絲打來千縷。軫玉分田，徽金鑄礦，久矣心心心許。三星在户。伴謝女檀郎，最深深處。百福香斂，鱗鱗魚婢笑看汝。　長卿可惜遊倦。鷫鷞裘典了，誰買詞賦？錦瑟人長，茂陵草綠，暗老舊時芳侶。何時酒取？怕鬢影春風，天寒日暮。一曲思歸，愔愔深夜語。

邁陂塘〔一〕　查丙塘補屋圖

笑年年、塗泥束版，寓公真似梁燕。尋常不待秋風破，已是三重茅卷。空谷晚，儘帶荔、披蘿楚客工幽怨。阿稽阿段。等刈稻歸來，水筒修了，商略手初斷。[一] 書生志，廣厦胸中千萬。漂搖先自難免。妻孥不怪牀牀漏，頗怪屋梁仰面。君不見，有碌碡、場邊苦草新如翦。紙糊窗暖。坐曝背鄰翁，驅雞稚子，旭日照檐滿。

【校記】

〔一〕『邁』，《四部備要》本作『買』。

南鄉子

夜永細聞香，坐近金鑪鵲尾旁。好是問人眠得未？空牀。白月微微印一方。　端的沒商量，臨去殷勤一盼郎。聽得中門雙扇闔。倉琅。彼此生生暗斷腸。

又

嬌極卻愁他，未綰頹雲兩鬢鴉。便問昨宵應酒渴，薑芽，玉椀攜來雀舌茶。　何計報伊家，說著先教粉淚斜。只願年年相對坐，窗紗，君似菱花妾似花。

點絳脣　詠小

叢桂山邊，那年早識愁滋味。羅衣心字，憐取橫陳未？　一點脣朱，兩點顰眉翠。紅兒比，畫橋第四，添个人人你。

鵲橋仙　詠五

梅花春早，雪花春好，色色迷離都有。問年剛是月團圝，想初二、初三時候。　丁丁漏急，鼕鼕鼓絶，教擘藏鉤纖手。移家船上肯同吾，算只少、箇儂一口。

南樓令

了鳥鎖黄金，交疏隱碧岑。一重樓、一段春心。欲寄閒愁無著處，人定後，月微陰。　舊夢苦侵尋，花枝瘦不禁。傍闌干、驚起栖禽。燭影幢幢鐙上了，想又是，疊重衾。

滿庭芳　題沈秋卿夢綠庵

過雨霑沙，流雲學水，庭院又是微寒。梧陰竹影，深處著蕉團。幾番去悤悤花信，换淒迷、一曲闌干。無人到，香鑪茗盌，攲枕睡初安。　前賢，思北郭，羈臣老去，易雜悲歡。夢江南萬綠，見也都難。年少東陽何事，卻尋常、腰帶圍寬。他時去，圓莎分我，吟就刻琅玕。

綠意　鄉嬛仙館蕉花畫卷

新涼雨足。正乍回曉夢，天影都綠。半拓吟窗，忽見低垂，重重芳意如蹙。煮茶煙澹秋痕瘦，襌墻角、一枝寒玉。笑美人、别逞妖妍，小露紅情猶俗。　想爲著書人倦，墨花棐几淨，相伴幽獨。史稾焚餘，點筆圖成，仙掌露珠凝粟。詩人愛寫蕭寒景，恨未久、雪中横幅〔一〕。更待他、鳳實成時，留配故園修竹。

【校記】

〔一〕『久』，許增本、許增重刊本與《四部備要》本皆作『入』。

采桑子

碧紗窗外風吹雨，密密疏疏。似有如無，薄醉消時燭暈初。　醒來呼婦閒商略，載酒江湖。息影菰蘆，還作征夫作釣徒。

探春慢　陳子玉鄧尉尋春詩意

烏榜銜煙，魚鱗動鏡，俊遊肯待春晚。雨水才交，雪花初霽，人在虎山橋畔。吟到荒寒處，卻早有、翠禽嚶徧。笑他歌舫悤悤，只向山塘塘半。　記共阿連徐孺，載畫榼瘻瓢，三宿猶戀。風帽欹檐，冰苔印屐，似爾少年清婉。回首昔年夢，已兩鬢、吴霜輕點。倘覓留題，石樓應有詩版。

醉太平

春花白紅，春山澹濃。春波才著春風，疊春羅幾重。　春晴意慵，春陰懊儂。待他春月溶溶，約春人載同。

賣花聲　飲泉自畫芳草以寄望廬之思爲賦此調

一片好莓苔，綠了空階，葳蕤深鎖舊池臺。除卻斜陽和燕子，還有誰來？　風約畫簾開〔一〕，獨自徘徊。春痕如夢滿天涯，泥上襪羅泉下玉，都被伊埋。

【校記】

〔一〕『約』，《四部備要》本作『納』。

高陽臺　醉雲樓爲康山主人江文叔賦

十里珠簾，二分明月，仙人原好樓居。別起閒房，上頭青鳥飛初。多情合爲瓊漿醉，早氤氳、結就流蘇。掩銅鋪、萬綠陰中，好箇青廬。　鴛鴦待闕先開社，問何時西曲，駕六萌車？雜體江淹，要伊小字親書。外人那識高唐賦，見行雲、紅上交疏。笑狂奴，他日重來，平視容無。

菩薩蠻　紅橋宴集代錢錢作〔一〕

楊花薄處春雲厚，紅橋微雨愁時候。初試裌羅衣，問人宜不宜？　坐中皆俊侶，更喜能吳語。

千二百輕鸞，何人沈下賢？

【校記】

〔一〕『宴』，底本作『晏』，據《四部備要》本改。

釵頭鳳　鳳兒詞爲文叔作

丹山麓，屏山曲，桐花倒挂珍禽綠。調琴等，吹簫引，初三下九，月明風定。肯，肯，肯。　香車促，明珠斛，何人墮此懷中玉？文窗冷，文園病，一簾秋雨，滿階花影。認，認，認。

一枝花　嚴九能姬人張秋月故外家青衣也字以香修爲繪秋江載月圖寄題其卷

月色兼秋色，江上白蘋風急。張星剛一箇，月邊出。除是君平，還認支機石。應見天孫說。僥倖梁清，明河影裏迎接。　相憶重相惜。崇讓宅中曾識，問卿緣底事，淚痕濕？從此雙修，儘安穩雙栖得。心香憑更爇，沉水博山鑪。看伊隨意綰結。張愛誦唐人『但見淚痕濕，不知心恨誰』之句。

鳳凰臺上憶吹簫　題九能畫扇齋秋怨詞用漱玉韻原詞重一休字今易之

石闕碑銜，金缸淚滿，彈棊局在心頭。把一襟幽恨，寫上銀鉤。已是今生憐眷，便他生、未卜還休。如何更，星星記夢，瑟瑟驚秋。　香修。幾生到此，書縫列芳名，指印同留。屬春人秋士，好在紅樓。夜夜牀前明月，爲故鄉、濕了雙眸。君多事，人方欲愁，卻又言愁。

疏影　上元夜退庵招飲梅花下越日壽生自分湖來復會于此用白石韻記之

玲瓏碎玉。是舊時月色，招我同宿。隔歲相思，第一回圓，休教便弄橫竹。微雲澹澹疏鐙小，只解照、枝南枝北。儘夜深、閒與徘徊，不管倚樓人獨。　佳約逾期肯踐，夜潮放一舸，來趁酒淥。側帽吟寒，也勝豪家，爛醉雲屏金屋。江城試譜偷聲句，怕略犯、龜茲新曲。算不如、留影文窗，看取畫羅十平幅。

探春慢　題汪芝亭桃花潭水圖

浪暖魚鱗，霞蒸鴨腳，川原遠近紅徧。白舫猶閒，青山如笑，已有酒旗風颭。遙認前村路，問潭水、近來深淺？尋芳想未歸來，文窗一半斜掩。難忘人生知己，聽岸上蹋歌，密意先感。采石磯頭，沉香亭畔，何似水村山店？商略從君住，算我亦、宮袍游倦。新釀成時，高歌爛醉誰管？

霓裳中序第一 陳秋堂蕉林學書卷題詞

閒來補爾雅，別院梧桐微雨灑。剛是園林首夏，正庵影天低，蠟痕風灺。香姜古瓦，又麥光烏几鋪乍。憑吟賞，蛛絲拂徧，蝸跡篆文寫。窗下，水天閒話。賸修竹數竿低亞。人間噩夢可怕。看老去王維，前生曾畫鐵生作圖。金壺隨意瀉，定一百硨磲比價。還應笑，冷抱殘編，甚日殺青也。

雙雙燕 燕來笥 春晚客中憶故園風物得以下四闋

幾番潑火，聽昨夜輕雷，隔籬先響。參差迸土，穿破碧苔如掌。那忍堆槃獨享，正社甕、乍開鄰釀。少年最惜芳華，淺醉烏衣深巷。比似春蔥纖樣。勝貓臥騈頭，兒绷脫襁。香泥愁洗，上有芹芽新長。苦憶園林勝賞，已稍拓、當風窗網。得知今歲櫻筵，樓上人人無恙。

前調 曹言純種水

翠釵翦綵，數風味園蔬，盼來良久。香泥壘户，乍是去年時候。綳錦紛紛卸就，又誰識、評量玉瘦。

除非比似尖尖，社日停針纖手。　春酒治聾儘有。羡劚罷籬翁，煮殘鄰叟。山廚安配，任斥油蔥葅韭。愁自櫻筵散後，歎巢幕、生涯依舊。空並雉尾蓴絲，夢想故村谿口。

清波引　楊花銀魚

柳吹成絮，渾未見、綠萍凝膩。昨宵涼雨，波心橛頭聚。網定千絲否，一寸天然如許。是誰憐錫芳名，算白小、應輸汝。　回潮枉渚，記當日、孤艇小住。不如歸去，鶯脰作漁父。菰乳香同煮，篷背炊煙幾縷。繫纜一帶垂楊，最惛惛處。

前調　黄安濤霽青

聽鳴榔徧，依約在、綠楊遠岸。料應春晚，連朝絮飄斷。喜得漁童報，出網銀絲淩亂。試來花港閒觀，正唼唼、白蘋滿。　圓筯入饌。比鱸鱠、風味不減。水村江店，就船買尤賤。調羹愛摻手，一半晶鹽細糝。憶殺三月吳淞，舵樓炊飯。

夏初臨　麥人吳鄉立夏以新麥微炙掌搓令熟謂之麥人以佐酒

白祫衫裁，黄雲隴割，麥秋將雨還晴。立夏時光，青梅白筍朱櫻。登筵莫訝猶生。費曉寒、玉手搓成。年年風景，鮰魚網出，雊雉茸鳴。兒童失喜，翁媼開顏，預知餅大，合用羅輕。冬前三白，去年曾見瓊英。顆顆勻圓。算除非、瑟瑟盤盛。念何時，江湖得歸，相就魚羹？元次山詩：『將歸就魚麥，窮老江湖邊。』

前調

曹言純

雊雉初馴，噎鳩早熟，黄雲正捲春殘。雪片勻搓，影擡纖手闌干。婦姑還坐團圞。最憐他、翠袖雕盤。妝眉樓上，秋風未來，先作微寒。春來春去，長定年時。麪車夜夢，麪市朝餐。鄉思更切，禽言婆餅林端。試整歸鞍。怕飛蛾、已上新紈。待重看，雙雙臂攴，只恐都寬。

前調

黄安濤

雉雊風前，蛾飛雨後，登場休過三辛。病起春殘，浮生又得嘗新。漫磨白雪紛紛。看盤中、粒粒珠傾。廚孃捧出，麪塵簸了，伴取孤斟。書生結習，辨種應難，持竿空護。說餅還能。青衫潦倒，尊前賦手誰尋？此日櫻筵。合相招、枕麪劉伶。料吾徒〔一〕，黄羅帕封，無分承恩。費褘有《麥賦》。《東坡詩注》：『今大内當麥熟時，以黄羅帕封賜百官。』

【校記】

〔一〕此句許增重刊本有墨筆眉批云：『「念何時」應叶均，曹叶而黄亦不叶，不知何據。』

惜紅衣　紫荷花草

菜甲黄攙，麥畦翠剡，半塍初繡。紫艷紅夭，平鋪地衣厚。芳名最好，算合襯、蹋青鞋瘦。知否，陌上泥香，乍清明時候。風前雨後。一簇衣香，何人此攜酒？春痕研妥，想定坐來久。記取往時沉醉，守到夕陽紅皺。看牧童歸晚，丫角一雙簪又。

雪獅兒　杭俗清明以粉餌作狗貯至立夏食之云可祛夏疫呼爲清明狗月璘屬余咏之

搓酥滴粉，誰把烏龍，青黄偷塑？寒食無煙，搖尾知渠何處？綵絲縛住。應不吠、桃花月午。怕待到，石泉榆火，論功烹汝。長夏困人良苦，想文園病久，爲伊禳取。上冢歸來，黄胖泥孩同貯。嬉遊伴侶。小膽怯、柳村花塢。青春暮，試問寄書能否？

揚州慢　寄康山諸友

水木清華，亭臺窈窕，此中况著吟朋。有雜花如錦，有酒又如澠。正吹雪、鰣魚上後，藥闌紅處，翠袖同憑。屬嬉春、新句醉中，寫上吳綾。　江湖載酒，料狀元、此樂何曾。也十面琵琶，百番腰鼓，換了滂膺。說與史半袁方子雲張子貞顧芝山，想登臨，憶我還能。夢飛帆來也，隔江山色稜稜。

琵琶仙　寄懷文叔

淺醉微吟，句留處、正是春光婪尾。窗外時有春風，來吹一池水。況俊侶，風情未減，看賓主才華齊綺。側帽聽鶯，回波擫笛，總在花底。　江郎賦、輕別匆匆，對紅藥沉吟一年矣。書記縱然無恙，只離情難寄。還試問，雲窗霧閣，定有人薄攏雙髻。更念宿雨晴時，海棠開未？

柳梢青　河東君小像

施粉施朱，幅巾闊袖，雅合稱儒柳亦號儒士。白足逃禪，黃絁入道，老卻尚書。　百年彈指須臾，更省識、春風畫圖。紅豆花殘，紅羊劫小，恨滿蘼蕪。

摸魚子　汪蛟門先生少壯三好圖藏秦敦夫太史家太史屬題

是何人、持杯踞坐，圖書粉黛叢裏？舍人才地鴻臚筆，大有六朝風味。聊快意。看當日、群公一一爭題字。蕭郎差儗。怕百尺梧桐，而今愁換，繞屋白楊矣。　平生好，何止區區三事。可憐少壯能幾。酒闌歌罷蛾眉散，老共蠹魚生死。秦學士，想山抹微雲、此曲人能記。二分月底。且屏當籤廚，安排鐺杓，容我坐中醉。

西子妝　題壽生西湖訪秋詩冊

卵色浮青，魚雲疊碧，過了幾番涼雨。柳痕煙態已疏疏，記年年、看秋來處。長隄延佇，有多少、鷺儔鷗侶〔一〕。讓吳儂，買蜻蛉一箇，任風吹去。　君休誤。此段清遊，天合教領取。裙腰草綠馬蹄香，是當時、少年情緒。病懷漫與。伴低唱、淺斟應許。屬尊前，休賦悲秋秀句。

【校記】

〔一〕『儔』，底本作『疇』，據《四部備要》本改。

水調歌頭　望湖樓

其上天如水，其下水如天。天容水色淥淨，樓閣鏡中懸。面面玲瓏窗戶，更著疏疏簾子，湖影澹于煙。白雨忽吹散，涼到白鷗邊。　酌寒泉，薦秋菊，問坡仙。問君何事，一去七百有餘年？又問瓊樓玉宇，能否羽衣吹笛，乘醉賦長篇？一笑我狂矣，且放總宜船。

清平樂

酒醒人起，竹影篩窗紙。薄薄羅衾涼似水，第一天涯滋味。　柔魂不隔嚴城，嚟妝見也分明。欲續枕函殘夢，奈他一陣鴉聲。

浪淘沙　西陵晚歸

積雨淨谿沙，魚尾明霞。缺瓜小小趁風撻。幾箇畫船歸去也，閒殺蘋花。　煙靄半横斜，樹杪周遮，酒旗樓角是誰家？ 一面駝鉤都不下，人影涼些。

國香慢　爲吴子修題顧横波畫蘭扇面同壽生賦分眉生二字爲韻

似畫修眉。看不多幾筆，葉葉離披。秦淮煙輕粉澹，自寫幽姿。想見眼波横處，便紅妝、季布輸伊。多情只紈扇，辛苦流連，露蕊風枝。　傾城惟一顧，記當年雅謔，仙也須迷。同心句好，白家蠻柳同時。底事欹傾落墨？ 怕夕陽、紅染臙脂。還應足惆悵，老去香嚴，不與題詞。

賣花聲

低髻約釵梁，病不成妝。嚬痕已拭尚成行。指點畫樓文杏好，歸燕淒涼。　漸遠漸蒼茫，鐙火漁榔。暮寒想透薄羅裳。只得一鉤微月影，多少思量。

續樂府補題五首

霜華腴　柏子

暮林黯澹，映晚江、離離一樹初圓。紅脱楓衣，白欺梅蕊，十分綻了霜天。可憐翠鈿。記當時、樹下門前。問何人、曲唱西洲？荻花蘆葉共清寒。　隨意水村山郭，任漁娃打取，雀豹爭喧。曉色推篷，斜陽倚櫂，還驚積雪留殘。綺羅畫筵。化光明、一霎銅槃。只愁伊、易近風簾，淚痕渾未乾。

秋霽　澹竹葉

荒徑尋秋，有一種叢篁、自弄寒碧。个字低分，鈿花涼戰，寸寸嫩寒如滴。一枝一葉，傍池漫帖玲瓏石。更記得，池外、亂飛無數小黄蝶。　除是雨過、淨埽浮雲，暮天蒼然、如此顔色。笑長條、牽牛翠浥，朝來先怕日痕炙。那似此君疏野格。試覓籬畔，正好藥録收時，藥籠攜采，露華尚濕。

瑣窗寒 蟈蟈

絡緯嘶殘，涼秋已到，豆棚瓜架。聲聲慢訴，似訴夜來寒乍。挂筠籠，晚風一絲，水天兒女同閒話。算未應輸與，金盆蟋蟀，枕函清夜。　　窗罅，見低亞。簇幾葉瓜華，露亭水榭。胡盧樣小，若箇探懷堪訝。笑蟲蟲、自解呼名，物微不用添爾雅。便蛇醫、分與丹砂，總露蟬同啞。京師人以胡盧貯之，製極精，好藏懷中，飫以丹砂，可養至十月。

傾杯樂 沙裏狗

沙岸潮回，水村漁聚，腥風幾日催發。看伊瑣細，何處斷港，聽爬沙響別。酒人能說，未應誤讀，愁他彭越。深杯試呷，春酒暖、雙眼一時波活。　　高陽舊游星散，阿誰憑寄，須糝吳糟壓。定笑指尊前，膾孃難擘。也無腸愁絕。最憶松江，鱠鱸鮓雀，一樣瓶泥坼。

國香慢 煙草花

小朵娟娟。簇微黃澹白，點綴畦邊。呼龍種來瑤草，疑是藍田。昔日游鑫稚婕，幾曾見、如此芳妍。無人解頻采，薑稜芋陂，一抹秋煙。　　相思名字在，算移根海島，已幾多年。花花縱好，葉葉更動人憐。無分湘筠玉指，倚熏鑪、噓暖吹寒。風前自開落，陌上時時，誤認花鈿。

高陽臺 寒竹同陸祁生作

石鏄苔黏，池心冰膠，此君尚倚高寒。一片瀟湘，凍雲留護琅玕。三更急霰才微響，已枝枝、壓近紅闌。小檀欒、花戸油窗，密坐聽殘。回思上番移栽後，迸春雷幾處，膩粉初乾。燒筍年光，匆匆又近椒槃。蘆簾紙閣朝暾暖，惹檐前、雀啅爭喧。翦冰紈、玉茗黄梅，畫與君看。

探春 次韻曹種水見贈即題其擬古諸集

飛雪群山，翦江十幅，天涯寒羽先倦。萬貫纏輕，一分月冷，笑殺文章錦片。除是同心侶，解説與、多愁多感。彈來促柱危弦，是誰呼起箏雁？ 子建華年晼晚。算甲子雌雄，真合愁伴。烏翦低篷，蠟釭刻燭，短棹何時同返？閒擬江淹體，更試看、柔豪頻染。到及春前，寒梅無數開亂。

原詞 曹言純

塵外誅茆，病餘求艾，文園初賦遊倦。古道羊車，曉裝駝褐，還惹霜華雪片。方是殘年了，怎忍得、空江離感。艣聲搖曳沙頭，幾群南去飛雁。 卻笑相逢未晚。有折腳鐺邊，叉手吟伴。冰柱銷愁，月橋乘興，莫似山陰輕返。何遜風流筆，待準擬、官梅香染。信入鐙花，霏霏春意淩亂。

清平樂　繡鳳仕女

低鬟斜彈，淺砑吳綾妥。喚作針神應也可，一口紅霞濃唾。　秦樓煙月微茫，當年有箇蕭郎。到底神仙堪羡，等閒不繡鴛鴦。

洞仙歌　曹種水水南村舍圖

谿雲罨畫，住人家三兩。時見當門曬漁網。聽漁歌唱罷，有讀書聲，臨水處，面面軒窗齊敞。儂家魏塘屋，水竹之間，占取茆堂一分廣。支港曲通船，乘興能來，儘緩打、樵青雙槳。奈一笑相逢各天涯，總讓與閒鷗，作煙波長。

祝英臺近　題孫華海惜花春起早卷子

繡簾垂，璚戸悄，幽夢爲誰覺？不裹頭巾，幾徧曲闌繞。趁他人柳猶眠，海棠未醒，儘消受、月殘風曉。　問嚈鳥，昨夜風雨何曾，已有落紅了。莫是紅閨，偷折數枝好。試看香徑蒼苔，露華濃處，怕先印、襪羅痕小。

菩薩蠻　顧升山畫蔬果十五種

東風欲破苔痕綠，輕雷一夜驚蒼玉。時節近櫻廚，何人餉老夫？　新諳滄玉訣，小點吳鹽白。又是焙茶天，山家處處煙。筍。

廢畦荒圃流泉泫，一檐斜日鄰翁灌。頓頓食花豬，還須略配渠。　五湖煙水好，可惜英雄老。回首換年華，春風雪白花。蘿蔔。

當筵脫手金丸小，蜂黃易著麻姑爪。斜日洞庭帆，也應喚橘官。　重來門巷改，一樹垂垂在。記得雪成團，枝頭黃雀寒。枇杷。

清霜初點黃花瓦，兔豪圓碊檀雲藉〔一〕。香遠坐來微，量沙淺護伊。　形容殊魁壘，卻笑豐肌膩。小盎載根株，誰傳種樹書？香櫞。

一繩界破秋痕瀋，荒荒野蕩波流漫。坐箇小漁娃，船身如缺瓜。　水天閒話處，隱語相爾汝。要見玉玲瓏，紅衣褪一重。水紅菱。

粉痕不掩梨雲凍，金盤素手投來重。薄汗拭輕容，有人雙頰紅。　甜香午枕透，卯酒初醒後。酒醒夢揚州，揚州舊酒樓。木瓜。

蝸牛廬外連畦紫，擔頭壓處喧朝市。一笑謝廚孃，飽嘗風露香。　當時花滿地，色與輕衫似。轉眼又秋光，悠揚小蜨黃。茄。

平生不負然糠火，園收山栗同珍果。隔岸有高荷，秋來涼雨多。岷峨殊遠在，那不陂塘買？生計更疏蕪，今年飯豆無。芋。

紅衣落盡星星見，刺蔆圓芡看都賤。最好晚涼天，賣時搖近船。西湖秋老處，唱徹雙鬟女。莫道苦心多，空房還奈何。蓮房。

森森鶴頂愁輕觸，臂支起粟皴紅玉。結夏記山房，微風深塢涼。指痕留一捻，怕向鮫綃浥。越女雪肌膚，問郎曾見無？楊梅。

青房已拆珍珠罅，金鐶臺榭忺初夏。冰齒瓠犀寒，芳名原帶酸。檀郎閒調笑，多子憐渠好。低首入房櫳，一方裙衩紅。石榴。

平疇子母迎朝日，東陵別見新標格。破處幾沉吟，可憐碧玉名。水天同夜話，逆鼻香無價。插竹看登筵，星期又一年。香瓜。

紛紛誰見紅鹽墮，春槃常伴蘋婆果。吹氣本如蘭，非關一蕊含。酒醒添病渴，記取投時節。纖核教還他，夜鐙看作花。橄欖。

顋痕一抹紅霞暈，吳孃小擘春纖嫩。結子太悤悤，關心昨夜風。瑤池開落後，海底仙人瘦。青雀倘飛還，因緣見阿環。桃子。

短籬瘦竹欹斜拄，一棚慣響疏疏雨。低戰數枝花，秋來絡緯家。萁湯煎太急，飽嚼珠明月。小坐晚風涼，盲翁正作場。扁豆。

【校記】

〔一〕『碊』，許增重刊本與《四部備要》本皆作『琖』。

賣花聲　題思未酒醒聽詩小照

桐葉碧愔愔，小院輕陰。月痕澹照第三廳。貪卷疏簾風露下，不點秋鐙。　樓閣對高稜，招手還應，夜涼乘興我來能。酒半詩成慵不寫，念與君聽。

又　題孫碧梧女士湘筠館樂府

小院碧雲停，花又深深。舊時珍伴共閒庭。誰記迷藏花下事，蛺蝶蜻蜓。　斑管費沉吟，哀怨湘靈，一弦一柱最愔愔。彈盡明光三十段，知有誰聽？

喝火令　許玉年有黃門之悼賦情悽戾自寫遺像屬題秀芬女士一詞最工輒同其調

鶴舞吳門市，鵑啼湖上墳。小桃生命短三春。腸斷蕭郎詩句，三月十三辰。　墮馬鬟猶擁，回鸞鏡易分。殷勤留取卷中人。且與題詞，且與爇香熏。且與夜深人靜，釃酒喚真真。

卷二

暗香　魂

玉妃喚月，怕等閒忘卻，前生瑤闕。鶴背夜寒，此際千山萬山雪。誰覓胡香四兩，空留得、香桃如骨。試問與、舊日孤山，疏影一時活。　嗚咽，古訣絶。便碎翦紙花，記得時節。故鄉一髮，江水茫茫恁飛越。判使巫咸不下，央素女、低徊潛說。但只恐、相見也，黯然又别。

疏影　夢

今生已矣。又見來脈脈，鐙背屏底。道是相逢，卻又無言，愔愔自揾清淚。茫茫昧昧怱怱極，尚病裏、猒猒情味。算向時、怨緒歡情，歷歷只還如此。　只是吴根越角，一千二百里，芳草無際。澹月微茫，萬瓦參差，那認荒荒園子？真教不隔人天路，也勝似、一生顛頷。說與伊、休返蓬山，洞户悄然雙閉。

高陽臺　題樂元淑煙夢詞

荷露圓珠，蘭風回雪，空留名字堪憐。才刻苕華，不知玉已如煙。方塘無數田田葉，問青泥、何苦生蓮？擘吟牋、有客西江，愁滿歸船。　年來同抱司勳感，算傷春刻意，不似今年。芳草西陵，爲誰澆酒花前？人間只有三分月，恨二分、多照重泉。又淒然，一个流鶯，相伴啼鵑。

又　丙寅七夕

纖月藏鉤，羅雲學水，夜涼又是星期。竹插瓜分，當年一味嬌癡。笑他地久天長意，換綿綿、此恨無時。又誰知、天上人間，薄命如斯。　星沉海底繩河遠，話穿鍼心痛，擘鈿眉低。點點流螢，飛來還坐人衣。想應低度紅墻過，見妝樓、網徧蛛絲。可憐伊、未卜他生，不算相思。

卜算子

微雨濕苔痕，階下秋花滿。有箇階前顦顇人，病起和伊看。　又是一番秋，只是無腸斷。留得當年顦顇人，也不恨天涯遠。

臺城路　爲江子屏題蟬柳畫扇

世間何限秋風客，哀吟爾偏淒緊。灞岸魂銷，齊宫夢斷，點入輕羅小景。纖纖瘦影。照病葉殘枝，抱來難定。寂莫羈人，平蕪千里故園冷。　乘鸞秦女底處？網蟲從徧了，空認雙鬢。蜕後仙衣，妝餘寶鈿，一例漂零誰省？啼鴉露井。只落葉聲中，獨欹孤枕。欲訴琴心，暗塵埋廢軫。

夜合花　見玉簪花有作

雨浥苕英，風彫荔佩，感秋秋思頻添。墻陰瞥見，枝枝小玉排籤。露痕泫，日痕暹。只多情、低照涼蟾。更無人肯，苔階濕徧，來掐春纖。　尋常粉印先霑。付與冰甆淺貯，素手輕拈。薄寒漸緊，些時尚未開簾。雲鬟重，蜜犀嫌。記當時、一味懨懨。最難忘是，通頭過了，驀到前檐。

摸魚子　樗園客感

任愔愔、竹陰滿院，苔痕長自疑雨。回廊小徑無人到，坐過一番闌暑。秋又暮，便早有寒蛩、四壁催機杼。羈懷何苦。付破研深杯，微吟淺醉，元髮變衰素。　江湖約，負了銅駝儔侶。蕪城枉説能賦。文章信美功名薄，已誤昔年小杜。休再誤，問買取扁舟、一棹歸何處？滄洲紅樹。認小小柴門，門前秋水，幾箇舊鷗鷺。

浪淘沙

歸燕已差參，何處疏碪？天涯蕉萃旅人心。開到芙蓉無限好，只是秋深。　推枕起沉吟，小簟輕衾。楓根可奈薄寒侵？又是一宵檐外雨，到曉沉沉。

點絳脣

病酒心情，亂愁壓夢濃於酒。曉鴉聲驟，一晌歡情勾。　枕上啼痕，覺後依然有。還知否，蚊幮如舊，少箇搴幮手。

高陽臺

水盼凝秋，煙眉鑠恨，披圖那不神傷。水精簾卷，犀梳猶殢餘香。畫工縱識春風面，恁調鉛、寫出愁腸。記年時、錦瑟桃鬟，都似伊長。　尋常一晌閒言語，到而今總費〔一〕，幾徧思量。百就千攔，自家暗減容光。潮痕兩頰生朝暈，恨當初、薄有疏狂。祝秋墳，休長蘼蕪，怕上牛羊。

【校記】

〔一〕『而』，《四部備要》本作『如』。

金縷曲 席上贈阿許

燭暈華筵半。怪琵琶、抱來不正，聲聲悽怨。座上飛瓊傳姓字，曾識舊家仙眷。量十斛、珍珠偷換。過眼穠華昏似夢，媵流鶯老去啼秋苑。垂玉筯，淚痕滿。　天涯有客停杯歎。算人間、古來多少，桃笙團扇。失路才人孤憤客，一例青衫淪賤。只哀樂、中年難遣。試琢新詞能譜否？怕一聲裂帛鵾弦斷。將進酒，莫辭勸。

祝英臺近

髻堆鴉，眉學字，未滿十三四。綽約春風，先解折花戲。不妨樓下迷藏，尊前捉搦，總同在、曲屏風底。　夜來起，不知誰殺殘鐙，小膽破濃睡。嬌極鸚哥，偏管隔簾事。奈他澹月縈窗，暗螢穿戶。又悄地、逗人懷裏。

又

溯繩河，遵枉渚，别櫂理南浦。挑盡蘭釭，夜夜夜深語。分明月魄沉輝，霜華催曉，坐一對、素娥青女。

送人去，還要芳草長隄，同印小蓮步。蹙繡香輿，淚隔碧紗雨。記否寶石山腰，亭亭白塔。是第一、度分攜處。

又

玉鞭迴，鈿尺近，幽蝨逼香潤。作意生疏，比似舊時省。只憐已隔紅墻，墻東月上，都不是、那般花影。

曉妝竟，閒來還伴繙書，喚坐喜邊肯。出匣冰圓，認是內家鏡。偷看荷背翩翻，鴛情顛倒。又無語、頰潮紅暈。

又

楚妃愁，湘女怨，深巷舊巢換。玳瑁梁間，海燕占來半。生憎一片簾衣，不風不雨，但鎮日、周遮人面。

有時見，也只倦繡停鍼，妝罷響金釧。多謝好風，夜靜送刀翦。如何葉葉花花，相當相對。只遺隔、中門雙扇。

又

鬱琴心，寬帶眼，薄病得伊感。銀鹿青猨，那肯夜深伴。難忘窗網將明，瓶笙猶響，鐙影裏、翠眉微倦。

五更短，暗祝海水添他，玉漏一宵緩。此後關心，私語有時敢。不防六幅仙裙，留他未穩。早已是、皺痕都滿。

又

玉壺迎，金犢駕，催赴紫鴛社。瓊姊蘭姨，遽別詎能捨。料他月榭修眉，雪衾擁背，全不記、夢殘香灺。

報歸也，聽說多病文園，玉骨不盈把。一笑憑肩，青鳥信音假。可應翦燭溫存，圍鑪暖熱。且償我、鄉來長夜。

又

檢香篝，攜畫燭，衣潤怕梅溽。初試生綃，無力出新浴。殷勤半醆春醪〔一〕，祝花長命，渾不料、霎時積玉。忍輕觸，爲怕窗隙風尖，容易颭裙幅。斜掩金鋪，小犬吠花獨。可憐從此心忪，斷無人處。誤幾徧、拂簾蝙蝠。

【校記】

〔一〕『祾』，許增重刊本與《四部備要》本皆作『琖』。

又

腕闌鬆，眉黛結，幽恨幾曾泄。冰雪心腸，肯怕隴鸚舌。更煩小玉眠時，輕綃去後，留一點、闕人明月。　太癡絶，假饒長夜如年，曉色慘將別。守定熏鑪，坐到滿鑪雪。已憎阿母朝來，梳頭喚起。尚亭角、夕陽紅抹。

又

月圓初，鐙落後，佳約敢輕負。笑拂征衫，春雪點衣厚。儘教女伴猜疑，小眉秀靨。都不似、向時僝僽。　定來否，人生如月華年，一缺那能又？千徧沉吟，三字莫須有。請看束竹回腸，香桃瘦骨。換幾點、袖邊紅豆。

又

斷魂驚，殘夢惡，花事到紅藥。中酒傷春，比似去年弱。無端半幅蒲帆，一聲杜宇，又催去、水村山郭。

笑騎鶴，明月原只三分，都應照離索。小杜年來，何忍更輕薄。惟餘叩叩香囊，藏來肘後。待相見、替伊親絡。

又

雁飛遲，人病早，幾度促征棹。誰料長卿，石井掩秋草。負他密字蠶眠，芝泥鴻印，空望徧、片帆煙杪。

煬媒巧，肯信不嫁娉婷，已分十年了。何用錢刀，刻意媚翁媼。還虧百斛量珠，一雙種玉。也博得、傾城微笑。

又

遶香臺，移鏡檻，六扇小屏展。研匣鍼箱，分半貯來滿。那時賣賦金多，壚頭價貴，也未要、鸘鷞頻典。

意深淺，試將酒卜郎心，寒宵倩伊暖。夜冷杯殘，一霎近人散。而今淒絶天涯，醒然無寐。便有酒、也無人勸。

又

倩風姨，憐月上，珠露記承掌。認取前因，此意料無恙。驚心子夜歡聞，同聲婉轉，已變了、回波詞唱。

漫惆悵，人間幾个尹邢，蛾眉肯相讓？畫裏櫻桃，愁裏小蠻樣。尚憐鏡鵲同開，釵蟲對剔。還略似、舊時情況。

又

藥鑪煙，相對裊，深院晚風峭。塵滿菱華，一月幾曾照？愁他鞸枕香雲，釵扶不起，又何論、遠山蛾埽。

夢顛倒，尋常銀液犀株，不鎮暗魔嬈。雛樣青衣，所事被花惱。關心嬌喘沉時，暗眸迴處。怕莫又、喚江郎覺。

又

掩啼珠，扶瘦玉，喚渡曲江曲。縞袂纖袿，腰細不勝束。枉教疑作江妃，淩波解佩，誰信有、亂愁千斛。在空谷，無奈日暮天寒，零落去華屋。江鬼西陵〔一〕，夜雨杜鵑哭。傷心逝水滔滔，當時同渡。卻雙槳、歸來人獨。

【校記】

〔一〕「江」，底本作「紅」，據《四部備要》本改。

又

事三生，魂一縷，此錯幾州鑄。肯放扁舟，若箇勸無渡。倘教玉在懷投，香和心爇，萬一把、遊仙留住。　恁來去，爲甚清映聲中，都無片言語。尋到荒山，風急又兼雨。斷腸點點青苔，方方黃土。又埋了、一家嬌女。

又

短檠昏，深院閉，簾影黑垂地。小擘吟箋，暗記夢中事。可憐放筆聲中，挑鐙影裏，還認有、箇人無睡。　應難記，縱饒記得星星，有頭也無尾。自恨從前，恩怨總輕視。判將一寸絲腸，一宵霜鬢。報幾番去、唾壺紅淚。

采桑子

尋常侍寢更衣處，鐙影紗籠。羅幕重重，略近前時面發紅。　月明雨落無人覺，侍婢都慵。裙褶惺忪，香棗何勞問石崇。

卜算子

階下緑薔薇，架上紅鸚鵡。忘卻窺簾尚有人，攜手潛來去。　輕試踏青鞋，暗躡凌波步。不道回頭別有人，信口相儂汝。

意難忘

箏語琴言。約羊鐙照影，鳳紙傳牋。天穿逢令節，月滿記芳年。人定後，夢來前。難道玉如煙。正峭寒，春風催曉，紅淚涓涓。　輕綃製就中單。認巖黃蜨粉，花落先黏。鵑啼留恨血，獺髓助香瘢。金篋鎖，鈿筐緘。珍重一春殘。肯並他，緑羅裙帶，水上同湔？

更漏子

杜蘭香，嬴弄玉，一例仙家眷屬。錦瑟短，玉簫長，何曾作髻忙？　月孅孅，花醋醋，時節近來重五。沉醉後，錯相呼，畫簾聞鷓鴣。

洞仙歌

初三下七，愛共蘭姨戲。二八華年滿除四。拜鍼神，修笛譜，步步教隨，婉娩甚，也算齊心耦意。　揚蛾憎衆女，謠諑紛紛，池水干卿定何事。聯臂舊時歌，變了歡聞，重來後、嬴得大家顛頷。若不是當年見猶憐，肯繡被分教，伴鴛鴦睡？

河傳

花顫，鐙淺。移來屈戌，小屏深掩。屏間鸂鶒一雙栖。東西。兩頭蓮葉齊。　麝熏未肯閒孤鳳。梨雲凍，好做同牀夢。夢悤悤，帳重重。芙蓉，深紅和淺紅。

沁園春

無分今生，何似當初，相逢漠然。卻雛鶯乳燕，見伊小日，飛花落絮，送我中年。玉淚珠啼，紅愁綠慘，便是無情亦可憐。誰知是，有心頭暗恨，記也難全。　那回款語鐙前，似密意深情略爲傳。道枝名連理，種原無地，禽名共命，修到生天。三素雲輕，六銖衣薄，定在寒簧瘦影邊。還能否，撥齊煙九點，來照孤眠？

行香子　子貞月夜登小香雪亭作畫屬賦

孤榜清遊，烏帽籠頭。問招來、幾箇閒鷗？沿洄撥棹，窈窕尋丘。有三分水，二分月，一分秋。　平生最憶，探梅踏雪，虎山橋、塔影香浮。而今重到，怕減風流。少舊時人，舊時月，舊時愁。

霜天曉角　題吟香女子小影

綠蕚開些，拓當風畫紗。窣地退紅衫薄，恐小立、冷於花。　鴉叉新挂他，問姍姍是邪？說與吾家窗下，有竹外、一枝斜。

湘月　題子屏填詞圖

石林棐几，正蕉陰綠暗、雨過如沐。漸入涼秋合料理，舊日哀絲豪竹。鬢影琴邊，簫修月底，試與同聲讀。江郎宮體，譜來總是新曲。　憶否小住名園，偷聲減字，刻尊前紅燭。協律微茫，怕誤了、多少詞流毫秃。滑笏牋長，翻香令小，薄有花間福。何時歸去，記歌念取人獨？

桂枝香　中秋有感

姮娥不嫁，問終古淒涼，可記長夜？未必青天碧海，便無情者。一年十二回圓闕，恁今宵、淚痕盈把。那堪還又，歌闌人散，夢殘鐙灺。　想妝閣、夜香燒罷。看珠斗闌干，檐角低挂。有日雲鬟霧鬢，照伊清話。人間小別何須恨，恨沉沉、青楓根下。步虛聲斷，霓裳曲破，此生休也。

玲瓏四犯　玉年以元人雁宿蘆花鴉宿樹各分一半夕陽歸句爲圖極蕭寒清遠之致爲題此解

樹老易風，蘆荒疑雪，江村物候初冷。夕陽無限好，又是黃昏近。昏昏四山做暝。但催他、亂鴉成陣。更著蒼茫，一行征雁，嘹唳助淒緊。　天涯孤客閒省。記茭根掖柁，沙觜維艇。小奴驚欲起，點墨濃初定。江湖有夢何曾熟，算還是、眠鷗差穩。笑指櫪頭船，問載歸定肯？

綺羅香　姑嫂餅

屑麵輕勻，搓酥滑潤，傳自香閨新製。樣學桃花，小印脂痕紅膩。想曉趁、戛釜時光，正嬌伴、扶牀年紀。全不防、腸斷行人，垂涎先在下風矣。　橋梁臨水堪認，道是蔣家妹小，食單親試。作罷羹湯，纖手入廚重洗。笑曲譏、畫地虛名，愛齧唇、頌椒風味。莫教佲說與彭郎，況寧王宅裏。

桂枝香　屠墳秋鳥

荒林落照。認宰樹蒼茫，一群驚噪。纖繳鳴弦已有，弋人尋到。陶村馬幢披緜好，算總輸、酒邊風調。蜀薑鳴釜，吳鹽點雪，櫑瓶開了。　問何事、輕離海嶠？有淥衣同戲，紅椒堪飽。萬里頭顱來博，尊前人笑。雲羅滿地西風早，想江湖羈雌多少。料應夢斷，蠻天一角，暮煙孤島。

雪獅兒　苕玉女士輯銜蟬錄隸事極博高邁庵爲作子母銜蟬圖索題此解

妝樓記就，知是無聊，深沉院宇。側輥橫眠，亭畔花陰剛午。繡墪小住。誰教見、花奴戲舞。更貌出，薄荷酣後，雙睛圓處。門外珊鞭休去。儘香溫茶熟，小名錄取。箬裹青鹽〔一〕，差有殘書煩護。癡兒騃女。笑一例、蟲魚箋注。應知否，合伴畫檐鸜鵒。

【校記】

〔一〕『裹』，許增重刊本與《四部備要》本皆作『裹』。

長亭怨慢

瞿花農分司相見西湖出王蓬心太守漢臯贈別圖見示有二娱題詞輒依韻倚聲

笑又是、閒雲離岫。西子湖邊，相逢杯酒。漢上襟題，回頭已是，廿年舊。漫郎渾漫，應未要、稱聱叟。對畫裏江山，話昔日、回帆風候。　還試問吳根越角〔一〕，可似武昌樊口？扁舟容與，且消遣、雨僝風僽。趁嬉春、老鐵能狂，傾鑪畔、諸公屯守。指點傍西泠，一帶青青新柳。

【校記】

〔一〕此句許增重刊本有墨筆眉批云：『下闋「還試」應叶均，此獨不叶。此調創自堯章，茲應從姜爲是，周張亦無不叶者。』

柳色黄

於越中買新鵝一雙戲爲詠之

曇礦村邊，春水方生，短櫂初逼。書生家具無多，隨意一籠攜得。滄波亂眼，送人千里歸來，門前新柳嬌黄極。還怕惱比鄰，浴那家池側。無力。鷗群閒趁，曬翅魚梁，伴他瀏鶒。老矣傭書，不羡東堂行炙。小樓臨水，難忘雙髻樓頭，排成玉管参差立。彷彿凭闌干，見袖羅顔色。

乳燕飛　送蔣渌初之臨川

一例天涯客。怪相逢、推襟送抱，似曾相識。西子湖頭長安道，十載恍同遊跡。偏勞燕、差池雙翼。不信將軍門下見，有此君蠻語余長揖。同握手，章江側。　齊年四十初過一。看紛紛、當時同學，輕肥顔色。雁鶩行中紙尾署，也勝白頭射策。便詞列、三王何益？玉茗堂前煩問訊，屬海雲留取通仙笛。曲有誤，顧應得。

水龍吟　江右旅館喜雨

疏疏幾陣涼颸，颯然便送敲窗雨。樹梢流響，草頭顫影，霎時無暑。一片濃陰，多應來自，西山南浦。料天公也厭，炎官火繖，怕困損，人羈旅。　惜少高荷大芋。展桃笙、醉眠聽取。紅綃初浴，碧簪斜墜，枕痕留午。小扇輕衫，知他此際，倚闌何處？向畫屏十幅，瀟湘天遠，夢尋伊去。

浣溪紗　寄内

一別無端半載強，輕船三版整歸裝。可憐篷背已微霜。　月榭鎖魚鰥永夜，風簾蠟鳳淚雙行，不成還道不思量。

疏影　燭淚

珠啼玉泣，向畫筵深夜，相對愁絶。今世紅紅，宿世蟲蟲，生平最惜離別。風簾露席隨升降，判滴滿、爛銀荷葉。算芳心、未是灰時，肯怕界殘紅頰。　便與籠紗護取，也應護不到，將灺時節。苦憶高樓，網戶曈曨，照見粉痕明滅。羅襦低解聞薌澤，有誰問、階前堆積。只淒然、擁髻人人，愁涴石榴裙褶。

憶舊遊　酒帘

記絲楊漸暗，文杏初明，一見關心。似與東風約，看斜斜颭颭，先得春情。隨意水村山郭，倦旅爲伊停。正解佩人來，提壺鳥喚，好箇旗亭。　阻風，原不恨，恨俊侶高陽，多半漂零。還向壚頭去，認低窗高柳，是處曾經。只是風前半幅，不似舊時青。試閒立平橋，前谿煙雨深未深？

聲聲慢　闌干

苔階恨淺，竹逕嫌深，虧伊屈曲周遮。背手微行，湘痕紅出明霞。沉吟碧城十二，問那邊、庭院誰家？閒付與，玲瓏簷月，低亞疏花。　嘗恨當時夢裏，枉等閒敲偏，沒處尋他。歸去匆匆，斷腸一角天涯。幾番畫廊癡立，認有人、襌袖來耶？渾不見、但文窗深掩絳紗。

如此江山　香篆

何人斜掩屏山六，簾衣又深深下。小炷微紅，輕絲漸裊，靜看縈窗尋罅。尖風易惹。恨剛結心同，又吹煙灺。一縷柔腸，分明宛轉爲伊畫。　湔裙水上猶記，博山鑪俱過，前約都謝。羅帶輕分，銀槃愁寄，難翦夢雲盈把。熏籠倚罷。對鐙影離離，悄無言者。手撥餘灰，隔窗梅雨灑。

小樓連苑　簾波用蘭村韻

後堂前閣空明，最深深處溶溶地。龜紋半蹙，駝鉤不上，一絲風細。月地雲搖，苔階潮轉，欲垂還起。怪驕猧睡醒，雛鬟行到，都驚道，花枝碎。　隔著樓頭廊底。幾曾隔、粉香脂膩。只是陳王，通辭難託，湘雲湘水。便有時開，見伊窣地，畫裙斜曳。總生憐俊眼將流，流不出，相思字。

風蜨令　和湘霞韻三首

煙視雙行近，蘭情一見稀。入懷嬌鳥向人依，只覺愁多意重語言微。　手裏題詩筆，牀前織錦機。蘇孃謝女是耶非，難忘一鐙明處兩眉飛。

漂泊年華小，周防用意深。鴛鴦翡翠定珍禽，誰信單棲無侶到而今？　湘影重簾認，霞光斷臉尋。兩頭裙帶盡同心，知否一尊相屬意千金？

誓恐旁人聽，情原我輩鍾。別時莫恨太匆匆，肯許名花移入別家紅？　病定春來較，人終月下逢。祝他二十四番風，取次送將帆葉五湖東。

買陂塘　十二月五日三衢道中

怪吳舲、看來葉小，載人愁重如許。阻風聽水年年慣，不似者番淒楚。臨別語，約消夏筵開、定不過闌暑。歸期屢誤。又二九時光，一千里客，未半到家路。　閒情賦，更惹新來怨緒。故鄉鶯燕相遇。遠山不作匆匆別，肯作鏡中眉嫵？　語更苦。怕病蕊嬌花、難待春風主。亂帆無數。誰信有中間，烏篷一扇，兩地夢來去？

夜合花 鐙花寄湘霞

善恨蟲孃，含情蠻女，多生半是啼痕。相思一寸，灰心又長情根。玉釵冷，玉荷溫。囑雛鬟、掩上重門。只愁無睡，對伊絮語，銷盡癡魂。

江湖孤冷誰親？多謝一尊酒淥，相伴溫存。殷勤低祝，並頭開出蘭蓀。有何事，報伊聞？道歸人、已近家村。不知今後，照他擁髻，幾箇黄昏？

一枝春 王清閣女史畫簪花仕女用草窗韻

一鏡春痕，誰喚起、多分敲窗微雨？心期細數。殘夢恨無頭緒。幽蘭空谷，渾不省、杏憨梅嫵。但折來、認取同心，又惹兩眉愁聚。

年時送人行處。記新梳叢鬢，嬌歌金縷。眉山漸遠，十樣畫圖誰譜？菱花側背，料怕有、箇中人妒。還怕有、雛鳳釵頭，聽人小語。

醉太平 石敦夫曉風殘月行看子

曉山欲青，曉煙未横。一帆早挂郵亭，問何人曉行？

蓉城曼卿〔一〕，屯田柳生。一生幾箇黄

昏？又今宵酒醒。

【校記】

〔一〕「卿」，底本作「鄉」，據許增重刊本改。

疏影

悭泉浮香樓圖余舊爲作序并詩今相見於吳門正當梅花時欲歸未得復爲倚聲作此不知有慨於中也

生香活色。記舊曾相約，短棹遊歷。認是西溪，千樹梅花，無人管領煙月。故家臺榭知何處，有野鶴、暫歸能說。見當時、二老風流，閒倚畫欄清絶。　同向江湖流浪，欲歸那便肯？如此蹤跡。江北江南，銅井銅坑，過了試花時節。人生但有三間屋，便無地、種梅也得。問何時、深閉柴門，臥穩故山風雪？

邁陂塘〔一〕

爲莊杕堂題其尊甫遺照同二娱調

好煙波、憑誰買斷，魚陂千石漭泱。四先生里家園在，隨意卜居無恙。濠濮想，便不載笭箵、也號谿翁長。綸竿一丈。已付與兒郎，釣鰲身手，老子任疏放。　人間世，齊物養生都妄。騎鯨人又長往〔二〕。披圖不見南華叟，秋水拍天新漲。添悵惘，恨惠子來遲、無與微言賞。孫枝竟爽。看石上珊瑚，掌中海月，次第出絲網。

【校記】

〔一〕『邁』，許增重刊本與《四部備要》本皆作『買』。

〔二〕『鯨』，底本作『駷』，誤。

瑣窗〔一〕　寓齋窗間見金絲花架一股知爲閨中物先是此間彩雲曾駐凝想芳澤雜以遐思邀楊浣薌同作

花落辭枝，珠空賸匣，是誰留取？粉褪香銷，轉更殢人淒楚。想當時、曉涼妝罷，小鬟纖手穿無數。有紅絨替約，素馨分配，鏡臺斜覰。　人去。彩雲駐。向花戸油窗，拾來愁緒。金絲幾縷，也還勝同心釵股。得知他、又側著鬟兒，明珠翠羽遊何處？鎮無憀、細撚閒吟，背鐙深夜語。

【校記】

〔一〕『瑣窗』二字後，《四部備要》本有『寒』字。

唐多令　卷簾仕女

鈿盒掩香奩。金彄露玉纖。想妝成、初到前檐。驀地回頭思舊夢，渾不似，昨矜嚴。　小院曉風尖，羅衣卸又添。記當時、總恁懨懨。留得小脣和秀靨，判長隔，一重簾。

憶舊遊　題澣薌與鷗爲客圖用夢窗體

此生何所似？似𥠖雁啞啞水爲家。江湖夢偏穩，青山斷處，一片圓沙。著箇風標公子，海客肯來耶？問如此陂塘，定應相識？莫又天涯。　芙蓉好湖水，儘烏榜洄沿，白袷欹斜。欲逐鵷鴻去，有雲羅萬里，界住明霞。松陵舊盟寒未，雙鬢已鬖髿。且與醉西湖，水仙廟外開蓼花。

高陽臺

文孝坊偏，百弓地小，舊家容易遷流。叢桂山邊，淮南雞犬曾留。謍門細柳如絲碧，記攀條、才拂人頭。更移舟、黄胖泥孩，閒話春遊。　前塵如夢都難忘，況驚殘楚雨，想到秦樓。去燕空梁，此中無限春愁。而今零落知何處，對孤山、夜月香浮。肯歸休，一幅生綃，環佩聞不？

月華清　靈芬館前晚桂一株已槃未華夕露晨飈傾佇良久念將遠遊恐不能待詞以催之

簾卷涼天，葉明月地，當時試花曾賦。偃蹇淹留，略與小山爲主。數年來、幾度中秋，已半付、天涯羈旅。容與。待寒金粟綴，嫩黄蜂注。　爲底銀屏深悄？費似水尖風，似珠涼露。寂寞姮娥，愁損葉兒眉嫵。想夜來、碧海青天，定見我、舊叢延佇。知否？便能簪鬢髮，鏡霜如許。

洞仙歌　題高穎樓孫秀芬額粉庵聯吟卷

有情天上，住一雙珍偶。才膠冰絲玉琴奏。看琉璃匣啟，玳瑁簾開，新妝竟，更費侍兒纖手。芙渠當霧夕，得意何郎，卻扇詩篇在人口。並坐擘蠻牋，如鏡湘湖，照夢裏、筆花開又。怕額上粉痕未曾乾，早羅襪花陰，一詞先就。

買陂塘　富陽道中見烏柏新霜青紅相間山水暎發帆檣洄沿斷岸野屋皆入圖繪竟日賞翫不足詞以寫之

繞清江、一重一掩，高低總入明鏡。青要小試嬋娟手，點得疏林妝靚。紅不定，襯初日明霞、斜日餘霞暎。風帆煙艇。儘悶拓窗櫺，斜欹巾帽，相對醉顏冷。桐江道，兩度沿緣能認。者回剛及霜訊。蕭閑鷗侶風標鷺，笑我鬢絲飄影。風一陣，怕落葉漫空、埋卻尋幽徑。歸來重省。有萬木號風，千山積雪，物候更淒緊。

憶舊遊　嚴瀨道中偕壽生同坐船頭倚聲歌此幾欲令四山皆響也

正風開帆葉，雲擁山根，又溯奔瀧。合沓群峰出，似千屯冀馬，高步臨江。江水彎環碧玉，流影去淙淙。算如此江山，舊曾相識，者箇吳艭。　船牕。喜同眺，問畸士東京，遺老南邦。突兀高臺外，賸紅衣一樹，楓臥空腔。晞髮披裘都往，斜日下漁矼。但極目寒煙，滄波白鳥飛一雙。

菩薩鬘　鄰舟有見

衫痕翦取秋江碧，袖羅紅繡雙鸂鶒。山遠澹微茫，蛾眉滿鏡長。　爲誰同作客？愁水愁風極。野泊不勝寒，錦衾斑復斑。

行香子　安仁道中

灘緩波柔，雲薄風收。小春天、客卸征裘。叩舷一曲，聽我吳謳。正雁南飛，山北折，水西流。　白鷺汀洲，黃葉沙頭。比江鄉、一樣清幽。他時歸老，若此何求。只要山田，要水碓，要漁舟。

洞仙歌 爲弢園題女郎三喜小影

毘藍風緊，墮諸天花蕊。三界人天共歡喜。正華年月滿，薄命雲輕，珠一顆，剛照弄珠樓底。東湖流不盡，香草相思，有箇離騷舊苗裔。佳約踐難期，一幅生綃，倩留取、畫蟬雙髻。記桃葉儂曾渡頭逢，要寄與東風，那時衣袂。

月華清 題蘭村倉山話月圖

水閣鐙殘，地樓鈴語，一丸涼月初滿。幾箇秋人，坐得六朝山濬。只消他、隨分琴尊，且話取、露濃風軟。三歎。記昔年裙屐，風流雲散。　尚有彭宣老去蓉裳，指是處亭臺，那時弦管。重譜霓裳，也恐羽移宮換。料素娥、不解窺人，定未識、少年清婉。歸晚。怕故山猨鶴，恁啼幽怨。

賣花聲 莫愁湖秋泛圖

遠水淨員沙，樓隱紅霞。石城艇子小能撶。閑向六朝山影裏，去采蘋花。　衰柳幾絲斜。風帽低遮，舊時俊侶各天涯。何似鬱金堂上燕，長傍盧家。

紅情　蘭雪蓮花博士圖爲淥春女史作

花爲四壁。看水雲砌就，琉璃宫闕。有箇玉人，顏色與花略無别。吹皺平池萬淥，教先向、春波偷立。笑隔浦、卅六鴛鴦，癡妒定愁絶。　　鄉國。去未決。且小住横塘，並蔕雙折。鷺鷗伴侣，半面頻闚也應得。何以南園老去〔一〕，認照影、驚鴻都隔。待樂府、題補了，聽伊擫笛。

【校記】

〔一〕『以』，《四部備要》本作『似』。

重刻懺餘綺語跋

邁孫先生靈襟浣月，吟吻粲花。握雲機之九張，兼工衆制；疊水調之百闋，最擅倚聲。漱玉液于露葩，紉蘭馨于秋佩。冥契獨結，靈芬是師。古佛之事，鑄同黄金；私淑之稱，鐫之翠琬。瑤杼所出，瓊絲合奏矣。海桑閲變，雲葉鮮遺。先生慨焉，乃發襲芸之藏，重付雕梨之手，合其三種，仍爲一編。爰以校字，得快先覩。夫緣情造端，導源樂府；令慢代擅，厥義未亡。洎近世之名流，亦清辭之踵起。然或銅琶鐵綽，寄情于豪宕；融朱冶粉，刻意于娥曼。矜其一體，終成單絃。吳江扇徽，郢歌應節，抗墜善變，宛轉工思。緝冰緒于衆家，激霜亮于萬吹。疑前身爲明月，是芬塗之導師。墜響不振，來學安式。先生是舉，不甚盛與？抑又知先生家當琅函，性躭瓊祕。凡昭代諸家之詞，或有舊編罕覯，珍鏤已灰，莫不搜笛裏之清聲，訂梅邊之小譜。玉牋親寫，綠笈深緘。自兹以往，意且以次付刊。將使棲塵秋瑟，並調待絕之朱紘，入手玄珠，彌焕未沉之皓彩，則是編之出爲嚆矢矣。詒壽早嗜言情，粗知按譜。宗風未昧，愿同一瓣之心香；文章有神，請以片言爲息壤。光緒己卯十月，山陰王詒壽跋。

爨餘詞

爨餘詞

壬午十二月廿二日，所假館之樓火，僅跳而免。所著皆燼。友朋掇拾，間以鈔寄，不復次第，得即存之。頻伽記。〔一〕

【校記】

〔一〕 此數語，許增本、許增重刊本與《四部備要》本皆置於卷末。

河傳 荼蘼 題碧梧女士畫扇六首

春晚，人倦。起來遲，額角輕黃退時。二十平四番風信吹，絲絲。枕函殘夢知。入骨甜香濃似酒。簾卷後，小試折枝手。步池塘，過回廊，匆忙。鉤他宫袖長。

清平樂 紫丁香

團香蹙繡，一剪春風皺。十索新詞渾未就，贏得丁孃消瘦。芭蕉不展微陰，含毫幾度沈吟。

付與閒愁百結，不成沒箇同心。

南鄉子　茉莉

小玉雪肌膚，道是珠孃道是吳。一種卻教儂豔羨，花奴。得叩船舷見彼姝。　綺夢半銷除，振觸閑情尚爲渠〔一〕。記得夜涼人睡醒，紗幮。愛問雲鬟墮也無？

【校記】

〔一〕『振』，底本作『振』，據許增本改。

憶秦娥　秋海棠

秋如水，露涼風細添顦顇。添顦顇，何曾得似，那時濃睡？　一番薄病扶初起，爲伊立向空階裏。空階裏，亂蛩殘月，冷清清地。

洞仙歌　落梅

人間無地，著春愁千斛。一夜東風與埋玉。算玲瓏、鎖骨葬向空山，也勝似、蚕蚕安排金屋。

招魂來紙上，斷粉零香，猶是眉間舊時綠。莫道不相思，點點啼痕，已漬滿輕綃十幅。待夢到西泠去尋伊，怕別院樓頭，又吹横竹。

浣溪沙　蘭花

髣髴銅缾見露苗，疏花嫩蕊澹含嬌，湘江清淚滴春潮。　豈有心心同婉孌？并無葉葉助風標，斷腸一集是離騷。

臺城路　和蔚堂題楊白花詩意卷子韻

不勝淒黯江南夢，濛濛慣隨春去。水驛波寒，山亭風緊，身世有誰爲主？迷離如許。記曾向長隄，那邊呼渡。一帶絲楊，湔裙不是舊時路。　紗窗才拓幾扇，只捲簾人起，初見飛度。燕子關心，伯勞偷眼，尚有流鶯相訴。東風辛苦。問吹皺池塘，送伊何所？打槳蘋洲，和儂漁笛譜。

憶舊遊　滄嶼園故址

見蘆芽抽碧，菜甲攙青，柳綫搓黄。路轉荒城角，賸彎環漫水，圍住陂塘。著意瀜瀜冶冶，分綠上魚矼。想盪槳船歸，湔裙人去，留下波光。　中央。儼孤嶼，是平遠江山，鷗鷺家鄉。小立斜陽裏，指斷霞明處，昔日紅牆。塵世幾堪俛仰，隨地有滄桑。待菡萏花時，還招野客乘晚涼。

行香子　題小迂畫扇送老董返揚州

蠶老柔桑，鶯老垂楊。又匆匆、送盡春光。送春送客，同在他鄉。乍月朧朧，雲澹澹，雨浪浪。　豆莢初嘗，芍藥能香。有人人、正夢維揚。勸伊小住，弭棹橫塘。待櫻桃爛，梅子熟，枇杷黃。

齊天樂　真州見杏花盛開

江南何處無煙雨，先生者回歸未？淮浦帆收，揚州夢破，墮入紅雲隊裏。烏篷搖曳。早樸樹灣頭，一旗酒貰。卅里夭桃，愁春未醒尚濃睡。　江湖載酒無端，笑梅花開過，猶自留滯。今日重三，明朝百五，又見老烏銜紙。樹猶如此。銷燕燕鶯鶯，幾番身世。賣到樓前，曉妝人定起。

柳梢青　子貞招遊湖上題酒家壁

如畫春城，乍寒暫暖，似雨還晴。梅萼將飛，桃枝欲放，柳色才青。　良時令序難并。算者度、韶華有情。昨夜初三，今朝寒食，來日清明。

瑤華慢　小金山梅花欲殘香雪猶浮動山水間

煙痕乍禁，禊事初修，尚薄寒時節。雙槳掠波，已喜得、橋外水光先活。香南雪北，賸一片、冷雲明滅。想妙高臺最高寒〔一〕，未有玉人橫笛。　獨欹烏帽來尋，認月觀風亭，步步幽絕。清遊較晚，早滿磴、落英如積。斜陽澹處，又鉤起、二分新月。任隔墻梵放催歸，未許翠禽啼歇。

【校記】

〔一〕『妙』，底本作『如』，據許增本改。

憶舊遊　過揚州未得尋櫻園悵然作此

又煙花三月，浩盪扁舟，來問隋宮。不待珠簾捲，向管絃聲裏，别去匆匆。記得舊巢痕在，禪榻占春風。有竹影便娟，茗花妍媚，桂樹丰茸。　於中。多好事，曾歌邀子夜，曲懊吳儂。酒人兼狎客，愛翻香令小，減字聲重。一點綠毛么鳳，容易傍梧桐。問今度桃花，何如昔日人面紅？

夢橫塘　糧艘浣衣女郎婉顙可念感而賦之

文魚銜尾，綵鷁排頭，移來一痕波輭〔一〕。小小窗櫺，正雨過、筠簾齊捲。越紵裁前，吳棉拆後，停鍼人倦。趁洗頭盆好，醮碧挼藍，猶憐取、餘香染。　知伊住近橫塘，有機中素織，石上紗澣。髻綰抛家，便一任、絮萍漂轉。算直北風埃撲鬢，只恐羅衣暗中換。弄暝天光，柁樓晚飯，想心情都懶。

【校記】

〔一〕『輭』，底本作『愞』，據許增本改。

一翦梅　贈荻君

夾轂相逢問狹斜。樓上琵琶，門外枇杷。風吹多少肯來耶？臣里東家，吳苑西家。　瀒瀒藤蘿映月華。好片圓沙，好浣溪紗。鴛鴦頭白記些些。不是楊花，不是蘆花。

貂裘換酒　題小農停杯顧曲圖

宛轉提壺喚。泛觥船、百分一棹，花滿酒滿。絲竹中年須陶寫，隨分玉簫金管。有兩兩、蟲蟲燕燕。薄醉不消判茗艼，已砑羅裙畔春寒淺。綽板促，急觴緩。廿年前事韶華换。又相逢、甕邊捉卧，依然酒伴。後院綺筵休著我，杜牧狂言原慣。早猜出、護花人面。嚼蕊吹香了無誤，問檀郎何事頻回看？浮大白，莫辭勸。

買陂塘　雲臺先生寓京邸時有小園太常寺仙蝶嘗一再見之花前舊藏董文敏詩箑有蝶夢之句因取以名園且繪爲圖而裝詩箑於前摹仙蝶於後屬賦此詞〔一〕

算王城、萬人如海，惟餘傲吏能隱。阜城門内岡南畔，尺五去天差近。花成陣，仗廿四番風、次第催芳信。廊腰井吻。有芍藥亭攲，荼蘼架重，容易落紅槿。容臺叟，便面銀鉤猶印。墨痕如此芳潤。漆園有道羲皇上，那屑六朝金粉。頻問訊。識此客人閒、不羨朱衣引。圖書經進。好平地歸來，小園賦罷，黑蝶繞雙鬢。

【校記】

〔一〕『此詞』二字，許增本、許增重刊本、《四部備要》本皆無。

高陽臺　病酒

似夢還醒，將眠又起，今朝直恁無聊。未展屏山，帳紗時動冰綃〔一〕。數聲啼鳥驚人覺，已慵慵、紅日花梢。喚茶甌，眼倦微搓，舌強須澆。天涯沒个閒消遣，況故人重見，俊侶都招。雪白花紅，那禁物色相撩。元龍豪氣隨年減，算而今、祇讀離騷。計行程，私祝江風，莫阻歸橈。

【校記】

〔一〕『紗』，許增本、許增重刊本皆作『紋』。

鵲橋仙　留別荻君

鷗侶同波，秋心比潔，野水荒灣愁別。多應石上有前期，又墮我一丸蘿月。　莫是潯陽，夜來送客，醉貌略如楓葉。天寒日暮定相思，判畫到爐灰成雪。

水調歌頭　曼生屬題其太父魯齋先生釣鼇圖

陳登湖海士，李白地行仙。置身只合蓬島，九點渺齊煙。截得孤生之竹，綴以一丸明月，引手六鼇連。最好不貪寶，閒任老龍眠。　螭坳立，熊軾畫，賦歸田。騎鯨一笑，天上披髮去翩然。今日繫舟山下，尚有讀書孫子，小割試烹鮮。待爾政成後，同放五湖船。

買陂塘 題種水圖用原韻

笑村農、何曾學稼，釣徒或者堪儗。隨身但有閒漁具，那用鶴頭鴉觜？如此水，便都變、良田盡種長腰米。也能餘幾。要秫釀春醪，糧分瘦鶴，花插百弓地。　揚州夢，中酒阻風聊爾。灌夫曾畜爲弟，君與余齊年，月小耳。封侯老矣知無分，亭長新銜魚計。浮世事，恨漁父、湘纍不得同時醉。掃除家累。約一舸相從，五湖許泛，分取畫中意。

原作　曹言純

宅清漳、中央南北，前賢軌躅難儗。由拳城外誰爲伴，鷗鷺招來沙觜。耕白水，拚羹飽、蒓絲香飯炊菰米。田園賸幾？笑兩槳緣流，一篙蹋浪，那有卓錐地？　形容顇，無分登瀛畫爾，家風漁父兄弟。魚陂千石封侯等，也乏計然心計。身外事，算儘付、蓑衣獨速船頭醉。閒情自累。只笠澤編書，蘋洲譜笛，未了舊時意。

風婕令 題伯生香嬰室圖

館是童初築，山仍群玉居。神仙何事最關渠？聞說三千玉女盡知書。傳得嬋娟影，憑將樓閣圖。新宮一記待儂無？還要蠶眠細字倩麻姑。

菩薩蠻　題雙紅豆圖〔一〕

東風在手靈苗活，南園紅豆春來發。接葉更交枝，一雙兩小時。　長真高閣好，閣裏人難老。記曲喚紅紅，芳名也愛重。

【校記】

〔一〕『雙』，底本作『叟』，旁以墨筆改爲『雙』。

邁陂塘〔一〕　題改七香少年聽雨圖

最銷魂、蕭蕭暮雨，吳娘舊曲曾聽。畫船櫂轉花兜外，六扇窗紗紅近。眠未肯。任窣地、香羅垂下流蘇。等九枝鐙檠，照人影幢幢，屏風曲曲，容易卸妝竟。　歡場好，只倚少年豪横。花前醉倒休醒。星星一點來頭上，便與歌樓無分。君也省。要招此、無家同住清涼境。香鐙清磬。儘蝙蝠拂簾，芭蕉繞屋，欹枕睡來穩。時有破山寺結夏之約。

【校記】

〔一〕『邁』，許增本、許增重刊本皆作『買』。

滿庭芳　題吕卿香蘅館圖

蘿帶飄煙，荔裳褰雨，高館儘好吟秋。楚詞課罷，容易畔牢愁。是處疏簾不捲，盪瀟湘、一片雲浮。閒行徧，芷畦蕙圃，隨意小勾留。　前修，思屈宋，美人香草，寄託深幽。便微詞多有，也足風流。好在桐花萬里，肯同他、鯨額江頭。只憐我，王孫游倦，歸思滿芳洲。

水龍吟　題曼生石門聽瀑圖

青天何處龍吟，濛濛吹出漫空雪。松濤萬壑，冰絲千縷，琴心三疊。洞口雲荒，山中鶴老，何來此客？想謝公去後，石門深鎖，留好景，與誰說？　海上歸來時節，儘雍容、閒尋風月。簫笳聲斷，箏琶耳洗，一時清絶。木葉群飛，四山皆響，蒼然寒色。認跳珠濺玉，銀河垂處，有仙人謫。

聲聲慢　和慈仲坐雨之作

蓬蓬尚遠，淅淅將闌，懵騰不辨朝昏。汝南雞好，虧他猶記蕭晨。硯池一泓殘墨，爲昨宵、留住愁痕。還題句，要裁雲剪月，逗一分春。　差喜歸來相對，正鐙花粲粲，杯竹傳根。才卸征衫，又煩洗卻征塵。微吟淺醉休輕視，勝他時、遠道懷人。判醉也，便取次書徧練裙。

買陂塘 稼庭以蒲香來歸繪圖紀事余題種蒲成蓮四字於首頁并系以詞

買陂塘、玻瓈十頃，請看綠淨難唾。東西南北皆蓮葉，除是江南才可。開一朵，認妙法、華鬘不受青泥涴。移根帖妥。儘曲檻低憑，畫欄閒倚，月曉未愁墮。臺城路，聞說莫愁曾過。沉吟佳約能果。鷺猜鷗妒更番事，直得銷魂真个。浮一舸，也勝似、秦淮漆板紅船播。修眉休鎖。笑栲栳波迴，鴛鴦夢穩，雙調唱還和。

齊天樂 單藹臣司馬夢回圖用穀人祭酒韻

儘銷一枕遊仙意，繩牀木榻堪掃。栩栩回初，惺惺斷後，只有靈光孤照。綠天遮了，任雨覆雲翻，不將公惱。影事前塵，黑甜鄉裏最幽悄。人間世事都幻，付漁笛滄浪，睡起成笑。石鼎茶香，瓦鐺飯熟，誤卻浮生多少。醒來也好，奈白日黃雞，一齊催曉。我亦揚州，十年留賸稿。

買陂塘　題琴塢邪溪漁隱第二圖用飲泉韻

記年時、青鞋布襪，沿緣尋徧煙水。樵青打槳漁童唱，驚得浣紗人起。重到未，悔如此、溪山不把扁舟繫。住爲佳耳。看劍外官人，湖邊老監，鄉夢畫圖裏。　男兒事，出處要非無意。再三想見高寄。三千六百璜溪釣，何似一竿風細。儂試儗，怕比似、鴟夷太早五湖計。鱸魚雖美。又驛吏催人，街亭排馬，風雪促征騎。

賣花聲　題李子木煙泉蘿壁看子

青玉削嵯峨，秋影羅羅。坐來寒翠濕衣多。領取風泉歸一壑，彈入雲和。　卜築傍岩阿。老子婆娑。郎君撰杖侍行窩。肯信有人空谷裏，日暮牽蘿？

臺城路　宣窰蟋蟀盆

秋風吹換人間世，此中貯秋聲者。似鏡能圓，比甌無缺，還勝香姜殘瓦。提攜羅帊。慣阿監青蛾，聽來長夜。剔盡苔痕，棘鍼花草極妍雅。　一行小款誰寫？怕銅仙漢苑，鉛淚如瀉。金鼎香熏，錦堂詞麗，都付冷攤評價。宣德銅槃多刻錦堂春詞。千金注也。笑蟲達侯封，論功此亞。譜入唐風，水天兒女話。

綺羅香　同人集文藪山房酒間爲柳東題朱竹翁瑞蓮詞冊即用竹翁第一首韻

別院鐙紅，照檐梅白，夜酌正開春甕。閒話詞仙，杯底酒波如涌。新聲倚、羅綺香餘，遺墨在、文章緣重。應笑他、頭白曹侯，買來一水也思種。種水有和作。　芰池槐汫都廢，那有紅衣翠蓋，水風凉送。笛譜蘋洲，吹醒老漁殘夢。積廧外、卧柳將青，斷彴下、員紋欲動。問何時，更櫂蓮舟，藕絲同雪孔？

如此江山　西齋七十二賢峰草堂圖用琴塢韻

十年蹋徧西湖路，西谿獨遲搜討。晚港尋煙，秋華殢雪，可許蘆中人到？山阿窈窕。似羅列成行，曲眉齊掃。者箇茆堂，分明指點出林表。　余懷天際渺渺。風塵都倦矣，陳跡還蹈。雨鬢先絲，一椽未卜，慚愧白鷗吾導。眼中了了。只東野詩工，有山難抱。笛譜蘋洲，聽歌應絶倒。

浪淘沙〔一〕 己丑除夕閲種水削縷詞中有和周晉仙明日新年一闋輒和其韻未免見獵之喜也

驄馬鐵連錢，芳草芊眠。載來金雁與鈿蟬，箏柱十三釵十二，一櫂觥船。　舊夢阿誰邊，說甚因緣？只今禪榻坐蕭然，佛火爐香清到曉，明日新年。

【校記】

〔一〕此詞底本無，許增本、許增重刊本皆列為《爨餘詞》最末一首，據補。

輯佚

靈芬館集外詩（輯自《松陵先哲弟集》　吴江郭麐祥伯著　同邑朱春生鐵門録）

留别徐江庵

楊柳青青送客亭，行舟且爲少時停。人能消得幾番送，柳可常如今日青？落照金尊傾下若，把帆明月過中泠。遥知南浦回頭處，不見維揚見斗星。

春望

何處看春不可憐，吴王苑裏草芊芊。暮寒城郭□□□，微雨人家花隔煙。愁外青山如舊識，客中寒食□□□。一聲喚起添惆悵，欲説離懷已惘然。

丹陽道中卻寄鐵門湘湄

五三六點雨前雨，七十二間橋外橋。惆悵當時一分手，飄零此地獨停橈。落花時節清明近，柔櫓蒼茫客夢遥。憑仗新詩慰離緒，可堪吟罷更無聊？

天涯

三十六鱗書札，二十四信春寒。再聽一聲羌笛，遊人兩淚闌干。
天涯水遠人遠，客子愁多病多。説道不如歸去，杜蘭香有消磨。

行色

珍重添綿馬上衣，薄寒行色暮依稀。青山好處人先去，秋雨微時鳥獨飛。善病休文何太疲，被駈彭澤當啼饑。年來多少傷心淚，總到臨歧不敢揮。

作書

馬是西風雁是丸，烏絲寫就淚闌干。天涯怕更添憔悴，重啓瑶函熨到乾。

寒宵憶遠

寒宵憶遠，竹溪續課中題也。湘湄作詩□□□，善病無聊，清夜沉坐，爲廣其意，得十首。溪邊□少愁中事，多憶事懷人，得句即書而已。

吳江楓落送行舟，時序匆匆入暮秋。黃葉有聲無奈別，美人善病不言愁。三年知己浮雲散，一榻宵寒細雨收。蘅夢樓中香一柱，端來同我苦吟不？余自泰興歸，徐江庵病不能起，就榻前談終日。『三年』句，謁亡友倪斐君。

彩雲已散玉如煙，空費才人錦瑟篇。婉娩有情牽斷夢，娉婷無命怨華年。山城別後知何似，寒夜詩成意惘然。癡絕長康應類我，疏鐘聲裏擁衾眠。顧竺生以悼亡情重，求偶未得。

朔風獵獵動燕雲，一去高秋逐雁群。蓋世才華空復爾，平生意氣劇憐君。當時江畔曾攜酒，深夜篷窗坐論文。苜蓿微官還易得，書來好遺故人聞。王延賡於九月北上，謀一氈之地。

疏狂深愧故人知，雞黍林宗拜母時。早有文章驚海內，頻年行役苦相思。吳歈越唱誰同調，兩到雙丁自得師。書畫船來先有約，河橋楊柳一絲絲。袁湘湄約於正月□笛生及朱鐵門□□。

西州馬策不勝悲，絮酒登堂再拜遲。前輩文章□□□，書生涕淚報交知。孤兒遠道星奔日，公子麻衣□□時。同是鮮民各行路，幾時山左說歸期？陸古愚客游山東。

重陽把酒菊花時，隔歲歸程已預期。遠道人輸春到早，大江漸湧雪消遲。連檣夜夢三更雨，盡日隨行一卷詩。善病休文近無恙，寒梅曾否説相思？沈瘦客送行詩有『隔歲莫歸程』之句，故云。
向曙疏星向曙煙，重樓曲院屋東偏。生來小膽行先怯，纔省微寒送未前。隔箔華燈猶見影，依墻墮月不成圓。輕塵殘夢三年事，又聽荒雞到枕邊。
荒雞殘夢各匆匆，送盡高樓昨夜風。靈鳥一心元共命，春蠶兩繭不同功。重來人已懨懨病，春去花猶脈脈紅。未唱鷓鴣先淚下，江南客老别離中。
江北江南悵解攜，無端催上窅娘堤。中秋一去槎難到，三里非遥霧易迷。終古娉婷空自惜，從來嫁娶不須啼。香車金犢門前路，芳草萋萋緑又齊。
玉蘭小院畫樓前，涼月殷勤照綺筵。即席成詩驚繡閣，當時横素索新篇。花如舊恨無多在，人立東風又□□。欲説閒愁猶未盡，曉寒自擘衍波箋。

花朝前三日偕鐵門椒圃蕉庵集湘湄□□□余及鐵門留數日歸後作詩並寄青庵

新蒲作結草作茵，東風吹雨輕如塵。春波濛濛煙漠漠，江南二月愁殺人。此時行客打雙槳，緩盪春波溯流上。柳岸人家拍水齊，繫纜門前叩門響。□門裏袁安初破睡，喜我遠來酒先貰。奚奴奔走街東西，招致平時好兄弟叶。須臾屐響來老鐵，聞聲不見呼入室。蕉庵椒圃次第過，小謝聞之捉髮出。主人語我且淹留，人生役役何所求。眼中故人一時在，有酒不飲爲我羞。極飲大醉頭沒酒，起舞狂歌無不有。可憐三載塵滿靴，那得一杯常在手？簷前細雨花影時，輕寒簾幙春遲遲。問誰對床坐深夜，只有老鐵曾不辭。君家通德應無寐，夜夜熏籠冷翠被。誰令紅閨識姓名，不向高樓怨擁髻？軸簾曉起晨光明，十日苦雨一日晴。此時分手出門去，片帆遥指蘆墟行。山桃花開紅復落，人生今日樂上樂。作歌卻寄諸酒人，並訊東吳顧文學。

庭前紫藤一本及花時矣含意未放江庵□□時小飲花下作此催之

東風吹綠平階草，屋角山桃亂紅少。細雨輕寒□□□，不知門外春光老。今朝黄色滿眉端，隔箔先聞喚□□。濛濛已破積陰濃，重重更覺藤花好。長條跃蔓張空庭，落絮遊絲媚晴昊。鵓兒已暖未破殼，蕨芽初長拳如腦。東鄰酒伴有徐君，冰磁預約花前倒。欲開未開情惝恍，巡檐何啻百匝繞。徐君突入拍手笑，笑謂君莫被花惱。從來娉婷定惜嫁，靜女催妝待梅摽。頻年君又遠行役，束裝二月荒山道。遲君未出花未開，比及花開已春杪。緣鈴腰鼓少護惜，遊蜂雀豹紛儇佻。美人滿堂君不來，不如閉戶惜窈窕。況復今年風雨多，豔紫妖紅落如掃。泥君意欲君淹留，作態深憐態娉嫋。試燈風過春遲遲，潑火雨收日杲杲。河豚已上蔞蒿肥，越燕剛來竹萌早。花神有情亦解事，那不及此春幡梟？況君才調如陽春，彩管遠能搜新藻。胡爲苦語相嘲譏，翻使紅妝惡懷抱。聞言再拜謝不敏，自擘蠻箋向花禱。定迴薄怒開嫣然，與君爛醉松花醥。

劍庵齋頭芍藥盛開約看賦此

十二曲闌干，憑闌思萬端。懷人微雨後，病起一春闌。紅葉聞初放，小庭微有寒。相憐復相約，清曉捲簾看。

丈石山房即事

曲曲溪流遶屋斜，叩門客到自烹茶。闌珊春事無人管，落盡滿庭鶯粟花。

四月四日同竹生過竹溪堂越宿復偕至吴江官舍中留數日而行作此送之

吴江四月風雨惡，春歸疾若蛇赴壑。滿庭芍藥不知愁，紅淚盈盈向人落。春來故遲去故早，送春直至姑蘇道。孤篷滴碎一夜心，跂脚船窗不知曉。船窗失曉天曈曨，朝暾亂射波光融。忽訝眉間有黄色，故人一笑葑門東。葑門城下輕風起，抽帆歸來半日耳。榜人失喜發櫂歌，直下吴淞半江水。吴淞江接銅里湖，相攜過訪袁與朱。主人嗜睡夢未破，小婢識客名能呼。須臾列坐金石友，共説遲遲待君久。一年小别一夕同，那得辭此深杯酒？杯酒未深情更深，又邀君入吴江城叶。江城寓舍蝸負殼，一燈熒熒如豆爆。滿窗落月坐言愁，夜半悲歌起舞稍。男兒離別無不有，二十行年一搔首。君看垂虹橋上亭，至今猶賸幾株柳？眼前饑寒安足辭，蹭蹬不死會有時。年來意氣雖磨折，對君還敢伸我眉。留君不住送君去，丈夫努力從行路。旭日杲杲波溶溶，還到前時送春處。

送竺生至蘇州

拂簷花片拂簾絲，送盡春光送客時。芳草連天愁裏夢，遠山如黛道中詩。劇憐歸櫂無人共，此際篷窗有所思。菖葉釵符期不遠，丁寧眠食好維持。竺生約予重午時會於吳門。

將之徐州留別袁秋草師並鐵門湘湄

俛首思前哲，幾人接後生？古來稱謝脁，夫子本宣城。多病供高臥，微官困重名。師門慚著錄，仰海敢無成？髫齔蒙捱奬，當時滿座驚。不才人已怒，年少衆先輕。仙令逢潘岳，狂生薦禰衡。寧知復此別，千里一帆行？觀察文章伯，清名四海推。大臣能報國，到處總憐才。秋水雲龍嶺，雄風戲馬臺。此行太慷慨，欲發且徘徊。

苦作匆匆別，蘭舟喜暫停。催人又長道，細雨立郵亭。越唱無人和，吳山不斷青。長年說風好，幾日過中泠？

迢遞征人道，倉皇意若何？感恩師弟少，臨別語言多。落日動旌旆，天風翔駕鵝。攬衣重下拜，偪側不成歌。

善病維摩詰，清談山巨源。論文當代重，爲道此身尊。日夜江流急，東南客子奔。臨歧多惻愴，並用告朱袁。

揚州

昔歲揚州道，春風散柳條。今年仍作客，細雨又停橈。五月黃梅節，一帆瓜步潮。閑愁滿芳草，前路又紅橋。

紅橋寄釰庵

聞說紅橋曲，經過恐未真。路從君語記，愁爲故人新。流水不知處，門前空問津。無將今夕夢，傷別復傷春。

初至彭城官舍望雲龍山作

小車班班馬如狗，十丈黄塵没馬首。上坡下坡行路難，蝸縮兩肩屈兩肘。計程五日抵彭城，自袁江舍舟而陸達徐州，凡五日。破顔一笑開軒牖。嵐光滿眼排闥來，知是雲龍舊岡阜。兹山當日誰爲傳，風流曠代文章守。黄樓初成奠淮海，白衣雜坐羅賓友。草堂宴客山人誰，好事張君古無偶。一雙白鶴長於人，四座青山拱如斗。酒酣落筆舍雲煙，亭畔磨崖勒蝌蚪。呼鷹自嘆劉表臺，瘞鶴不數華陽叟。洞天福地何處無，只有文章垂不朽。蒼苔白石荒寒煙，斷碣殘碑滿人口。吾生好奇快遊歷，三年饑向荒山走。看人白眼君青眸，我與山靈意良厚。即如此行出意料，快事男兒無不有。苦辛幾日衝黄埃，千古東坡落吾手。便思著屐挈蠻榼，且復高歌擊秦缶。興來狂叫呼東坡，酹以黄柑洞庭酒。先生一去幾千年，知我今朝來此否？庭前老鶴爲舊識，赤壁當年記誰某？呼之不前意悵惘，似訴網羅嬰塵垢。終當騎爾乘天風，一訊先生别來久。

寄釤庵札後書此

大江南望路迢迢，江月江波逐浪遥。惆悵含毫不堪説，斷魂微雨過紅橋。
滿池蓮葉小如錢，苦憶匆匆握别筵。落月上簾人夢破，藕花無數水亭前。

白頭老母倚閭愁，薄薄征衫又遠遊。憑爾登堂報消息，孤兒書札下徐州。

瑞木堂歌爲鐵門作

五十二年歲丁未，五雲垂輝日戴珥。朱翁原作『君』新成瑞木堂，勸我作歌歌其事原有『景星慶雲不世出，芝草醴泉本無地』二句。西鄰匠氏攻木工，杞梓豫章紛面勢。中有神奇世莫知，幾作散材爨下棄原作『此木形模絕短小，徑圍五寸長尺四』。巨靈有斧不敢劈，夜聞撝呵鬼神悸。天公下勅六丁開，日月雙照太平字。渾成原作『神奇』豈有筆畫形，古樸直過原作『不類』冰斯制。意令愚庶知吉祥，不用蝌蚪驚怪異。深山或將雷火燒，黝色渾如鐵花漬。兼金購取什襲藏原作『千緡不惜豪奪歸』，磊落胸懷原作『好事朱君』奇最嗜原有『緹書十襲錦十重，重之不啻璠璵貴。爰名所居堂，盛事真可記』四句。憶昔前朝重符命，蟲魚草木皆貢媚原作『四方萬姓爭貢媚』。蘚崖剝篆肖形模，蠹葉成書譯文義原作『山崖蒼蘚見刻劃，樹葉枯蟲蝕文義』。家人筐篋本尋常，文士頌揚亦虛僞原作『禎莖素毳徒紛紛，猶令詞章飾虛僞』。當今聖人奏雲門，五十年來四海治。彝偏攸敘錫九疇，嘉禾穎粟多同穗〔一〕原作『人民老壽芝九莖，倉庚豐實禾同穗』。猶聞屢原作『下』詔憂黎元，不報群臣奏祥瑞。不然此木登明堂，玉檢金泥同位置原作『不然此木登九重，猶能上比天廓器。丹車銀甕不是數，神物天生敢褻置』。巨烈鴻編太史書，高文典冊詞臣誌原有『傳之永久垂無窮，石鼓金縢我其次』二句。何爲名此野人廬，如讀臨川芝閣記原作『何爲珍奇不見收，坐令消藏草間棄。不名天廓名君堂，使我因之感身世』。禎祥自古關氣數，貴賤由來有遭際。爲之令子工文章，神骨早成天廓器。太平潤色要斯人，先向衡門見光氣。珍奇總合貢王家，靈秀相期答天意原作『禎祥自古關氣數，過合從古有遺際。不聞聖主開明堂，終斂岐山鳳凰翅。般般者獸宛宛龍，絕域殊祥畢來至。玉檢靈臺要述作，非君大筆將誰寄？終當以此上論列，爲揚聖德答天意』。人瑞木瑞會合具有時，於戲太平真立致。

【校記】

〔一〕『粟』，底本作『栗』，誤。

病中夢先君子述以寄弟

疾痛呼父母，人情所當然。哀哀幽冥意，惻惻尤兒憐。昨夜夢所見，居然庭闈間。中庭布几席，有若羅賓筵。入室吾父在，欲哭聲不宣。牽衣向前問，爺自何方還？音容當如昔，須鬢蒼且斑。回頭見王母，方績默不言。吾父宛當日，嬉戲娱其前。須臾相告語，爲學力宜堅。但得自樹立，無爲怨華年。驤雲時在側，相視淚涓涓。失聲各一慟，淚下如流泉。嗚呼去年秋，孤兒號江邊。歸來已不見，搶呼頭觸棺。父病不視藥，父斂不視含。偷生至今日，兒罪通於天。誰謂永幽隔，重泉難追攀。殘燈熒孤室，愀然平生顔。挽衣不爲留，毋乃少遷延？黄河來孤城，北流聲濺濺。吾父慎所往，道途多風寒。旅館不敢哭，鄰雞多嘶酸。伸紙枕席上，雪涕書其端。持以告驤雲，百年各勉旃。

彭城中秋雜憶

含情不飲奈明何，六度中秋客裏過。莫倚曲闌思舊事，高梧衰柳夜聲多。
單羅壓骨病無端，強爲佳時一倚闌。夜半斗壇祝長命，桂花風露太清寒。
寂寂齋壇閉曲房，暫因佳節少周防。淡黄帔子簪寒玉，不誦金經禮夜香。
渡頭桃葉記曾偕，試院歸來月滿街。平底船兒雙畫槳，滿河燈火泛秦淮。
西風聯袂鹿城秋，舊侶偕遊話舊愁。羅襪雙鉤人半臂，夜深誰立板橋頭？
天涯書札促歸舟，雪色麻衣耐薄遊。前歲孤兒今夜月，兩行清淚客徐州。

彭城初發

細雨蘇姑墓，西風燕子樓。貞魂終古在，芳草至今愁。去去重陽節，青青杜若洲。回頭一憑吊，芒碭亂雲稠。

下邳懷古

一擊惜不中，飄然寄此身。全生非易事，力士爾何人？進履寧無意，傳書信有神。當時圯上老，或恐是輔臣。

淮陰有感

五月淮陰雨，孤城豈意全。長河横汴決，殘孑得天憐。雁戶愁無著，雄關自算錢。途窮懷一飯，過此便淒然。

贈表弟袁雪持

弟兄群從昔賢居，曾說何甥比舅如。豈有衰門驚宅相，知君家世富圖書。君先了凡先生有萬卷樓。飛騰會展垂天翼，嬉戲相憐同隊魚。應有羊曇知己淚，西州一慟或迴車。

滄浪亭舟次喜晤竺生

春陰如墨不曾晴，只聽鳴鳩逐婦聲。一日好風收宿雨，重尋舊約訂新盟。小樓人倦香初燼，殘夜潮平月又生。翻憶當時離别苦，孤衾耐盡短長更。

垂柳垂楊只繫愁，也能並繫小紅舟。劇憐夜半人同坐，恨少初三月一鉤。雪意未成先做雨，春愁如此不須秋。何當共放吳江棹，情話儂家蘅夢樓？

夜坐用海棠花硯齋聯句韻

是身如病鶴，露下知夜半。每從荒雞號，坐待棲鵶亂。吾儕所作事，與世本河漢。豈學燕與蝠，强欲爭昏旦？日出人事集，入夜書得看。有時發狂吟，得句輒染翰。床頭支茶鐺，樓角颭風幔。起謂天初明，不知食已旰。坐使比屋人，往往清夢斷。賦性本蠢愚，入世太崖岸。勉强事應酬，疏狂怒里閈。年來不見客，俗顔始免旰。前失今則得，孰云不可逭？肯將喜怒身，供此衆狙玩？今宵雨初晴，珠斗倍璀璨。春風入紗窗，凍硯冰亦泮。夜動而晝伏，畏人此勝算。街鼓漸不聞，蠟炬驚屢换。倦僕頭觸屏，有若足受絆。竟令瓶與罌，顛倒列几案。聽之不復顧，吾懶過中散。隱几天曨曨，殘燭光爛爛。

贈顧東岩先生

人生論本末，相士先人倫。於真用所僞，百僞無一真。文章真小技，合道未足珍。惟根至性出，乃足與古鄰。人世日涼薄，家庭淪其醇。父子兄弟間，肥瘠等越秦。各各自爲我，齒不求庇脣。哆口論孝弟，高談極渭莘。亦復僞文飾，剪綵誇鮮新。何殊木與土，強號以爲神。廖也生苦晚，見道茫無津。持此論先輩，亦以觀我身。東岩古君子，平生足悲辛。十年老行役，百里行負薪。艱難營薪水，見之忘我貧。是時君老母，老病艱屈伸。助婦奉湯藥，對客雜笑顰。家居不存活，乞食充幕賓。未久奔喪歸，血淚腐席茵。頗聞君家中，爭端啓齗齗。流傳里党間，行路爲怒嗔。凡所不堪事，君皆曰有因。接躬苦自責，疾痛不敢呻。憶我初識面，二月有二旬。及君客淮南，我往黄河濱。款關出相見，麻衣而葛巾。失聲各一哭，誰知俱鮮民。九月我南歸，君猶滯風塵。聞返自歲暮，白石寒粼粼。我方吴江來，負米歸里闉。劍庵憐我窮，云以奉老親。君時方卧病，虛室無懸鶉。仁人之所賜，分以廣其仁。比聞入今年，出門猶逡巡。君才與世用，判若昏與晨。譬如九軌途，那得行方輪？惟有文字在，光芒燭高旻。清辭見深厚，苦酒彌醲醇。即此區區者，已足垂千春。何況根本地，是爲世道循。根本苟先撥，枝葉徒蓁蓁。何須此芻狗，祭後還復陳。我昔持此論，謂君真古人。作詩以相贈，兼用書之紳。

爲盧竹淇明府題畫

懸崖雜樹小行迴，天末遙山青數堆。絕憶觀音門外路，亂峰如髻過江來。

秋山木落晚蕭蕭，隔水人家路不遥。只少棕鞋與桐帽，拖條竹杖過溪橋。

玉川風味說茶經，又謫人間作酒星。如此溪山原不惡，何妨攜榼半山亭。

贈釰庵並示鐵門湘湄

去年三月初相識，五月去作徐州客。歸來已是黄花時，夜半開門笑折屐。今年裹足不出門，並坐頗覺青氈溫。新詞直欲逼石帚，好酒不惜傾金尊。白衣蒼狗無不有，世上論心誰白首？平生屈指眼中人，知己袁郎與朱九。男兒不作平原君，又不能散千黄金。乃以文字網豪傑，其力直與王侯均。山榴如火柳如絲，去年作客今其時。眼中之人幸無恙，那不一倒金屈卮。酒闌慷慨悲歌起，願得結交有終始。惟我與君二三子，嗚呼交道久衰矣。

舟發吴門掛帆而風止丹叔曰此封姨索句也盍許其以詩爲壽余笑而應之風果大作遂作詩以記之

吾家去吴門，不百里而近。有時朝發到亭午，片帆只趁風力緊。今朝朝起天曈曨，細雨已濕船頭篷。榜人摩挲兩眼望，瑟瑟不辨南北風。長白蕩前舟如鳥，急促長年掛帆早。俄頃雲合風又止，長年笑我徒草草。我語長年且勿愁，人力或亦參神謀。衡雲海市古傳説，我意竟向天公求。長年聞之笑掩口，請陳一言君聽否？君不見長淮大賈萬斛船，連檣如薺高插天。椎牛釃酒夜祭賽，一日直下黄河壖。又不見高官大舸艫舳横，千里百里無留行。從來富貴得天厚，天之所厚神敢輕？嗟君近歲行路久，車如雞棲馬如狗。文章未必驚侯王，意氣安能動星斗？今年出門動經日，日日打頭惡風逆。窮人所至隨石尤，豈有風神爲君役？聞言忡忡心不怡，願書長箋陳其詞。飛簾太慵巽二怒，不如稽首十八姨。濁酒盈缶書盈箋，再拜長跪當風前。蟣蝨小臣衆所易，肯迴薄怒還相憐？癡雲解駮日光吐，五兩翻飛帆脚舉。彎環已失夾浦橋，羃歷遥見吴門樹。稽首再拜謝神力，捩柁長年亦喜色。小臣瀆請諒不罪，明日求風轉西北。

夢

道是分明記未明，疏星涼露怯微行。周防豈料重相見，憔悴如今亦到卿。背帳銀釭何黯淡，入簾螢火太縱横。思量畫個真真像，選夢焚香過一生。

納涼

清談消暑夜，露坐背銀釭。殘月不離樹，暗螢時入窗。採蓮風細細，比翼鳥雙雙。散髮自兹去，五湖浮一艭。

同青庵湘湄夜坐竹溪堂作

清坐忽不樂，月明如此宵。水庭午夜冷，銀漢一天寥。只恐秋風換，又驚落葉飄。高樓莫吹笛，疏柳已蕭蕭。

題秋江返棹圖

頻伽先生江海客，浮即成家泛成宅。有如江心不繫舟，捩柁收帆亦何益？人生須學范大夫，一舸竟載傾城姝。不然蓑衣箬笠亦不惡，歸向煙波稱釣徒。那能東西南北無定在，如篷腳轉胡爲乎？南村程君真解事，寫作新圖寄真意。空江萬頃天蒼茫，收拾編竿作歸計。魚霞未斂煙樹杪，剪破湘中楚天曉。西風欲來江上寒，一夜芙蓉鏡中老。木蘭之枻沙棠舟，叢生桂樹山之幽。北遊既倦歸亦得，布帆無恙君何求？王君妙繪世亦無，揭來吴江賞畫圖。手持此幅要我賦，申命重以玉川盧謂竹淇。我披此圖意所副，急爲磨墨題長句。君不見今日題詩人，明歲江頭掛帆去。

偶憶

一點燈花脈脈魂，何曾銷盡舊愁根。人如隔世猶疑夢，事未全忘不要溫。青粉墻頭三五夕，玉勾闌外兩重門。年時風景依稀在，細數窗櫺記月痕。

十二月廿二日歸自吳江至除夜檢點七八日中所作未成者續成之凡得六首

作客年年事可哀，小除日近始歸來。不愁白日堂堂去，只恐吳霜漸漸催。車脚如篷容易轉，眉頭有恨未曾開。情知此意無人說，自繞墻東問野梅。

白下門邊草共班，青溪祠畔水灣環。過江名士靈蛇筆，記曲佳人墮馬鬟。我恨未窮雙蠟屐，天教重看六朝山。明年春柳秦淮曲，先向當壚問阿蠻。明年將赴金陵。

金壺銀箭漏遲遲，坐盡深宵亦不辭。天下有情皆善恨，此生多事苦相思。劇憐月冷霜清夜，又到燈殘香灺時。記得桂枝香一曲，些些舊夢少人知。

也知瘦骨太稜稜，添盡綿衣恐不勝。愁入中宵微有夢，客除善病百無能。西風羅帳寒如此，昨夜梅花開未曾？垂下簾衣且深坐，莫教慈母見孤燈。

缾無儲粟坐無氈，寥落門庭如水寒。壯士千金隨手盡，王孫一飯向人難。獨憐雞黍存知己，又遣猪肝累縣官。赤米白鹽新拜賜，上堂歡喜勸加餐。時劍庵有米薪之餉。

團圞燈火燭花圓，柏酒椒盤餞歲筵。三日羹湯新婦手，一家弟妹老親前。商量節物歡今夕，檢點詩文得幾篇。殘醉未銷窗未曙，玉梅花下送芳年。

正月廿四日送丹叔之吳門余亦將有金陵之行作詩録别用東坡别子由韻

三間老屋空突兀，居者將行行者發。眼中俱是行路人，當念行人苦寂寞。參商天上一生隔，但見白日頭上沒。貧家兄弟命窮薄，一年能得幾正月？殘雪初消烏烏樂，衣上寒風當惻惻。送君出門作君别，别時言語未可忽。後來視今今視昔，兩鬢春風易蕭瑟。男兒努力早致身，莫學阿兄歎失職。

同鄉竹枝詞

河邊一帶馬蹄墻，桑葉青時楊柳黄。儂住臨河郎對岸，相逢總説是同鄉。

懷湘湄

疏梅瘦影兩珊珊，静掩重門坐夜闌。白屋未消三日雪，東風小讓一春寒。入時眉樣誰能畫，向曉燈花只易殘。纖月窺簾香又炧，令人那不憶袁安？

見杏花

一春天氣亂陰晴，病裹昏昏記不清。忽見馬頭杏花放，離家時節又清明。

寒食

秦淮春盡雨瀟瀟，客舍無煙久寂寥。不是街頭賣餳粥，幾忘寒食是今朝。
結福三月别離催，饑走荒山事可哀。明日九京含淚望，孤兒新婦上墳來。

清明前三日訪張雪鴻先生不值越數日書來云四月初將遊山左賦贈二首即送其行

官燭春宵共綺筵，迢迢鶗鴂已經年。誰知後會渾無定，得見先生亦偶然。上塚龐公寒食節，過江叔寶落花天。何當連袂東風裹，爛醉當壚錦瑟邊？

送春春已去天涯，又送行人遠去家。歷下有亭仍傍水，秦淮無處不飛花。輕塵朝雨攀楊柳，秀澤單椒寫鵲華。一事江南更無别，蓮湖細槳有人撑。

贈秦二楞香

四海秦公子，才名十載前。相思不可見，風雨滿江天。忽折紅橋柳，來浮赤馬船。金陵好山色，同話六朝年。

延嘯厓秦淮竹枝詞題詞

讀罷新詞喚奈何，銷魂句子不須多。鬧紅一舸人雙髻，涼月彎彎聽蹋歌。
打槳中流記我曾，夜涼消受酒如澠。如何輸與燕臺客，淡粉輕煙寫秣陵。
湖上東風又一時，湖邊楊柳幾千絲。桃根已被君迎接，更遣何人唱竹枝？
秦淮兒女太嬌憨，留住郎君花外驂。聞説軟紅塵十丈，可能回首夢江南？

送康五虞搃之彭城

人生無朋友，那得重別離？別離何以贈，握手且路歧。憶昔初相見，落日彭城西。上堂拜君母，下堂解驂騑。英英方伯公，君伯我之師。館我含青館，一榻同下帷。門前雲龍山，對我浮修眉。君家好兄弟，颯爽皆英姿。頭龍與季虎，旦夕肩相隨。惟君最年少，於我兄事之。不以鄙陋棄，出所爲文辭。居然見彈射，删削曾不疑。秋窗夜蕭瑟，一燈風淒淒。有時各不寐，呃喔聞荒雞。屋檐鵂鶹鬥，簾額蝙蝠飛。相顧各泣下，此意後莫違。涼秋八九月，遊子言告歸。臨發執我手，惻愴何其悲。誰知昔日情，今日及我爲。今日數昔日，兩見移暄萋。中間不相見，常若背道馳。去年金閶門，子來我不知。我來子已去，短桁懸君衣。及我來金陵，咫尺天一涯。對面不相見，參商未如斯。豈知有今歲，杯酒還同持。白下勞勞亭，楊柳多於絲。相逢復相別，折盡青青枝。彭城我舊遊，一一經輪蹄。荒臺戲馬跡，高閣巢燕泥。英雄與兒女，各各成荒蹊。不知雲龍山，眉黛如何其？爲我謝山靈，兩載長相思。少年如風狂，百歲須臾期。男兒貴努力，肯顧兒女私？如何一判袂，輒復情依依。卮酒不辭醉，臨去苦索詩。援筆復揮淚，悢悢從此辭。

題畫扇

羃窗燈火客愁生，歸夢深宵作未成。二頃湖田山一角，畫人鄉國太分明。

贈鮑覺生兼懷鐵門湘湄諸子

蹇驢破帽白門城，客裏相逢蓋便傾。俊逸詩篇愁絕倒，江鄉蕭瑟是平生。天分吳楚奇才出，秋入關山夜月明。同向尊前談往事，酒闌又起故園情。

差池短翼久辭群，風雨關河惜路分。吾黨交遊原有數，天涯淪落又逢君。殘燈深夜難成夢，尊酒何時重論文？清坐不知蓮漏急，滿衣涼露月紛紛。

七夕前二日和楞香

白下城頭白項烏，藏烏衰柳奈愁無？西圍芳草飛黃蝀，南部煙花長綠蕪。一夜秋風吹夢遠，六朝明月至今孤。故園搖落知何似，問訊荒齋舊竹梧。

板橋即事

舊板橋南幾度經，畫闌燈火太零星。鴛鴦未老頭先白，楊柳多情眼尚青。人說揚州自明月，天教蘇小住西泠。此間便是傷離地，何必重尋長短亭。

八月廿四日同鐵門登金山作

大江西來東入海，其勢欲斷金陵山。青天直下一萬丈，誰敢立此波中間？南徐北固亦巀嶪，僅能追逐相牽攣。阿誰驚起小龍子，水面露出青煙鬟？天風海雨收不盡，珠宮貝闕開神關。有如巨鼇立贔屭，又若海蜃浮闤闠。往往風濤走萬怪，歷歷賈舶來百蠻。日月自聚金銀氣，蛟龍亦畏山靈頑。潮頭沙痕高十丈，檻外飛鳥時一還。我浮於江亦已數，來往日見秋花斑。有時依人苦迫促，騰地著手無由扳。有時乘風快攧播，片帆已飽如弓彎。有時夜半月初上，青天捧出玉玦環。飛雁叫水棲鶻起，老蛟泣珠雄龍鰥。平生好奇詑聞見，悔不躡足淩孱顏。今晨無風塔鈴靜，時有白鳥鳴咺咺。同遊朱九劇好事，賈勇徑渡云無難。山僧出迎客登岸，花宮戶戶搖獸環。蜂房曲折抱山角，鳥道偪側通瀘灣。舟中見山入見寺，金銀宮闕何媥爛。不知頭陀爾何物，能抉幽怪開天慳。卓哉江神真大力，倘不克載寧非孱？從來奇蹟在人世，恍惚未必真靈寰。不然蓬萊亦奇絕，我不能到空榛菅。當中御榻設嵂崪，想見鷺序蛾眉班。天書銀榜倬雲漢，長魚穹龜逃神姦。呑海亭高日色暮，妙高臺古老衲閒。歷覽既周足亦倦，下視江水仍漩澴。江頭潮汐自今古，無奈日月同轅轘。可憐男兒好青髩，那及菩薩長花鬘？東坡宦游昔過此，不歸當慮江神訕。況我往來此何事，沉思不覺涕淚潸。客心未央江未盡，相與日夜流潺湲。

屏居有感寄湘湄並呈鐵門

江村息影抱微痾，風急天長一雁過。事到傷心應不少，愁如落葉已無多。酒人相見從歌哭，山鬼含嚬自薜蘿。珍重舊時袁伯業，各爲長大奈如何？

誰能迢遞托長風，已分飄揺逐短蓬。百歲年華真過鳥，千金事業困屠龍。多情可奈愁兼病，失路那知西復東？明日拏舟定相訪，萬山霜葉一時紅。

夜泊青浦有懷

旅客如鴻雁，飄然即遠征。帆開三日雨，潮落五茸城。黄耳無消息，青年悔盛名。斯人今不見，夜鶴一聲聲。

歸帆

曉夢匆匆作未成，蒲帆十幅北風輕。雙雙白鷺忽飛去，隱隱青山如送行。客思又隨黄葉亂，愁心正逐早潮平。蕭條歲序成何事，牢落江湖過此生。

上元

燈影幢幢漏刻長，疏梅淺淡月昏黄。可憐花市燈如晝，只照離人鬢有霜。一曲玉簫兩行淚，三年前事九迴腸。誰知元相淒涼甚，夜色纔侵已上床。

十六日同江庵放舟爲探梅之行舟中示江庵

輕寒輕雨怕催開，花信今年第幾回？ 應被多情蜂蝶嘆，落燈風裏放船來。
南州孺子最銷魂，病裏羅浮夢再溫。家具一船人兩箇，詩瓢茶竈酒崑崙。
稽首春風十八姨，蒲帆掛處莫遲遲。丁寧一事卿能否，逢着梅花不要吹。

楓橋

煙檣歷歷水迢迢，何處高樓倚玉簫？ 半夜鐘聲滿船月，又扶殘夢過楓橋。

司徒廟晚泊

梅花欲開愁未開，梅花未落愁欲落。可憐辛苦探花來，日日驚心風雨作。司徒廟前西山横，舟子繫纜潮初生。此時入門日色暮，四壁似有波濤聲。稽首再拜司徒公，祈求無雨兼無風。銅坑西磧盡蹋徧，歸來酹酒酬神功。山僧聞言笑拍手，此事於神復何有？ 如何瑣瑣溷乃公，爾與司徒相識否？ 我言不識公，公亦不識我。但求千載住山人，且作梅花一日主。

司徒廟古柏

世間不合有此樹，何不成龍竟飛去？胡爲屈曲千百年，四皓鬚眉當如故。一株爭地一爭天，一株直上如風旋。一株混沌老不死，大數十圍中枵然。此四老者行列尊，其旁離立皆兒孫。金刀已折樹不折，坐閱人代如朝昏。我聞外江之畔惠陵東，武侯手植柯如銅。從來草木藉人重，彼何人哉司徒公。若從時代論今古，偃蹇空山安足數。錦官城外亦森森，不值一錢賤如土。嗚虖人生安得如汝壽，未必必傳且不朽。

夜聞鄰舟娶婦

如鏡明河泮早春，畫船簫鼓動香塵。世間第一銷魂景，翠羽枝頭聘玉人。

將之金陵途中雜感

乞食成何事，悽悽又此行。家人具行李，老母問歸程。日暮饑鷹出，天長羸馬鳴。可憐無一語，流淚即長征。

三月清明節，頻年涕淚時。墳頭一盂飯，陌上兩孤兒。再拜不能起，含辛前致辭。來朝將就道，敢告九原知。

少歲縱横甚，中年哀樂多。每逢知己别，便作可憐歌。朱亥鼓刀者，袁絲載酒過。相看劇感慨，身世竟如何？

吾黨袁夫子實堂，感恩不可忘。見人多謾駡，知我太清狂。此子難衣食，先生話慨慷。臨分出苦語，雙淚迸沾裳。

欲住不能住，欲行猶未行。爲呼京口渡，翻滯闔閭城。虎阜東西寺，烏篷長短更。三朝復三暮，癡坐竟何營？

吾弟走相送，倉皇淚欲流。忽聞行不得，翻喜少時留。四海雙蓬鬢，平生一子由。分明見烏帽，獨立小橋頭。弟留舟中二日，至山塘橋而别。

孤棹

孤棹中流急管絃，江南三月水連天。人家暮雨揚州郭，渡口春帆建業船。回首舊遊逢上巳，斷腸風物又今年。白門城外絲絲柳，見我青袍定黯然。

渡江

盡日苦不樂，今朝帆忽開。天風吹海雨，飛過大江來。暮色鼋鼉横，中流鸛鶴哀。憑舷一惆悵，擊楫是雄才。

題湘湄所畫鐵門便面即用湘湄韻

咫尺江山路渺漫，重溫舊事當追歡。分明澹粉輕煙夜，都作如塵似夢看。客裏鶯花三月老，圖中金粉六朝寒。可憐白下門邊柳，瘦倚東風淚未乾。

送春

春人自作送春歌，别酒盈盈喚奈何。前夜落花今夜雨，便留春在也無多。

獨夜苦雨雜然有作

一縷煙香太瘦生，三條蠻蠟淚縱横。鼠嫌米盡移家去，螢識書聲逷戶明。入夢總憐人婉娩，未秋先作病心情。破窗徹夜瀟瀟雨，迸作吳孃笛裏聲。

瀟瀟如此暮愁何，燈影幢幢對病魔。舊雨不來今雨去，酒痕漸少淚痕多。且拚小飲拾歡伯，擬掛輕帆奈孟婆。忽憶年時於役事，夜船欹枕聽高荷。

高荷大芋夜生涼，水驛行人正斷腸。煙雨樓迷楊柳外，鴛鴦湖在畫闌旁。桑間一宿因猶在，石上三生事未忘。約略夢魂曾不到，水何澮澮路茫茫。

茫茫別路雨絲絲，一穗秋燈欲燼時。細語空階悲蟋蟀，微涼小院隔罘罳。思量過後無聊事，檢點從前有憶詩。簾幙四垂人一個，漏殘香炧坐支頤。

風雨重陽坐愁不出聞江庵病甚詩以訊之

澮煙疏雨做清秋，閣迥廊深此臥遊。坐久紗窗昏似墨，夢迴香篆細如愁。一年草草同過鳥，九日蕭蕭獨上樓。苦憶當時嬉遊處，萸囊菊盞儘風流。

故人瘦骨苦難支，記向花前索賦詩。人似此君原落寞，花如抱病亦離披。殘燈獨夜三更雨，禪榻秋風兩鬢絲。爲問今朝強起否，藥煙茗盌正相思。

酬錢清友見贈之作用原韻

先往未見説相思，如此情深合是癡。客在西風疏柳外，人來暮雨早寒時。瀟湘鼓柁帆千里，煙雨登樓酒一巵。草草尊前作酬答，年來多病久無詩。

偶題

夕陽疏柳亂鴉啼，住近春波路不迷。愁殺長卿倦遊處，遠山如黛向人低。

湘江之行有日矣客有以秋柳索詩者爲賦四章分贈江庵鐵門湘湄瘦客各以其字爲韻懷人賦物棖觸無端比於笛中搖落意有所感不求工也瘦客明年仍客柳溪故韻以溪字云

秋風蕭瑟滿江南，落葉哀蟬總不堪。病裏忽聞人去去，愁中徒覺鬢毿毿。腰如弱女圍能幾，眠似紅蠶起已三。絶憶春來好時節，絲絲微雨濕茆庵。今春探梅，偕江庵雨中登聚香庵。

馬首西風又一尊，如塵似夢揔昏昏。可憐舊雨同黄葉，只送殘裝赴白門。金陵之行，鐵門兩送至山塘爲別。

六代銷沉金粉習，三生憔悴别離痕。灞橋哀怨陽關疊，説與行人合斷魂。

白家太傅善迴腸，移取蠻腰種一行。省識春人殢春病，最憐秋士得秋孃韶河東侍史。當時深巷曾同住，别後柔條幾許長？知否青衫今更遠，淚痕點點過瀟湘。

約略人家住隔溪，輕煙微雨最低迷。就中慘緑年猶少，記取昏黄月未西。人自再來那忍見，事如春夢怕重提。天涯大有關心怨，摇落荒寒信馬蹄。

與湘湄雲客别於開元寺前鐵門獨留詩呈三君並寄江庵二首

一葉渡頭船，分張只眼前。别真成故事，人漸近中年。夕照下平地，寒煙生遠天。與君莫回首，回首各淒然。

只此一回别，翻成兩度愁。如君最情重，爲我少遲留。當有故人病，歸來知健不？茫茫衛洗馬，百感淚雙流。

冬夜懷雨樵先生

慘澹燈花入五更，鋃當逐客夢孤征。計程應已真州過，垂老翻爲絶塞行。馬上風沙雙鬢雪，天涯涕淚一門生。覺來正是茶鐺沸，也作金戈鐵騎聲。

知己感恩兩不忘，千金一劍總茫茫。空傳策馬從公子，聞說雞鳴出孟嘗。時偕湘湄追送，至則先生出關已半日矣。從此孤生無倚著，有時中夜起徬徨。霜寒月苦淒涼甚，一卷離騷淚萬行。

曉色

喔喔雞動野，茫茫月墮林。人間此曉色，天地入離心。竹几一燈閣，霜華兩鬢侵。吾生多遠道，對此又沉吟。

靈芬館集外詩後跋

右靈芬館集外詩壹卷，爲里中先哲朱鐵門先生手録，而藏諸吾中表費子伯緣許也。今年春，余恫夫世變之紛乘、文獻之零落、後生小子之無所矜式也，迺糾合同好組立文獻保存會。又恫夫前賢著述之未經刊布而淪於散佚者不知凡幾，或未即散佚而藏之士族，矜爲秘本，裹之以縹緗，封之以扃鑰，俾前哲精神之所在幽囚終古而不見天日，甚且蠹損灰敗，終於煙消燼滅者尤不知凡幾，迺起而立願於同好之前，曰願廣搜鄉邦之文獻爲圖書館，以供人觀覽，以一洗深秘固拒之陋；又願網羅前賢之未刊稿本，一一羅副爲《松陵先哲集》，擇其尤者次第刊布之，則較之廑廑保存者不尤愈乎？用是壹意探訪，時有所獲，玆之《靈芬館集外詩》亦其一也。夫以頻伽先生之詩學，固非一鄉一里所得而私有者，即其所著之《靈芬館詩》計有初集四卷、二集十卷、三集四卷、四集十二卷、續集九卷，亦不謂不多矣，顧當有此集外未録之作，外此更可知矣。以年代考之，知壓丙午至庚戌五年間所作，相當於初集第一卷中，則此外各卷之所未録當有數十倍於是者，信乎網羅散失之難也。《靈芬館集》印本甚少，價又奇昂，欲求之而力不逮，姑以此本録副，以爲一臠之嘗而已。嗟乎！顧宏力薄，吾惟盡我之力，其於余之所願果能遂其萬一與否，非所計也。録既畢，爲識數語以告閱是書者。已未季春吳江薛鳳昌識於古梁溪之師範校舍。

淮陰晤蔣伯生因培遂訂交焉臨別賦贈五言三首〔一〕

【校記】

〔一〕此詩《靈芬館詩初集》卷二已錄。

金縷曲 蔣伯生聽雨圖

認得此人否？似當年，龍華會上，已曾攜手。重向淮陰市中見，彼此傾心希有。告家廟、甲爲乙友。正是絲絲春雨細，畫圖中便把平原繡。寂寂聽，沉沉漏。　天涯我亦漂零久。最難忘、對床風雨，弟兄相守。一个愁人兩行燭，淚點定多於豆。勸且盡、一杯官酒。賣了杏花寒了食，怕春風又到河橋柳。一别去，成今舊。

代看花詞四首戲呈歷亭丈

靈匹由來慣渡河，從無銀漢會生波。不知烏鵲關何事，尾禿頭童也要他。

雙眉如黛髻如鴉，記不模糊說恐差。悔未丹青學周昉，生綃便畫一枝華。

平視劉楨恐未真，春陰如墨雨如塵。他時莫說將軍客，子細公然看殺人。

杜牧尋春亦有情，十三小妹坐吹笙。他年莫準王家例，又爲桃根打槳迎。

和詩

嚴守田歷亭

生小天孫住絳河，通辭只許託微波。君平自識支機石，卻要乘槎人問他。

深愁未許鳳隨鴉，子野蒼毛事或差。理弱只消媒不拙，公然入手一枝花。

雨黑燈昏見未真，來朝更倩躡芳塵。祇今細訴因緣事，軟語分明感此人。

看花人別具閑情，也向秦樓學弄笙。我有微詞君會否，辛夷花發待相迎。

歷亭丈以姬人上頭後三日置酒并令出拜重賦四首

碧玉瓜期意屢猜，春愁初妥上頭纔。別花人亦清狂甚，又要開時看一回。

避風臺好儘藏嬌，尺六羊家靜婉腰。容得天游狂語否，可憐兩字已魂銷。本事。

輕軀能試石家郎，百琲珍珠百和香。不及閨中彩故事，昭容玉秤自稱量。俗以立夏日稱人輕重，歷亭丈云姬不滿七十斤。

唾壺紅淚太浪浪，執手牽衣送阿孃。煩向雲英通一語，有人背後搗玄霜。

得周小滕毘陵卻寄書賦此以答時伯生赴白門畹香將歸臨平離索之感情見乎詞

胯下橋邊愁送客，艤舟亭畔忽傳書。天涯一面寧非數，紙上加餐話本虛。繆篆朱絲留小印小滕爲余刻私印數方，深宵白月上交疏。茗鑪酒醆渾如舊，所事難忘只欠渠。

鮑老登場倚半醺畹香，蔣侯詩態靄春雲伯生。主人好客同嚴武歷亭，賤子生平喜論文。爛漫長筵愁失日，差池短翼又離群。白門遊屐西湖棹，合亟題詩報爾聞。

題謝觀察啓昆兩公子小照即用觀察示子元韻

謝家太傅起東山，家世人人俱有集。封胡遏末盛聲華，玉樹天生好枝葉。一千年後公紹衣，沐浴禮教身之肥。鄴侯架插三萬卷，卷卷細字如蛛絲。膝前才子皆杞梓，花萼開時作連理。少者肩隨長者行，正襟而坐唯而起。隻丁兩到彼何人，男兒立志乃立身。功名元知我輩事，讀書亦要前生因。公家有訓治有譜，如蘭生畹芝生圃。已見聰明妙長成，行看下筆驚風雨。嗟我當時少讀書，依人那得閉門居？詩成公子慎勿笑，此語有味如雞蘇。

偕同人柳衣園看牡丹即事

落絮游絲春事賒，小園初放牡丹花。沿堤繫纜有眠柳，掠水渡船如缺瓜。半畝香紅和澹白時粉團盛開，一燈人影亂窗紗。諸公莫惜沉沉醉，同在天涯感物華。

寓揚州日假蕪城女史題句風漪閣近聞有爲之辨證者因憶往歲同江庵上真孃墓聯句亦託名謝氏女子越一年有題其後者大加評泊與此相類可笑也爲作絶句紀之并附録二詩于後

觀音變相許誰參，偶爾留題倚半酣。莫認娥眉便謠诼，謫來人世當爲男。

風漪閣

女伴閒攜畫榼遊，春風小閣坐扶頭。外人不識神仙事，只道杏花紅上樓。

真孃墓

霸氣香魂一例沉，只餘松栢當同心。美人埋骨青春死，古寺經秋黄葉深。落日帆檣愁脈脈，西風時節瘦愔愔。怪他婢子催歸數，小字如花細細簪。

滿江紅 演雅四首

詞稿叢叢，被野火、燒殘盡矣。嘆年來、荃茅都化，蕙蘭當刈。多病由來名獨活，拔心未免生如寄。問楊華、身後復何如，浮萍耳。山下路，蘼蕪死。枕上夢，蘅蕪紫。但菉蒷含笑，蒺藜多刺。一代紅顏青不了，三重破屋茅而已。對汀洲、芳杜又相思，思公子。

鳳舞鸞歌，都道是、神仙眷屬。費多少、伯勞偷眼，鳩媒側目。即席看題鸚鵡賦，隔簾徐譜鴛鴦曲。正雛鴉、雙髩影鷺鴻，舞鸜鵒。比翼事，憑難卜。同命願，難膠續。便相思無奈，催歸聲數。一種愁眉黐似畫，三年瘦骨真同鶴。算不如、合掌淨名經，迦陵樂。

生小於菟，才墮地、便跳而走。人道是、孫家猘子，曹家虎縛。少日羊車兄及弟，年來犢鼻夫兼婦。似猩猩、狒狒見人啼，飲人酒。麟一角，夫何有？駒千里，還能否？漫怪他豕腹，笑他牛後。相馬人誰知牝牡，董龍爾是何雞狗？儘中山、殺盡菟豪千，千金帚。

未死春蠶，又化作、露蛩秋蟀。一任爾、書螢乾死，篋蟫銷蝕。學注蟲魚甦磊落，夢吞科斗無消息。是男兒、不喚可憐名，書何得。　蟻又鬥，床頭埋。蠅又扇，窗前翼。更蜘蛛蟏蛸，工於羅織。一枕秋心先絡緯，平床好夢輸胡蝶。且商量、買個小蜻蛉，五湖碧。

清平樂〔一〕

【校記】

〔一〕此詞首句為『春陰如霧』，《蘅夢詞》卷二已錄。

百字令

才人不遇，到其間慟哭，失聲而已。惟有些些惆悵事，清淚多於鉛水。待鬬鴛鴦，並頭菡萏，直得相思死。隔簾半面，小唇秀靨能記。　誰料有個文簫，烏絲界就，待寫吳孃字？聽說仙人今不謫，高坐碧羅天矣。十斛珍珠，三生片石，畢竟知誰是？古來多少，傾城名士如此。

即目〔一〕

【校記】

〔一〕此詩《靈芬館詩初集》卷二已録。

夜泊滸墅關聯句

才到江南艫便柔麐，輕陰如墨水如油。誰家鐙影簾波動蔣因培，似有美人樓上愁。三月鶯花成昔夢麐，一生惆悵是蘇州。分明記得年時路因培，漠漠絲楊當拂頭麐。

幾年漂泊去鄉園麐，差喜扁舟得共還。遠道歸人疑是夢因培，過江名士瘦於山。君家吾谷峰千疊麐，爾住分湖水一灣。各有舊時游冶地因培，只憐芳草不同班麐。

到家二首〔一〕

【校記】

〔一〕此詩《靈芬館詩初集》卷二已録。

題女郎扇頭山水〔一〕

此中便是武陵溪，底事漁郎去又迷？畫裏春風如有路，小橋横在石闌西。

【校記】

〔一〕此詩共兩首，《靈芬館詩初集》卷二已録第一首，字句稍有不同。此留第二首。

題金纖纖女史逸詩卷〔一〕

【校記】

〔一〕此詩《靈芬館詩初集》卷二有録，題爲『題女士金纖纖逸詩卷』，字句稍有不同。

陳竹士見過出示纖纖女史病中答詩及見題近作二首同韻奉酬〔一〕

【校記】

〔一〕此詩《靈芬館詩初集》卷二已録，字句稍有不同。

元詩

誰吹蘭氣化秋煙，得此風流骨亦仙。世上有情春似夢，病來無睡夜如年。活依經卷愁難懺，修到梅花瘦可憐。我愧謝家吟絮格，漫勞刻燭擘鸞牋。

早送瀟湘八月秋，小遲梅雨響簾鈎。詩成杜牧三生恨，人在胥江一葉舟。十載青衫勞劍鋏，二分新月醉壚頭。莫言生小愁爲累，不是情多不解愁。

虹橋以月函夫人畫扇索詩因題二絕〔一〕

【校記】

〔一〕 此詩《靈芬館詩初集》卷二有錄，題爲『顧虹橋麟徵以閨人王月函姮畫扇索詩爲題二絕』。

月函王姮蟾影圖

牽蘿補屋話辛酸，玉宇瓊樓畫裏看。到底人間勝天上，有人知道不勝寒。

青天碧海使人愁，莫向山河影裏遊。爲問木樨花一樹，虧他過了許多秋。

將發胥江竹士纖纖用前韻聯句送行月夜挑燈感不成寐遂與伯生共成二首以答末章兼訊纖纖之病

臨别殷勤尚寄牋麐，天涯不分有人憐。況當風雨孤鐙夜蔣因培，說著漂零兩少年。詩是同聲成枕上麐，情元多事累生前。可知此夕篷窗客因培，聽盡瀟瀟各未眠麐？

一言珍重達妝樓麐，病起風簾莫上鉤。寫韻也須量氣力因培，著書只恐要窮愁。不平最是彈棊局麐，小飲無如藥玉舟纖纖好弈而不善飲。他日絳紗施步幛因培，未防久立候梳頭麐。

纖纖有詩見答訊病之作書此以寄時纖纖將就醫吳江因囑訪汪宜秋内史玉軫

支離如此奈愁何，天女偏教示疾多。蕁綠華今寬跳脫，杜蘭香本要消摩。勸扶行藥涔涔病，同載吳江渺渺波。只是經過莫惆悵，有人茅屋正牽蘿。

元詩

新詩三度費雲牋，病教維摩着意憐。湖上客猶遲别櫂，鏡中人不似當年。倩姑壓繡來窗下，呼婢尋花供佛前。除此更無消遣法，讀書纔倦枕書眠。

一簾深月夜明樓，待壻同看不下鈎。與病爲緣惟有夢，此心無著只容愁。杜鵑盡是離人血，萲草難忘壯士憂。容易滄浪閑結伴，濯纓小住碧溪頭。時頻伽、伯生邀同竹士上滄浪亭。

再答纖纖來詩即以留别

非無重疊百番牋，也有銀鐙照可憐。判和君詩銷永夜，其如僕病亦經年。離愁黯黯來心上，斜月明明到眼前。歷亂餘絲不成夢，春蠶三起又三眠。

三五盈盈月滿樓，不多幾日便如鈎。要他天上迷離影，照我人間點滄愁。還望起居通短札，輕抛魂夢上扁舟。垂楊萬樹雲千疊，此是胥江春盡頭。

頻伽伯生招竹士夜話挑鐙待之再疊前韻郤寄

金逸纖纖

抛殘棋局拂鸞箋，腕弱詞慵見亦憐。花月新盟推二子，湖山佳話記千年。等閒翦燭將殘夜，不忍傷心未别前。想得離情難料理，共判促膝换高眠。

旃檀香爇晚妝樓，繡幙丁寧盡放鈎。阿母最諳嬌小性，此兒真帶隔生愁。空街風禁沉沉柝，曉枕鐙昏去去舟。今夜是逢明日别，相思應寄大刀頭。

贈竹士基即以爲别

日日黄梅雨，新晴最可憐。青天一明月，飛墮酒杯前。昨夜東風急，催人又放船。臨分不得語，相顧各茫然。

君婦閨中秀，清才擅一時。比年虽善病，連日有新詩。贈我銀鉤字，居然絶妙詞。錦鱗三十六，眠食好聞知。

竹士送行詩

此後相思聽雁聲，迢迢遠夢也難成。别來莫望青天月，減一分明遠一程。

春柳〔一〕

【校記】

〔一〕此詩《靈芬館詩初集》卷二有録。

毘陵道中卻寄竹士

處處人家打麥聲，秧田彩水綠初成。分明別卻江南去，涼月一程雨一程。

渡江示伯生

五月江風吹面涼，浪花如雨灑衣裳。一雙白鳥飛欲下，兩點青山低忽昂。我笑伯符何寂寂，天如叔寶太茫茫。同舟幸有酒徒在，京口慣高傾此觴。

揚州小泊歷亭丈見和吳門唱酬之作賦答二首仍用前韻

中酒阻風門擘箋，者回緣法得天憐。不知去住成何事，如此風光動隔年。新寄詩猶藏肘後，重來見許出簾前。昨宵漁火鐘聲裏，爲泊愁眠總未眠。

秦川公子賦登樓，重過隋家舊玉鉤。月有何心隨我遠，天無他意要人愁。三生杜牧還春恨，一髮江南是去舟。多謝當延白司馬，新詩和起又從頭。

柬王鐵夫芑孫并寄墨琴夫人貞秀

墻東不見君公久，旅食京華又幾春。氣懾千夫身是膽，文雄一冊目無人。可知蹭蹬名場甚，難得閨房韻事新。先寄雲中書一紙，田緣他日訪南真。

題畫扇以朱砂深汁雜成新竹

看朱成碧淚漫漫，濃綠憑添一兩竿。等是新鮮好顔色，紅顔翠袖自天寒。

夜泛〔一〕

【校記】

〔一〕此詩《靈芬館詩初集》卷二已録，字句稍有不同。

贈錢筠溪并示張校書繡兒〔一〕

多病年來愛小詩，紅絲子研格烏絲。雲藍若得三千幅，盡寫當筵播揞詞。時以紙本百番見惠。

【校記】

〔一〕此詩共兩首，《靈芬館詩初集》卷二已錄第一首，題爲『題錢清豫浮槎圖』，字句稍有不同。此留第二首。

雨後有憶

蕭蕭瑟瑟雨初成，竹外涼雲墮又生。垂下重簾思昔夢，居然六月有秋聲。玉階蛩語清寒極，水閣鐙光約署明。好與王昌報消息，簟紋笏滑枕函横。

新涼〔一〕

【校記】

〔一〕此詩《靈芬館詩初集》卷二已錄。

慰歷亭丈悼亡即用揚州道中韻

玉溪錦瑟少人箋，騎省霜毛只自憐。草草因緣成一世，紛紛哀樂逼中年。兒婚女嫁來心上，濕哭乾啼奈膝前。營奠營齋了無益，還他長簟竟床眠。

十日歸程憶舵樓，分曹隔座共藏鈎。豈知賭酒論詩日，已伏哀蟬落葉愁。當有中庭曾取冷，從無夜壑不移舟。青衫莫便重重濕，垂老衰親已白頭。

夜心不寐獨生月影中淒然有作寄竹士纖纖夫婦

秋河射角斗闌干，疏雨初過竹未乾。想見瘦吟樓外月，比肩人影總清寒。

簟羅壓骨恐難勝，薄病新來減未曾？莫道天涯不顛頷，滿身涼月照稜稜。

淒清蛩語已秋聲，欲灺殘鐙闇又明。一種春鵑與秋蟀，只他當得可憐名。

新詩一句當禪參，天遣漂零郭十三。六曲屏風半簾月，要人魂夢到江南。纖纖題湘湄詩冊，有『江東年少君無價，天遣漂零郭十三』之句。

吴上舍嵩梁拜梅圖

此花風骨太嶙峋，合有低頭下拜人。我要折腰先濯足，尺三腳已插紅塵。

故鄉瘦嶺好煙霞，香雪漫山住一家。他日登堂可如願，思量拜母拜梅華。

齒痛戲成

子雲著書亦何有，王績佯瘖本無取。天憐此子多語言，特許見人不開口。始焉戢戢生芒角，總乃隆隆起堆阜。本因剛敞累及朵，族使左車痛連右。蠕蠕熱血出如蚓，歷歷緐星動隨斗。支左詘右刀圭窮，狽後狼前二五耦。辟如一客向座隅，瑟縮滿堂衆賓友。又如一方有邊警，三面群披甲兵守。聽人娓娓逞雄譚，對客荷荷但點首。備諸疾苦將誰尤，歷數生平自引咎。兒時惡苦只好甘，聽賣餳聲出恐後。吹箭擔上能膠牙，寒具油邊不離手。請看蚛蛀已不堪，中影蒼厓早成臼。少長憑陵年少場，吐氣如虹作師吼。當心炙好割先啗，拾慧人來唾而走。更兼好色自性生，喜近婦人飲醇酒。如飴味甘恣齧脣，替枕盟多時印肘。可憐往往觸危機，僥倖金援不曾受。災生福過祿原薄，大戒小懲毒乃厚。從今食蓼如食蔗，便更無妍亦無醜。不知蜜味有中邊，只合飯餘嚼楊柳。巧笑逢迎且粲然，臨文唷啞還容否？就中滿口雖動搖，或落一二餘八九。不妨渴殺病相如，自齧毚豪寫蝌蚪。

七月七日

客中節序過，忽忽不記憶。終古一傷心，傷心此何夕。自我稱諸孤，寒暑七回易。葛衣尚窮途，麻衣又乞食。區區魚菽祭，歲歲不可得。此時諸弟妹，應侍老母側。定復念阿兄，說及增淒惻。髣髴阿母聲，耳畔聞太息。念此不得眠，徬徨而竚立。雲漢淡不流，星月黯無色。一蟲草際鳴，泫泫露光濕。伴我向隅人，殘鐙照嗚咽。

雨中過常州欲訪錢竹初明府不果作此奉寄

毘陵驛外雨如塵，聞說此中有俊人。啓戟當門清似水，雲煙過眼筆通神。頭龍季虎齊名久，鼠尾魚須信手皴。十幅蒲帆太婀娜，未曾小泊又逡巡。

乞竹初明府作水村第四圖冊子

詩翁吾愛錢明府，解組早抽七尺身。儂有水村最清絕，趙王孫後要斯人。鷗波筆邇久模糊，錢魏風流近亦無。不有先生圖第四，也嫌零落舊分湖。

點絳脣〔一〕 月函女史爲作草蟲扇頭

【校記】

〔一〕 此詞《蘅夢詞》卷二已録，字句稍有不同。

寄家書後作〔一〕

【校記】

〔一〕 此詩《靈芬館詩初集》卷二已録，字句稍有不同。

平陵東

開天門，日星辰，不知何人帝弄臣。帝弄臣面一何長，手驅白雲如白羊。如白羊，變蒼狗，天爲一哭星爲走。星爲走，天不知，東方須臾高知之。

寄蔣仁處士〔一〕

【校記】

〔一〕此詩《靈芬館詩初集》卷二有錄，字句稍有不同。

夜坐效左司體

重露滴成雨，夜心耿獨知。開窗見殘月，仍挂梧桐枝。螢火度疏幕，鼉魚沸清池。了然不成夢，竟夕生相思。

古意二首

聞歡好容儀，欲見不可得。出水芙蓉華，相憐不相識。
玉階白露多，微月下如霰。秋風落桐葉，梧子自然見。

和謝觀察並頭蓮二首

照他對影最分明，前後方塘鏡面平。水珮風裳齊一笑，朋儕比調興同清。有時白鳥還雙下，只許鴛鴦見合并。我是江皋鄭交甫，弄珠容易便卿卿。

聞說田田豔玉池，苦心修到比肩時。可憐人影髻雙墮，欲並船來風一絲。卷白波巡須共勸，添紅燭照要交枝。青蓮世界能如願，倘有他生莫相入聲離。

向曉

一穗秋鐙向曉微，下簾殘月故依依。露蛩瓅碎何言語，吠蛤官私誰是非？欲話鄉心思熟客，自憐病骨換生衣。不妨坐睡聊榰枕，已有驚禽撲鹿飛。

即事〔一〕

【校記】

〔一〕此詩《靈芬館詩初集》卷二已錄。

買得宋人詩鈔後半頗爲蠹損沈生志香爲余補綴完好書此謝之〔一〕

【校記】

〔一〕 此詩《靈芬館詩初集》卷二已録，字句稍有不同。

寄鐵門湘湄

讀書袁豹近何如，更憶南鄰有老朱。天下英雄君與操，年來聲價婢如奴。病多省識君臣藥，詩好重披主客圖。那得西風爲吹玉，夜闌吴語話姑蘇？

家書後寄舍弟鳳并示潘秀才眉

歷歷意中事，如何説得清。子從今歲得，人要及時成。兩母皆衰老，一心望弟兄。讀書新有見，報我慰離情。

潘郎玉樹枝，其筆稱風姿。長定時相過，爲言頗見思。比來三月别，合有幾篇詩。出此試相示，還令共和之。

寄伯生二首〔一〕

【校記】

〔一〕此詩《靈芬館詩初集》卷二已録，題爲『寄伯生山東』，字句稍有不同。

贈月函夫人并序

癸丑仲夏泊舟胥江，虹橋出閨中紈扇索賤子新詩，點染翎毛，著紙欲活。總又索題蟾影圖小像，露脚斜飛，翠袖獨立，有寒太廣，如鏡長圓，所謂『月裏非無姊，雲中亦有君』者也。題句後蒙調丹粉報鄙人筆墨，并綴以斷句一首。矢詩爲謝，屬小疾，不果。一雨新涼，宿疴漸減，體中少佳，輒作長句奉寄。以珠抵鵲，將瓜報瓊，一博霽奴啟齒而已。中秋前三日。

客裏驚披素女圖，上頭二十八明珠。墨痕滿紙尚疑濕，紅蓼一花相對孤。江上秋潮初病起，月中人影太寒無？報章莫訝遲遲甚，落筆如鴉未敢塗。

酬竹士秋日寄懷之作用來韻

刀環循徧了無端，琴調思歸懶不彈。昔夢有時仍婉娩，今秋爲我更荒寒。舒舒淮水和愁遠，落落疏星欲聚難。想見閑庭瓜果會，墨痕淚點兩闌干。竹士以七夕前兩過竹溪堂，故及之。

言愁一首用前韻

言愁無奈引愁端，急節驚心指屢彈。兔月不知孤影瘦，蟲聲能使一鐙寒。飛揚意氣銷除易，哀怨詩篇懺改難。自笑秋來便如此，細思何事與卿干。

美人捧劍圖〔一〕

學劍無成已十年，歸來含笑買烏犍。思携椎髻梁鴻婦，同種要離冢畔田。

【校記】

〔一〕此詩前兩首，《靈芬館詩初集》卷二已録。

桂樹下作

小山叢桂長新枝，無奈淮南木落時。一世中秋能幾度，昨宵涼露滿西池。月中人影離離見，衣上香痕細細知。若問天邊更惆悵，雲愁海思説相思。

玉宇瓊樓護絳霞，黄塗銅沓隱仙家。華嚴世界金成粟，月色衣裳人折花。何處似聞開四照，只他曾插髻雙丫。涉江白采芙蓉去，一任風寒露脚斜。

鍾山三友詩并序〔一〕

【校記】

〔一〕此詩《靈芬館詩初集》卷二已録，字句稍有不同。

秋雨〔一〕

【校記】

〔一〕此詩《靈芬館詩初集》卷二已録。

寄湘湄二首

又是鐙殘夢破時，安排無寐坐相思。病來已戒三升酒，才減惟吟半格詩。人不別離那有恨，情如兒女太嫌癡。起來深擁黃紬被，淅淅秋風月一絲。

忽聞天外有征鴻，一事思量在眼中。所寄書應今日到，將開看定鐵門同。兒驚黃色眉間滿，妻說鐙花別樣紅。笑料君家千里事，他時要問不□□。

長歌酬孫十八寧衷〔一〕

【校記】

〔一〕此詩《靈芬館詩初集》卷二已錄，字句稍有不同。

夜臥又遲書以自戒

三更太早四更遲，小坐依然月落時。懶殺階前一孤鶴，露華如雨不曾知。

昨夜慈親夢中語，作詩須少睡休遲。如何已是無眠夜，翻又添成一首詩。

小童爲插鞠於缾朝起對之斐然有作〔一〕

【校記】

〔一〕此詩《靈芬館詩初集》卷二已錄。

晚泊袁浦先寄藴山觀察并問所苦

擬作文殊問疾過，秋江渺渺晚層波。知無服散姬人怨，只問消摩用幾多？

暫醉南州高士家，華鐙烏帽影欹斜。此來不負深秋約，半爲先生半鞠花。

徐稼庭招看鞠花張鐙置酒留連信宿輒作八絕句留題所居以紀一時之會〔一〕

鼕鼕街鼓不須催，如此清宵亦大佳。要爲花神洗寒乞，華鐙如月酒如淮。

東家擺仗小游仙，脆竹衰絲沸管絃。冷笑閑情陶處士，露寒月苦抱花眠。

【校記】

〔一〕此詩《靈芬館詩初集》卷二錄其中一、三、五、七、八首，題爲『徐稼庭賓田招看鞠花張鐙置酒留連信宿輒作絕句留題所居凡得六首』，字句稍有不同。此留第二首、第四首。

寄懷隨園先生〔一〕

昨得先生全集讀，從朝至夜眼昏花。非仙非鬼竟何物，不古不今成一家。謾道文章元小伎，可知歧路有三叉。瓣香合下涪翁拜，如許斜陽好暮霞。

【校記】

〔一〕此詩共兩首，《靈芬館詩初集》卷二已錄第一首，此留第二首。

黃小松司馬易遠自山東寄聲道意作此奉寄〔一〕

【校記】

〔一〕此詩《靈芬館詩初集》卷二已錄。

酬月函夫人見和之作用前韻二首〔一〕

叢殘粉本十眉圖，稚子牽衣婢賣珠。茅屋又從秋後破，深閨還比客中孤。縈迴謝女工詩筆，酬唱新篇定有無？謂孫碧梧夫人。寄謝少年三五說，也曾西抹與東塗。

【校記】

〔一〕此詩《靈芬館詩初集》卷二已録第一首，題爲『次韻酬月函女士并柬虹橋』，字句稍有不同。此留第二首。

初見紅葉〔一〕

【校記】

〔一〕此詩《靈芬館詩初集》卷二已録。

題吳穀人太史錫麒有正味齋集

落筆清蒼取境幽，竹垞翁後邈無儔。嘗疑好句人都道，今得先生我更愁。風露滿身花是影，珍珠一桁玉爲鈎。生憎絶代飛卿手，又占花間集上頭。集中小詞，尤工絶也。

夢亡友江庵〔一〕

【校記】

〔一〕此詩《靈芬館詩初集》卷二已録。

作復鐵夫書後奉寄二律〔一〕

【校記】

〔一〕此詩《靈芬館詩初集》卷二已錄，題爲『書復鐵甫書後』。

哭宋龍溪太守覲光〔一〕

知己難忘更感恩，平生風義繫心魂。若長貧賤復何說，猶有鬼神聞此言。雨雪長淮飄素旐，分明前度擁朱轓。戊申之秋，公以彭城量移金陵，麐同舟至吳門。銘旌在路我爲客，哭向窮塗當寢門。

【校記】

〔一〕此詩共三首，《靈芬館詩初集》卷二已錄第一、二首，字句稍有不同。此留第三首。

題湘湄爲鐵門所作金山圖便面三首〔一〕

【校記】

〔一〕此詩《靈芬館詩初集》卷二已錄，字句稍有不同。

雲樵鄭兄與予相識舊矣以未得一言爲恨四十之年湘湄爲寄聲道意感贈二章并呈湘湄鐵門〔一〕

【校記】

〔一〕此詩《靈芬館詩初集》卷二已錄，字句稍有不同。

夜過平望驛〔一〕

【校記】

〔一〕此詩《靈芬館詩初集》卷二已錄，字句稍有不同。

三塔灣

歷歷杉青牐，明明學繡江。樹猶如此老，塔當不成雙。一鏡鴛鴦水，交疏了鳥窗。回頭更惆悵，流恨與淙淙。譚舟石《棹歌》：『凴誰移个龍淵塔，學繡村邊也作雙。』

長水至石門道中是己酉歲與江庵同舟就醫時所經也

亦有同行只獨過，獨過腹痛遯山河。從新記起分明在，依舊前頭桑柘多。病尚能醫無死法，人何如水又生波。清江一曲灣環轉，流得平生淚幾何？

宿北新關作

心有西湖夢不成，獨披衣起只三更。相風竿臥千檣靜，北斗星高一柄橫。此際有人皆囈語，就中何客善雞鳴？寄聲關叟休相笑，未必全無棄繻生。

十一月十二日假館葛林園同周小塍慶承孫東美琪由西湖放舟至茅家埠登飛來峰回飯僧廚乘月上孤山謁林處士墓夜宿湖樓得詩四首兼呈粱山舟先生同書〔一〕

【校記】

〔一〕此詩《靈芬館詩初集》卷三已錄，題爲『十一月十二日假館葛林園由西湖放舟至茅家步登飛來峰回飯僧廚乘月上孤山謁林處士墓夜宿湖樓得詩四首示周上舍慶承孫孝廉琪兼寄粱太史同書』，字句稍有不同。

飛來峰題壁〔一〕

【校記】

〔一〕此詩《靈芬館詩初集》卷三已錄，字句稍有不同。

冷泉亭小憩有懷東坡〔一〕

【校記】

〔一〕此詩《靈芬館詩初集》卷三已錄，題爲『冷泉亭小憩』，字句稍有不同。

謁林和靖先生墓

荒荒寒月隔林開，照我披榛上拜臺。詞客有靈應一笑，梅花未放爾先來。已無竹閣通初地，只許孤山著此才。不遠水仙王廟路，寒泉誰復荐深杯？

夜泛

渺渺之波疊疊山，青天白水此迴環。西湖元不在天上，此景莫言猶世間。五柳繫船酤酒去，一花見佛訪禪還。時尋靈因寺，以夜深不得入。舉頭似有美人到，南北兩峰高髻鬟。

葛林園夜坐呈東美小塍

如無兩君共，我更比山孤。草草一尊酒，花花對此湖。雲流讓華月，雁冷落寒蕪。處士能來不，隔湖真可呼。女士徐昭華《西湖竹枝詞》：『那便花花似此湖。』面對放鶴亭，人一呼山輒應之，他處不能，亦一奇也。

西湖即事并序〔一〕

皆寓樓一日夜所作，放舟之時，翦燭之夕，意有所得，輒作一絕句，凡十二首。

借得三間湖畔樓，匆匆一飯便登舟。回頭翻問誰家住，可惜無人在上頭。

湖面欲霜霜不能，湖頭喚月月如應。月光不管寒泉水，冷漫北山青幾稜。

家家湖上置湖莊，爲隔嚴城住不妨。借問主人曾宿否，橋頭笑殺水仙王。

【校記】

〔一〕此詩共十二首，《靈芬館詩初集》卷三已録第二、三、四、五、六、八、九、十一、十二首，此留第一、七、十首。

游龍井〔一〕

【校記】

〔一〕此詩《靈芬館詩初集》卷三已録，字句稍有不同。

過溪亭〔一〕

【校記】

〔一〕此詩《靈芬館詩初集》卷三已録。

吴山

不信遥從天目來，龍飛鳳舞氣佳哉。若無形勝其能國，如此江山未易才。功狗烹餘潮尚怒，行人去後櫝成材。吴兒木石心腸是，棖觸還與故國哀。

登吴山望江二首〔一〕

【校記】

〔一〕此詩《靈芬館詩初集》卷三已録。

十七日同小塍游雷峰塔歷淨慈寺登南屏觀溫公摩厓家人卦及海嶽所書琴臺二字〔一〕

【校記】

〔一〕此詩《靈芬館詩初集》卷三已録，題爲『十七日同周小塍慶承游雷峰塔淨慈寺登南屏觀溫公摩厓家人卦及海嶽琴臺二字』，字句稍有不同。

由六橋沿堤而回訪水仙王廟不得

蕭疏衰柳也條條，沿著蘇堤慢放橈。寒日有情如遲去客，不先紅過段家橋。

幾回弟四橋邊問，想與孤山處士鄰。一盞寒泉無處薦，可憐不識姓名人。竹垞《西湖竹枝詞》：『可識水仙王姓名?』

訪湘湄鐵門于竹溪堂并招椒圃雲樵及鄭氏諸郎同集席間口占四首

有客忽飛來,主人心孔開。先呼速作黍,再問幾時迴。多病各無恙,一時同此杯。喜心欲翻倒,歸櫂爲誰催?

珊珊來太遲,各各好風姿。一姓有諸秀,無窮出此奇。更番問名字,宛轉說相思。袖有新詩否,攜來共論之。

雲樵與椒圃,是我十年兄。見各推前輩,將毋畏後生?珠光四座照,老大一心驚。不必然樺燭,使余眼忽明。

惜少陳驚座謂竹士,攻城偏一師。亦如君昨日,不與我同時。淺酌有孤想,深宵多遠思。瘦吟樓外月,定生到如絲。

鐵門有歎逝之作蓋爲恂堂荔堂兩君余亦感念江庵一時

棖撥依韻答之渺渺兮余懷也

論文十載讓君先,腹痛腸迴爲此筵。別已吞聲還惻惻,尚何神理望綿綿。莫言新鬼多於故,各有前遊盡可憐。但祝尊前諸子健，年年相見似今年。

題顧恂堂兆曾畫冊一首〔一〕

【校記】

〔一〕此詩《靈芬館詩初集》卷三已錄，字句稍有不同。

潘壽生眉借鈔余詩卷及見竹溪酬倡之詩因有所作斐然之餘頓爾至致用韻奉酬二首

頹唐容我上賓筵，風景真防裂老顛。對玉山人始一笑，見清平調出三篇。不能盡子有如此，未必關人或者天。偷得白家詩律不，金鈴個個十分圓。

若論詩名面發酡，秋蟲能語鳥能歌。當時如子年猶少，人謂其半患太多。拉雜摧燒餘此卷，年華盪激少迴波。今朝一往深情在，不覺因君喚奈何。

元詩　　潘眉壽生

珍重寒宵開此筵，詩人得酒易成顛。盡將離別從頭數，各有性情成幾篇。憐我未能居末座，望君如在最高天。學詩要學天邊月，一夜一番轉到圓。

未須薄醉已顔酡，手擷新詞爲放歌。甚識此心于我厚，從今不學負君多。一時自喜貧兒富，到底難量千頃波。鈔得君詩學君法，試哦七字看如何？

題壽生賞雨圖

水榭三楹一頃湖，此中可讀歲華書。只愁俗客來相溷，正要蕭蕭雨點疏。

黄九陳三下筆親，勤來晤語見天真。不妨同我彭城會，屈作蘇家門下人。余有《風雨對床圖》。

老我江湖載酒船，聽風聽水自年年。歸來此景無心賞，仰屋關門跂腳眠。

寄瘦客

問詢東陽姓沈人，須教珍重苦吟身。歸來訪舊半爲鬼，惟我同盟如有神。詩筆定能驅癘疫，余生亦已猒風塵。拏舟甚亟思相就〔一〕，奈要家中住幾旬。

黄九年來長合并，瘦權時不宿寒廳。因思昔别真如雨，預約明年聚客星。正月定來我定在，梅花能白眼能青。頻伽齋裏無他物，一卷楞嚴雙玉缾。湘湄約明正攜諸人大合詩于頻伽齋，故告之。瘦客并寄語退庵、漱冰同來，成此一段奇也。

【校記】

〔一〕『拏』，底本作『挐』，誤。

輓葉丈振統〔一〕

【校記】

〔一〕此詩《靈芬館詩初集》卷三已録，題爲『葉丈振統輓詩』，字句稍有不同。

初寒〔一〕

自入冬來寒未嘗，初寒也有好思量。一風窗隙忽然入，撩我缾梅特地香。

【校記】

〔一〕此詩共二首，《靈芬館詩初集》卷三已録第一首，此留第二首。

銷寒八詠

糊窗

裁量檽眼度圓方，比似牽蘿補屋忙。風隔一層狂分外，周先四角到中央。侵陵鐙火微微白，護惜鉼梅細細香。回首年光真箭激，疏簾垂地記返涼。

炙研

手冷頻呵水欲冰，石田惟有火能耕。筆尖疑有唐花放，墨汁瀋如雲氣生。看玉蟾蜍多淚點，愁雙鸜鴿損光明。詩成莫被君苗見，焚欲恐防爲乃兄。

催雪

卵色天光墨色雲，分明釀到兩三分。似聞凍省朝相語，看見梅花記著君。已有風先來燮燮，未應寒政不紛紛。爐熏酒盞都齊備，火急飛牋報與聞。

聽風

四面疏櫺一夜糊，蕭蕭只道落江湖。此聲似比秋來急，人意亦如鐙影孤。若在歸途便愁絕，不知遠道有人無？ 帳紋如水衾如紙，堅坐待他全畢逋。

擁鑪

寒意初強人意慵，已判深坐過三冬。客來或似重圍合，酒貴全憑下策攻。手撥篆灰聊作字，身如磬折豈爲恭。翦鐙閑話昭陽事，擁背宵分最懊儂。

暖酒

濁醪在眼更無愁，只要商量細勸酬。既以是鄉爲性命，須如人意極溫柔。譚當深處觴宜急，詩未成時火且留。勞動當罏不無謂，鉉爲舊事得知不？

試香

雲母微紅篆縷遲，如愁似倦惹人思。閑抄甲煎沉香序，最憶丁簾薄醉時。心字殘餘誰解認，逆風聞處我先知。水仙未老黄梅放，催徙熏籠邊被池。

説餅

何須十字問何家，麪脆油香亦儘誇。此景可憐惟冷夜，有人看樣畫桃花。笑他老門紅綾餤，爲爾新煎綠雪芽。但祝莫輕指爪著，披圖未備玉鴉叉。

十二月十一日頻伽齋夜集分韻得最字〔一〕

【校記】

〔一〕此詩《靈芬館詩初集》卷三已録，題爲『頻伽齋夜集分韻得最字』，字句稍有不同。

和韻酬竹香晨起留別頻伽齋主人之作兼呈鐵門湘湄

別易明知會不難，但臨當去便闌珊。從來歷歷難忘處，都作明明如月看。晉楚從去今相見後，敦槃盟亦不宜寒。江西宗派詩圖在，切莫輕言此客殘。

夜坐追感

鑪熏欲燼尚如雲，枯坐渾忘夜已分。明月似霜霜似雪，梅花思我我思君。殺雞爲黍同人約，翦紙招魂告爾聞。人日草堂應有作，秋墳先寄鮑參軍。湘湄諸君約明歲人日大會於此。長吉詩：『秋墳鬼唱鮑家詩。』

酬纖纖寄作用元韻

孤棹衝波破曉煙，傳來細字似蠶眠。殘年最怕償詩債，小飲還思醵酒錢。約在梅花人日節，載君夫壻鴨頭船。即煩飛到三青雀，爲報蓬山鳥爪仙。

歸向孤蘆問雪煙，蕭然容我伴鷗眠。梅花似欲成雙笑，明月何曾用一錢？鳧藻熏鑪烘研匣，鵝黃新酒泛觥船。君詩也有閑供養，定武輕甆種水仙。

滿江紅 呈座上諸君用湘湄風雨對床圖韻〔一〕

【校記】

〔一〕此詞《蘅夢詞》卷二已録。

送客

晨雞一動便茫茫，行矣無辭盡此觴。醉後詩成如夢寐，醒來記起半遺忘。故鄉歸尚爲諸子，殘雪後仍多曉霜。且就虚堂相暖熱，船脣篷背太蒼涼。

題吴瓊仙女史詩用贈纖纖韻

纖纖試筆備剛柔，吾邑汪夫人信脩玉軫。我意恐難成鼎足，此才也合記心頭。玉臺瞑寫添新詠，甲帳霜寒耐素秋。早證真靈圖位業，不消海思與雲愁。

歲暮雜詩十九首〔一〕

除夕蕭然不猒賀，分明樂事聚天倫。青紅□□鐙前影，老健慈親病後身。竹葉十分三白酒，爝花四照一家春。當杯但覺催年急，我是屠蘇第六人。

【校記】

〔一〕此詩共十六首，《靈芬館詩初集》卷三已錄前十五首，題爲『歲暮雜詩戲作俳體十九首』，字句稍有不同。此留最後一首。

頻伽齋守歲聯句三十韻

一歲餘今夕鳳，同人珍此宵。比鄰呼酒伴麐，聯詠補詩瓢。賓主團圞坐潘眉，塤篪伯仲調。深譚判不寐鳳，清絕轉無聊。作客歸來暫麐，相逢別恨銷。年華催老大眉，明日又春朝。欲雨黐妍暖鳳，雖貧未寂寥。地鑪松火活麐，風幔蠟花搖。香試新團獸眉，庭留帶雪蕉。桃符猶未換鳳，梅影極相撩。故事傳吳俗麐，村田遠市囂。屠蘇分次第眉，如願祝豐饒。預寫宜春帖鳳，同浮頌酒椒。槃常饋雙鯉麐，糕不貼花貓。節物貧家少眉，尋常亦見招。漏遲將夜午鳳，調苦似弦幺。冷澹爲生活麐，平生記久要。殘年一鳥□，急景兩凡跳。雙鬢雖猶綠鳳，諸賢莫□□。□□□我著麐，玉要使人雕。卻恐元宵近眉，還愁別路遥。驚心聽爆竹鳳，鐺腳生團焦。少緩頭雞唱麐，休吟獨酌謠。水仙花欲放眉，山鬼語相邀。迴憶徐高士鳳，曾同碧綺寮。恨今無此客麐，詩總不能祧。即事腸迴九眉，起看斗轉杓。曉風來颯颯鳳，人意極蕭蕭。歲月堂堂去麐，蓬根續續飄。不須池草滿眉，又上木蘭橈鳳。

共得詩二百五十五首附詩十九首詞十首

附錄

附録一： 郭麐年譜簡編

清高宗乾隆三十二年丁亥（一七六七） 一歲

正月二十日，生於江蘇吴江蘆墟。

《清史列傳》卷七十三：『郭麐，字祥伯，江蘇吴江人。』

《（光緒）吴江縣續志》卷二十二載：『郭麐，字祥伯，自號頻伽居士，蘆墟人。生而右眉全白。』

乾隆三十七年壬辰（一七七二） 六歲

弟郭鳳生。

《（光緒）吴江縣續志》卷二十二載：『（郭麐）弟鳳，字丹叔，與麐相友愛。詩宗楊誠齋。』

《靈芬館雜著續編》卷二《山礬書屋詩初集序》云：『余長丹叔五歲。』

乾隆三十八年癸巳（一七七三） 七歲

從父親郭元灝學習古詩。

《靈芬館詩初集》卷二《夜坐雜成並示舍弟丹叔及朱袁諸子》其三云：『憶年七歲時，吾父課吾讀。古詩十九首，首首俱手録。傍及文選中，鮑謝潘張陸。』

乾隆四十年乙未（一七七五）　九歲

始學爲文。

《靈芬館雜著續編》卷二《授經圖詩序》云：『余幼從先君子受讀。七歲學爲詩。九歲學爲文。』

乾隆四十三年戊戌（一七七八）　十二歲

就童子試，時人頗以神童見譽。

《靈芬館雜著續編》卷二《授經圖詩序》載：『（余）十一而就試。時人頗以神童見譽。顧先君教督綦嚴，不少假以顔色。』

乾隆四十五年庚子（一七八〇）　十四歲

與摯友徐濤訂交。

徐濤（一七五六—一七九〇），字江庵、聽松，嘉善人。幼聰穎有神采，從學於麐父郭元灝。二十歲左右補博士弟子員，以書劍遨遊四方，後歸家事孤母。

《郭靈芬手寫徐江庵詩》跋曰：『靈芬之識江庵與訂交也，在乾隆四十五年庚子。時郭年才十四耳，兩人以同里故，相從甚密。凡十年而江庵卒，靈芬有詩哭之甚哀，時則庚戌之十一月也。』

乾隆四十七年壬寅（一七八二）　十六歲

補諸生。

《（光緒）吳江縣續志》卷二十二言郭麐『年十六補諸生，三十後即絕意進取而專詣於詩』。

乾隆四十八年癸卯（一七八三）　十七歲

與徐濤同館於倪筠家。

《靈芬館詩話續集》卷一云：『乾隆癸卯，余年十七，館於胥塘倪裴君筠家。時江庵亦同教授倪君。』

首應鄉試，試卷得同考官廬州府舒城縣令金皺首薦，不售。下第後，金皺千里寄書相慰。

《靈芬館雜著三編》卷一《舒城縣知縣意山金公墓誌銘並序》云：『乾隆癸卯，余年十七，始應鄉試，薦而不售。卷面有廬州府舒城縣金紫印薦條，未知其名也。後自舒城書一函，所以慰藉者良厚，始知金公之名。』

金皺（一七四〇—一七八六），字步千，别號意山。幼穎秀，乾隆辛卯進士，署江南歙縣知縣，補廬州府舒城縣知縣，充癸卯江南鄉試同考官。

寫《欲訴》四首。

《靈芬館詩初集》卷一開篇詩《欲訴》後有『癸卯』二字，可知作於是年。《靈芬館詩初集》共四卷，共收其十七至二十九歲間所作詩歌五百零一首。

乾隆四十九年甲辰（一七八四）　十八歲

正月，於朱春生席上與袁棠訂交。

朱春生（一七六〇—一八二四），字韶伯，一字鐵門，吴江人，諸生。工詩與古文，有《鐵簫庵詩文集》。

袁棠（一七六〇—一八一〇），字甘林，一字無咎，號湘湄，吴江人。監生，嘉慶元年丙辰制科孝廉方正。少習詩文，工五律，亦填詞，有《秋水池堂詩集》。

袁棠《秋水池堂詩集》之《酬郭舟疊初春見贈之作次元韻》於『神交二載劇相思，朱九齋頭共一巵』句下注云：『今歲新正始與舟疊定交於鐵門席上，先是鐵門嘗爲余道其爲人，且示所爲詩詞。』『舟疊』，郭麐之别号。

作《寒食》詩一首。

見《靈芬館詩初集》卷一。

春夏之交，被龍鐸招入縣署。

龍鐸，字震升，號雨樵，直隸宛平人。年十二歲即以『玉芽已褪空餘殼，纖手初抛乍有聲。莫道東陵無托意，中間黑白盡分明』即席賦詩，被杭州朱桂亭稱必有詩名。乾隆乙卯舉人，五十一年知吴江縣。

《郭靈芬手寫徐江庵詩》云：『記乾隆甲辰，余爲龍雨樵先生招入縣署，比鄰徐江庵濤送余於紫藤花下，作詞「芳菲能幾日，風雨送行人」之句，雨樵先生見之數贊，以爲纏綿悱惻，真能得風人之旨。』

秋，在鹿城，喜晤袁棠。

袁棠《秋水池堂詩》有《鹿城寓齋喜晤郭頻伽麐》詩，下有『甲辰』字樣。

與王芑孫訂交。

王芑孫，字念豐，號惕甫，又號鐵夫，江蘇長洲人。乾隆五十三年召試舉人，候補國子監博士，官華亭教諭。有《淵雅堂詩稿》。

王芑孫《淵雅堂全集》編年詩稿卷十二『甲寅』條下有《寄酬郭頻伽上舍麐二首》，後附有頻伽原作，云『一别十年久，三秋兩紙書』，由此可推二人是年相識。

乾隆五十年乙巳（一七八五）　十九歲

春，與顧蚪訂交。

顧蚪（一七五五—一八〇四），號青庵，吳江人。少時歌酒度日，二十歲時始讀書，屢試不第。性通敏，多技能，善書畫篆刻鼓琴。

顧蚪《秋夢齋詩集》卷上《丙午閏七月郭頻伽麐歸自江北以詩寄朱鐵門春生袁湘湄棠用東坡岐亭五首韻兩君並有和章後於九月中至銅里信宿竹溪堂同人皆會余以客授霞田未獲把臂而頻伽復渡江去矣臨行寄語鐵門諄諄以勤讀書多作詩相勗感其厚意次韻二首寄之》其一有注云『去年春始識君於鐵門之鐵簫庵中』，此詩作於丙午年，『去年』即爲乙巳年。

春，遊泰興，作《延令竹枝詞》六首，寫孤山景色。作《慶雲寺》一首。

見《靈芬館詩初集》卷一。

寫詩二首寄袁穀芳。

袁穀芳，字蕙纕，號實堂，又號六余，安徽宣城人。乾隆十七年舉人，官震澤訓導，後舉知縣，不就。與袁枚、錢大昕、翁方綱翁有文字交。著有《秋草文隨》。

《靈芬館詩初集》卷一《寄袁實堂先生穀芳二首》，後有『乙巳』二字。

作《哭倪斐君筠三首》，悼友倪筠之亡。

《靈芬館詩初集》卷一《哭倪裴君筠三首》其一有云：『去歲我十八，君年三十初。』則此詩作於乙巳麐十九歲時。

九月初九，作《重陽一首》，感慨飄泊。

見《靈芬館詩初集》卷一。

九月，友朱景淳卒。

《靈芬館詩初集》卷一《哭朱存原並序》云：『去年春遊慶雲寺，作詞題壁。存原見而和之，謂寺僧出必走告。後面於王山長座中，余出《銷夏琴趣》一編，讀之，輒歎息絶倒，曰：「迦陵昔寓雉臯，今泰興得君，足驕語冒巢民矣。」余既深愧其言。九月，存原没，欲作詩哭之，未果也。今年冬，復過寺中，視壁上詩版，墨痕宛然，而存原墓草宿矣！感慨之餘，淒然以悲，用東坡弔李臺卿韻，作此詩。存原口吃，性介而迕俗，老於明經，窮且死。其爲人有類於東坡所云者，以有知己之言，爲識其梗概如此。存原名景淳。』

乾隆五十一年丙午（一七八六）　二十歲

正月，往泰興，道中有《出關》、《寄懷朱鐵門春生袁湘湄棠》等詩作。

見《靈芬館詩初集》卷一。

袁棠《秋水池堂詩集》卷一有詩《鐵簫庵席上送郭頻伽麐之泰興》和《次韻酬頻伽丹叔道中見寄之作》。

春，在泰興延令書院，有《延令雜詩》四首，吟詠春景。

見《靈芬館詩初集》卷一。

在延令書院，爲王洪序作《題王進士洪序五峰草堂圖》兩首、《王山長洪序索題延令書院效江西體君江西人僑居金陵》詩。

見《靈芬館詩初集》卷一。

與沈大成交，作《酬沈瘦客大成一首》及《答瘦客》詩。

見《靈芬館詩初集》卷一。

沈大成（一七六二—一七九九），字集元，號瘦客。諸生，屢試不售。家貧，奮發讀書，日夜治業，終竭神以至於亡。有《靜觀齋詩》八卷。麐與之交好，爲其作墓誌銘。

友王蘇北上，作《送王延庚蘇北上仍用岐亭韻二首》紀之。

見《靈芬館詩初集》卷一。

王蘇，字儕嶠，江陰人。乾隆庚戌進士，改庶吉士，授編修，歷官衛輝知府，有《試畯堂詩集》。

閏七月初七，父郭元灝卒，年五十三。

姚鼐《郭君墓誌銘並序》云：『吳江郭君諱元灝，字清源。……君居家授徒，僅以供養父母而已，其室時至匱乏，而不以爲憾。……乾隆五十一年，君五十三卒。』

《靈芬館雜著》卷一《先君子行略》：『先君子生於雍正十二年，卒於乾隆五十一年，享年五十有三。』

袁棠《秋水池堂詩集》卷二有詩《先君子以丁亥歲閏七夕棄諸孤而頻伽尊甫海粟先生亦於去歲閏七夕捐館茲值先君子諱辰家祭畢適得頻伽徐州劄作此寄之》，由此知麐父卒於閏七夕日。

自江北歸家，友朱春生、袁棠至薦塩探望。

見袁棠《秋水池堂詩集》卷一《得頻伽劄知其於前月丁尊甫艱奔喪歸里乃偕鐵門之蘆墟存之》。

閏七月十六日，癸卯鄉試荐麐之同考官金黻卒。

《靈芬館雜著三編》卷一《舒城縣知縣意山金公墓誌銘並序》云：『公幼穎秀，爲祖父所愛，望以遠到。乾隆庚寅恩科舉於鄉，次年成進士。署江南歙縣知縣，補廬州府舒城縣知縣，充癸卯江南鄉試同考官。以丙午閏七月十六日卒於舒城縣署，享年四十有七。』

九月中，將赴泰興，迂道至銅里，會袁棠、朱春生諸友於竹溪堂。

顧蚪《秋夢齋詩集》卷上有《丙午閏七月郭頻伽麐歸自江北以詩寄朱鐵門春生袁湘湄棠用東坡岐亭五首韻兩君並有和章後於九月中至銅里信宿竹溪堂同人皆會余以客授霞田未獲把臂而頻伽復渡江去矣臨行寄語鐵門諄諄以勤讀書多作詩相勗感其厚意次韻二首寄之》詩，可證麐有銅里之行。顧蚪所言麐寄鐵門湘湄之詩，乃《寄鐵門湘湄用東坡岐亭韻》，見《靈芬館詩初集》卷一。

袁棠《秋水池堂詩集》卷一亦有《九月十九日頻伽將赴泰興迂道過訪招同椒圃鐵門雲曹小飲竹溪堂翼日偕鐵門送頻伽至垂虹亭而別得詩四首》，以紀此事。

冬，衰絰教授泰興，得束修養母。

《靈芬館雜著》卷一《族祖父漢沖公權厝志銘》載：『先子沒後，余衰絰出外，得束修以養母。值歲饑，米一石直錢五千，母及弟妹日或一食。公見之慼然若不可以爲懷，過於其身之不得食也。歲暮余在泰興，未即歸……歸時先呼以告余，母子皆泣，公亦泣。此丙午冬事也。』

冬，再過慶雲寺，作《哭朱存原并序》悼亡友朱景淳。

見『乾隆五十年乙巳』條。

乾隆五十二年丁未（一七八七）　二十一歲

七夕在徐州，寄一書與袁棠。

袁棠《秋水池堂詩集》卷二有詩《先君子以丁亥歲閏七夕棄諸孤而頻伽尊甫海粟先生亦於去歲閏七夕捐館茲值先

君子諱辰家祭畢適得頻伽徐州劄作此寄之》。

七月十五日在徐州度中元節，作有《彭城中元》詩。

見《靈芬館詩初集》卷一。

九月初八，由徐州至淮安，作《九月八日舟次袁浦寄彭城友人用東坡九日黄樓詩韻》詩。九月九日重陽節，復作一首，爲《九日仍用前韻》。

見《靈芬館初集》卷一。

乾隆五十三年戊申（一七八八）二十二歲

正月，新葺舊屋三間，作《新葺所居三楹遲鐵門諸君不至示江庵一首》。

見《靈芬館詩初集》卷一。

寒食病中，作《寒食夜作》詩。

見《靈芬館詩初集》卷一。

春，偕徐濤、顧國政訪沈大成。歸，作《寄瘦客》詩。

見《靈芬館初集》卷一。

春，於吳江見袁枚，作《呈隨園先生袁枚》兩首。

見《靈芬館詩初集》卷一。

袁枚（一七一六—一七九七），幼名瑞官，字子才，號簡齋，晚號隨園老人。浙江錢塘（今杭州）人。乾隆初年入翰林院，歷任溧陽、江浦、沭陽、江寧、陝西知縣，後於南京小倉山，買園名爲『隨園』，世稱爲『隨園先生』。著有《小倉山房文集》等。

六月，與袁棠、顧蚪等集竹溪堂聯句，結竹溪詩社。

見顧蚪《六月二十五日夜集竹溪堂懷徐江庵濤沈瘦客大成家綺霞惇怡竹生國政聯句用韓孟納涼韻》、《越一日炎暑更甚復同湘湄頻伽聯句》，及袁鴻《鐵如意庵詩稿》卷三《感懷四首》。

七月立秋前一日，與弟郭鳳及袁棠、顧蚪、袁鴻小飲竹溪堂，以『花入曝衣樓』五字分韻賦詩。

見顧蚪《秋夢齋詩集》卷上《立秋前一日頻伽偕其弟丹叔鳳至竹溪同主人昆季以花入曝衣樓爲韻分得曝字》，及袁鴻《鐵如意庵詩稿》卷一《立秋前一日同顧青庵郭頻伽丹叔鳳伯子湘湄小酌竹溪堂以花入曝衣樓分韻得花字》。

秋，偕袁棠、袁鴻及朱春生赴金陵，於秦淮水閣獨度中秋。

袁鴻，字箋生，江蘇吳縣人。袁棠之弟。官福建永春州知州。有《鐵如意庵詩稿》。

袁棠《秋水池堂詩集》卷五《簡園讌集醉後放歌》『登龍省記廿年前，郭解朱家俱少年』句自註云：『戊申之秋，偕《樗園消夏錄》卷上載：『乾隆戊申，余偕湘湄、箋生兄弟赴金陵。箋生以疾歸里，湘湄入闈試。余居秦淮水閣，中秋之夕，月輪皎然，四無纖雲，命酒獨酌，四更而寢。』

秋，與袁棠、朱春生謁隨園先生。

袁棠《秋水池堂詩集》卷五《簡園讌集醉後放歌》『登龍省記廿年前，郭解朱家俱少年』句自註云：『戊申之秋，偕頻伽、鐵門同謁隨園先生。』

重九後七日，袁棠、袁鴻兄弟及顧蚪到訪，以『今日到君家把酒持勸君』分韻賦詩。

見袁棠《秋水池堂詩》錄顧蚪作《重九後七日集頻伽齋分韻得君字》，及顧蚪《秋夢齋詩集》卷上《頻伽齋讌集以今日到君家把酒持勸君爲韻分得君字》詩。

秋，清曉與同人入鹿城半繭園中，見小屋西偏之墻有女郎詩一首，遂作《蝶戀花》一首以和。

見《靈芬館詞話》卷一。

是年，於嘉善訪沈大成，得交黄凱鈞。

《靈芬館雜著》卷二《詩僧漱冰塔銘》載：『歲戊申，訪友於嘉善，得沈瘦客、黄退庵。』

黄凱鈞（一七五二—一八二〇），字南薰，號退庵，浙江嘉善人。善醫，著有《友漁齋醫話》八卷。另有《友漁齋詩集》。

乾隆五十四年己酉（一七八九） 二十三歲

正月初一，作詩與徐濤唱和。

見《靈芬館詩初集》卷一《元日和江庵韻己酉》。

正月二十四日，送弟郭鳳之蘇州。

見《靈芬館集外詩》之《正月廿四日送丹叔之吳門余正將有金陵之行乃作詩録别用東坡别子由韻》。

二月十二花朝節，坐蘅夢樓作詩兩首。

見《靈芬館詩初集》卷一《花朝坐蘅夢樓得詩二首》。

二月，經秀州、桐鄉、東湖至金陵。

《靈芬館詩初集》卷一《春波橋》有云：『七分柳色三分雨，二月行人過秀州。』《靈芬館詩初集》卷一此詩後，有《雨中過桐鄉》、《弄珠樓》、《東湖曲》等詩。

三月在金陵，師事姚鼐，陪侍袁枚、姚鼐小飲於隨園。

見《靈芬館詩初集》卷一《隨園先生招同姚惜抱夫子小飲花下賦呈》及《古詩三首呈惜抱夫子》。

姚鼐（一七三一—一八一五），字姬傳，一字夢穀，安徽桐城人。乾隆二十八年進士，選庶吉士，改禮部主事。充山東、湖南鄉試考官，會試同考官，《四庫全書》纂修官，後乞養歸。在江南鐘山、紫陽等書院講學四十年。工古文，爲桐城派代表，有《惜抱軒全集》。

讀書於鐘山書院，與姚景衡、秦大光、鮑桂星交，作《贈楞香》、《送鮑覺生桂星》等詩。

《靈芬館詩初集》卷二《鐘山三友詩有序》云：『己酉之歲，余從師金陵，讀書鐘山書院。秦君楞香、鮑君雙五皆先後來會。根重姚君，則吾師姬傳先生子也。』

鮑桂星（一七六四—一八二六），字雙五，一字覺生，安徽歙縣人。嘉慶四年進士，授編修，官至詹事府詹事、文淵閣直閣事。少從吳澹學詩古文，後師從姚鼐。有《覺生詩鈔》、《詠物詩鈔》等，又輯有《唐詩品》。

姚景衡（一七七〇—一八四五），原名持衡，字根重，號庚甫，安徽桐城人。姚鼐長子。乾隆五十七年舉人，知江蘇泰興縣。著有《思復堂詩文集》、《楚辭蒙拾》。

秦大光，字楞香，無錫人。由舉人歷官睢州知州，有政聲。著有《楞香詩草》。

六月，應胡鎬之請爲其母陳止君夫人《合箭樓詩集》題詩。

見《靈芬館詩初集》卷一《題陳止君夫人合箭樓詩集應令子胡鎬屬》。

八月，在鎮江與朱春生登金山。

見《靈芬館詩初集》卷一《登金山塔頂同鐵門賦》，及《靈芬館集外詩》之《八月廿四日同鐵門登金山作》。

是年，弟郭鳳從其婦翁學賈，麐托顧汝敬教之以學。

見《靈芬館詩初集》卷一《呈顧蔚雲汝敬二首》。

顧汝敬（一七三〇—一八〇六），江蘇吳江人，原名汝龍，字配京，號蔚雲。嘉慶九年欽賜舉人。家世吳江士族，在家族中以文學顯，在鄉里教授後學，以朱春生、袁棠爲代表的『竹溪七子』皆出其門。著有《研漁莊詩文稿》、《説叢畫苑》。

《靈芬館雜著續編》卷二《山礬書屋詩初集序》云：『從同里顧蔚雲先生游，先生高弟弟子朱鐵門、袁湘湄皆與余善。』

《靈芬館詩話》卷一云：『與荔堂同里顧君恂堂名兆會，其父蔚雲先生，有人師經師之目，湘湄、鐵門及家弟丹叔皆受業門下』。

十二月二十五日，至竹溪堂與袁棠、袁鴻等友唱和，作詩四首。

見《靈芬館詩初集》卷一《醉司命後一日過集竹溪堂四首》。

乾隆五十五年庚戌（一七九〇）　二十四歲

正月，偕弟郭鳳與友徐濤等人同游鄧尉賞梅，各有詩寫景記事。

見《靈芬館詩初集》卷一《由馬家山至鄧尉小憩還元閣登絕頂望太湖中諸山三首》，及《靈芬館集外詩》之《十六日同江庵放舟爲探梅之行舟中示江庵》三首。

徐濤《話雨樓遺詩》有《正月十七日同頻伽放舟探梅明日至聖恩寺登還元閣訪鬱泰元墓頻伽登元墓山絕頂余憊甚不能偕往作詩示頻伽》。

與弟郭鳳、友徐濤訪沈大成於柳溪，未遇。

見徐濤《話雨樓遺詩》之《同頻伽丹叔鳳訪瘦客於柳溪不值即和頻伽元韻》。

三月之金陵，徐濤送之。

見《靈芬館集外詩》之《將之金陵途中雜感》，及徐濤《話雨樓遺詩》之《送頻伽之金陵即和留别韻》。

居金陵半年，欲求一館不果，典衣寄銀養家，時受姚鼐接濟。

《樗園銷夏錄》卷下云：『庚戌歲，余游金陵，將求一館以爲負米之養。當路貴人皆素相識者，曾莫爲力。旅食幾半載，困而歸。中寄家書，不敢明言，恐詒老母憂。典衣寄銀，云出自館穀。或不足，先生（姚鼐）時以束修益之。』

由金陵返故里，姚鼐書《送頻伽東歸》詩於扇頭贈之，作《奉和姚惜抱夫子送行之作》和之，同年還作《懷惜抱夫子》一首。

見《靈芬館詩初集》卷一，及《樗園銷夏錄》卷下。

九月重陽日，知徐濤病重，作詩問訊。

見《靈芬館集外詩》之《風雨重陽坐愁不出聞江庵病甚詩以訊之》。

將有湘江之行，賦詩與徐濤、朱春生、袁棠、沈大成等友爲别。

見《靈芬館詩初集》卷一《江庵病少間矣而余將有遠行賦此志别》，及《靈芬館集外詩》之《湘江之行有日矣客有以秋柳索詩者爲賦四章分贈江庵鐵門湘湄瘦客各以其字爲韻懷人賦物棖觸無端比於笛中摇落意有所感不求工也瘦客明年仍客柳溪故韻以溪字》。

十一月，徐濤去世，作多詩悼之。

見《靈芬館詩初集》卷一《哭江庵六首》、《江庵厝泗洲寺側同其弟過而哭之四首》、《夜雪悼江庵二首》、《越三日復雪閉門吊影追悼江庵不已仍作三首其卒章乃以自遣也》，及《靈芬館詩初集》卷二《夢江庵》、《燈下鈔存江庵遺詩因題其後》《正月三日訪黄退庵於友漁齋記同江庵過此已三年矣感存沒不能去心靈醉失聲輒題其壁》等詩。

《樗園銷夏錄》卷下云：『庚戌之春，與余同舟探梅鄧尉，時病體稍輕，意致甚勝。歸舟賦詩歷記遊跡，七古一首最爲奇崛，中有「死便埋我梅花下」之句，余深疑其不祥。果以是年下世，殆成讖也。』

《靈芬館雜著》卷一《亡友徐江庵墓誌銘》云：『是歲十一月卒。』

是年吴江縣令龍鐸因事謫戍烏魯木齊，作詩送之。

見《靈芬館詩初集》卷一《送龍雨樵先生鐸謫戍塞外四首》、《靈芬館集外詩》之《冬夜懷雨樵先生》兩首，及袁棠《秋水池堂詩集》卷二《送龍雨樵先生謫戍烏魯木齊》三首。

是年，作《檇李雜詩》八首，似寫一段情事。

見《靈芬館詩初集》卷二。

乾隆五十六年辛亥（一七九一）　二十五歲

三月前後至金陵，作《遲惜抱夫子不至仍用見送韻奉寄》詩。

見《靈芬館詩初集》卷二。

在金陵，袁枚因腹疾久而不愈，作歌自挽，並向友朋與弟子索挽歌詞，麐作《隨園先生生挽詩》以奉。

見《靈芬館詩初集》卷二。

在金陵書院，多與同學朋友姚景衡等唱和。

見《靈芬館詩初集》卷二《次韻姚根重持衡見贈二首》、《疊韻一首寄根重》、《六月二十四日高公子世煥盧公子謨過集鐘山書院招同根重李夢滄藴分韻得乘字》等詩。

秋，姚景衡回桐城，作詩送之。

見《靈芬館詩初集》卷二《送根重歸桐城》。

秋，離開金陵，舟行經京口、淮安、松江等地，曾訪顧國政。

見《靈芬館詩初集》卷二《松江夜泊》、《曉發訪顧竺生國政》、《舟中雜詩》等詩。

是年，女兒阿荼生。

見《靈芬館詩初集》卷二《阿荼》。

乾隆五十七年壬子（一七九二）　二十六歲

在淮安，春與友人集於城西道院。

見《靈芬館詩初集》卷二《同人招飲城西道院水軒記事》。

三月，作《贈李曉江湟五十初度即送其歸里爲粤東之遊》詩與李湟。

見《靈芬館詩初集》卷二。

六月十三日夜，泛舟荻莊，作詩一首。

見《靈芬館詩初集》卷二《六月十三日夜泛舟荻莊作》。

自淮安歸，作《夜坐雜成並示舍弟丹叔及朱袁諸子》詩。

見《靈芬館詩初集》卷二。

十一月二十五日，定徐濤遺稿，並作小序。

見徐濤《話雨樓遺詩》郭麐《序》。

是年，祖父卒。

見《靈芬館雜著》卷一《先君子行略》。

乾隆五十八年癸丑（一七九三）　二十七歲

正月三日，偕弟郭鳳至嘉善，與黄凱鈞、沈大成、釋本白等友人聚於友漁齋。

見《靈芬館詩初集》卷二《正月三日訪黄退庵愷鈞於友漁齋記同江庵過此已三年矣感念存没不能去心沾醉失聲輒題其壁》，及黄凱鈞《友漁齋詩集》卷一癸丑歲所作《正月三日郭頻伽偕弟丹叔鳳過訪友漁齋招同漱冰瘦客夜集即送頻伽之淮陰》。

釋本白，字楚蘅，號漱冰，嘉善人。著有《二竹軒詩集》。

與黄凱鈞、沈大成、釋本白往曹氏溪莊看梅，作《曹氏溪莊探梅同退庵瘦客漱冰》詩。

見《靈芬館詩初集》卷二。

正月十五日後將起行，先葬曾祖父母、祖父母於蝴蝶灣。

《靈芬館詩初集》卷二《上元後將啟行矣風雨連朝雜然有作》其二註云：「時葬曾大父母、大父母於蝴蝶灣。」

春分前至揚州，泛舟平山堂，作《小秦淮泛舟至平山堂》詩紀之。

見《靈芬館詩初集》卷二。

二月十二日花朝節，作詩祭花。

見《靈芬館詩初集》卷二《花朝祭花歌揚州九峰園作》。

在揚州，訪龍光斗未果，作《揚州感舊二首》、《揚州訪劍庵不值所親出示雨樵先生塞外書感賦》、《留别九峰園二絕》等詩。

見《靈芬館詩初集》卷二。

龍光斗，字劍庵，宛平人。龍鐸之子。

春暮至淮陰，入嚴守田幕，與之唱和，作《代看花詞四首戲呈歷亭丈》、《歷亭丈以姬人上頭後三日置酒並令出拜重賦四首》等詩。

見《郭頻伽先生手書詩稿》上冊。

黄凱鈞《友漁齋詩集》卷一癸丑歲所作《頻伽以行卷見示余亦出詩稿就正別後思賦此寄意》註云：『頻伽時游淮陰嚴歷亭幕中。』

嚴守田，字穀園，號歷亭，浙江仁和人。乾隆辛卯山東舉人，官南河同知，有才情，公事之暇，常集諸名流爲文酒之會。著有《晚崧軒詩稿》。

與蔣因培訂交，將別，贈詩三首。

見《靈芬館詩初集》卷二《淮陰晤蔣伯生因培遂訂交焉臨別賦贈三首》。

蔣因培（一七六八—一八三八），字伯生，江蘇常熟人。十七歲以國子監生應順天鄉試，爲法式善所賞。嘉慶初援例得山東費縣巡檢，歷汶上、齊河知縣。後以直言忤上官，遭查辦，謫戍軍台。獲釋後，杜門不復出。有《烏目山房詩存》。

夏初歸家，弟郭鳳新添一子，名桐，後過繼爲己子。

見《靈芬館詩初集》卷二《到家二首》，及《靈芬館詩二集》卷七《阿桐生日》。

仲夏，與嚴守田、蔣因培等往來蘇州、揚州之間，作《渡江示伯生》、《揚州小泊歷亭丈見和吳門唱酬之作賦答二首仍用前韻》等詩。

見《郭頻伽先生手書詩稿》。

《樗園消夏錄》卷下載：『癸丑仲夏，偕歷亭嚴丈、伯生蔣君往來吳門、邗水之間。』

仲夏，在蘇州爲顧麟徵夫人王姮畫扇及《蟾影圖》題詩。

見《靈芬館詩初集》卷二《顧虹橋麟徵以閨人王月函姮畫扇索詩爲題二絕》，及《郭頻伽先生手書詩稿》之《月函王姮蟾影圖》、《點絳唇・月函女史爲作草蟲扇頭》。

王姮，字樨影，號月函，仁和人。顧麟徵妻。工畫花鳥。有《繡餘詠稿》。

五月，在蘇州與陳基、金逸夫婦唱和。

《樗園銷夏錄》卷下載：『癸丑五月，余與陳竹士基相見吳門。出詩一編曰《瘦吟樓稿》，問之爲其夫人金逸纖纖之作。乍一開卷，便覺清氣名香發明耳目，遂攜歸舟中，與鐵門、湘湄諸君共相詫歎，以爲得未曾有。』

《靈芬館詩初集》卷二有《題金纖纖女史逸詩卷》、《陳竹士基見過出示纖纖女士病中荅詩及見題近集二首同韻奉酬》詩，《郭頻伽先生手書詩稿》有《將發胥江竹士纖纖用前韻聯句送行月夜挑燈感不成寐遂與伯生共成二首以荅末章兼訊纖纖之病》、《纖纖有詩見荅訊病之作書此以寄時纖纖將就醫吳江因囑訪汪宜秋内史玉軫》、《再荅纖纖來詩即以留別》、《贈竹士基即以爲別》等詩。

陳基，字竹士，江蘇長洲人。諸生。耽吟詠，遊袁枚之門。

金逸，字纖纖，一字仙仙，江蘇長洲人。諸生陳基妻。師事袁枚，工詩。年二十五卒。有《瘦吟樓詩草》。

買得宋人詩鈔，破損，沈志香爲補之，作詩爲謝。

見《靈芬館詩初集》卷二《買得宋人詩鈔後半頗爲蠹損沈生志香爲余補綴完好書此謝之》。

中秋前三日，作《贈月函夫人並序》詩，答謝王姮贈畫。

見《郭頻伽先生手書詩稿》。

秋夜，作《鐘山三友詩有序》，以懷秦大光、鮑桂星、姚景衡三位友人。

見《靈芬館詩初集》卷二。

在淮安，宿徐實善館賞菊。

見《郭頻伽先生手書詩稿》之《徐稼庭招看鞠花張鐙置酒留連信宿輒作八絶句留題所居以紀一時之會》，《靈芬館詩初集》卷二録其中六首。

徐實善（一七六二—一八二〇），字稼庭，湖州德清人。爲人儒雅。補鹽城縣丞，歷淮南同知、淮安同知。

作詩懷袁枚。

見《靈芬館詩初集》卷二《寄懷隨園先生》。

作詩寄濟寧運河同知黄易，乞書楹貼。

《郭頻伽先生手書詩稿》之《黄小松司馬易遠自山東寄聲道意作此奉寄》篇末小註云：『前曾託小松書海棠花研齋額及楹帖云：「老屋只三間，士龍住東，士衡住西；端溪藏片石，真手不壞，真研不損。」故末章促之。』

黄易（一七四四—一八〇二），字小松，浙江錢塘人。官山東濟寧運河同知，於河防事宜及漕運諸務籌畫備至。嗜金石，所蓄金石甲於一時。工詩文，善填詞，精於摹印。畫墨梅有逸致。有《小蓬萊閣金石文字》、《小蓬萊閣詩》、《秋庵詞草》。

爲吴錫麒《有正味齋集》題詩。

見《郭頻伽先生手書詩稿》之《題吴穀人太史錫麒有正味齋集》。詩末小註贊曰：『集中小詞，尤工絶也。』

吴錫麒（一七四六—一八一八），字聖征，號穀人，錢塘人。乾隆四十年進士，官至國子監祭酒，充上書房師傅。曾兩度主講揚州安定書院。著《有正味齋集》。

宋觀光亡，作詩哭之。

見《靈芬館詩初集》卷二《哭宋龍溪太守觀光》二首。

宋觀光，字龍溪，四川營山人。乾隆十八年拔貢生，由咸安官學教習授六合縣丞同知。乾隆四十九年知州事，歷署蘇松二府，擢徐州府，調江寧府，以句容有重征事罷官。麐求學鐘山書院期間，曾受其惠。

十一月十二日，與周慶承、孫琪同游西湖。

見《靈芬館詩初集》卷三《十月一十二日假館葛林園由西湖放舟至茅家步登飛來峰回飯僧廚乘月上孤山謁林處士墓夜宿湖樓得詩四首示周上舍慶承孫孝廉琪兼寄梁太史同書》，並作有《飛來峰題壁》、《冷泉亭小憩》、《西湖即事》、《游龍井》、《過谿亭》、《登吳山望江二首》，及《郭頻伽先生手書詩稿》之《謁林和靖先生墓》、《夜泛》、《葛林園夜坐呈東美小塍》等詩。

周慶承，字繼千，號小塍，錢塘監生。工箽札，精篆刻。

十一月十七日，與周慶承同游雷峰塔、淨慈寺，登南屏山，作詩紀之。

見《靈芬館詩初集》卷三《十七日同周小塍慶承游雷峰塔淨慈寺登南屏觀溫公摩厓家人卦及海嶽琴臺二字》。

過訪竹溪堂，與袁棠、朱春生等友詩酒唱和。

見《郭頻伽先生手書詩稿》之《訪湘湄鐵門於竹溪堂並招椒圃雲樵及鄭氏諸郎同集席間口占四首》。

與潘眉交，有詩唱和。

見《郭頻伽先生手書詩稿》之《潘壽生眉借鈔余詩卷及見竹溪酬倡之詩因有所作斐然之餘頓爾至致用韻奉酬二首》、《題壽生賞雨圖》。

潘眉（一七七一—一八四一），字稚韓，一字壽生，號青棠館主，江蘇吳江人。諸生。好詩，師事郭麐，好學，究心曆法、地理及金石。有《三國志考證》、《小遂初堂詩文集》。

其父摯友葉振統去世，作挽詩悼之。

見《靈芬館詩初集》卷三《葉丈振統挽詩》。

十二月十一日，與友人集於頻伽齋，分韻賦詩。

見《郭頻伽先生手書詩稿》之《十二月十一日頻伽齋夜集分韻得最字》。

新年前十日，戲作《歲暮雜詩》俳體十九首，時校唐詩將畢。

見《靈芬館詩初集》卷三《歲暮雜詩戲作俳體十九首》，其六言『唐詩手校已將完』。

除夕夜，與郭鳳、潘眉守歲，聯句賦詩。

見《郭頻伽先生手書詩稿》之《頻伽齋守歲聯句三十韻》。

乾隆五十九年甲寅（一七九四） 二十八歲

立春日，有雪，以詩紀之。

見《靈芬館詩初集》卷三《立春日雪》，下注『甲寅』二字。

正月初七，與黄凱鈞、袁棠、朱春生、袁鴻、潘眉、鄭籛等友人集頻伽齋，分韻賦詩。

見《靈芬館詩初集》卷三《人日諸君子過訪頻伽齋即事有作》八首。

朱春生《鐵簫庵詩鈔》卷一《甲寅人日同湘湄箋生荔生竹士壽生弱士舟壘丹叔集頻伽齋分韻》。其三詩中註云：『本約爲人日之會者吾里凡十四人，今不至者過半。』

黄凱鈞《友漁齋詩集》卷二『甲寅』後有詩《人日過頻伽齋追憶徐江庵濤》。

袁鴻《鐵如意庵詩稿》卷一《人日同人集靈芬館分韻三首》，其二有云『五十九年歲甲寅，新正七日是靈辰』，正言此會。另有《追憶故友徐江庵濤同頻伽丹叔陳竹士朱鐵門荔生潘壽生眉鄭弱士籛家孟湘湄作》及《諸子先歸鐵門竹士弱士與余仍留靈芬館夜話得絶句七首》。

正月，至淮陰。

《靈芬館詩初集》卷三《寄雨樵先生塞外》有云：『麐也乞食淮陰市，主人相待殊以誠。往來揚州輒走相問訊，今歲出門促迫當新正。』

二月，寄詩給謫戍新疆的龍鐸。

見《靈芬館詩初集》卷三《寄雨樵先生塞外》詩。

寒食出遊，有詩紀之。

見《靈芬館詩初集》卷三《寒食出遊》三首。

清明節後一日，作詩一首以抒思家之情。

見《靈芬館詩初集》卷三《清明後一日》。

夜遊荻莊，見海棠已落，有感作詩。

見《靈芬館詩初集》卷三《夜遊荻莊見海棠已落》。

與吳嵩梁交，爲其作《新田十憶圖詩爲吳蘭雪嵩梁作》。

見《靈芬館詩初集》卷三。

吳嵩梁（一七六六—一八三四），字子山，號蘭雪，晚號澈翁，別號蓮花博士、石溪老漁。江西東鄉人。清代文學家、書畫家。少孤貧，有異才，以鬻文養母。嘉慶五年舉人，授國子監博士，旋改內閣中書。道光十年擢貴州黔西知州，有惠政。後轉長寨廳同知。有《香蘇山館全集》。

春末夏初，爲沈大成《癸丑詩集》題詩。

《靈芬館詩初集》卷三有《題瘦客退庵詩稿》一首。黄凱鈞《友漁齋詩集》卷一附郭麐《題瘦客退庵癸丑詩集並寄漱冰》詩二首，其一與《靈芬館詩初集》之《題瘦客退庵詩稿》同，其二《靈芬館詩初集》未收。

薦袁棠課嚴守田之子，袁棠至淮陰，麐作《喜湘湄至淮陰》二首。

見《靈芬館詩初集》卷三。

《靈芬館詩話》卷一載：「甲寅之春，歷亭丈介余致書湘湄，延課其子，湘湄素知歷亭，且以余故，欣然而來」。

離淮陰，途經寶應、高郵、邗江、真州等地，有詩紀之。

見《靈芬館詩初集》卷三《舟發淮陰夜中風雨大至寄湘湄》、《明日仍大風雨幾不得泊作此志險》、《寶應道中》、《甓社湖記湘湄語作》、《高郵夜泛》、《舟發邗江道中口號二首》、《雨後過楊子橋》、《真州道中絶句》等詩。

九月，嚴守田折簡招客，麐與衆友會於荻莊，作『荻莊秋社』，吟詩唱和。

見《靈芬館詩初集》卷三《荻莊秋社詩有序》。

十月初，由邗江經蘇州至袁棠家，拜見其母，送上袁棠所寫家書。

見《靈芬館詩初集》卷四《寄湘湄淮陰》。

在家時，應詹隺松之請作《詹氏雙節婦詩並序》。

見《靈芬館詩初集》卷四。

冬，至杭州。訪蔣仁於東皋，並遊靈隱寺及韜光寺。

見《靈芬館詩初集》卷四《訪蔣山堂仁於東皋别去奉寄》及《從靈隱入韜光寺》詩。

歲暮，由焦山渡江至淮陰，客中度歲。

見《靈芬館詩初集》卷四《焦山渡江》及《逼除》詩。

乾隆六十年乙卯（一七九五） 二十九歲

正月十二日，與程元吉、尤維熊等友同集春草軒。

見《靈芬館詩初集》卷四《人日後五日程藹人孝廉元吉招同尤二娛維熊集春草軒賦贈三首》，及尤維熊《二娛小廬詩鈔》卷二《程藹人孝廉招同郭十三會飲春草軒即次藹人去臘荻莊雪讌元韻兼寄湘湄》詩。尤維熊（一七六二—一八〇九），字祖望，號二娛，江蘇長洲人。乾隆五十四年拔貢生，官蒙自知縣。工詩詞，有《二娛小廬詩詞鈔》。

正月，檢閱數年來元夕諸作，有感賦詩。

見《靈芬館詩初集》卷四《檢閱數年來元夕諸作感而賦此》。

二月十二花朝節，飲於荻莊。

見《靈芬館詩初集》卷四《花朝飲荻莊》。

從淮陰乘舟，過蘇州至家。

見《靈芬館詩初集》卷四《舟發淮陰》、《吴門夜泊》。

閏二月十日，於家中作詩一首。

見《靈芬館詩初集》卷四《閏二月十日》。

寒食節，作《寒食雜題》詩五首。

見《靈芬館詩初集》卷四。

閏花朝，與黄凱鈞、沈大成、袁鴻、吴鷗等友集靈芬館。

《靈芬館詩四集》卷七《閏花朝阻風金壇先寄曼生用昌黎寒食出遊韻》有云：『平生三見閏花朝，兩度賓朋盛吟詠。』後註曰：『乙卯同人集靈芬館，癸亥同集西湖之第一樓，皆有詩。』

吴鷗《天寥遺稿》卷一有《乙卯閏花朝同人集頻伽齋分韻》詩。

黄凱鈞《友漁齋詩集》卷二『乙卯』後有詩《閏花朝同沈瘦客大成袁篴生鴻朱荔生文琥鄭弱士籛陳秋史燮吴獨遊鷗潘壽生眉集頻伽齋分韻》。

袁鴻《鐵如意庵詩稿》卷二有《閏花朝集靈芬館分韻三首同黄退庵凱鈞沈瘦客朱荔生陳秋史鄭弱士潘壽生吴獨遊鷗暨主人昆仲作》。

吴鷗，字獨遊，或作獨遊，蘆墟人。少業縫工事母，見郭麐兄弟談詩輒竊聽，遂學爲詩。年五十依胥塘雁塔寺廣信爲僧，法號空明，字天寥。

即將入都，與諸友以詩作别。

見《靈芬館詩初集》卷四《入都録别》、《竺生見過話别三首》等詩。

朱春生《鐵簫庵詩鈔》卷一有《送頻伽入都》三首。

尤維熊《二娱小廬詩鈔》卷二有《送郭十三入都二首》。

三月九日晚，乘舟北行。袁棠於瓜洲送之，吴鷗至滸墅關再相送。

見袁棠《秋水池堂詩集》卷四《瓜洲舟次送頻伽入都》二首及《秋水池堂詩》抄本《山塘送頻伽入都》，吴鷗《天寥遺稿》卷一《送頻伽先生入都》及《滸墅關再送》詩。

作詩留别嚴守田。嚴守田已致書都中金光悌，爲麐假館。

見《靈芬館詩初集》卷四《留别嚴歷亭丈守田》。《靈芬館詩初集》卷四《入都録别》其二云『第一可勿憂，已有噉飯地』，後註曰：『嚴歷亭丈致書金蘭畦比部，爲麐假館。』

金光悌（一七四七—一八一二），字汝恭，號蘭畦，安徽英山人。乾隆四十五年進士，由宗人府主事累官至刑部尚書。熟悉刑律，執法甚嚴。

經汶上、茌平、德州、良鄉等地至京都，時東部大旱。

見《靈芬館詩初集》卷四《汶上作》、《茌平道中作》、《德州道中寄舍弟》、《過德州》、《良鄉題壁》等詩。《汶上作》詩中有註云：『時東土旱甚。』

至京都，館金光悌家。與金宗邵、錢清履、法式善、王友亮、吳錫麒、李如筠等人交遊。

《靈芬館雜著》卷二《贈張雲藻明府四十序》云：『乾隆乙卯，余應京兆試，主今山東廉使金先生家。』

《靈芬館雜著續編》卷一《金仲蓮墓誌銘》云：『乙卯歲余赴京兆試，主尚書家。初相見，殊落落，久乃更相親。下第出都，執手流涕。後君從宦江西，邀余往，數晨夕者，先後半載。』

《靈芬館詩初集》卷四有《呈法時帆先生式善》、《金載園劭招同伯生小飲陶然亭用壁間時帆先生韻四首》、《王葑亭給諫友亮吳穀人編修錫麒招集有正味齋》、《奉酬時帆先生見贈之作次韻二首》、《題愓甫小像》、《時帆先生詩龕圖三首》、《題李介夫編修如筠蛾術齋集》、《題時帆先生積水潭燕遊圖》等詩，可見其在京之交遊。

法式善《存素堂詩初集録存》卷五『乙卯』詩有《贈郭祥伯麐》。

法式善（一七五二—一八一三），原名運昌，字開文，號時帆。蒙古正黄旗人，烏爾濟氏。乾隆四十五年進士，授檢討，官至侍讀。生平熟悉朝章典故，有《陶廬雜録》、《存素堂集》等。

金宗邵，字載園，又字仲蓮，安徽英山人。金光悌之長子。順天壬子科舉人，由中書選工部都水司主事。

錢清履，字慶徽，號竹西，嘉善人。乾隆甲辰舉人，歷官湖北白河口同知。有《松風老屋詩稿》、《古芸樓詩鈔》。《靈芬館雜著三編》卷五《錢竹西先生七十壽序》云：『乾隆乙卯余應京兆試，始識竹西先生於京師。』

與京兆試，不第，起絶意進仕之念。

《（光緒）嘉善縣誌》卷二十五載：『乾隆乙卯赴北闈，法時帆學士先施納交。報罷歸，絶意仕進，爲諸侯賓客以老。』

馮登府《頻伽郭君墓誌銘》云：『少應省試及一應京兆試，輒不遇。三十後遂絶意舉業，專力於詩古文詞，其詩詞尤縱才力所至。』

《靈芬館詩初集》卷四《渡江舟中先寄故鄉諸子用東坡常潤道中韻》云：『心怯三千里路遠，自知二十九年非。』

在京師，弟郭鳳得孿生子，爲命名曰『梓』、『漆』。

《靈芬館雜著》卷一《阿梓瘞銘》曰：『余居京師之歲，丹叔以書來告曰：「婦舉二子，皆男也，孿生而同時，請命之。」其兄桐也，余咳而名之曰「梓」曰「漆」。』

冬，下第後偕蔣因培南歸，作詩留别京中諸友。

見《靈芬館詩初集》卷四《次韻留别延庚編修》、《酬介夫編修送行之作次韻二首》等詩。

李如筠，字介夫，號虚穀。江西大庚人。乾隆五十二年進士，官翰林院編修，乾隆五十九年甲寅恩科考官。有《蛾術齋詩集》。《靈芬館詩話》卷三云：『乙卯余旅食京華，士大夫之賢有文者，雅相過從，而於李編修介夫如筠爲尤密。以余主金蘭畦丈家，蘭畦，介夫座主也。……余下第歸，介夫以詩見送。』

法式善《存素堂詩初集録存》卷五『乙卯』詩有《送郭祥伯罷京兆試歸里》。王芑孫《淵雅堂全集》編年詩稿卷十二『乙卯』年詩有《題郭頻伽麐水村圖》及《送郭十三麐罷解南還即用其見題小照詩韻》。

歸途過汶上，作詩呈京中金光悌及其子金宗邵。

見《靈芬館詩初集》卷四《汶上道中卻寄載園兼呈蘭畦丈光悌四首》。

歸途經蔣因培之蘿莊，留宿。

見《靈芬館詩初集》卷四《寄伯生蘿莊》及《別伯生後宿南沙河題壁》等詩。《靈芬館雜著續編》卷一《蔣母金太安人墓誌銘》云：『乙卯歲，下第出都，偕伯生行過汶上之蘿莊。』

十月二十日夜，於宿遷旅舍聞異聲，作詩紀之。

見《靈芬館詩初集》卷四《十月二十日夜宿遷旅舍聞鬼車作》。

歸家，於陳基、朱春生、郭鳳等唱和。

見《靈芬館詩初集》卷四《竹士見過》、《贈竹士》、《遲鐵門次丹叔韻》等詩。

清仁宗嘉慶元年丙辰（一七九六）　三十歲

正月十二日，黄凱鈞父子及沈大成、釋本白鑿冰乘舟來訪，作詩二首。

見《靈芬館詩二集》卷一《退庵父子偕瘦客漱冰過訪草堂即席二首》。《靈芬館雜著》卷一《詩僧漱冰塔銘》云：『丙辰春，大雪初霽，退庵乘輕舟鑿河冰三十里達予家，則漱冰偕焉。飲酒賦詩至四更不寐。』

正月二十一日，與弟郭鳳賞燈。

見《靈芬館詩二集》卷一《上元後六日村人放燈同舍弟往觀》。

二月至杭州。中和節，與嚴守田等友泛舟西湖。

見《靈芬館詩二集》卷一《中和節泛舟西湖次歷亭司馬丈韻》二首。

花朝節與友約遊西湖，因雨未果。

見《靈芬館詩二集》卷一《花朝約遊西湖不果》。

上巳節至穀雨前，遊杭州各景，作詩紀之。

見《靈芬館詩二集》卷一《上巳出遊》、《紫雲洞》、《金果洞》、《蝙蝠洞》、《謁于忠肅墓用壁間朱石君中丞韻》、《虎跑泉用東坡韻》、《意行南山口號》、《穀雨前一日湖上作用東坡煙江疊嶂圖韻》等詩。

作詩挽蔣仁。

見《靈芬館詩二集》卷一《蔣山堂仁挽詩》。

過吳鵾居所，兩人作詩酬唱。

見《靈芬館詩二集》卷一《過獨遊村居即用其韻二首》。

四月，返家，作《靈芬館即事》詩八首。

見《靈芬館詩二集》卷一。許增校點本有註曰：『四月回家，有《靈芬館即事》詩。』

六月，又至杭州，寄宿仙林寺，作《書寄舍弟書後》十首、《仙林寺即事第三首用轆轤體》、《寄丹叔》等詩。

見《靈芬館詩二集》卷一。許增本《靈芬館詩二集》有註曰：『六月又至杭州，有《寄宿仙林寺》、《寄丹叔》詩。』

杭州有火災，作長詩《哀孽火》。

見《靈芬館詩二集》卷一。

七月二十四日，生母翁夫人卒。

《靈芬館雜著》卷一《生母祔志》云：『汝母之卒，以元年之七月二十四日，年五十二。』

十二月二十二日，友蔣因培來訪。

見《靈芬館詩二集》卷一《醉司命前二日伯生見訪草堂即用其東阿道中韻送之虞山時伯生方謀窀穸故末章及之》。

十二月二十四日，作《碎瓶記》，懷思亡友徐濤。

見《靈芬館雜著》卷二。

年末，舟過黎里，與朱春生同至新詠樓，訪友徐達源。

見《靈芬館詩二集》卷一《舟過黎里同鐵門訪山民於新詠樓留詩爲别山民時以趙秋谷詩幅見遺即用秋谷韻》。

徐達源，字山民，黎里人。翰林院待詔，在京師與洪亮吉、顧元熙等人交。詩宗楊誠齋，晚年出入山谷間。有《新詠樓詩》。

收録少年時期至此年之間所作詞兩卷，結爲《蘅夢詞》。

見《靈芬館詞四種》序。

嘉慶二年丁巳（一七九七）　三十一歲

春，至淮安，夜遊荻莊。

見《靈芬館詩二集》卷一《月夜遊荻莊有作寄藹人二首》。

經尤維熊介紹，於淮安拜會彭兆蓀，有詩紀之。

見《靈芬館詩二集》卷一《兩生相逢行贈彭甘亭兆蓀》。

彭兆蓀《小謨觴館詩集》卷六有《相逢行答吴江郭頻伽麐》詩。

彭兆蓀（一七六九—一八二一），字湘涵，號甘亭，江蘇鎮洋人。諸生，道光元年舉孝廉方正，未赴而卒。工詩詞，有《小謨觴館集》。

在淮安，與沈植蕃交，爲其題畫。

見《靈芬館詩二集》卷一《題沈曙堂司馬畫蟹爲蔗畦植蕃作》。

沈植蕃，字樹屏，號蔗畦，本山陰人，遷居錢塘。幼家貧，倚靠外氏，奉母居清江、宿遷之間。有經世之志，後循例捐淮安府桃源南岸河務通判，升海防河務同知。

梅雨時節，偕郭鳳、吴鶡過飲潘眉西敦酒舍。

見《靈芬館詩二集》卷一。

與袁棠至虎丘仰蘇樓探李湟之病，有詩紀之。

見《靈芬館詩二集》卷二《曉江養疴虎丘仰蘇樓同湘湄訊之夜宿樓中示湘湄》、《仰蘇樓即事和湘湄》。

六月，李湟去世，作詩哭之。

見《靈芬館詩二集》卷二《哭曉江丈》。

李湟亡後七日，與同人設八關齋於僧寮，作詩奠之。

見《靈芬館詩二集》卷二《曉江沒後七日同人爲設八關齋於僧寮作此奠之》。

夏，居家。與弟郭鳳、友吴鶡等人唱和。

見《靈芬館詩二集》卷二《靈芬館聽雨分韻同丹叔獨遊》、《齋中盆荷俱落惟一枝未放積雨乍收曉露如洗丹叔呼起看之得二絶句》、《丹叔手鈔誠齋詩集竟校讎一過輒書其後即用誠齋體》等詩。

妹婿鄭籛亡，时與其妹成婚未及一年，爲作墓誌銘。

見《靈芬館雜著》卷一《鄭弱士墓誌銘》。

秋，至杭州，宿於靈鷲山家，遊永福寺、韜光寺。

見《靈芬館詩二集》卷二《宿靈鷲山家》、《永福寺看芙蓉》、《重遊韜光寺》。

在杭州，與奚岡、朱春生集於嚴守田待菘軒，詩酒唱和。

見《靈芬館詩二集》卷二《歷亭丈招同奚鐵生岡鐵門同集待菘軒次歷亭丈韻》、《用前韻贈鐵生》。

奚岡（一七四六—一八〇三），字鐵生，原籍安徽新安，寓杭州。工書法，擅篆刻治印，以繪畫名於世，爲『西泠八家』之一。著有《冬花庵燼餘稿》。

九月初九，與朱春生登杭州鳳凰山。

見《靈芬館詩二集》卷二《九日同鐵門鳳凰山登高作》及《浮眉樓詞》卷一《滿江紅·九日同鐵門登鳳凰山頂尋女教場望江用倦圃竹垞錢唐觀潮韻》，朱春生《鐵簫庵詩鈔》卷一《九日同頻伽登鳳凰山紀遊》五首。

九月十四日，與朱春生遊杭州六和塔、雲棲寺，並留宿僧樓。

見《靈芬館詩二集》卷二《九月十四日同鐵門由六和塔放舟至梵村遊雲棲寺留宿僧樓遲明下山循九溪十八澗至南山尋水樂石屋諸洞喚渡西湖以歸得詩五首》、《夜宿雲棲以黄昏到寺蝙蝠飛分韻得昏字》。

自杭州歸家，與吴鵾、潘眉等友及徐達源、吴瓊仙夫婦有唱和題贈之作。

見《靈芬館詩二集》卷二《題壽生西墩酒舍》、《柬壽生》、《寄懷退庵瘦客並示漱冰》、《丹叔之田家未歸醉後有作並示吳季子鷗潘無言眉二首》、《吳珊珊夫人瓊仙見和題贈之作自愧前詩率爾輒別作二首奉答並呈山民》等詩。

十一月，爲父卜葬嘉善澄湖港。

見《靈芬館詩二集》卷二《先君子卜葬於澄湖港詩以述哀三首》。

《靈芬館雜著》卷一《先君子行略》載：『嘉慶二年十一月□日，卜地於嘉善澄湖港之阡以葬。』

姚鼐《郭君墓誌銘》云：『又數年，麐乃克葬祖若父，於是葬君於嘉善縣澄湖港之阡，時嘉慶二年也。』

十二月十八日，乃立春後兩日，小病初起，有詩。

見《靈芬館詩二集》卷二《小病初起即事》。

聞龍鐸爲粵中之遊，寄詩一首。

見《靈芬館詩二集》卷二《雨樵先生入塞過吳中余不及一見聞其又爲粵中之遊卻寄一首》。

居家，與吳鷗、潘眉、郭鳳等有詩唱和。

見《靈芬館詩二集》卷二《遲獨遊不至調之》、《有許餉梅花水仙者遲之以詩》、《壽生以竺生湘湄倡和之作見示遙同其韻》、《酒坐約壽生獨遊爲鄧尉之遊仍用前韻》、《丹叔連日有詩未成朝起雪作書此督和用東坡病中大雪用號令韻》、《丹叔別作二詩辭意清絶復疊前韻一首》、《次日丹叔見和前韻壽生亦繼作二首意將壓晉軍而陳也是夕風雪復作霑醉氣豪再疊前韻答之》等詩。

除夕將至，以詩約潘眉同來守歲。

見《靈芬館詩二集》卷二《約壽生爲守歲之集以詩代柬》。

除夕，與郭鳳、潘眉守歲於靈芬館，分韻賦詩。

見《靈芬館詩二集》卷二《靈芬館守歲分韻得三肴》。

嘉慶三年戊午（一七九八）　三十二歲

正月初三，天氣新晴，作詩一首。

見《靈芬館詩二集》卷三《新正三日新晴試筆》。

顧國政過訪，黎明乘舟離去時風雪大作，麐作詩寄之。

見《靈芬館詩二集》卷三《竺生過訪遲明放舟風雪大作即用其去歲見懷韻寄之》。

早春，與郭鳳、吳鷗等人遊莫釐峰、靈巖山、虎山橋等地，至鄧尉探梅。

見《靈芬館詩二集》卷三《莫釐峰望太湖作》、《乘小舟至湖岸沿洄半夜始達舟次戲占示丹叔獨遊時有鄧尉之行》、《虎山橋夜步同獨遊丹叔作》、《探梅口號》、《元墓追悼江庵》等詩。

在杭州，見吳嵩梁近作，題詩其端，並送其歸西江。

見《靈芬館詩二集》卷三《蘭雪自邗江來杭出近作相示即書其端送歸西江》。

春末，與吳嵩梁、陳鴻壽、何元錫雨中同集西湖舟中並留宿葛林園，各作詩。後奚岡作《西湖餞春圖》，並將衆人之詩題於圖上，麐爲作序。

見《靈芬館詩二集》《餞春日蘭雪曼生何夢華元錫同集西泠舟中遇雨留宿葛林園得詩二首》，及陳鴻壽《種榆仙館詩鈔》下卷《湖上餞春同吳蘭雪郭頻伽何夢華》。

《靈芬館詩三集》卷一《送春詞四首和蘭泉先生》其二自註：『戊午春盡日，蘭雪、曼生、夢華雨中同集湖上，鐵生作西湖餞春圖，並書諸人之詩於上。』

《靈芬館雜著》卷二《西湖餞春詩序》云：『羈旅之日，春盡之朝，放舟延緣，折簡招客……與是會者，東鄉吳嵩梁，錢唐何元錫、陳鴻壽。期而不至者，錢唐奚岡。岡以畫名一時，實爲其圖。序之者，吳江郭麐也。』

《靈芬館詩話》卷七云：『戊午春盡日，曼生、夢華、蘭雪同集西泠，舟中遇雨，留宿葛林園，各有詩以紀，而余爲之序，時鐵生期而未至。越日爲余作《西湖餞春圖》，並爲書各人之作於冊，而系以一律。』

陳鴻壽（一七六八—一八二二），字子恭，號曼生，錢塘人。陳文述從兄。嘉慶六年拔貢，曾官溧阳知县、江南海防同知。詩文書畫皆工，精篆刻，有《種榆仙館詩鈔》。

何元錫（一七六六—一八二九），字夢華，一字敬祉，號蜨隱，浙江錢塘人。工詩，博考金石文字，家多善本。後客死廣東。有《秋神閣詩鈔》。

在杭期間，爲何元錫、陳鴻壽作題畫詩。

見《靈芬館詩二集》《題夢華葛林園吟社圖並寄小松》三首、《爲曼生題奚九畫竹》一首。

送陳鴻壽入都，作詩贈之。

見《靈芬館詩二集》卷三《送陳曼生鴻壽入都三首》。

四月至六月，就食越州，有多詩紀其遊蹤。

《靈芬館詩二集》卷三《會吟集》小敘云：『就食越州，貪尋舊跡，時當行散，聊復謳吟。』同卷有《怪遊台》、《南鎮》、《謁大禹陵二十二韻》等詩。

在紹興，爲嚴冠題畫。

見《靈芬館詩二集》卷三《題嚴四香冠秋林覓句圖》。

嚴冠，字四香，浙江仁和人。嘉慶諸生。善畫梅，喜吟詠。有《茶壽庵詩》。

在紹興，寄詩給身在杭州的朱春生。

見《靈芬館詩二集》卷三《寄鐵門武林》。

在紹興，寄詩給弟郭鳳，並示陳鴻壽。

見《靈芬館詩二集》卷三《以越州近狀書寄舍弟並示壽生四首》、《前詩意有未盡再書四十字》。

夜發山陰，至杭州。

見《靈芬館詩二集》卷三《夜發山陰》、《西湖遇雨》。

在杭州，與阮元交遊。

見《靈芬館詩二集》卷三《題阮閣學芸臺先生西湖泛月圖》、《定香亭用山谷廬泉水韻三首呈芸臺少宗伯》、《朝涼思飲戲呈宗伯四疊前韻》等詩。

阮元（一七六四—一八四九），字伯元，號芸台，江蘇儀征人。乾隆五十四年進士，授編修，歷任山東、浙江學政，浙江、湖南、江西巡撫，湖廣、兩廣、雲貴總督，兵部、禮部、戶部、工部侍郎，體仁閣大學士等職，致仕時加太傅銜，卒謚『文達』。生平著述甚富，兼工書，尤精篆隸。校刊《十三經注疏》、《文選樓叢書》，撰輯《經籍纂詁》、《兩浙金石志》等，匯刻《學海堂經解》，自著《揅經室集》。

七月十五日，與阮元、華瑞潢、何元錫、張詡、臧鏞堂等夜集西湖湖心亭，有詩紀之。

見《靈芬館詩二集》卷三《七月望日芸臺先生招同華秋槎瑞潢何夢華張勿詡詡臧在東鏞堂夜集湖心亭疊前韻》。

華瑞潢，字秋槎，江蘇無錫人。官象山、天台、臨海等縣，擢同知，署台州知府，所至有惠政。僑居西湖二十餘年，嘗爲再浚西湖，請於阮元。

張詡，字勿詡，號淥卿，元和人。監生。有《露華榭詞》。

臧鏞堂，後改名庸，字拜經，江蘇武進人。師事盧文，並從錢大昕、段玉裁等討論學術。館浙江巡撫阮元署中，助其匯輯《經籍纂詁》，治學嚴謹。著有《拜經文集》、《月令雜說》、《說詩考異》等。

作詩贈答孫原湘。

見《靈芬館詩二集》卷三《答孫子瀟原湘見寄次韻五首》。

孫原湘（一七六〇—一八二九），字子瀟，晚號心青，江蘇昭文人。嘉慶十年進士，改庶吉士。不仕。善駢文、書畫，尤工詩。與舒位、王曇齊名。其詩風神秀逸。有《天真閣集》。

八月十八日，觀錢塘江潮，有詩紀之。

見《靈芬館詩二集》卷三《觀潮作》、《歸後夜聞潮聲甚怒》、《六和塔候潮》。

初冬，曹秉鈞贈馬券帖拓本，麐作詩答謝，並題其《品研圖》。

見《靈芬館詩二集》卷三《曹雪博秉鈞以馬券帖拓本見餉作此奉謝》、《題曹種梅學博品研圖》。

曹秉鈞，字仲謀，號種梅，又號水雲，浙江嘉興人。貢生。曾在山陰任教官。工畫梅，書法仿蘇軾，得跌宕之致，有《水雲老人詩鈔》。

陪姚鼐遊杭州諸山，並乞姚鼐爲其父作墓誌銘。

見《靈芬館詩二集》卷三有《喜晤惜抱夫子於武林同遊龍井南屏諸山別去作此奉寄》。

姚鼐《郭君墓誌銘》有云：「葬君於嘉善縣澄湖港之阡，時嘉慶二年也。次年遇余杭州，乞補爲君志。余宿知吳江陸中丞，天下君子其所許，必君子無疑也，而又哀麐志，乃爲銘。」

姚鼐《惜抱軒詩集》卷十有詩《登松篁嶺酌龍井泉與吳江郭頻伽朱鐵門及持衡同遊及暮乃返》。

除夕，至魏塘，與黃凱鈞等友會於馴鹿莊，並有意移家魏塘。

見《靈芬館詩二集》卷三《除夕至魏塘退庵招飲馴鹿莊時將卜居此間》、《退庵許以馴鹿莊見借暫止眷屬作此奉謝》兩詩。

《靈芬館雜著》卷二《銷夏三會詩序》云：『始余因沈瘦客得交魏塘之詩人黄退庵、釋漱冰，後遂移家於此，亦以三人故也。』

嘉慶四年己未（一七九九）　三十三歲

正月三日，友詩僧本白卒。

《靈芬館雜著》卷一《詩僧漱冰塔銘》曰：『余於嘉慶己未二月移家嘉善，先一月而漱冰化去，退庵、瘦客皆爲詩哭之』。

黄凱鈞《友漁齋詩集》卷四『己未』後有《正月三日二竹軒哭漱冰上人》詩四首。

元宵節後，與吴鷗、郭鳳同遊洞庭，並連夜放舟至鄧尉看梅。

《槜園銷夏録》卷上載：『余記己未上元後，偕獨遊、丹叔、一僮名汀漚，同遊洞庭歸，至友人家留飲至二鼓，款留止宿，余意亦遂留，獨遊不可，曰乘此月色從此間至我，舟不過十里許，三鼓可達，連夜放舟至鄧尉，明早即置身香雪海矣。』

吴鷗《天寥遺稿》卷一有《同頻伽丹叔兩先生鄧尉探梅》詩一首。

二月，從江蘇吴江移居浙江嘉善魏塘，兩地只一水相隔。

見《靈芬館詩二集》卷四《移居四首》、《移家魏塘旋復赴越書寄鐵門湘湄》及《靈芬館詩三集》卷一《後移居詩四首》。

《靈芬館詩二集》卷四《移家集》小敘有言：『嘉慶己未，余移家魏塘。』

《靈芬館雜著》卷一《詩僧漱冰塔銘》云：『余於嘉慶己未二月移家嘉善。』

郭鳳《山礬書屋詩初集》卷二有《己未二月移家魏塘》詩三首及《移居初定偶成一律》。

二月四日，與潘眉、吴鷗等受黄凱均之邀，至馴鹿莊飲酒賞梅。

見《靈芬館詩二集》卷四《退庵招同壽生獨遊丹叔小飲馴鹿莊梅花下二首》，及黄凱鈞《友漁齋詩集》卷四『己未』詩《二月四日可石頻伽獨遊壽生丹叔同過馴鹿莊看梅》。

潘眉、吴鷗留居麐家，欲歸，麐作詩送之。

見《靈芬館詩二集》卷四《壽生獨遊留數日而歸詩以送之》。

和珅被誅，作歌行體《大墻上蒿行》一首。

許增校點本《靈芬館詩二集》卷四《大墻上蒿行》有註云：『嘉慶四年，大學士和珅被誅，詩疑即指此。』

二月十二花朝節，出發往紹興。

《靈芬館詩二集》卷四《移家魏塘旋復赴越書寄鐵門湘湄》、《和丹叔見寄十首》。黄凱鈞《友漁齋詩集》卷四『己未』詩有《花朝送頻伽之紹興》。

上巳節與友同游蘭亭。

見《靈芬館詩二集》卷四《上巳偕同人游蘭亭遇雨不至泊舟蘭渚橋修禊而歸得詩二首》。

在紹興，與曹秉鈞交遊，獲贈曹所藏之錢載之井田研。

見《靈芬館詩二集》卷四《和種梅送春詩兼寄蘭雪夢華曼生諸君》、《種梅藏錢擇石先生井田研上有一牛製極精好擇石自銘其背曰牛兮飲我墨池幽折枝寫生亦有秋余見而愛之種梅舉以見贈作詩爲謝》。

暮春，與曹秉鈞同訪青藤書屋主人陳鴻逵。

見《靈芬館詩二集》卷四《種梅丈招同鄔伯宋學郊訪青藤書屋酒間作歌留贈主人陳鴻逵》。

陳鴻逵，字九嚴，會稽人。嘉慶戊辰舉人，官廣東大洲場大使。著《曩翠樓詩稿》。

四月十日，嚴守田卒，作詩挽之。

見《靈芬館詩二集》卷四《嚴歷亭丈挽詩》三首。

六月，至杭州，寓可莊，題壁作詩。

見《靈芬館詩二集》卷四《可莊雜詩》五首。

《靈芬館雜著》卷一《書可莊題壁詩後》云：「余以己未六月寓可莊。」

在杭州，同華瑞潢交遊，爲其題畫。

見《靈芬館詩二集》卷四《題華秋槎北山旅舍圖》、《華秋槎石門觀瀑圖》。

七月十三日，夜遊西湖，有詩紀之。

見《靈芬館詩二集》卷四《七月十三日西湖夜泛作》。

七月十五日，在旅舍懷嚴守田。

見《靈芬館詩二集》卷四《中元旅舍追感歷亭丈有作》詩兩首。

歸家，潘眉、吳鷗過訪。

見《靈芬館詩二集》卷四《喜壽生獨遊見過》。

病中得黃凱鈞贈以素食，作詩爲謝。

見《靈芬館詩二集》卷四《病中退庵以素食見餉走筆爲謝》。

七月二十九日，友沈大成卒，爲寫墓誌銘並與黃凱鈞輯其詩。

《靈芬館雜著》卷一《沈集元墓誌銘》曰：「君卒於嘉慶四年七月，年三十八。無子，女一人尚幼。與余交最篤，余落魄不能進取，知君之意，不必欲其與余同也。君沒，與其友黄退庵輯其詩。」

袁鴻入都，作詩送之。

見《靈芬館詩二集》卷四《送篴生入都》二首。

與黄凱鈞等人訪釋潄冰二竹軒，傷悼潄冰之亡。

見《靈芬館詩二集》卷四《二竹軒禮潄冰上人影堂》。

在山陰，與曹秉鈞、錢載等人交遊，爲題畫。

見《靈芬館詩二集》卷四《仲梅司訓手録諸宫贊錦錢侍郎載及京師諸公芍藥繡球倡和之作都爲一冊侍郎仍圖二花于幀首出以見示輒次韻題其上》二首及《題蘀石老人竹》。

錢載，字坤，一號蘀石，又號萬松居士，浙江嘉興人。乾隆壬申傳臚，改庶吉士，散館授編修，累遷至内閣學士、禮部侍郎。學問淵博，品行修潔。善畫，尤工蘭竹。有《蘀石齋集》。

是年，納素君爲妾。

見《靈芬館詩二集》卷四《述昏四首》。

在山陰度歲，作《除夕即事》一首。

見《靈芬館詩二集》卷四。

嘉慶五年庚申（一八〇〇）　三十四歲

正月十五日，作《上元雜詩》十首。

見《靈芬館詩二集》卷五。

上元後大雪，準備歸家。

見《靈芬館詩二集》卷五《元夕後雪》、《越日雪復大作獨坐有懷》。

正月二十二日，偕妾素君由紹興乘舟歸魏塘。

見《靈芬館詩二集》卷五《上元後七日自山陰放舟還魏塘舟中示素君》。

《靈芬館詩二集》卷五《山陰歸棹集》小敘有云：『上元後，挈素君歸魏塘僑居。』

正月二十八日，與朱春生、郭鳳等集黄凱鈞馴鹿莊，分韻賦詩。追憶沈大成和馴鹿莊詩，作詩和之。

見《靈芬館詩二集》卷五《正月廿八日退庵招集馴鹿莊分韻得多字》、《瘦客和馴鹿莊詩有小松栽過三年後略有濤聲到枕來之句風景依然伊人長往不勝向秀之感爲賦一章兼呈退庵諸君》，及黄凱鈞《友漁齋詩集》卷五『庚申』詩《正月廿八日東莊看梅同竹田可石朱鐵門春生頻伽丹叔兒安濤分韻得留字》。

二月七日，同弟郭鳳、友吴鷗游太湖，舟中作詩寄素君。後至蘆墟舊居。

見《靈芬館詩二集》卷五《雨中同金瀑山獨遊丹叔過楊家灣》、《將遊林屋石公阻風不果》、《舟中望太湖諸山有作》、《二月七日太湖舟中寄素君》、《過蘆墟村示里中所知》等作。

二月十二日花朝節，與弟郭鳳、友吴鷗等集黄凱鈞友漁齋。

見《靈芬館詩二集》卷五《花朝集友漁齋二首》及郭鳳《山礬書屋詩初集》卷二《花朝集友漁齋分韻》、黄凱鈞《友漁齋詩集》卷五『庚申』詩《花朝頻伽丹叔獨遊小集友漁齋》、黄若濟《百藥山房詩初集》卷一《花朝頻伽丹叔獨遊諸君小集友漁齋即以花朝爲韻各賦二首》。

二月二十二日，將往杭州，作詩寄時在吴江之弟郭鳳。

見《靈芬館詩二集》卷五《花朝後十日繫舟將發燈下有作仍用前韻寄丹叔吴江》。

春末夏初，在杭州，與尤維熊、朱春生交遊，並抄前所作詩爲《山陰歸棹集》。

《靈芬館詩二集》卷五小敘有云：「夏首春餘，又同放西湖之艇，並鈔所作，爲《山陰歸棹集》。」

尤維熊《二娱小廬詩鈔》卷三有《偕朱鐵門郭頻伽泛湖至淨慈寺謁蘇公祠三首》。

五月，友嚴冠爲贖回失於越州之鸜鵒研，囑蔣芝生作《還研圖》，自賦長詩以謝之。

見《靈芬館詩二集》卷五《鸜鵒研失於越州故人嚴四香贖以見歸爲作還研圖並系以詩》。

《靈芬館詩話》卷十云：「余舊藏鸜鵒研失於越州，嘉慶庚申五月，嚴四香得於骨董鋪中，輒以見歸，余屬蔣芝生作《還研圖》，張淥卿填《台城路》以紀之。」

黄凱鈞《友漁齋詩集》卷五『庚申』有《題頻伽還硯圖》詩。

五月，友尤維熊出宰滇南，作詩送之。

見《靈芬館詩二集》卷五《送尤二娱維熊出宰滇南》、《五月廿八日重送二娱作歌並示鐵門湘湄》。

與汪世泰、陳文述交，爲二人題畫。

見《靈芬館詩二集》卷五《題汪紫珊世泰碧梧山館圖》及《題陳雲伯文杰憶花圖》二首。

汪世泰，字紫珊，六合人。官河南知府，有《碧梧山館詞》。

陳文述（一七七一—一八四三），初名文杰，字譜香，又字雋甫、雲伯、英白，後改名文述，别號元龍、退庵、雲伯，又號碧城外史、頤道居士、蓮可居士等。浙江錢塘人。與陳鴻壽爲從兄弟。嘉慶五年舉人。官江蘇江都、常熟等縣知縣。有詩名，在京師與楊芳燦齊名，時稱『楊陳』。有《碧城仙館詩鈔》、《頤道堂集》等。

七月，至金陵赴乡試，落第。

《靈芬館詩二集》卷六《白下集》小序云：「席帽麻衣，復尋舊跡。輕煙澹粉，重入歡場。竿木偶然，毷氉久矣。」

《靈芬館詩二集》卷六《九月望日重集東莊用東坡岐亭韻三首同丹叔獨遊作》云：『年年下第歸，歲歲飲墨汁。麻衣非無淚，淚盡不知濕。』

七月十五日中元夜，與朱春生、陳基酬唱於水閣。

見《靈芬館詩二集》卷六《中元夜水閣即事示鐵門竹士》。

在金陵，作詩吊友黄秋農。

見《靈芬館詩二集》卷六《弔秋農於金陵爲詩哭之》。

七月二十八日，留宿隨園，與袁枚之子袁通交遊。作詩十二首，懷人憶遠。

見《靈芬館詩二集》卷六《七月廿八日留宿隨園中夜被酒雜然有感遂書連日以來酣嬉情事及懷人憶遠之作得十二首》、《雙湖聽雨圖爲袁蘭村通作》，及《浮眉樓詞》卷二《高陽臺·隨園席上贈别疏香》、《買陂塘·信宿隨園頗極文燕之樂將歸之夕蘭村以秋夢樓圖索題黯然賦此》。

袁通，字達夫，號蘭村，錢塘人。袁枚之子。貢生。官河南汝陽縣知縣。有《捧月樓詞》。

八月，在隨園遇錢榆，囑其畫《魏塘移家圖》，自寫二絕句於上。

見《靈芬館詩二集》卷六《錢叔美榆爲余作魏塘移家圖自題二絕句》。

《靈芬館詩話》卷七載：『嘉慶己未移家魏塘。庚申八月與錢君叔美相見於隨園，屬寫爲圖，自題二絕。』

錢杜（一七六四—一八四五），原名榆，字叔美，號松壺，浙江仁和人。性灑脱拔俗，好遊。工詩，善書畫。有《松壺畫贅》、《畫憶》等。

與諸君雅集莫愁湖。

見《靈芬館詩二集》卷六《莫愁湖雅集詩》、《詠莫愁湖秋荷》。

與楊元錫交，爲題《覽輝閣詩集》。

見《靈芬館詩二集》卷六《贈楊雲珊元錫即題其覽輝閣詩集》。

八月底，與陳基同離金陵，途中有唱和之作。

見《靈芬館詩二集》卷六《和竹士瓦梁道中作》、《集璃琉世界即事次竹士韻》、《竹士以寄内詩見示醉中和韻》，及《浮眉樓詞》卷二《好事近・歸舟同竹士作》。

重陽前十日，至京口，舟中有詩寄弟郭鳳、妾素君。

見《靈芬館詩二集》卷六《京口舟次先寄丹叔並示素君》。

重陽前歸，邀吴鷗同至家中。

見《靈芬館詩二集》卷六《歸自白門邀同獨遊至舍並柬壽生》、《次韻獨遊過蘆墟村舊宅見懷之作》。

詩僧寄虚、竺書至魏塘，與會於黄凱鈞齋中，作詩贈之。

見《靈芬館詩二集》卷六《詩僧寄虚去年自黄梅過訪不值留詩而去今秋偕其侶竺書同至魏塘相見於退庵齋中即用其東莊詩韻贈之》。

與黄凱鈞、吴鷗、郭鳳東莊看菊，得詩二首。

見《靈芬館詩二集》卷六《退庵招同獨遊丹叔東莊看菊二首》，及黄凱鈞《友漁齋詩集》卷五『庚申』詩《頻伽獨遊丹叔過東莊看菊》。

九月初九重陽日，約友吴鷗、弟郭鳳遊餅山，未果。

見《靈芬館詩二集》卷六《重陽約獨遊丹叔同遊餅山不果得重字》。

九月初十，見黄凱鈞、黄安濤看菊詩，和詩三首。

見《靈芬館詩二集》卷六《越日退庵霽青各有看菊詩見示感慨之餘率和其韻》。

黄安濤（一七七七——一八四七），字凝與，一字霽青，浙江嘉善人。嘉慶十四年進士，改翰林院庶吉士。散館，授編修。歷官潮州府知府，多惠政。告歸後，主上海講席，以詩酒自娱。文辭傑出，詩勁直幽峭，著有《詩娱室詩》、《息耕草堂詩》、《真有益文編》等。

九月十五日，與諸友重聚東莊，有作。

見《靈芬館詩二集》卷六《九月望日重集東莊用東坡岐亭韻三首同丹叔獨遊作》，及郭鳳《山磬書屋詩初集》卷二《重九後六日退庵復招集馴鹿莊用東坡岐亭韻二首》、黄凱鈞《友漁齋詩集》卷五『庚申』詩《重陽後六日同人復集東莊用東坡岐亭韻頻伽獨遊丹叔皆有作》、黄安濤《詩娱室詩集》卷一《重陽後六日諸同人再集東莊用東坡岐亭韻同頻伽丹叔獨遊諸君作》、黄若濟《百藥山房詩初集》卷一《重陽後六日諸同人復集東莊用東坡岐亭韻同頻伽丹叔獨遊諸君作》、吳鷗《天寥遺稿》卷一《重九後六日同頻伽丹叔退庵霽青子未及寄虚墨懶兩上人東莊看花用東坡岐亭韻》。

吳鷗將歸蘆墟，作詩送之。

見《靈芬館詩二集》卷六《將之武林遲蘭村竹士不至獨遊欲歸作詩示之醉後走筆不知道何語也》、《詠落葉送獨遊還水村》、《再留獨遊》等詩。

將之杭州，黄安濤走送之。

見《靈芬館詩二集》卷六《將之武林遲蘭村竹士不至獨遊欲歸作詩示之醉後走筆不知道何語也》，及郭鳳《山磬書屋詩初集》卷二《伯子有武林之行霽青走送夜坐待曉復用東坡岐亭韻各賦二首》、黄安濤《詩娱室詩集》卷一《靈芬館夜集送頻伽先生之武林仍用岐亭韻》。

十月一日，同倪稻孫、朱春生遊靈隱寺至白衲庵，口占四絕句。

見《靈芬館詩二集》卷六《同倪米樓稻孫鐵門遊靈隱至白衲庵口占四絶句》，及《浮眉樓詞》卷二《貂裘换酒·十月一日偕鐵門倪米樓同遊冷泉亭至白衲庵下山經蕭九娘酒壚泥飲而歸屬湘湄作寒壚買醉卷子紀以此詞湘湄曾與余雪夜同宿酒樓持火入山題詩石壁上此圖亦不可無詞也》。

倪稻孫，字谷民，號米樓，又號鶴林道人，浙江仁和人。少喜填詞，嘗師事吴錫麒。性嗜金石，精篆隸書，畫藝亦有逸趣。有《夢隱庵詩詞鈔》、《海漚日記》。

在杭州，寓玉華樓。與陶章溈訂交。

見《靈芬館詩二集》卷六《題陶季壽章溈詩》《季壽乘月見過出示舟中詩遂用其韻》等。

《靈芬館雜著》卷一《書可莊題壁詩後》載：『庚申十月，余寓玉華樓，陶寓可莊，遂訂交。』

陶章溈，字季壽，湖南長沙人。太學生。幼聰慧，早負才名。官鳳臺知縣。有《嘉樹堂集》。

聞袁通將至杭州，喜而作詩。袁通至，亦居玉華樓。

見《靈芬館詩二集》卷六《聞蘭村將至武林喜作》，及《浮眉樓詞》卷二《夢芙蓉·蘭村寓大佛寺僧樓同人畢集湘湄爲作湖上雲萍圖紀以此詞》、《醉太平·蘭村移居玉華樓》。

在杭州，爲吴瓊仙作題畫詩。

見《靈芬館詩二集》卷六《天平攬勝圖爲珊珊夫人題》、《題珊珊鶯湖載月圖》。

吴瓊仙（一七六八—一八〇三），字子佩，一字珊珊，江蘇吴江人。徐達源之妻。善詩，有《寫韻樓詩草》。

在杭州，與陳廷慶唱和。

見《靈芬館詩二集》卷六《秋柳用漁洋韻同陳桂堂太守廷慶作》四首。

陳廷慶（一七五四—一八一三），字兆同，號古華，又號桂堂，江蘇奉賢人。乾隆四十六年進士，由編修歷官至常州知府。性豪宕，愛賓客。有《古華詩鈔》。

居家，病起招黄凱鈞，黄不至。

見《靈芬館詩二集》卷六《病起招退庵用丹叔和東坡餉字韻》、《遲退庵不至仍用前韻》、《和丹叔病起》。

十一月二十六日，所藏二十九枚私印被偷，作詩自嘲。

見《靈芬館詩二集》卷六《十一月廿六日夜偷兒入室攫所藏私印二十九方而去戲作自嘲》，及黄凱鈞《友漁齋詩集》卷五『庚申』詩《靈芬館主私印一匣夜爲偷兒攫去有長古一章予代爲解嘲亦作一首》。

冬，與弟郭鳳遊徐氏廢園。

見《靈芬館詩二集》卷六《偕丹叔遊徐氏廢園作寄退庵》。

家貧少食，黄凱鈞贈米酒、水仙等物。

見《靈芬館詩二集》卷六《醉司命詞》、《退庵以米酒茶炭及水仙花見餉報之以詩》，及郭鳳《山礬書屋詩初集》卷三《退庵以米炭見饋作此以報》。

嘉慶六年辛酉（一八〇一）　三十五歲

正月初三，與弟郭鳳集黄凱鈞友漁齋，醉後留宿。

見《靈芬館詩二集》卷七《新正三日同丹叔醉後留宿友漁齋退庵有詩同和其韻》，及郭鳳《山礬書屋詩初集》卷三《正月三日留宿友漁齋次退庵韻》、黄凱鈞《友漁齋詩集》卷六『辛酉』詩《正月三日頻伽丹叔留宿友漁齋》。

正月初四，與諸友遊廟市，尋缾山道士許湘，不遇。

見《靈芬館詩二集》卷七《四日偕同人遊城中諸廟市尋缾山道士許湘不值二首》。

與黄凱鈞、朱元秀、許湘等集於靈芬館。

見《靈芬館詩二集》卷七《可石退庵若濟許湘同集靈芬館用丹叔韻》，及黄凱鈞《友漁齋詩集》卷六『辛酉』詩《越日頻伽招同可石瀟客小集靈芬館次丹叔韻》。

正月初七人日，與弟郭鳳，友吳鷗、黄凱鈞、黄若濟等至東莊探梅。

見《靈芬館詩二集》卷七《人日東莊探梅九言一首》，及郭鳳《山礬書屋詩初集》卷三《人日同伯子獨遊退庵子未東莊探梅》、黄凱鈞《友漁齋詩集》卷六『辛酉』詩《人日頻伽招諸同人復集東莊仍用前韻》。

至溪莊探梅，作詩七首。

見《靈芬館詩二集》卷七《谿莊探梅用鐵厓體作七絕句》。

正月十三，受黄凱鈞招與諸友飲梅花下，作詩爲謝並懷朱春生、潘眉及吳鷗。

見《靈芬館詩二集》卷七《十三日退庵重招同人飲梅花下盡醉極歡泛月而歸再作二詩奉謝兼寄獨遊壽生鐵門》，及黄若濟《百藥山房詩初集》卷一《正月十三日諸同人集東莊月下看梅同賦》。

正月十五，與弟郭鳳、友黄凱鈞至缾山聽許湘吹笛。

見《靈芬館詩二集》卷七《和丹叔同伯子退庵元夕至缾山聽道士許瀟客湘吹笛用退庵月下看梅韻》，及郭鳳《山礬書屋詩初集》卷三《元夕同退庵伯子步月至缾山聽瀟客吹笛次退庵月下梅花歌元韻》。

正月十九，大雪，和弟郭鳳詩。

見《靈芬館詩二集》卷七《和丹叔十九日大雪呈伯子韻》，及郭鳳《山礬書屋詩初集》卷三《正月十九日雪呈伯子》。

正月二十，生日，作詩兩首自述。

見《靈芬館詩二集》卷七《二十日生朝自述》。

二月十四日，渡錢塘江，赴諸暨毓秀書院任教。

見《靈芬館詩二集》卷七《二月十四日渡錢塘江》、《坐江山船至諸暨途中雜成八首》、《毓秀書院即事並示諸生四首》，及《浮眉樓詞》卷二《邁陂塘·二月十四日坐江山船行諸暨道中山水清妍雜花生樹傷春傷别情見乎詞》。

清明節，遊苧蘿，有長詩一首。

見《靈芬館詩二集》卷七《清明遊苧蘿酒後有作》。

在諸暨，作《浣江寄懷八首》，懷親友。

見《靈芬館詩二集》卷七。

春暮將歸家，與書院諸生别，作詩六首紀之。

見《靈芬館詩二集》卷七《將歸里門諸生見和前詩斐然成帙臨行援筆以答拳拳之意竊比古人贈處之義凡得六首》。

在家一月餘，與弟郭鳳、友吳鷗、許湘等人交遊唱和。

見《靈芬館詩二集》卷七《缾山看牡丹次瀟客韻》、《喜獨遊至兼寄壽生》、《即事同丹叔獨遊作》、《次丹叔韻》等詩，及郭鳳《山礬書屋詩初集》卷三《瀟客招退庵可石伯子看牡丹即次瀟客元韻》。

侄阿桐生日，作詩紀之。

見《靈芬館詩二集》卷七《阿桐生日》。

夏，至紹興。與孫曾美交，爲其題《乘槎圖》。

見《靈芬館詩二集》卷七《題乘槎圖爲孫雩泉曾美作並序》。

秋，重過得月樓，袁棠作《山塘感舊圖》，先生作詞一首紀之。

見《浮眉樓詞》卷二《憶舊游·辛酉秋重過得月樓美人已遠流水無際即事悽眷殊不勝懷屬湘湄作山塘感舊圖因題

此解》。

秋，在西湖寓昭慶寺，有《西湖柳枝詞》等作。

見《靈芬館詩二集》卷七。

《靈芬館詩話》卷七載：『嘉慶辛酉之秋，余寓西湖昭慶寺。』並作《聲聲慢·西湖寒夜懷淥卿山左》。

在杭州，寄家書予弟郭鳳。

見郭鳳《山礬書屋詩初集》卷三《得伯子武林寄歸家書知有會稽之行》。

在杭州，與張靑選交遊。

見《靈芬館詩二集》卷七《奉謝張明府雲藻靑選見過並訊吳兼山尚錦二首》。

張靑選，字商彝，龍江人。七歲而孤，母教授成立。乾隆己酉舉人，官瑞安、海寧。

秋，自南京歸，作《九秋詩》。黃凱鈞、黃安濤、黃若濟、吳鷗有和作。

《靈芬館詩二集》卷七《九秋詩並序》云：『辛酉秋，歸自白下。』

見黃凱鈞《友漁齋詩集》卷六『辛酉』詩《和頻伽九秋詩》、黃安濤《詩娛室詩集》卷二《九秋詩和頻伽先生作》、黃若濟《百藥山房詩初集》卷一《和頻伽先生九秋詩》、吳鷗《天寥遺稿》卷二《和頻伽先生九秋詩》。

秋末冬初，渡江重赴諸暨。

見《靈芬館詩二集》卷七《重赴句無渡江用前韻》。

至杭州，遊過溪亭、龍泓澗、風篁嶺、翁家山等景，有詩紀之。

見《靈芬館詩二集》卷七《過溪亭》、《龍泓澗》、《一片雲》、《風篁嶺》、《缽池庵》、《翁家山》。

在杭州，與張靑選、張如芝交遊。

見《靈芬館詩二集》卷七《久不得載園書雲藻來浙具道問訊之意作此寄之並示雲藻》二首、《題張墨池如芝畫嶺南花果四首》。

張如芝，字墨池，順德人。乾隆戊申孝廉。善畫。

經當湖返家。

見《靈芬館詩二集》卷七《晚發當湖記與江庵同來此已十餘年矣》、《當湖道中》等詩。

法式善有詩見寄，和之。

見《靈芬館詩二集》卷七《時帆先生寄山民詩兼以見寄索和有思及舊事最觸余懷之語次韻奉答》。

除夕前一日，與郭鳳、潘眉唱和。

見《靈芬館詩二集》卷七《除夕前一日偕壽生丹叔分韻得飛字》。

除夕，與郭鳳、潘眉詠家鄉故事，得狀元籌。

見《靈芬館詩二集》卷七《除夕分詠吾鄉故事得狀元籌》，及郭鳳《山礬書屋詩初集》卷三《除夕同伯子壽生分詠吾鄉故事得賽炮仗》。

嘉慶七年壬戌（一八〇二）　三十六歲

正月初三，與黄凱鈞父子、潘眉、郭鳳等集友漁齋，唱和聯句。並至馴鹿莊探梅，留宿兩夜。

見《靈芬館詩二集》卷八《正月三日同集友漁齋聯句》、《馴鹿莊同退庵壽生丹叔作》、《雨中偕壽生丹叔退庵父子放舟至馴鹿莊遂留信宿得詩四首》，及黄凱鈞《友漁齋詩集》卷七『壬戌』詩《正月三日頻伽壽生丹叔夜集友漁齋聯句》、黄若濟《百藥山房詩初集》卷二《正月三日家大人招同頻伽壽生丹叔諸君雨中過馴鹿莊探梅因留信宿各有詩紀事席上即次頻伽先生原韻四首末章兼寄吳獨遊鷗》、郭鳳《山磬書屋詩初集》卷四《雨中同伯子壽生退庵父子放舟至馴鹿莊遂留信宿次伯子元韻四首》。

正月初八，穀雨有雨，有詩紀之。

見《靈芬館詩二集》卷八《穀日坐雨》，及郭鳳《山磬書屋詩初集》卷四《穀日坐雨和伯子韻》。

正月初十，與黄凱鈞、朱元秀、郭鳳等飲於水閣。

見《靈芬館詩二集》卷八《十日退庵可石留飲去後同丹叔復飲水閣作此示之》，及郭鳳《山磬書屋詩初集》卷四《退庵可石留飲别去同伯子復飲水閣和韻》。

正月二十日，值生辰，於此歲開始留須。是日，與吳鷗、郭鳳在靈芬館聯句。夜半有雪，第二日又有雪，皆有詩紀之。

見《靈芬館詩二集》卷八《留鬚》、《二十日靈芬館聯句》、《是夜夜半雪作同用東坡清虚堂韻》、《越日雪復作至午消盡戲復成此邀獨遊丹叔同作》，及吳鷗《天寥遺稿》卷一《嘉慶壬戌正月二十日靈芬館聯句》、《雪夜集靈芬館用東坡清虚堂韻》、《越日復雪同頻伽丹叔兩先生作》詩。

寒食夜，作詩一首。

見《靈芬館詩二集》卷八《寒食夜作》。

清明節，作詩追悼李湟。

見《靈芬館詩二集》卷八《清明日追悼曉江以詩遙奠》。

春夏之交，渡錢塘江至諸暨，寓酈氏園。與黄敬修交遊。

見《靈芬館詩二集》卷八《晚發錢江》、《櫧概道中題孫蓮水韶春雨樓詩集》、《寓酈氏園》、《黄明府敬修招飲二首》、

《旅次雜詩》等詩。

初夏返家，約袁棠、朱春生、彭兆蓀、何元錫諸君助其成《金石例補》一書。

見《靈芬館詩二集》卷八《初夏齋居雜詩八首》。

四月二十八日，與朱春生於同里訪袁棠，並留宿其家，並在席間遇六年未見之友顧虬。次日離去。

見《靈芬館詩二集》卷八《四月廿八日訪湘湄于同里偕鐵門留宿齋中越日别去作此以紀并示仲容》、《湘湄座間喜晤青庵别已六年矣》。

家居，與弟郭鳳多有唱和。

見《靈芬館詩二集》卷八《水閣聯句》、《即事》等作，及郭鳳《山礬書屋詩初集》卷四《水閣夜闌風雨蕭瑟伯子醉後有詩因次元韻》、《齋居雜詠和伯子作》、《水閣聯句》、《即事和伯子作》等詩。

夏，與弟郭鳳赴長春道院納涼，並食菊葉餅，有詩紀之。

見《靈芬館詩二集》卷八《長春道院納涼同丹叔瀟客作》、《食菊葉餅和丹叔韻》。

六月二十八日，與黄凱鈞父子、吳鷗、郭鳳等至明大學士錢士升别業賞荷，且至東莊納涼。

見《靈芬館詩二集》卷八《六月廿八日同退庵獨遊霽青思未丹叔遯溪觀荷二首》、《納涼聯句》，及郭鳳《山礬書屋詩初集》卷四《六月廿八日偕退庵父子獨遊伯子遯溪觀荷值雨絕句四首》、黄凱鈞《友漁齋詩集》卷七『壬戌』詩《大暑後三日偕頻伽丹叔獨遊及濤濟兩兒遯溪觀荷泛舟至東莊納涼而歸》、黄安濤《詩娱室詩集》卷二《侍家大人同頻伽丹叔諸君遯溪觀荷復泛舟至東莊納涼而歸得詩二首》、黄若濟《百藥山房詩初集》卷二《大暑後三日同頻伽先生獨遊丹叔伯子遯溪觀荷復泛舟至東莊納涼而歸得詩二首》。

立秋日，作詩一首。

見《靈芬館詩二集》卷八詩《立秋》。

初秋，渡江至杭州，弟郭鳳有詩相送，和之。

見《靈芬館詩二集》卷八《次丹叔送之武林韻》，及郭鳳《山礬書屋詩初集》卷四《送伯子之武林》。

在杭州，與友人遊南山、北山，有詩紀之。

見《靈芬館詩二集》卷八《湖樓對雨》、《同友人遊南山》、《夜遊北山紀所見》等詩。

在杭州，有詩懷袁棠、朱春生及陳基。

見《靈芬館詩二集》卷八《寓樓寄懷湘湄鐵門竹士諸君》。

在杭州度中秋，有詩紀之。

見《靈芬館詩二集》卷八《中秋四首》。

十月，由杭州返家，小病。

見郭鳳《山礬書屋詩初集》卷四《伯子小病初愈水閣夜話即事》。

十月十日，與郭鳳、許湘等人至黄凱鈞東莊賞菊，並題其《馴鹿莊圖》。

見《靈芬館詩二集》卷八《約退庵於十月十日過飲菊花下》、《十月十日東莊看菊分韻得菊字》、《退庵馴鹿莊圖》，及郭鳳《山礬書屋詩初集》卷四《和伯子約退庵十月十日過飲菊花下先之以詩元韻》、《十月十日同伯子瀟客退庵霽青東莊看菊以秋菊有佳色分韻得有字》，黄凱鈞《友漁齋詩集》卷七『壬戌』詩《十月十日同頻伽丹叔瀟客東莊看菊次韻》及《又分韻得色字》，黄安濤《詩娛室詩集》卷二《十月十日頻伽先生丹叔瀟客同過東莊看菊以秋菊有佳色分韻得佳字》。

秋暮，復至杭州，與陳廣寧、張問陶、吴錫麒等人交遊。

見《靈芬館詩二集》卷八《客中飲酒和張船山太史同穀人祭酒飲酒詩元韻四首》。

陳廣寧，字靖侯，號墨齋，浙江山陰人。少能詩。乾隆五十二年蔭世襲雲騎尉，嘉慶元年舉孝廉方正，不就。官雲南騰越鎮總兵。文章詞翰金石書畫無不精心研究，著有《壽雪山房詩鈔》。

張問陶，字樂祖，號船山，四川遂寧人。乾隆五十五年進士，官檢討、萊州知府。著有《船山詩草》。

冬，弟郭鳳至杭州，喜而賦詩。

見《靈芬館詩二集》卷八《喜丹叔至武林》。

歲暮歸魏塘。除夕與丹叔聯句。

見《靈芬館詩二集》卷八《除夕聯句》。

許增本《靈芬館詩二集》註云：『頻伽先生壬戌年在魏塘度歲。』

嘉慶八年癸亥（一八〇三）　三十七歲

正月初一，作詩紀之。

見《靈芬館詩二集》卷九《癸亥元日》，及郭鳳《山礬書屋詩初集》卷五《元日和伯子韻》。

正月間，醉酒賦詩。

見《靈芬館詩二集》卷九《新正無事日事酣適醉中輒成數句醒而足之六首》。

立春日，與郭鳳、潘眉分韻作詩。

見《靈芬館詩二集》卷九《立春日同壽生丹叔分韻得於字》。

與汪繼熊交，爲題《西湖秋泛圖》。

見《靈芬館詩二集》卷九《題汪芝亭繼熊西湖秋泛圖》。

汪繼熊，字芝亭，嘉善人。監生。年弱冠，學詩於黄凱鈞。有《聽香館詩》、《語花樓詞》。

正月十五元宵節，諸友集靈芬館唱和。

見《靈芬館詩二集》卷九《元夕集靈芬館分詠室中所藏得凝馨閣鏡架》，及郭鳳《山礬書屋詩初集》卷五《元夕集靈芬館分詠室中所藏得黄錫酒壺》。

正月二十日，與黄凱鈞、潘眉等人飲於靈芬館中。

見黄凱鈞《友漁齋詩集》卷八『癸亥』詩《正月二十日同壽生飲靈芬館即呈頻伽主人》。

早春坐雨，有詩呈黄凱鈞、郭鳳。

見《靈芬館詩二集》卷九《早春坐雨同丹叔作》、《丹叔見和前詩復作二首如數答之》、《以坐雨詩索退庵和并系長句》。

正月二十九，雪，與黄凱鈞父子、郭鳳集友漁齋，分韻賦詩。

見《靈芬館詩二集》卷九《廿九日雪中集友漁齋以晴雪滿竹隔谿漁舟分韻得滿字》，及郭鳳《山礬書屋詩初集》卷五《正月廿九日雪中集友漁齋以晴雪滿竹隔谿漁舟分韻得隔字》、黄凱鈞《友漁齋詩集》卷八『癸亥』詩《正月廿八日友漁齋小集以晴雪滿竹隔谿漁舟爲韻分得晴字》（按：廿八日，廿九日之誤）、黄安濤《詩娱室詩集》卷二《正月二十九日友漁齋對雪分韻得雪字》、黄若濟《百藥山房詩初集》卷二《正月二十九日友漁齋對雪以晴雪滿竹隔谿舟爲韻分得谿字》。

二月一日，復雪，作詩次黄凱鈞韻。

見《靈芬館詩二集》卷九《二月一日復雪次退庵韻》，及郭鳳《山礬書屋詩初集》卷五《二月一日復雪次退庵韻》、黄凱鈞《友漁齋詩集》卷八『癸亥』詩《二月朔日復雪》。

二月閏花朝，在杭州，與友集第一樓，有詩紀之。

見《靈芬館詩二集》卷九《閏花朝同人集第一樓分韻得壺字》。

《靈芬館詩四集》卷七《閏花朝阻風金壇先寄曼生用昌黎寒食出遊韻》詩言『平生三見閏花朝』，下注云：『乙卯同人集靈芬館，癸亥同集西湖之第一樓，皆有詩。』

許增本《靈芬館詩二集》註云：『癸亥二月客杭州，有《閏花朝集第一樓分韻》詩。』

在杭州，與查揆、屠倬、范崇階、殳慶源、朱壬等人交遊，時朱壬爲作《靈芬館圖》。

見《靈芬館詩二集》卷九《薛可庵烱蓮影圖》、《柬查梅史初揆於拂塵庵並示屠琴塢倬范小湖崇階殳積堂三慶》、《呈梁山舟侍講同書二首》、《畫舫齋詩爲朱閑泉壬作兼呈青湖丈彭三首》，後者其二中自註云：『君爲余作《靈芬館圖》。』

《靈芬館詩話》卷七載：『靈芬館第一第二圖，辛亥歲徐西澗鉽、朱閑泉壬作於西湖，合裝爲一卷。』

查揆，又名初揆，字伯葵，號梅史，浙江海寧人。嘉慶九年舉人，官蘇州知府。著有《菽原堂初集》、《篔谷詩鈔》。

屠倬（一七八〇—一八二八），字孟昭，號琴塢，浙江錢塘人。嘉慶十三年進士，官至袁州知府。有《是程堂集》。

范崇階，字小湖，號升伯，祖籍錢塘，後居鄞縣。諸生。有《不改樂之堂初稿》。

殳慶源，又名春源、三慶，字積堂，錢塘人。諸生，官沂州、莒州州官。著有《小粟山房詩鈔》。

朱壬，后更名人鳳，字謂卿，號閑泉。錢塘人。諸生。工畫，有《畫舫齋稿》。

閏二月，吳錫麒爲《靈芬館詩二集》寫序，作詩謝之。

見《靈芬館詩二集》卷九《呈穀人先生并謝見序拙集二首》。

《靈芬館詩二集》吳錫麒序後署：『癸亥閏二月，上浣錢塘吳錫麒。』

贈詩金淑，並求其畫。

見《靈芬館詩二集》卷九《金文沙女史淑以輶軒錄中選其詩作二章見示中有未亡人得從寬例文選臺應被誤傳之句

以錄中皆采已故之作也感歎不足輒以奉寄兼乞妙繪》。

金淑，字純一，號慎史，浙江嘉興人。婁縣沈錫章妻。精楷法，善畫山水，人物。

三月十五日，返家。

《靈芬館詩二集》卷九《水閣送春詩並序》詩序言：『癸亥三月十五日，余自武林歸。』許增本《靈芬館詩二集》有註云：『三月十五日回魏塘，有與丹叔作《水閣送春》詩。』郭鳳《山礬書屋詩初集》卷五有《水閣送春和伯子作》。

居家，黄凱鈞、郭鳳爲題《靈芬館圖》。

見郭鳳《山礬書屋詩初集》卷五《題伯子靈芬館圖》，及黄凱鈞《友漁齋詩集》卷八『癸亥』詩《題頻伽靈芬館圖》。

與蔣敬交遊，爲作詩畫題。

見《靈芬館詩二集》卷九《老蓮醉書唐詩卷子蔣芝生敬爲摹其像于前因題二絕句》、《芝生賣畫買山圖》。

居家，爲郭鳳題《閉門卻埽圖》。

見《靈芬館詩二集》卷九《題丹叔閉門卻埽圖》。

四月，復至杭州。

許增本《靈芬館詩二集》有註云：『四月，回家後又至杭州。』

在杭州，值妾素君二十歲生辰，作詩寄之。

見《靈芬館詩二集》卷九《素君二十生辰寄詩爲壽得二十韻》、《素君水閣塗妝小影二首》。

晚春，在杭州，遊金鼓洞。

見《靈芬館詩三集》卷一《同吴思亭修壽生游金鼓洞》。

吴修，字子修，號思亭，海鹽人。貢生。官布政使經歷。少有神童之目，爲詩落筆揮灑，精於鑒古。著有《吉祥居存稿》。

在杭州，爲陳廣寧《丙舍圖》題詩。

見《靈芬館詩二集》卷九《默齋將行出丙舍圖屬爲詩以志其先人死事之節爲作一章且重有所勗也》。

在杭州，送阮元入京覲見。

見《靈芬館詩二集》卷九《送芸臺中丞入覲二首》。

夏末，返家。七月六日，與黄凱鈞、朱春生、吴鵾、郭鳳遊長春道院，分韻賦詩。

見《靈芬館詩二集》卷九《退庵招同鐵門獨遊丹叔集長春道院分韻得花字》，及黄凱鈞《友漁齋詩集》卷八『癸亥』詩《七夕前一日偕鐵門頻伽丹叔獨遊長春道院避暑分韻得棋字》。

過汪繼熊聽香館，有詩贈之。

見《靈芬館詩二集》卷九《過芝亭聽香館題贈》、《芝亭秋林覓句小影》。

又至杭州。爲陳鴻壽作詩題畫。

見《靈芬館詩二集》卷九《曼生屬題三家畫卷各得一首》、《曼生種榆仙館圖》。

作詩賀張問陶四十生辰。

見《靈芬館詩二集》卷九《次韻船山太史四十初度》。

爲高日濬題浮眉樓圖。

見《靈芬館詩二集》卷九《浮眉樓圖詩爲高惺泉作》。

高日濬，字惺泉，又字犀泉，錢塘人。工篆刻，亦作詩。

金淑以『天風蘿屋寒』之句作畫以贈，作詩謝之。

見《靈芬館詩二集》卷九《文沙女史以天風蘿屋寒之句作畫見貽詩以奉酬》。

與查揆、屠倬數會於屠家。屠倬作《説詩圖》，麐作詩紀之。

見《靈芬館詩二集》卷十《梅史客於琴塢所余數往省之琴塢圖三人者名曰説詩之圖説固不必皆詩也恐世人不知仍爲詩以聲之》，及屠倬《是程堂集》卷四《梅史客余家累月頻伽亦時時過從杯酒之末間及文字作説詩圖紀之二君各有詩余同作二首》。

十一月十四日，與屠倬、潘恭辰、許乃濟、吳嵰等友遊靈隱寺諸勝。

見《靈芬館詩二集》卷九《十一月十四日同潘紅茶恭辰許青士乃濟兼山琴塢遊靈隱弢光四首》，及潘恭辰《紅茶山館初集》卷二癸亥年詩《十一月十四日同郭頻伽秀才麐許青士孝廉吳兼山騎尉嵰屠琴塢孝廉倬遊靈隱寺遂登韜光二首》。

潘恭辰，字撫凝，錢塘人。晚居西湖紅茶山館，人稱紅茶先生。有《紅茶山館詩集》。

許乃濟，字作舟，號青士，錢塘人。嘉慶己巳進士，改庶吉士，授編修，官至太常寺卿。

吳嵰，字兼山，常熟人。少負異才，官至紹興同知。詩慷慨激昂，有幽並豪士氣。著《紅雪山房詩鈔》。

十一月十九日，離别杭州諸友，有作。

見《靈芬館詩二集》卷九《被酒有作留别杭州諸故人》、《十九日同人集琴塢舊廬送行作此留别》。

十二月二十三，立春前一日，作詩兩首。

見《靈芬館詩二集》卷十《立春前一夕作二首》。

冬，檢袁棠積年所貽書尺付裝並題其舊稿，卻寄二首。

見《靈芬館詩二集》卷十《檢湘湄積年所貽書尺付裝並題其舊稿卻寄二首兼呈鐵門》。

冬，王蘇來信邀其入都，作詩辭謝。

見《靈芬館詩二集》卷十《得延庚侍御書期余入都作詩謝之》。

是年，作《蘅夢詞》、《浮眉樓詞》自序。

見《蘅夢詞》、《浮眉樓詞》自序，及《靈芬館雜著續編》卷二《蘅夢詞浮眉樓詞序》。

嘉慶九年甲子（一八〇四） 三十八歲

正月初七人日，作《和丹叔人日遲故園諸子》詩。

見《靈芬館詩二集》卷十。

正月初八穀日，作《穀日即事》詩。

見《靈芬館詩二集》卷十。

往杭州，道中有作。

見《靈芬館詩二集》卷十《夜泊冬瓜堰去魏塘不一舍也》、《石門道中》。

正月二十日，生辰，在杭州，薛烔爲置酒祝壽，作詩志感。

見《靈芬館詩二集》卷十《正月二十日生朝可庵置酒爲壽志感》。

《靈芬館詩二集》許增點校本有注曰：「甲子正月客杭州，有《正月二十日生朝可庵置酒爲壽志感》詩」。

在杭州，胡元杲囑奚岡作《小檀欒室讀書圖》，查揆序之，麐題詩其上。

見《靈芬館詩二集》卷十《梅史琴塢秋白小湖積堂先後讀書於清平山之拂塵庵秋白屬鐵生作小檀欒室讀書圖梅史作序而屬余題詩其上小檀欒室者諸子所居之室名也》。

胡元杲，字應元，號秋白，錢塘人。嘉慶庚午舉人，官嘉興教諭。

正月二十三日，與華瑞潢、查揆、潘恭辰、屠倬、范崇階等友泛舟西湖，分韻作詩。

見《靈芬館詩二集》卷十《廿三日同梅史紅茶小湖琴塢泛舟湖上分韻得絲字》，及屠倬《是程堂集》卷四《同華秋槎丈郭頻伽查梅史潘紅茶范小湖集湖舫分得船字時頻迦將之揚州》。

二月，往揚州。袁棠、陳燮、潘眉、郭鳳送之邗上，留山塘十日，陳基來會。

見《靈芬館詩二集》卷十《湘湄秋史壽生丹叔送余之邗上留山塘十日竹士亦來會此鄭重言離雜然有作》、《夜飲示諸君》、《重題山塘感舊圖》。

在揚州，下榻江氏康山秋聲館。參加曾燠所招虹橋雅集，時共有二十四人參加。

見《靈芬館詩二集》卷十《呈曾賓谷都轉燠二首》、《虹橋雅集分得五排二十四韻》、《留康山幾二旬文酒之歡賓朋之樂皆近所未有羈旅得此有不能已於言者醉後走筆得五律八首奉呈主人兼別諸子云爾》、《康山聽鶯曲》等詩，及《懺餘綺語》卷一《菩薩蠻・紅橋晏集代錢錢作》。

許增本《靈芬館詩二集》卷十有注曰：「二月客揚州，有《呈曾賓谷都轉》詩。」

曾燠（一七五九—一八三一），字庶蕃，一字賓谷，晚號西溪漁隱。江西南城人。曾官兩淮鹽運使，主持風雅於揚州，辟「題襟館」召納文士。工詩，駢文爲清代八大家之一。

在揚州，張鏐爲作《靈芬館第三圖》。

《靈芬館詩話》卷七載：「（靈芬館）第三圖張老薑鏐爲作於揚州康山，是歲爲甲子。」

張鏐，字子貞，號老薑，江蘇江都人。工詩畫，通篆隸，尤工刻印。著《求當集》，郭頻伽爲之序。

在揚州，遇潘恭辰，時擬作歷下之遊。

潘恭辰《紅茶山館初集》卷三甲子年詩《與頻伽遇於揚州話别感成》，『浮雲落齊州，會面那可期』句後註曰：『先時頻伽擬作歷下之遊。』

五月，由揚州返家，與弟郭鳳聯句。

許增本《靈芬館詩二集》卷十有註曰：『五月回家，有《與丹叔梅雨聯句》。』

五月二十三日，與潘眉、郭鳳聯句於靈芬館。

見《靈芬館詩二集》卷十《五月廿三日壽生過集靈芬館聯句仍用前韻柬退庵》。

夏，居家，作《銷夏三會詩》。

見《靈芬館詩二集》卷十。

六月三日，友顧虬以嘔血亡，作《哭青庵二首》。

見《靈芬館詩二集》卷十。《樗園銷夏録》卷上載：『顧青庵虬，與余相知二十年。爲人和雅，善談笑，洞曉音律。……不幸年未五十以嘔血死。』

九月，至杭州。重陽節與衆友集於吳山道院。

見《靈芬館詩二集》卷十《重九日曼生招集吳山道院》。許增本《靈芬館詩二集》卷十有註曰：『九月至杭州，有《重九曼生招集吳山道院》詩。』屠倬《是程堂集》卷四亦有《九日曼生招集吳山登高同頻伽韻兼懷諸友人》。

九月，爲屠倬《是程堂集》作序。

見《是程堂集》序。

十月，陳斌爲《靈芬館雜著》作序。後陳斌入都，作詩送之。

《靈芬館雜著》陳斌序，其後署名『嘉慶九年冬十月德清陳斌謹序』。詩見《靈芬館詩二集》卷十《送陳白雲進士斌謁選入都二首》。

十月，得表弟袁青攜至杭州之家書，作詩賦贈。

見《靈芬館詩二集》卷十《雪持表弟至杭得家中書賦贈》。

爲屠倬舊廬畫壁賦詩，並與屠倬訂下魏塘相見之約。

見《靈芬館詩二集》卷十《琴塢舊廬畫壁歌爲屠孝廉作即訂來魏塘之約》。

與黄安濤天長寺遇雨，有作。

見《靈芬館詩三集》卷一《天長寺坐雨同霽青作》。

黄安濤《詩娱室詩集》卷三有《天長寺坐雨同頻伽先生作》。

爲陳豫鍾所藏其祖臨蘭亭縮本題詩。

見《靈芬館詩三集》卷一《陳秋堂豫鍾屬題其祖半村先生臨蘭亭縮本一首》。

陳豫鍾，字浚儀，號秋堂，錢塘人。精六書篆刻，工畫竹。嘗集古今畫人爲小傳。

送朱爲弼入都。

見《靈芬館詩三集》卷一《送朱椒堂孝廉爲弼入都》。

朱爲弼，字右甫，號椒堂，浙江平湖縣人。嘉慶乙丑進士，由兵部員外郎考選河南道御史，官至漕運總督。

十二月初六，從魏塘賣魚橋移居至魏塘東門江家橋北。

見《靈芬館詩三集》卷一《後移居詩四首》。

《靈芬館詩三集》卷一《後移家集》小敘云：『嘉平之月，復自賣魚橋移居東門之江家橋北。水光盪戶，塔影入窗，田畦稜稜，殊有野意。蓋來魏唐六年，至是始買宅定居焉，爲《後移家集》。』

郭鳳《山礬書屋詩初集》卷六有《十二月初六日移居東城外江家橋》。

十二月二十一日，查揆、屠倬、許乃濟等人過魏塘，麐與諸友同送許乃濟北上。

見《靈芬館詩三集》卷一《贈青士即送其計偕北上》，及黄凱鈞《友漁齋詩集》卷九『甲子』詩《臘月廿一日梅史偕許青士孝廉乃濟屠琴塢孝廉倬過訪即送北上》。

是歲，刊刻《靈芬館詩二集》。

《靈芬館詩二集》阮元序署云：『嘉慶甲子郭君將刊其二集於版，故序之。揚州阮元。』

嘉慶十年乙丑(一八〇五) 三十九歲

正月初七人日，病中作詩一首。

見《靈芬館詩三集》卷一《病中聞梅花開七分矣》，及郭鳳《山礬書屋詩初集》卷六《人日和伯子元韻》。

正月十日，病愈，過訪東莊探梅。

見黄凱鈞《友漁齋詩集》卷十『乙丑』詩《頻伽丹叔移居城東與吾盧望衡對宇正月十日過東莊探梅至月午而歸喜成四絕》。

正月十五日，黄凱鈞招飲梅花下。十六日，潘眉至魏塘，復集。

見《懺餘綺語》卷一《疏影·上元夜退庵招飲梅花下越日壽生自分湖來復會于此用白石韻記之》，及黄凱鈞《友漁齋詩集》卷十『乙丑』詩《元夕同頻伽芝亭點燈梅花下》。

正月二十日，生辰，與黄凱鈞父子、潘眉、郭鳳集於汪繼熊墨檀欒室。

見《靈芬館詩三集》卷一《正月廿日同退庵父子壽生丹叔飲芝亭墨檀欒室踰月壽生有詩相寄諸君皆和之芝亭持以

見示亦同其韻》。

春末，與王昶唱和，作《送春詞四首和蘭泉先生》。

見《靈芬館詩三集》卷一。

王昶（一七二四—一八〇六），字德甫，號述庵，又號蘭泉，青浦人。乾隆十九年進士，官至刑部右侍郎。善屬文，尤嗜金石之學，工書法。著有《春融堂集》、《金石萃編》。

六月，大病。潘眉探之。弟郭鳳、友吳鷗照顧之。

《靈芬館詩三集》卷一《得閒集》小敘曰：「六月臥病，幾死者至再至三。匝月始能彊起，看書則目眩，爲文則氣弱，未忘結習，呻吟中時有所作。」

《靈芬館詩三集》卷一《病起懷人詩三十首》詩序云：「臥病一月，瀕死者再，中間旬餘，惛然如夢。時惟壽生一來看視。稱藥量水者，吳季子獨遊、余弟丹叔而已。」

病初起，黃凱鈞來探賦詩，和之。

見《靈芬館詩三集》卷一《和退庵見示韻》，及郭鳳《山礬書屋詩初集》卷七《雨中退庵過靈芬館時伯子病初起退庵有詩見投即同伯子次韻奉酬》、黃凱鈞《友漁齋詩集》卷十「乙丑」詩《新涼過靈芬館時頻伽久病初起》。

閏六月，病愈。作詩懷諸友。

見《靈芬館詩三集》卷一《病起懷人詩三十首》、《續懷人詩十二首》。

閏六月初四至初六，大風雨不止，作詩紀之。十二日風雨復作，再作一首。

見《靈芬館詩三集》卷一《閏六月初四五六日大風雨不止》、《十二日風雨復作書以遣悶再用前韻》，及郭鳳《山礬書屋詩初集》卷七《次伯子閏六月大風雨元韻》。

將有西湖之行，先以詩寄諸友。

見《靈芬館詩三集》卷一《將之西湖先寄諸故人用前韻》。

與黄凱均唱和，有新秋過訪之約。

見《靈芬館詩三集》卷一《次韻退庵過靈芬館之作》、《約過友漁齋仍用來韻奉柬》、《退庵以詩來堅新秋過訪之約再疊前韻答之三首》。

朱文琥入都，作詩送之。

見《靈芬館詩三集》卷一《送朱荔生文琥謁選入都》。

七月，與潘眉至杭州，寓可莊。

見屠倬《是程堂集》卷五《抵家兩月未嘗一詣湖上七月中郭頻伽潘壽生眉來寓可莊沈小畹欽韓寓昭慶寺遂時時出城同作山中之遊作此兼贈三君》、《訪頻伽壽生於湖上可莊並晤朱鐵門春生四首》。

在杭州，與潘眉、朱春生、屠倬、吴修等友遊紫雲洞、西湖、智果寺、金鼓洞等地，有詩紀之。

見《靈芬館詩三集》卷一《偕鐵門壽生納涼紫雲洞題壁》、《智果寺尋明女郎楊雲友墓不得》、《七月十三日夜月色朗然同鐵門壽生放船由斷橋出外湖入西泠沿孤山以歸五首》、《訪蔣村玉蓮庵歸路乘月至斷橋小憩而返同壽生作》、《十七日夜大雨和壽生》、《和丹叔見寄六首同壽生作》、《同吴思亭修壽生游金鼓洞》、《西湖買月歌爲思亭作》等詩。

高塏入都，醉酒相送。

見《靈芬館詩三集》卷一《倚醉送爽泉入都》。

高塏，字子高，號爽泉，錢塘布衣。早棄舉子業，專力學書，得歐、褚神髓。嘉慶中，阮元撫浙，延校金石文字。復精繪事，尤工花鳥、草蟲。偶治印，亦秀勁有法。

秋，至秀水，訪朱休度，爲題《仙家詩意圖》。

見《靈芬館詩三集》卷一《過訪朱梓廬丈休度墻下小軒出仙家詩意圖屬題圖以乩仙詩命意詩曰茆茨零亂兩三家挑菜歸來日已斜洗脚湖頭春水活鬢邊脱下碧桃花因和其韻四首》。

朱休度，字介裴，號梓廬，秀水人。乾隆十八年舉人，官廣靈知州，有惠政。

十月，之紹興。旋歸，雨中投宿屠倬琴塢舊廬，有詩贈答。

見《靈芬館詩三集》卷一《雨中自越州歸投宿琴塢舊廬琴塢適補竹於庭乞爲長句》，及屠倬《是程堂集》卷六《頻伽還自越中風雨渡江相見歡甚時余方補竹於庭薄暮酒酣屬頻伽作詩紀事且許畫竹以報明日畫成頻伽詩亦就余復和焉》。

十月，爲黃凱鈞《友漁齋詩集》作序。

黃凱鈞《友漁齋詩集》郭麐序後署曰：『嘉慶乙丑十月吴江友弟郭麐序。』

十一月，往揚州。舟至新豐受阻，乘獨輪車至京口。

見《靈芬館詩三集》卷二《新豐舟阻乘獨輪車至京口作此自嘲》。

在京口，借宿陳均官舍，未遇陳均，作詩留别。

見《靈芬館詩三集》卷二《宿陳小筠參戎京口官舍時小筠以官事赴新豐留此爲别》。

至揚州，寓安定講舍。

《靈芬館詩三集》卷二《邗上雲萍集》小敘云：『冬暮重遊邗江，假館於安定講舍。』

冬，在揚州，與曾燠、伊秉綬、吴錫麒、張鏐、樂均、劉嗣綰、彭兆蓀、金學蓮、江藩、蔣知卿、儲潤書、陸繼輅等人交遊，並與銷寒六會。

見《靈芬館詩三集》卷二《穀人先生出示六十自述詩感舊陳情敬呈一首》、《和韻答子貞》、《與劉芙初孝廉嗣綰别四年矣頃間相見出前歲挹青樓見訪不值之作兼辱贈題靈芬館詩奉酬一律即用見訪元韻》、《蓮裳愛吾吳青芝山之勝與賓谷都轉廉山大令有卜居之約船山侍御爲作青芝山館圖以寄意蓮裳自題五詩其上爲次其韻》、《寒雁篇同穀人先生蓮裳芙初甘亭金手山學蓮顧芝山麟瑞江鄭堂藩蔣秋竹知節儲玉琴潤書作銷寒第一集》、《甘亭見贈五言詩五章感離念舊悲往傷來友朋之重情見乎詞累歎不足輒走筆如數答之其卒章兼題余靈芬館圖故僕亦有結鄰之約並示蓮裳芙初手山陸祁生繼輅》、《題甘亭題襟館記後》、《寒燭同芙初作》、《十一月二十四日銷寒第二集分詠題襟館所藏畫卷得冷謙細柳營圖》、《題李賓日寅熙秋門草堂詩鈔》、《以石刻梅花道人墨竹奉贈賓谷都轉並示題襟館諸君》、《銷寒第三集分賦淮海神弦曲五首》、《銷寒第四集伊墨卿太守秉綬招飲六一堂賦贈》、《題墨卿太守所藏邢太僕手札後》、《銷寒第五集秋竹寓齋分得凍豆腐用樊榭山房菽乳倡和韻》、《連夕奇寒穀人先生出佳釀醉我疊前韻爲謝》、《銷寒第六集飲鄭堂齋中即題壁間金粟道人像》等詩。

伊秉綬（一七五四——一八一五），字祖似，號墨卿，晚號默庵。福建汀洲人。伊朝棟之子。師從紀曉嵐、刘墉。乾隆五十四年進士，歷任刑部主事、惠州知府、揚州知府等職。在任期間，以『廉吏善政』著稱。

劉嗣綰（一七六二——一八二〇），字醇甫，又字簡之，號芙初，江蘇陽湖人。嘉慶十三年進士，授編修，著有《尚絅堂集》。

樂鈞（一七六六——一八一四），初名宮譜，字元椒，號蓮裳。江西臨川人。嘉慶六年舉人，後游京師、吳越間，無所遇，奉母僑居江淮間。

金學蓮，字子青，號手山，吳縣人。諸生。有《三李齋詩集》。

顧麟瑞，字芝山，興化人。顧九苞次子，黄景仁之婿。貢生。著有《樂府定霸記》、《峨眉研傳奇》。

江藩（一七六一——一八三一），字子屏，號鄭堂，晚號節甫。江蘇甘泉人。監生，受業於江聲，博綜群經，尤深漢詁。

著有《隸經文》、《漢學師承記》等。

蔣知節，字秋竹，鉛山人。乾隆四十四年舉人，官教諭。

儲潤書，字玉琴，宜興人。諸生。工詩。

陸繼輅，字祁孫，一字修平，又字季木，江蘇陽湖人。嘉慶庚申舉人，官貴溪知縣。

時妾素君省親紹興，作詩寄之。

見《靈芬館詩三集》卷二《寄素君越州再疊前韻》。

由邗江返家途中，與曹言純聯句賦詩。

見《靈芬館詩三集》卷二《繂版》、《山塘雨中》、《胥江夜泊》、《水仙聯句》等詩。

曹言純（一七六七—一八三七），字絲贊，號古香，又號種水，浙江嘉興人。貢生。家貧，刻苦力學。工詩畫，善填詞。有《征賢堂集》《種水詞》。

十二月廿八日小除夕，陳基過靈芬館度歲，共賦催雪詩。

見《靈芬館詩三集》卷二《小除夕竹士過余度歲風寒氣嚴雪意欲成與竹士家弟同賦靈芬館催雪詩倒用東坡聚星堂韻二首》，及郭鳳《山磬書屋詩初集》卷七《十二月廿八日竹士來此度歲與伯子同集靈芬館催雪倒用東坡集中聚星堂韻》。

十二月廿九日除夕夜，與郭鳳、陳基在黄凱鈞友漁齋飲酒守歲。

見《靈芬館詩三集》卷二《除夕同竹士丹叔過飲友漁齋分韻得阿字》，及黄凱鈞《友漁齋詩集》卷十『乙丑』詩《除夕頻伽丹叔偕竹士過訪友漁齋以守歲阿戎家爲韻分得歲字》、黄安濤《詩娱室詩集》卷三《除夕頻伽先生昆季偕陳竹士基見過友漁齋以守歲阿戎家五字分韻安濤以侍坐同作得家字》。

嘉慶十一年丙寅（一八〇六） 四十歲

正月初一，與友陳基、弟郭鳳探梅，至長生庵。

見《靈芬館詩三集》卷三《元日偕竹士丹叔探梅至長生庵設伊蒲之饌留贈庵主》，及郭鳳《山礬書屋詩初集》卷七《元日同伯子竹士溪莊探梅》。

正月初四，大雪，與郭鳳、陳基一同賦詩。

見《靈芬館詩三集》卷三《曉起見雪示竹士丹叔》，及郭鳳《山礬書屋詩初集》卷七《正月四日大雪同伯子竹士作》。

正月初六，與郭鳳、陳基、黃安濤兄弟集汪繼熊墨檀欒室，有詩紀之。

見《靈芬館詩三集》卷三《六日集墨檀欒室分得寄字七言》，及黃安濤《詩娛室詩集》卷三《雪中同頻伽丹叔竹士諸君過芝亭墨檀欒室小集以人日題詩寄草堂分韻得題字五言二十四韻》、黃若濟《百藥山房詩初集》卷三《雪中同頻伽先生丹叔竹士伯子芝亭賞谷小集墨檀欒室以人日題詩寄草堂分韻得堂字絕句四首》。

正月十五，有雨無月，作《上元》一首。

見《靈芬館詩三集》卷三。

春暮，渡江至紹興，約同人設祀徐渭於青藤書屋，未果。

見《靈芬館詩三集》卷三《渡江約同人設祀徐文長于青藤書屋時陳十峰在吳門其昆季辭焉作此柬諸君以博一笑》。

《靈芬館詩三集》卷三《雲萍續集》小敍言：『是年主講勾餘。住不匝月。』

在紹興，遇分別七年之友夏清和，感慨作詩。夏旋之姚江，麐有贈答之作。

見《靈芬館詩三集》卷三《與夏十四晴壑清和別七年重逢話舊雜成四章》、《次韻答晴壑喜之姚江之作》。

訪陳延慶於蕺山書院。

見《靈芬館詩三集》卷三《訪古華太守于蕺山書院出近作見示次韻二首》。

渡曹娥江，有詩寄許乃濟、屠倬、吳鷃及弟郭鳳。

見《靈芬館詩三集》卷三《渡曹娥江寄青士琴塢用六日墨檀欒室韻》、《再用前韻寄丹叔獨遊》。

春暮，羈旅無聊，作《端居悶極三用前韻自嘲》、《續游仙詩十七首》。

見《靈芬館詩三集》卷三。

立夏，與陳延慶、王學雲、釋卍香等友集蕺山講舍，作詩聯句。

見《靈芬館詩三集》卷三《立夏日集蕺山講舍聯句》。

釋與宏，號卍香，浙江山陰人。喜作詩，有《懶雲樓詩鈔》。

爲吳修作詩題畫。

見《靈芬館詩三集》卷三《項孔彰畫酒甕中桃柳爲思亭題即次其韻》、《思亭以奚鐵生畫卷見贈題句其上》。

五月一日，作《鵲尾》詩。

見《靈芬館詩三集》卷三。

五月五日端午，黄凱鈞招，不赴，與郭鳳、吳鷃唱和於靈芬館。

見《靈芬館詩三集》卷三《重五日退庵見招不赴次來韻柬之》、《端午日分題靈芬館中是日所懸畫幅得鍾馗宴客圖同獨遊丹叔作》、《即事聯句仍用前韻並柬退庵父子》，及所附郭鳳《題鍾馗畫鬼圖》、吳鷃《題鍾馗賣劍圖》。

五月十日，出關往揚州。舟中讀黎簡《五百四峰詩》，次韻作詩。過常潤道中，有詩紀之。

見《靈芬館詩三集》卷三《五月十日出關》、《舟中讀黎簡民簡五百四峰堂詩竟用其讀黄仲則集韻題之》、《雨行常潤道中》、《雨中見新荷》、《道上新冢纍然默念此中何人》等詩。

黎簡，字簡民，號二樵，順德人。乾隆己酉拔貢生，詩書畫皆精妙，爲『嶺南四家』之一。著有《五百四峰堂詩鈔》。

六月，至揚州，曾燠館之於張氏樗園。有多詩抒羈旅之感。

見《靈芬館詩三集》卷三《旅中雜感》、《樗園雜詩》、《夜起來》、《旅食十首》，及《懺餘綺語》卷二有《摸魚子・樗園客感》。

《靈芬館雜著》卷二《樗園記》曰：『嘉慶丙寅之夏，余客遊維揚，題襟曾先生館余寓張氏之樗園。』

在揚州，與曾燠、汪中、吳修、張鏐、陳增、羅聘、伊秉綬等交遊，多有題贈之作。

見《靈芬館詩三集》卷三《題汪容甫中雜文》、《題程孟陽山水扇面酬思亭》、《題張老薑鏐印譜》、《用後山集中招黃魏二生韻題陳月墀增閉門索句圖》、《兩峰山人羅聘鬼趣圖並序》、《子貞山居賣篆圖》等詩。

汪中（一七四五——一七九四），字容甫，江都人。乾隆四十二年拔貢，後絕意仕進。遍讀經史百家之書，卓然成家。精於史學，能詩，工駢文。著有《述學》、《廣陵通典》、《容甫遺詩》等。

羅聘，字兩峰，自號花之寺僧，安徽歙縣人。居揚州從金冬心學畫。能詩，有《登岱詩》。

七夕節，作詞一首。

見《懺餘綺語》卷二《高陽臺・丙寅七夕》。

八月十六，爲友彭兆蓀《小謨觴館詩集》作序。

見彭兆蓀《小謨觴館詩集》之郭麐序，序言署：『時嘉慶丙寅八月望日，吳江郭麐序。』

欲築『蒴淞』小閣，財資未具，先乞伊秉綬題寫閣名，以詩紀之。

見《靈芬館詩三集》卷三《欲築一小閣名曰蒴淞乞墨卿太守八分書牓而貲固未具也以詩紀之》。

九月初九，離開揚州返家，獨上吳王山。

《靈芬館詩三集》卷三《雲萍續集》小敘云：『夏五遊邗，重九始返。』《靈芬館詩三集》卷四《重九不出》云：『去年重九夜抵闕，杖策獨上吴王山。』

十六日，與屠倬先集黄凱鈞友漁齋，後乘舟到靈芬館，黄安濤同行。

見《靈芬館詩三集》卷三《十月十六日同琴塢集友漁齋飲罷放舟偕霽青過宿靈芬館即事同作》。

過錢塘江，途中有詩寄黄安濤、汪繼熊及病中的郭鳳。

見《靈芬館詩三集》卷三《舟中獨酌卻寄霽青芝亭》、《石門道中寄訊丹叔》。《靈芬館詩三集》卷四《剛卯集》小敍言：『前歲一病幾殆，去年余弟丹叔遘疾，自十月至十一月不愈。』

十一月十日，與黄安濤、汪繼熊、胡金題、屈爲章、蔣澐遊東湖，登弄珠樓，遊棲心寺，後在十杉亭飲酒作别。

見《靈芬館詩三集》卷三《十一月十日同霽青芝亭瘦山屈弢園爲章蔣秋舫澐泛舟東湖登弄珠樓遊棲心寺小飲十杉亭别去作四律卻寄》，及黄安濤《詩娱室詩集》卷三《十一月十日同頻伽先生芝亭瘦山韜園蔣秋舫澐泛舟東湖登弄珠樓入棲心寺憩十杉亭即事同賦用昌黎南溪始泛韻三首》。

胡金題，字品佳，號瘦山，平湖人。廩生。承家學，富才華，工詩文詞賦。著有《桐華館詩鈔》。

屈爲章，字含漪，號弢園，平湖人。諸生。少家道中落，立志讀書，性豪邁。著有《紫華舫詩鈔》。

蔣澐，字季雲，號秋舫，平湖人。嘉慶戊辰順天舉人，官湖北通城知縣。著有《秋舫詩鈔》。

十二月，弟郭鳳病起，有詩，喜而和之。

見《靈芬館詩三集》卷三《丹叔病起至靈芬館有詩見呈喜而和之》。

與黄凱鈞父子、朱春生、潘眉、汪繼熊、郭鳳等在靈芬館作銷寒第一集。

見《靈芬館詩三集》卷三《靈芬館銷寒第一集詠暖盌得湯字二十韻》，及朱春生《鐵簫庵詩鈔》卷二《靈芬館消寒會同退庵頻伽壽生丹叔芝亭子未分韻作》、黄安濤《詩娛室詩集》卷三《詠暖椀分韻得飲字靈芬館銷寒作》。

十二月二十八，作詩一首。此前一日爲立春。

見《靈芬館詩三集》卷三《十二月二十八日作》。

十二月二十九小除夕，爲黄凱鈞《茅屋擁鑪卷》題詩。

見《靈芬館詩三集》卷三《小除日爲退庵題茅屋擁鑪卷二首》。

十二月三十除夕，作《雲萍續集》小敘。並與郭鳳、吴鶡吟詩聯句。

見《靈芬館詩三集》卷三《除夕聯句》，及吴鶡《天寥遺稿》卷一《除夕靈芬館聯句》。

《靈芬館詩三集》卷三《雲萍續集》小敘道：「是年，主講勾餘。住不匝月，夏五遊邗，重九始返。其間故友之離合，人事之變易，與旅次之屢遷，感物撫序皆不能无慨於中，所作較多，仍以「雲蘋」命之。丙寅除夕記。」

嘉慶十二年丁卯（一八〇七） 四十二歲

正月初一，作詩兩首示吴鶡。

見《靈芬館詩三集》卷四《元日即事示獨遊二首》。

正月初三，與吴鶡、沈大成等友集靈芬館。

見吴鶡《天寥遺稿》卷二《丁卯新正三日靈芬館作》。

正月初七，有雨，與郭鳳、吴鶡、黄安濤、黄若濟等集靈芬館，分韻賦詩。

見《靈芬館詩三集》卷四《人日坐雨得坐字》，及郭鳳《山礬書屋詩初集》卷八《人日集靈芬館分韻得雨字》、《人日分詠真研齋所藏得折角研》，黄安濤《詩娱室詩集》卷三《人日集靈芬館分詠館中所藏研得銅雀瓦頭》，黄若濟《百藥山房詩初集》卷三《人日真研齋分詠所藏得靈芬館主小像硯即呈頻伽先生》，吴鵾《天寥遺稿》卷二《靈芬館人日坐雨得日字》、《分詠真研齋所藏得荷葉研》。

正月二十日，生辰，夜作詩兩首。

見《靈芬館詩三集》卷四《二十日夜被酒有作》二首。

乘舟往杭州，途經秀水、石門灣等地，與錢昌齡交遊。

見《靈芬館詩三集》卷四《秀州舟次錢恬齋太史昌齡見過兼懷子修》、《舟過石門灣放燈正盛登岸尋遊歸後有作》。

錢昌齡，字質甫，號恬齋，浙江秀水人。錢載之孫。嘉慶進士，官雲南布政司。善畫蘭竹。

在杭州，與孫均同住葛林園，爲其畫題詩，並勸其定居魏塘。

《靈芬館詩初集》孫均序云：「今年同寓西湖之葛林園，共晨夕者累月。」

《靈芬館詩三集》卷四《題孫古雲均上冢圖四首》其四言：「君方有相宅之意，余勸其卜居魏塘。」

孫均（一七七七—一八二六），字話孫，號古雲，又號遂初，仁和人。諸生。孫士毅之孫，隸漢軍正白旗，襲三等侯爵。工篆、隸，善寫生。郭麐《靈芬館詩初集》及《靈芬館詩三集》之刊刻，都得孫均資助。

二月十日，孫均爲其《靈芬館詩初集》作序。

見《靈芬館詩初集》孫均序。

二月二十三日，與屠倬訪蔣澐和范崇階於藕橋，冒雨乘舟至桃花港而歸。屠倬作畫，麐作詩紀之。

見《靈芬館詩三集》卷四《二月廿三日同琴塢訪秋白小湖于藕橋冒雨放舟至桃花港歸宿别墅琴塢作圖余爲長句以紀》，及屠倬《是程堂集》卷八詩《二月廿三日同頻伽訪秋白小湖於筧橋别墅冒雨放舟至墩村看桃花留連信宿同作》。

小寒食節，由杭州歸家，途中有作。

見《靈芬館詩三集》卷四《秀州道中》。

三月初三上巳日，居家，作詩一首。

見《靈芬館詩三集》卷四《上巳曉起》。

春，與姚椿相識於孫均百一山房。

《靈芬館詩話續編》卷五載：『丁卯春，春木來吴門，下榻於古雲百一山房。時甘亭亦在焉。古雲以書見招，亟往就質，執手道舊，各爲憮然。余方刻《雜著續編》，俾之攻摘瑕疵，春木亦以三年中詩見示。』

姚椿（一七七七——一八五三），字春木，一字子壽，别號樗寮，江蘇婁縣人。少年以國子生應順天鄉試，才名噪京師，然連試不售。曾受學於姚鼐，工詩文，善畫墨竹。著有《通藝閣詩録》、《晚學齋文録》等，並輯《清文録》。

四月，應金光悌之邀，前往江西。有多詩紀途中景物。

見《靈芬館詩三集》卷四《入瀧》、《過釣臺》、《瀧中歌》、《七里瀧口號》。

七月，屠倬爲《靈芬館詩集》作序。

《靈芬館詩集》屠倬序云：『今孫君古雲又刻其《初集》、《三集》以行。會祥伯將游豫章，過錢塘，屬爲一言。』末署：『嘉慶丁卯秋七月錢唐愚弟屠倬。』

七月十九日，在江西，爲徐午題其臨江閣。

見《靈芬館詩三集》卷四《七月十九日徐斗垣明府午招飲寓齋即題其臨江閣用原韻四首》。

徐午，字芝田，揚州舉人。工山水。爲郭麐作《靈芬館第五圖》。

七月二十九日，連得家書兩封，作詩紀之。

見《靈芬館詩三集》卷四《久不得家訊獨酌有懷》、《七月廿九日連得家中先後兩書用前韻》。

在江西，旅中無書，借閲陳預新刻之《東坡集》，有詩紀所感。其間賦詩，亦多和《東坡集》韻。

見《靈芬館詩三集》卷四《旅中無書廉訪陳公以新刻東坡集見借輒和其韻得三十首自約更不復和作此書後並寄丹叔》、《觀蘇集注中引老學庵筆記李定母事戲作》、《閲查注蘇詩北渚群鷺一條偶作》、《和東坡謫居三適詩》等。

在江西，客中蕭寂，起歸思。

見《靈芬館詩三集》卷四《寄丹叔用蘇集初秋寄子由韻》、《秋意欲深歸思浩然用蘇集和穆父新涼韻》、《寄懷故鄉一二故人用蘇集秋懷二首韻》、《作家書未寄夜中風雨淒然不能成寐因念子由彭城二絶坡和詩而不和其韻蓋感餘於言不成聲之義也輒和子由韻二首寄丹叔》、《秋感二首》，及《懺餘綺語》卷二《浣溪紗·寄内》。

八月十二日，病，招友同集飲酒唱和。飲酒多而更傷身，作詩戲之。

見《靈芬館詩三集》卷四《八月十二日夜小病獨酌招同署姜劉朱三君同蘇集獨酌試藥玉船韻》、《酒惡致困少睡更酌戲用大醉臥寶覺禪榻韻》。

八月十五中秋節，閉門望月，思念家鄉親友。

見《靈芬館詩三集》卷四《中秋寄丹叔用中秋見月和子由韻並示霽青》，及《懺餘綺語》卷二《桂枝香·中秋有感》。

九月初九重陽節，不出，作詩一首。

見《靈芬館詩三集》卷四《重九不出》。

十月，友朱文翰爲其《剛卯集》作序。

見《靈芬館詩三集》朱文翰序。

朱文翰，字蒼眉，一字滄湄，號見庵，歙縣人。乾隆五十五年會元，官至溫台處道道員。有《退思粗訂稿》、《可齋經進文存》。

得金宗邵道中書，做詩記之。時金宗邵第二子十歲生日，做詩爲賀。

見《靈芬館詩三集》卷四《得仲蓮道中書》、《仲蓮第二子昭元十齡生日作此贈之》。

在江西，與謝湘霞定情，有明年三月再聚之約。

見《懺餘綺語》卷二《風蜨令・和湘霞韻》三首、《夜合花・燈花寄湘霞》一首。《靈芬館詩四集》卷一《章江柳枝詞》序中道：『湘霞女子姓謝氏，吳人，而豫章居。意不忘歸。以余吳人，又嘗讀靈芬館詩，將爲帷幕之徵，既成言而違。』

十一月下旬，離開江西，作詩留別金光悌、金宗邵、金勇、徐午、舒夢蘭、程廷泰、朱文翰、周澍諸友。

見《靈芬館詩三集》卷四《西江留別詩》。

歸途與陳基同行，舟中聯句。

見《靈芬館詩三集》卷四《舟中同竹士聯句》。

十一月二十三日冬至，歸途經弋陽至鉛山，舟中作《懺餘綺語》自序。

見《靈芬館詩三集》卷四《弋陽道中曉發》、《至日鉛山道中》，及《懺餘綺語》自序。

十二月一日，至三衢，舟中日書《心經》三卷，並整理一年詩稿，有書寄江西諸友。

見《靈芬館詩三集》卷四《坐江山船入三衢舟中閱白香龔漚舸鉽歸舟雜詠盡食頃和畢二十首即書寄西江故人十二月一日也》、《三衢阻灘》。

十二月五日，在三衢道中作詞一闋。

見《懺餘綺語》卷二《買陂塘・十二月五日三衢道中》。

歸途經蘭溪、桐子灘、釣臺、桐廬等地，皆有詩紀之。

見《靈芬館詩三集》卷四《蘭谿》、《桐子灘》、《釣臺夜泊》《桐廬道中》等詩。

十二月九日過岩瀨，感嚴光先生而作文弔之。

《靈芬館雜著》卷二《岩瀨弔嚴先生文並序》道：「嘉慶十二年丁卯十二月九日，舟過岩瀨，感先生之遇，悲論世者之不審，輒示己志爲文以弔之。」

嘉慶十三年戊辰(一八〇八)　四十二歲

二月十日，雪，與諸友小集，次韻酬高日濬。

見《靈芬館詩四集》卷一《花朝前二日雪中小集惺泉有詩次韻酬之》、《懺餘綺語》卷二《疏影・惺泉浮香樓圖余舊爲作序並詩今相見於吳門正當梅花時欲歸未得復爲倚聲作此不知有慨於中也》。

二月十二花朝節，與趙晉函、樂鈞等友集陳文述碧城仙館。

見《靈芬館詩四集》卷一《花朝同人集碧城仙館分韻得暗字》，及樂鈞《青芝山房詩集》卷十九《花朝赴郭頻伽麐趙艮甫晉函之招集碧城行館以暗水流花徑春星帶草堂分韻得堂字》、陳文述《頤道堂詩選》卷九《花朝前夕對雪與頻伽艮甫夜話》。

二月二十八春分後三日，彭兆蓀爲其作《邗上雲萍集》序。

見《靈芬館詩三集》彭兆蓀序。

二月二十九日，與郭鳳、吳鶗等集黃凱鈞馴鹿莊。

見郭鳳《山礬書屋詩初集》卷九《二月二十九日小集馴鹿莊》，及吳鶗《天寥遺稿》卷二《戊辰上巳前三日退庵招同頻伽丹叔芝亭東莊小集》。

清明節，全家至蘆墟掃墓。有詩和郭鳳。

見《靈芬館詩四集》卷一《蘆墟舟中和丹叔韻》。

三月十六日，與吳鷗、郭鳳郊外遊玩，小憩於東明尼庵，作絶句六首。

見《靈芬館詩四集》卷一《清明後六日同獨遊丹叔郊外步屧即目成詠得絶句六首》，及郭鳳《山礬書屋詩初集》卷九《同獨遊伯子郊外小步》四首。

四月十日，與汪繼熊、吳鷗遊湖州碧浪湖、道場山、峴山窪尊亭，夜上佚老堂。

見《靈芬館詩四集》卷一《初十日自碧浪湖放舟遊道場山三首》、《峴山窪尊亭》、《月夜上佚老堂故趾弔孫太初》，及郭鳳《山礬書屋詩初集》卷九《伯子偕芝亭獨遊爲道場何山之遊作此送之》。

四月十一日立夏，與汪繼熊、吳鷗遊白雀寺、法華山。

見《靈芬館詩四集》卷一《立夏日遊白雀寺用東坡與胡祠部遊法華山韻》、《法華山望湖亭同汪吳二子作》。

孟夏，在杭州，與楊芳燦同寓詁經精舍。楊芳燦爲作《後移家集》序。

見《靈芬館詩三集》楊芳燦序。

楊芳燦《芙蓉山館全集》文鈔卷一《靈芬館記》云：『嘉慶戊辰孟夏，某與頻伽先生同寓於西湖詁經精舍。神交廿年，簪蓋一旦，切肺酌酒，傾心論詩。』

楊芳燦，字才叔，號蓉裳，江蘇金匱人。以拔萃科試高等選甘肅伏羌令，擢靈州牧，入京爲戶部員外郎。以母憂歸，卒於蜀。有《直率齋稿》、《芙蓉山館詩詞稿》、《芙蓉山館駢體文》等。

五月一日，在杭州葬友人薛烔之女薛娟於葛嶺，並作詩吊之。

見《靈芬館詩四集》卷一《五月一日月璘葬畢弔之以詩》。詩後有許增註言曰：『(月璘)戊辰五月一日葬於西湖。』

《靈芬館雜著》卷一《室女薛月璘葬銘》曰：『(月璘)病卒於越，嘉慶十年十二月廿有八日也。更一歲，余爲歸葬於杭州西湖。』

《靈芬館詩話》卷十一云：『月璘女士薛娟，余葬之葛嶺之下，張孝女墳之側，自爲葬記，復繪《春山埋玉圖》。』

吴錫麒《有正味齋詞集》續集卷一有《洞仙歌·郭頻伽屬題春山埋玉圖》一闋，小敘云：『頻伽自魏塘移家來杭，主於錢塘薛氏。薛有女月璘名娟者，其夫人素君愛憐特甚，視之若女，女亦以母呼之。會其父卒，頻伽將有越行，月璘遂隨其夫人共往，不數月，又聞其母死耗，悲痛遽卒，時年才十七也。女慧麗端好而命薄如此，是可哀已。頻伽爲買地葬於葛嶺之麓，且爲之銘，屬其友孫君蔚堂爲圖以紀，余題是詞。』後署『戊辰四月廿五日』。

五月初五端午節，在靈芬館與諸友唱和賦詩。

見《靈芬館詩四集》卷一《重五日靈芬館分賦得五毒符》、《和芝亭詠端午節物四首》，及吴鵾《天寥遺稿》卷二《端五日分題靈芬館中是日所懸畫幅得鍾馗賣劍圖》。

夏，新造磬折廊，落成，作詩，邀諸友和。

見《靈芬館詩四集》卷一《新造一廊形若磬折遂以名焉甚苦勞費喜于垂成作此柬退庵芝生》《磬折廊落成邀諸君和》、《曲廊新成好雨時至夜飲酣適紀之以詩》，及郭鳳《山礬書屋詩初集》卷九《回廊曰磬折伯子自顔額也落成後淫雨不止伯子連日有詩亦作五歌三首》。

閏五月十四小暑日，作詩紀事。

見《靈芬館詩四集》卷一《小暑即事》。

夏，金宗邵偕朱鶴年過訪魏塘，留兩日。

見《靈芬館詩四集》卷一《仲蓮偕朱野雲鶴年過訪魏唐留二日時泊舟城南有女郎素雲將往西湖邀同尊俎野雲畫即景於扇頭爲題六絶句其上》。

朱鶴年，字野雲，泰州人。錢杜畫友，善畫山水。

夏，與諸友作銷夏七集，有詩。

見《靈芬館詩四集》卷一《擬李商隱燕臺夏曲銷夏第一集》、《合醬三十韻銷夏第二集》、《招涼曲銷夏第三集》、《新秋即事銷夏第四集》、《荷花生日詞銷夏第五集》、《靈塔庵小集即席同賦五律二首銷夏第六集》、《分詠七夕故事得柳州乞巧銷夏第七集》。

七月二十八日，在杭州，爲屠倬題畫。

見《靈芬館詩四集》卷一《爲琴塢題小檀欒室讀書第二圖並寄梅史》，及《是程堂倡和投贈集》卷五郭麐詩《戊辰七月廿八日來西湖適琴塢乞假還里出示王椒畦所作第二圖輒再作四絶句題後兼寄梅史》。

爲文鼎作《趙倢伃玉印歌》。

見《靈芬館詩四集》卷一《趙倢伃玉印歌爲文後山鼎作》。

文鼎（一七六六—一八五二），字學匡，號後山，别號後翁，秀水人。布衣，清咸豐元年征舉孝廉方正不就。精書畫、篆刻。善畫山水、松石。著有《五字不損本室詩稿》。

八月初八，與黄凱鈞父子、潘眉、汪繼熊、郭鳳等賞月賦詩於靈芬館。

見《靈芬館詩四集》卷四《探中秋詩並序》，及郭鳳《山礬書屋詩初集》卷九《和探中秋詩》。

八月十一日，好友潘眉由吴江移家魏塘輞埭。

見《靈芬館詩四集》卷四《壽生卜居魏塘輞埭丹叔有詩同韻二首》。

郭麐《江行日記》九月十一日言：『壽生於前月十一日移家魏塘，至此剛匝月。』

即將遠遊，見家中桂樹將開花，有感作詞一首。

見《懺餘綺語》卷二《月華清·靈芬館前晚桂一株已蕊未華夕露晨飆傾佇良久念將遠遊恐不能待詞以催之》。

九月九日，於西湖湖樓整裝待發，與友范崇階、殳慶源等話別。

見《江行日記》九月九日所記，及郭鳳《山礬書屋詩初集》卷九《重九日懷壽生伯子》。

九月十日，同潘眉曉發至六和塔，夜宿江頭，寄書予弟郭鳳。

見《江行日記》九月十日所記。

九月十一日，清晨由六和塔出發，至梅家堰小泊。潘眉作《六和塔曉發》，麐和之。

見《江行日記》九月十一日所記，及《靈芬館詩四集》卷一《六和塔曉發同壽生韻》。

九月十二日，霧，在富陽道中，有詩及一詞紀之。

見《江行日記》九月十二日所記，及《靈芬館詩四集》卷一《富陽道中》、《懺餘綺語》卷二《買陂塘·富陽道中見烏柏新霜青紅相間山水暎發帆檣洄沿斷岸野屋皆入圖繪竟日賞翫不足詞以寫之》。

九月十三日，曉過桐廬，進七里瀧。於嚴瀨道中賦詞一闋。

見《江行日記》九月十三日所記，及《靈芬館詩四集》卷一《曉過桐廬》、《懺餘綺語》卷二《憶舊遊·嚴瀨道中偕壽生同坐船頭倚聲歌此幾欲令四山皆響也》。

九月十四日，陰，中午至蘭溪，有一詩及一詞紀之。

見《江行日記》九月十四日所記，及《靈芬館詩四集》卷一《蘭谿》、《懺餘綺語》卷二《菩薩鬘·鄰舟有見》。

九月十五日，至龍遊，舟中與潘眉聯句並作詩一首。

見《江行日記》九月十五日所記，及《靈芬館詩四集》卷一《灘行聯句》、《三衢夜泊》。

九月十六日，午過衢州，去常山四十里，作《衢州橘枝詞》六首。

見《江行日記》九月十六日所記，及《靈芬館詩四集》卷一。

九月十七日，晚至常山。有書寄家人及友人。

見《江行日記》九月十七日所記。

九月十八日，舟行常山道中，傍晚至玉屏關，有詩紀之。

見《江行日記》九月十八日所記，及《靈芬館詩四集》卷一《常山道中》、《又口占二絶》、《玉山旅次同壽生作》。

九月十九日，立冬，作《上三板船口號》二首。

見《江行日記》九月十九日所記，及《靈芬館詩四集》卷一。

九月二十日，風水俱順，行上饒道中，晚抵廣信府。

見《江行日記》九月二十日所記，及《靈芬館詩四集》卷一《上饒道中》。

九月二十一日，舟行前往鉛山，傍晚抵河口。

見《江行日記》九月二十一日所記，及《靈芬館詩四集》卷一《上饒至鉛山即目有作》。

九月二十二日，舟半日行九十里至弋陽，小住，復行至河口，過險灘，晚泊一灘側。

見《江行日記》九月二十二日所記，及《靈芬館詩四集》卷一《弋陽》。

九月二十三日，早達貴溪，見祭拜張天師之場景。晚，野泊村落，去貴溪二十里。

見《江行日記》九月二十三日所記，及《靈芬館詩四集》卷一《貴谿》。

九月二十四日，抵達安仁，與潘眉登岸入城，見街道蕭寂狀，作詞一闋。

見《江行日記》九月二十四日所記，及《懺餘綺語》卷二《行香子・安仁道中》。

九月二十五日，風雨大作，舟難行，與潘眉聯句。

見《江行日記》九月二十五日所記，及《靈芬館詩四集》卷一《風雨夜泊用韓孟同宿聯句韻》。

九月二十六日，舟行至龍津驛，有詩。

見《江行日記》九月二十六日所記，及《靈芬館詩四集》卷一《龍津驛》。

九月二十七日，午至瑞洪，晚泊於此，有詩。

見《江行日記》九月二十七日所記，及《靈芬館詩四集》卷一《瑞洪晚泊》。

九月二十八日，曉至鄱陽湖，潘眉早起觀景，失望之餘，作詩以嘲，麐和之。

見《江行日記》九月二十八日所記，及《靈芬館詩四集》卷一《渡鄱陽湖示壽生三首》。

九月二十九日，辰時至南昌，入城至陳基寓齋，夜還宿舟中。

見《江行日記》九月二十九日所記。

在江西，送陳預任職黔中。

見《靈芬館詩四集》卷一《送笠帆廉使之黔中方伯任》。

重來江西逾期，謝湘霞已抑鬱而卒，作詩傷之。

見《靈芬館詩四集》卷一《章江柳枝詞》。其序中道：『湘霞女子姓謝氏，吳人，而豫章居。意不忘歸。以余吳人，又嘗讀靈芬館詩，將爲帷幕之徵，既成言而違。邅迴抑鬱，卒非其所。閔彼自傷懷不能已，取玉谿生柳枝意爲此曲八章，亦無乖於雅云爾。』

在江西與諸故人交遊。將行，作詩留别金宗邵、金嘉、金勇兄弟。

見《靈芬館詩四集》卷一《挂帆有日忽風雪交作流連諸故人酒坐口占留别仲蓮宜園近園三昆仲》。

金嘉，字宜園，英山人。金光悌第二子。

金勇，字仁甫，英山人。嘉慶庚午舉人。金光悌第三子。

嘉慶十四年己巳（一八〇九）　四十三歲

入新年未曾作詩，一月後始成二律。

見《靈芬館詩四集》卷二《入新正匝月矣未從事筆研意境可想勉成二律索丹叔和之》。

二月，至杭州，爲阮元藏於杭州靈隱寺之書作後記。

見《靈芬館雜著續編》卷三《靈隱寺書藏後記》。

寒食節，與友同集青琅軒館分韻賦詩，作《寒食集青琅玕館分韻得有字即題小檀欒室讀書第二圖》及《和桂堂先生寒食雜感四首》。

見《靈芬館詩四集》卷二。

清明後四日，與范崇階、朱壬、李方湛至蘇公祠看牡丹，並爲月璘掃墓，歸隱湖舫，作詩呈華瑞潢。

見《靈芬館詩四集》卷二《清明後四日招小湖閑泉李白樓方湛蘇公祠看牡丹並上月璘之冢歸飲湖舫即事有作呈秋槎丈》。

李方湛，字光甫，號白樓，仁和人。諸生。著有《小石樑山館稿》。

金嘉、金勇兄弟隨侍母親入都，作詩送之。

見《靈芬館詩四集》卷二《送近園隨侍入都即題清玉山堂看子》。

《靈芬館雜著續編》卷一《金宜園墓誌銘》曰：『君與近園奉太夫人還京，道出吳門。余偕弟丹叔送其行，留三日，瀕行惻愴不能別。』

爲嚴冠詩詞題詩，感慨自己近詞爲人傳刻，失去十之八九。

見《靈芬館詩四集》卷二《題四香詩詞近稾》。其二有言：『僕近詞爲人傳刻，失去十之八九』。

四月，友尤維熊卒，年四十八。

見《靈芬館雜著》卷二《祭尤二娛文》。

彭兆蓀《文林郎署蒙自縣知縣尤君墓表》載：『君諱維熊，字祖望，長洲人也。……君卒時嘉慶十四年四月也，年四十八。』

六月八日，與友夜集靈芬館。

見《靈芬館詩四集》卷七《齋居無事簡閱故舊書尺見韜園己巳六月八日同人夜集靈芬館小疾不飲賦呈之詩蓋五年矣嘅然有感補和一首寄韜園並瘦山》。

楊夔生《真松閣詞》卷四有《蝶戀花·冬缸樂府二十四首》，其八有詞註云：『己巳夏，郭頻伽見招赴魏塘夜話靈芬館中。蒴松，頻伽新葺閣名。』

六月，已由杭州返家，爲弟郭鳳《山礬書屋詩初集》作序。

見《靈芬館雜著續編》卷二《山礬書屋詩初集序》及郭鳳《山礬書屋詩初集》卷十《伯子歸家結夏喜成一律》。

六月十七日立秋，與友集於長春道院，做延秋第一集。後又集於妙香室、來雨齋、馴鹿莊、華潭精舍、月玲瓏軒等處，並爲延秋七集。

見《靈芬館詩四集》卷二《立秋日集長春道院以槿榮芳園蟬嘯珍木分韻得榮字延秋第一集》、《集妙香室分詠得茗花延秋第二集》、《輞師榭分詠諸家所藏物得明武宗豹房銅牌延秋第三集》、《來雨齋分詠得蚱蜢延秋第四集》、《馴鹿莊分詠得布機延秋第五集》、《華潭精舍分詠魏唐古蹟得丹丘延秋第六集》、《月玲瓏軒分詠閨秀畫卷得顧横波畫小青像延秋第七集》。

七月三十日，作詩嘲點地藏鐙以紙鋌納寺庫爲他生資之俗。

見《靈芬館詩四集》卷二《七月卅日夜俗例點地藏鐙以紙鋌納寺庫爲他生資愚妄可笑酒後戲作一首》。

八月九日，放舟西湖，夜夢亡友尤維熊，不勝悲傷，作詩奠之。

見《靈芬館詩四集》卷二《二娛之亡爲文以祭未往奠也八月九日舟泊西湖中夜入夢歡如平生且言爲小寒山之行夢中似識其地者覺後悲不自勝作二詩以紀當焚以告之》、《意有未盡復作一首》。

十一月十七日，爲母祝壽，留諸友於靈芬館三日。十一月二十六日，又集諸友作銷寒之會。

見《靈芬館詩四集》卷二《十一月廿六日招同人作銷寒之會分韻得四字》。其『升堂來嘉賓，風雪三日滯。老友獨久留，情親見交契』句下有註云：『十七日爲吾母壽辰，諸君皆留三日，鐵門尚未去。』

年底，與汪繼熊互有饋贈，並作詩唱和。

見《靈芬館詩四集》卷二《芝亭餉臘酒以東坡餉字韻詩索和同韻酬之》、《芝亭詩來而酒未至早起雪作戲用前韻奉柬》、《以水仙花虞山酒送芝亭仍用前韻》及《以芝亭所餽臘酒瀟客所送橘分遺退庵四疊前韻》。

嘉慶十五年庚午（一八一〇）　四十四歲

正月初一，適逢立春，有詩紀之。

見《靈芬館詩四集》卷二《元日立春》。

正月，與郭鳳等集黄凱鈞友漁齋，分韻詠積雪。

見《靈芬館詩四集》卷二《友漁齋夜集同詠積雪分韻得表字》，及郭鳳《山礬書屋詩初集》卷十《集友漁齋同詠積雪分得霽字》。

孫均出柳如是《月堤煙柳》畫卷囑題，作詩兩首。後陳文述訪得柳如是之墓，作圖以記，爲題三絶句於圖上。

見《靈芬館詩四集》卷二《河東君畫月堤煙柳爲紅豆山莊八景之一前有蒙叟一律黄皆令山水乃爲河東君作者後有蒙叟書所作贈序合裝一卷古雲出以屬題即用蒙叟韻二首》、《雲伯訪得河東君墓脩葺立石焉作圖以紀爲題三絶句》。

黄凱鈞小山園落成，作詩和之，並爲作記。

見《靈芬館詩四集》卷二《和退庵小山園落成之作》及《靈芬館雜著續編》卷三《小山園記》。

八月二十六日，友金嘉卒。三年後爲其作墓誌銘。

見《靈芬館雜著續編》卷一《金宜園墓誌銘》。

八月，與張詡相見於蘇州寓館，爲題《潭西捉醉圖》。

見《靈芬館詩四集》卷二《題張淥卿詡潭西捉醉圖並寄伯生》。

《靈芬館詞話》卷二載：『淥卿與余别幾十載，庚午八月相晤於吴門寓館，以新刻《露華詞》見示，其中大半皆是與余唱和寄懷之作，所謂故人心尚爾也。』

友吴嵩梁以丁憂歸故里，與相見於蘇州，作詩二首贈之。

見《靈芬館詩四集》卷二《蘭雪以憂歸里相見吴門奉贈二首》。

秋，在杭州，念靈芬館中各花將開，作詩四首。

見《靈芬館詩四集》卷二《秋涼憶館中秋葵海棠玉簪木芙蓉皆將花矣各寄一詩》。

在杭州，與吳嵩梁等人集白公祠。

見吳嵩梁《香蘇山館詩集》卷七『庚午』詩《白公祠小集同徐嫩雲鈕匪石郭頻伽董琢卿追憶錢竹汀袁簡齋諸公舊遊愴然又作》。

過德生庵，追感友華瑞潢。

見《靈芬館詩四集》卷二《過德生庵追感秋槎先生二首》。

十月十二日，與友集黃凱鈞之小山園看菊。

見《靈芬館詩四集》卷二《十月十二日退庵招集小山園看菊即事》。

十月，與查揆同訪屠倬於真州。後同至揚州，同回蘇州，舟行所作，集爲《江行倡和集》，彭兆蓀爲之序。

《靈芬館詩四集》卷三《江行倡和集》序曰：『查君伯葵雖故舊相好，然未數晨夕。冬十月，同訪孟昭明府於真州，同至邗江，同回吳門。舟行所作，賡唱極夥，都爲一集，以志韓孟雲龍之誼云。』

《靈芬館詩話》卷七載：『《江行倡和圖》，王椒畦作記。余與梅史同舟訪孟昭於真州，自真至邗上，又同歸吳中，一時各有吟事，余有《江行倡和集》。圖中惟曼生一跋，甘亭一記，聽香五古一首，犀泉七律二首並序。』

在真州，與查揆於城西訪得『湘靈峰』石，移於屠倬新葺縣齋，名齋爲『湘靈館』，落成，屠倬邀諸友飲酒唱和，有詩紀之。

見《靈芬館詩四集》卷三《湘靈峰用東坡雪浪石韻并敘》、《琴塢新葺縣齋將移此石於中顔曰湘靈館疊前韻以落之同梅史作》、《琴塢觴同人於湘靈館醉後作歌三疊前韻》。

在真州，題查揆《絳雲石圖》、屠倬《雙藤老屋圖》、張鏐《後塢村居圖》。

見《靈芬館詩四集》卷三《縐雲石圖爲伯葵題四疊前韻並敘》、《題琴塢雙藤老屋圖》、《題子貞後塢村居圖》。

在真州，屠倬招同遊北山寺，有詩紀之。

見《靈芬館詩四集》卷三《琴塢招同人遊北山寺用壁間王逢原韻二首》。

在真州，與黃孫燦、沈欽韓等飲酒唱和。

見《靈芬館詩四集》卷三《黃海樵孫燦招飲復用前韻》、《夜過半矣復與梅史海樵沈小宛欽韓重酌四疊前韻》、《酒間送小宛入都仍用前韻》。

沈欽韓（一七七五—一八三二），字文起，號小宛，江蘇吳縣人。嘉慶十二年舉人，授安徽甯國縣訓導。淹通諸學，自詩古文駢體外，尤長於訓詁考證。著有《幼學堂文集》八卷，詩集十七卷等。

至揚州，與查揆寓邗江行館，作返蘇州之計。有感作詩。

見《靈芬館詩四集》卷三《邗江行館次伯葵韻二首》、《將返吳門示伯葵》。

歸蘇州，途經金山、金陵、呂城等地，與查揆唱和，訂卜鄰魏塘之約。

見《靈芬館詩四集》卷三《舟中望金山用東坡妙高臺韻》、《真州訪柳屯田墓不得舟中感歎及之梅史有作再同前韻》、《呂城歸舟示梅史》、《梅史有卜鄰魏唐之約詩以堅之》、《不寐同梅史韻寄丹叔》、《閒愁疊前韻》、《次韻梅史訂明春見訪之作》。

歸蘇州途中，憶昔日與袁棠、朱春生渡江同赴金陵之景，懷亡友袁棠，作詩。

見《靈芬館詩四集》卷三《昔渡江之金陵與湘湄鐵門偕行湘湄爲作便面事隔廿年矣湘湄已歸道山鐵門近客淮浦死

生契闊盡然於心再用前韻》。

朱春生《鐵簫庵文集》卷四《袁湘湄徵君墓誌銘》曰：『君卒於嘉慶十五年六月十日，得年五十有一。』

十一二十三日，在蘇州，與查揆、高塏飲於孫均百一山房。

見《靈芬館詩四集》卷三《十一月廿有三日會飲百一山房走筆呈古雲梅史爽泉》。

年末，范崇階將入都，查初葵、殳慶源將還家，均有詩送之。

見《靈芬館詩四集》卷三《題秋白移居圖次小湖韻五首即送其計偕入都》、《送梅史積堂還里兼呈古雲次梅史韻》。

年末，居家，與弟郭鳳詩酒唱和。

見《靈芬館詩四集》卷三《夜半飲酒丹叔已堅臥不起以詩嘲之》、《示丹叔用前韻》。

嘉慶十六年辛未（一八一一） 四十五歲

正月初一，弟郭鳳小病，有詩，麐和之。時新葺一室，名曰『琴心酒德之齋』。

見《靈芬館詩四集》卷四《和丹叔元日小病之作》，及郭鳳《山礬書屋詩二集》卷一詩《元日小病》。

風雪日，作詩懷友人朱春生、查揆、范崇階、殳慶源和亡友袁棠。

見《靈芬館詩四集》卷四《風雪懷人各賦一律皆窮交也》。

正月初八，作詩寄查揆。

見《靈芬館詩四集》卷四《穀日即事寄梅史》，及郭鳳《山礬書屋詩二集》卷一《穀日次伯子韻》、《伯子將訪梅史作詩寄懷亦次其韻》。

與汪繼熊看藤花，留飲魏塘輞棣潘眉之齋，有作。

見《靈芬館詩四集》卷四《春陰和芝亭韻》、《和芝亭輞埭看藤花留飲壽生齋頭之作》。

作詩賀陳鴻壽子陳寶善新婚。

見《靈芬館詩四集》卷四《曼生令嗣呂卿寶善新婚索詩爲贈》。

春末，欲與朱春生同訂亡友袁棠遺文。

見《靈芬館詩四集》卷四《春莫雜感四首》。

四月，友孫鈞賃居蘇州黃麗坊，屬麐爲其校勘詩集。

《靈芬館雜著續編》卷二《百一山房詩集後序》言：『辛未歲，古雲卜居吳門。並出《百一山房集》十二卷，屬麐任校勘之事。』

《靈芬館雜著續編》卷二《孫太夫人六十壽序》云：『吾友古雲自京師歸，僦宅於吳門之黃麗坊。奉太夫人入居，實嘉慶之十有六年四月也。』

夏，寓居孫鈞之愛樹齋，有詩二十首。

見《靈芬館詩四集》卷四《長夏愛樹齋即事用吾鄉陳狷亭黃門山靜似太古日長如小年韻十首》、《再用前韻十首》。

六月二十七日，作《金石例補》自序。

見《金石例補》郭麐序。

夏，作詩感慨農民之艱辛。

見《靈芬館詩四集》卷四《水車詞並序》、《偶感》、《偶感三首》。

《水車詞》序言曰：『今春雨澤頗多。入伏後，稍稍望雨。聞燕、齊、楚、豫間赤地千里，窮氓惡子，或起而爲盜，爲縣官憂。閔我農之勞而幸其安也，爲水車詞以相作苦云。』

十月中，寓孫均愛樹齋，與查揆共飲並和陶淵明飲酒詩。

見《靈芬館詩四集》卷五《十月中寓愛樹齋酒半無聊與梅史共和陶公飲酒詩余得八首梅史得七首後各罷去歸自溧陽端居丈室風雪蕭然時一命酌因續前稿成之所謂辭無詮次者已》。

爲汪鴻畫石，並題詩。

見《靈芬館詩四集》卷四《醉後爲汪小迂鴻畫石次日題之》。

汪鴻，字小迂，休寧人。工花卉，善山水。

遊宜興龍池、祝陵、善卷洞、碧鮮庵、國山碑等景，有詩紀之。

見《靈芬館詩四集》卷四《朝泊祝陵》、《自祝陵至善卷洞偏探水旱三洞回寺小憩得詩四首》、《碧鮮庵是祝英臺讀書處》、《國山碑》、《貞義女祠》等詩作。

遊溧陽茭山、射鴨堂等處，有詩記之。

見《靈芬館詩四集》卷四《同聽香小迂松泉晴厓犀泉午莊遊茭山一名巧石濱》、《瀨陽多奇石皆花石綱故物也曼生屬松泉圖其九戲題一首》、《孟東野射鴨堂》、《中溪阻風寄瀨水諸相知》。

在溧陽，新交史炳、浦承恩等友，有題贈之作。

見《靈芬館詩四集》卷四《酬史恒齋炳見贈原韻》。

《靈芬館詩話》卷九言：『辛未歲，余遊瀨上，時浦君情田爲都閫，情田以大父難蔭雲騎尉，雅好文史，工吟競病。所居有石名「玉玲瓏」，相傳爲花石綱所遺。君修葺數椽，日與客徘徊吟詠其下，有《桐陰坐月圖》。曼生、聽香、晴厓諸君皆有詩，又各爲賦《玉玲瓏詩》。余有句云……』

史炳，字恒齋，江蘇溧陽人。清乾隆四十二年舉人。任咸安宫官學教習，興化縣、涇縣教諭。著有《大戴禮正義》、

《杜詩瑣證》、《句儉堂集》等。

浦承恩，號情田，上元人。由世襲雲騎尉官至三山營参將，工四體書，亦能詩。

爲友孫均題苦瓜和尚畫冊。

見《靈芬館詩四集》卷四《古雲以苦瓜和尚畫冊屬題本有題句其上意有所感各書四十字》。

爲汪穀作題畫詩四首。

見《靈芬館詩四集》卷四《題汪心農穀守梅山館圖》、《心農試研齋圖》。

汪穀，字琴田，號心農，休寧人。僑居吳中。工寫蘭竹。

冬，歸自溧陽，有詩寄陳鴻壽。

見《靈芬館詩四集》卷四《寄曼生溧陽兼柬一二相知》。

冬，居家，窘於生計，多作和陶詩。

見《靈芬館詩四集》卷五《十月中寓愛樹齋酒半無聊與梅史共和陶公飲酒詩余得八首梅史得七首後各罷去端居丈室風雪蕭然時一命酌因續前稿成之所謂辭無詮次者已》、《反止酒詩用陶韻》、《和陶擬古九首》、《抵家後雨雪彌日故交不相往來用陶歲暮和張常侍韻寄退庵壽生芝亭》、《和陶連雨人絶獨飲》、《風雪初晴開卷命酒意欣然樂之而索逋者如雲而起家人復以米盡見告用陶貧士詩韻以自廣》。

嘉慶十七年壬申（一八一二）　四十六歲

正月初七，招黃凱鈞、潘眉、黃若濟等集飲於靈芬館。

見《靈芬館詩四集》卷五《人日招退庵壽生子未過飲用退庵元日韻》，及黃若濟《百藥山房詩初集》卷五《人日頻伽先生招集靈芬館作》一首。

清明節，在山塘，有詩紀之。

見《靈芬館詩四集》卷五《清明日山塘即事》三首。

二月末，將往溧陽，作詩留别諸友，並送古雲入都。

見《靈芬館詩四集》卷五《將之瀨上留别諸同人並送古雲入都寄都中舊知一首》。

乘舟經望亭、中溪、義興等地，穀雨後至溧陽。

見《靈芬館詩四集》卷五《舟過望亭》、《連雨苦寒今日始晴暖有春意泊舟書所見》、《夜泊中谿不寐》、《義興道中二首》、《嘲舟師》。

《靈芬館詩四集》卷五《恒齋以野茶見餉用東坡和錢安道惠建茶韻以謝之》有云：『我來瀨上穀雨過，百草千花困春冷。』

三月，在蘇州閶門酒所遇舊友程開泰。

《靈芬館詩話》卷四中載，麐前往金陵赴試時曾在吴中結識程開泰，『壬申三月，邂逅於閶門酒所，鬚已虉然、鬢蒼然矣，而意氣不減。』

程開泰，字韻篁，金匱人。曾任江西知縣。

三月十五日晚，在太白樓賞月。

見《靈芬館詩四集》卷五《三月十五夜太白樓望月》。

在溧陽，與張鏐、高日濬、陳鴻壽、孫延聯句，題《種榆仙館第二圖》。

見《靈芬館詩四集》卷五《題種榆仙館第二圖聯句》。

孫延，原名横，字壽之，號蔚堂。家有古梅九枝，自稱九梅居士。吳諸生。

故友蔣仁手刻二石印輾轉歸於陳鴻壽，陳摩拓其字印與其文合爲一册，屬麐題詩。

見《靈芬館詩四集》卷五《題山堂石墨册并序》。

在溧陽，與陳鴻壽、史炳、楊彭年、張鏐、汪鴻、江聽香等友交往，集桑連理館試茶，同游善權張公諸巖洞等地。

見《靈芬館詩四集》卷五《恒齋以野茶見餉用東坡和錢安道惠建茶韻以謝之》、《同人集桑連理館試陽羨茶疊前韻》、《約同人遊善權張公諸巖洞用東坡青牛嶺韻》、《贈爲沙壺者楊彭年》、《送春二首同子貞聽香小迂作》、《題小迂畫櫻桃春筍蠶豆便面》、《爲曼生題黄小松墨竹》等詩。

由溧陽返家，途經西氿、中溪、錫山、鮮溪等地，途中聞查揆至蘇州。

見《靈芬館詩四集》卷五《西氿道中》、《十二日雨中自中溪放舟越日至錫山雜成數首》、《聞梅史至吳門》、《阻風鮮谿不寐》等詩。

夏，歸家。得黄安濤所寄遊仙詩，戲和其韻十首。

見《靈芬館詩四集》卷五《歸家即事》、《得霽青編修所寄游仙詩知其意有所託戲和其韻》。

居家，友蔣敬到訪，有題贈。

見《靈芬館詩四集》卷五《喜芝生至》、《題芝生畫蝶》、《丹叔屬芝生作韓康賣藥圖戲書其上》。

七月二十七日，大雨，弟郭鳳遊楓涇未歸，作詩待之。

見《靈芬館詩四集》卷五《七月廿七日大雨待丹叔未歸作》。

十月，往淮安，路過京口、古界首、淮北等地，有詩紀之。

見《靈芬館詩四集》卷六《京口阻風》、《界首驛》、《淮北道中》、《舟中僅攜唐文粹一冊酒間讀之雜然有作》。

在淮安清江，與汪慎、汪敬叔姪交遊，有題贈。

見《靈芬館詩四集》卷六《題汪已山敬龍池紀遊圖》。

《靈芬館詩四集》之《逾淮集》汪慎序云：『及壬申歲復游於袁江，始因江君聽香得締交於先生。』《靈芬館詩話》卷六載：『壬申冬，初以嚴小農司馬之招赴浦，值聽香先在，汪氏介而相見』。

汪慎，又名勝，號審庵，又號栖庵，清河人。郭麐中晚年寓淮安清江多在汪家。

汪敬，字已山，清河人。汪慎姪子。

冬，與淮安諸友疇唱，作銷寒九集之前五集。

見《靈芬館詩四集》卷六《臘八粥限黠韻銷寒第一集》、《冬閨詞八首銷寒第二集》、《娑羅樹碑銷寒第三集分詠淮上古蹟》、《擬范石湖村田樂府分得冬春行銷寒第四集》、《題仇實父臨趙伯駒光武渡河圖銷寒第五集》。

十二月十二日，刑部尚書金光悌卒。此前十三日，其長子金宗邵亦卒。後麐爲二人作墓誌銘。

見《靈芬館雜著續編》卷一《清故刑部尚書金公墓誌銘》、《金仲蓮墓誌銘》，及《靈芬館詩四集》卷六《金蘭畦尚書挽詩四首》。按：《金仲蓮墓誌銘》曰其『壬申十月以疾卒於京師』，與《清故刑部尚書金公墓誌銘》所説有異，待考。

除夕，在淮安度歲，作詩志感。

見《靈芬館詩四集》卷六《除夕志感一首》。

嘉慶十八年癸酉（一八一三）　四十七歲

正月初一，雪後初晴，作詩一首。

見《靈芬館詩四集》卷六《元日雪霽》。

正月初三，受嚴烺之召集富春山館觀雪，分韻賦詩。

見《靈芬館詩四集》卷六《三日小農司馬招集富春山館觀雪中舞鶴分韻得回字》。

嚴烺（一七七四—一八四〇），字小農，浙江仁和人。嚴守田之侄。嘉慶中，捐納爲南河主簿。後累官至河東、江南河道總督。

正月，爲金光悌尚書作挽詩四首。

見《靈芬館詩四集》卷六《金蘭畦尚書挽詩四首》。

正月十五前，與諸友作銷寒第六、七集。

見《靈芬館詩四集》卷六《何處逢春好用長慶體銷寒第六集》及《春星銷寒第七集》、《春泥》、《春冰》、《春波》組詩。

正月十五日，與諸友作銷寒第八集。

見《靈芬館詩四集》卷六《上元樂府分得崑崙關銷寒第八集》。

正月二十日，與諸友於竿木庵祭祀白居易，作銷寒第九集。此日，乃麐生辰，並作詩一首紀之。

見《靈芬館詩四集》卷六《正月二十日同人集竿木庵祀白太傅以春風小榼三升酒分韻得榼字銷寒第九集》、《賤辰適同再賦一律》。

二月十二花朝節，作詩一首。

見《靈芬館詩四集》卷六《花朝有寄》。

爲時官儀征知縣的屠倬作《真州官廨十二詠》。

見《靈芬館詩四集》卷六。

作詩贈夏寶晉。後以女嫁之。

見《靈芬館詩四集》卷六《贈夏慈仲寶晉》。

夏寶晉，字玉延，一字慈仲，江蘇高郵人。嘉慶十八年舉人，官山西浮山知縣。工詞，精篆刻，著有《冬生草堂詞》。

清明節前五日，在茱萸灣與汪慎、江聽香分别。

見《靈芬館詩四集》卷七《茱萸灣是去年清明前五日與審庵聽香别處》。

三月初三上巳節，在真州道中，作詩寄時在蘇州的屠倬，並呈吴錫麒、樂鈞、彭兆蓀、劉嗣綰等人。

見《靈芬館詩四集》卷六《上巳真州道中寄琴塢吳門並呈穀人先生蓮裳甘亭芙初諸君二首》。

三月四日寒食節，與張鏐、汪坤、江詡遊湖，作詩一首，並題詞於酒家壁。

見《靈芬館詩四集》卷六《三月四日子貞招同汪玉屏坤江素山詡遊湖上同用昌黎寒食出遊韻》，及《爨餘詞》之《柳梢青·子貞招遊湖上題酒家壁》。

汪坤，字元至，號玉屏，旌德人。工詩，廣交友，嘗於揚州集詩人會，刻有《吟香館合稿》。

三月五日清明節，應樂鈞邀請集其寓館飲酒唱和。

見《靈芬館詩四集》卷六《清明日蓮裳招飲寓館》。

作詩挽金宗邵。

見《靈芬館詩四集》卷六《哭金仲蓮五十一韻》。

屠倬重脩儀徵明靖南侯黄得功墓，囑麐題碑。

見《靈芬館詩四集》卷六《琴塢重脩明靖南侯黄得功墓立碑屬書其陰》。

爲張鏐題畫冊，作詩十二首。

見《靈芬館詩四集》卷六《題老董畫冊十二首》。

在淮安，有詩紀事。

見《靈芬館詩四集》卷六《淮壖即事四首》四首。

思家將歸，時汪慎自浙江遊回，苦留之，感其意，作六言四首題歐齋壁。

見《靈芬館詩四集》卷六《買舟將歸楯庵已山苦留衾日感其悃款笑此滯淫被酒縱筆得六言四首題歐齋壁》。

五月十三日，晚過邵伯堰。又經甓社湖、金壇等地，有詩紀之。

見《靈芬館詩四集》卷六《五月十三日晚過邵伯堰》、《夜登舟背望甓社湖》、《月夜金壇道中》。

題朱爲燮《洮湖看月圖》。

見《靈芬館詩四集》卷六《題朱理堂爲燮洮湖看月圖並寄椒堂京師》。

朱爲燮，字子調，號理堂，平湖人。著有《傳石齋詩集》。

歸家，知汪繼熊過世，作詩挽之。

見《靈芬館詩四集》卷六《芝亭挽詩四十韻》，及郭鳳《山礬書屋詩二集》卷二『癸酉』詩《挽芝亭》詩三首、黄若濟《百藥山房詩初集》卷五《哭芝亭姊丈五首》。

居家，病一月，時弟郭鳳在楓涇，生計艱難，有詩紀之。

見《靈芬館詩四集》卷六《病起至靈芬館》、《謝龔五蔭軒餉餅》。

七月初三，友汪家禧爲其《金石例補》作後序。

《金石例補》汪家禧序有言：『時頻迦撰《金石例補》甫成，東里生因敘次其言，以爲後序。嘉慶十有八年七月朔後二日仁和汪家禧撰。』

冬，復至淮安。十月一日開罏日，與友集於汪慎歐齋，作詩三首。

見《靈芬館詩四集》卷六《開鑪日同集歐齋以石湖開鑪修故事聽雨説新寒分韻得寒字》。《靈芬館詩四集》之汪慎《逾淮集序》言：『越一歲，以司馬沈公之聘復來浦。』

大雪後二日，小雨，作詩乞雪。

見《靈芬館詩四集》卷六《大雪後二日小雨薄暄似有雪意用東坡祈雪霧猪泉韻》。

在淮安清江，與汪慎唱和。

見《靈芬館詩四集》卷六《楯庵以小病不出疊前韻見示同人既聯句答之次日復有詩再用前韻》、《楯庵以詠薑並示老薑詩屬和用前韻》。

在淮安，獲程憬贈硯，作詩謝之。

見《靈芬館詩四集》卷六《曩於淮陰程抒懷憬齋頭見一研而愛之别去後抒懷介已山以研見惠作詩奉謝》。

在淮安，應沈敦彝之請，爲其父作墓誌銘。

見《靈芬館雜著續編》卷一《順天府南路同知沈公墓誌銘》。

沈敦彝，字積躬，號敍軒，歸安人。工詩畫，年三十即官南河，時與郭麐、汪鴻唱和無虚日。著有《留耕草堂詩稿》。

是年，王氏姑母卒，爲撰墓誌銘。

《靈芬館雜著續編》卷一《王氏姑母墓誌銘》載：『姑爲麐從祖祖父諱鋭之長女，適王氏諱廷榮，麐祖母從侄也。……卒於嘉慶十八年某月某日，壽六十有四。嗣子某，女二人，長適余弟鳳，次適袁某。』

嘉慶十九年甲戌（一八一四）　四十八歲

春，在淮安，夏寶晉入京赴試，作詩送之。

見《靈芬館詩四集》卷七《送慈仲赴春官試》。

作詩送許乃濟、許乃普兄弟入都，兼示潘恭辰、黄安濤等在都友人。

見《靈芬館詩四集》卷七《送青士滇生入都兼寄吾亭紅茶霽青諸君》。

許乃普（一七八七—一八六六），字季鴻，一字經厓，别字滇生，浙江錢塘人。嘉慶丙子科舉人，嘉慶庚辰科榜眼。嘉慶、道光、咸豐朝三遷内閣學士，五度入直南書房，五充經筵講官。歷官貴州、江西學政，兵部、工部、刑部、吏部尚書，實録館總裁，多次充任殿試、朝考讀卷官、閲卷大臣。卒謚文恪。

清明前，將歸家，作詩贈别汪慎、汪敬叔姪。

見《靈芬館詩四集》卷七《贈别汪丈審庵》、《次韻答已山留别之作》、《淮壖席上再别已山一首》。

歸舟行途中，無酒，以詩乞於吴錫麒。得酒，又作詩謝之。

見《靈芬館詩四集》卷七《途次無酒以詩乞諸穀人先生一首》、《穀翁餉酒來書有不免爲醽之謔而酒特佳用韻再呈》。

閏二月十二花朝節，返家途經金壇遇風，作詩一首寄陳鴻壽。

見《靈芬館詩四集》卷七《閏花朝阻風金壇先寄曼生用昌黎寒食出遊韻》。

閏二月，歸家，有詩紀之。

見《靈芬館詩四集》卷七《歸家即事》、《歸後見庭前梅子如豆杏將嫁矣》，及郭鳳《山礬書屋詩二集》卷三《閏二月喜伯子歸自袁江》。

三月初三上巳節，過訪文鼎，爲其題《南湖修禊圖》及神機銃匙。於文鼎處遇曹言純，受託爲其删定詩卷。

見《靈芬館詩四集》卷七《方蘭翁所畫南湖修禊圖今藏文後山家上巳過後山齋頭出觀爲題二首》、《種水同話于後山齋中臨别以詩卷屬定舟次率成二詩即題卷尾》、《神機銃匙歌右款咸亨元年朔方兵仗局造左款神機銃匙一萬二千六十二號柄款重二兩五錢今藏文後山鼎家》。

餞春日，風雨大作，招諸友飲於靈芬館。

見《靈芬館詩四集》卷七《餞春日風雨雜作不能無詩》，及黄若濟《百藥山房詩初集》卷五《餞春日頻伽先生招飲即席同作》。

居家，簡閲故舊書尺，見屈爲章五年前集靈芬館所作詩，有感和之，並呈胡金題。

見《靈芬館詩四集》卷七《齋居無事簡閲故舊書尺見韜園己巳六月八日同人夜集靈芬館小疾不飲賦呈之詩蓋五年矣慨然有感補和一首寄韜園並瘦山》。

雨中與黄凱鈞、黄若濟、許湘、郭鳳尋訪北山草堂遺址，觀舞褏峰，有詩紀之。

見《靈芬館詩四集》卷七《雨中偕退庵子未瀟客丹叔訪北山草堂遺趾觀舞褏峰》，及黄若濟《百藥山房詩初集》卷五《雨中同頻伽先生丹叔瀟客訪北山草堂遺址觀舞褏峰作》。

夏，至蘇州，作《吳門寓齋雜感》四首。

見《靈芬館詩四集》卷七。

六月，在溧陽，與陳鴻壽、改琦、浦承恩等交遊，有題贈。

見《靈芬館詩四集》卷七《題曼生爲趙北嵐畫善權洞扇子》、《曼生學書圖》、《題改七薌琦爲余畫鐘馗弔屈幛子》、

《題浦情田騎尉承恩詩卷》。

改琦（一七七三—一八二八），字伯蕴，號香白，又號七薌，别號玉壺外史。先世爲西域人，祖爲松江參將，遂占籍爲華亭人。擅畫，工人物、花卉，均妙絶一時。有《紅樓夢圖詠》。

六月十五日，爲陳鴻壽作《桑連理館主客圖記》，並題詩二首。

見《靈芬館詩四集》卷七《題桑連理館圖二首》。

《靈芬館雜著三編》卷六《桑連理館主客圖記》後署『嘉慶甲戌夏六月十五日吴江郭麐記』。《靈芬館雜著三編》卷六《主客圖後記》亦載：『主客圖經始於甲戌六月。』

夏，在溧陽，與友遊東城、東寺、洮湖等景，有詩紀之。

見《靈芬館詩四集》卷七《曉起至東城觀荷分韻得送字》、《十五日偕非石理堂午莊子若小曼訪家鏡我僧懶堂於東寺留題一首》、《洮湖櫂歌十二首》、《零陵寺唐井歌》。

七月初七，和江聽香七夕詞。

見《靈芬館詩四集》卷七《次韻聽香七夕詞》四首。

冬，積雪不消，作詩和黄凱鈞。

見《靈芬館詩四集》卷七《和退庵積雪不消園居遣懷之作》。

是年，招夏寶晉爲婿。

《靈芬館詩四集》卷七《五嶽待遊集》小敘有言：『幼慕采真，病思學道，靑山招我，白雲笑人。平生止一弱女，今年當築甥館，向平之願，行可遂矣。』

夏寶晉《冬生草堂文録》卷四《亡妻郭宜人哀辭》云：『嘉慶十九年就婚魏塘。』

郭鳳《山礬書屋詩二集》卷二有詩《夏慈仲寶晉爲余女侄之婿將就婚於余家喜而有作》。

嘉慶二十年乙亥（一八一五） 四十九歲

正月十五上元節，女婿夏寶晉爲其《五嶽待游集》作序。

見《靈芬館詩四集》之《五嶽待游集》夏寶晉序。

正月二十九日，與夏寶晉至黄凱鈞東莊探梅。

見《靈芬館詩四集》卷八《退庵招集東莊次慈仲韻》，及黄若濟《百藥山房詩初集》卷六《正月廿九日東莊探梅小集次慈仲韻》、《再和頻伽先生韻》。

春，至淮安清江，寓汪敬家。

《靈芬館雜著續編》卷二《張子貞詩序》言：『今年春，余來袁浦，與子貞同主於巳山部曹家。』此序後署日期爲『嘉慶乙亥四月』。

三月，爲陳鴻壽作《主客圖後記》。

《靈芬館雜著三編》卷六《主客圖後記》載：『主客圖經始於甲戌六月……越歲乙亥三月，重過瀨上，則煙墨萊鋪，粲然大備。』

四月六日，應汪敬之邀，與江聽香、章敩、程世桂、程得馨等人在柳衣園賞芍藥，作詩兩首。

見《靈芬館詩四集》卷八《四月六日巳山招同聽香章亦江敩程秋巖世桂蘭如得馨柳衣園看芍藥二首》。

四月，爲張鏐詩集作序。

見《靈芬館雜著續編》卷二《張子貞詩序》。

五月十六日，送江聽香之溧陽，有詩六首。

《靈芬館詩四集》卷八《五月十六日即席送聽香之瀨水》。

六月，爲亡友袁棠詞集《洮瓊館詞》作序。

《靈芬館雜著續編》卷二《洮瓊館詞序》後署『嘉慶二十年六月浮眉樓主人郭麐序』。

秋至仍熱，與汪楨、汪敬叔姪作詩迎秋。

見《靈芬館詩四集》卷八《迎秋詞同審庵已山作》。

七月，歸途欲訪揚州程元吉、張鏐、劉嗣綰三君，未果，各寄一詩。

見《靈芬館詩四集》卷八《歸舟擬訪藹人子貞芙初三君以事不果歸後各寄一詩》。

十月十二日，與江聽香、張鏐、汪鴻同遊宜興善權，於歸舟中作詩聯句。

見《靈芬館詩四集》卷八《十月十二日同遊善權歸舟聯句寄陳春浦經四十韻》。

十一月，爲蔣因培作《載石舫記》。

見《靈芬館雜著續編》卷三《載石舫記》。

十二月十八、十九日，先後受程世桂、程書槐之召集於荻莊，作詩四首。

見《靈芬館詩四集》卷八《十二月十八十九日秋嚴司馬書槐茂才先後招集荻莊用前甲寅詩韻絕句四首奉呈主人並柬藹人》。

十二月二十日，受程昌甯、程得馨之招，再聚柳衣園。

見《靈芬館詩四集》卷八《次日一庵太守昌甯馥庵司馬得馨招飲柳衣園復用今年看芍藥詩韻爲謝二首》。

除夕，留淮安度歲，作《淮陰歲除八詠》。

見《靈芬館詩四集》卷八。

嘉慶二十一年丙子（一八一六）　五十歲

正月初七人日，作詩寄懷家鄉梅花。

見《靈芬館詩四集》卷九《人日寄故園梅花以薛道衡入春纔七日句爲韻五首》。

正月初八穀日，逢立春，作詩寄屠倬。

見《靈芬館詩四集》卷九《穀日立春柬琴塢》。

正月十五日元宵節，與汪敬唱和。

見《靈芬館詩四集》卷九《上元同已山作》。

正月二十日，值生辰，黄凱鈞父子、吴鷗、郭鳳寄詩爲壽，作詩答之。

見《靈芬館詩四集》卷九《退庵以詩爲壽次韻奉酬二首》、《次韻子未二首》，及郭鳳《山礬書屋詩二集》卷五《壽伯子五十初度》、黄若濟《百藥山房詩初集》卷六《頻伽先生五十初度奉呈二律爲壽》、吴鷗《天寥遺稿》卷二《壽頻伽先生五十》。

正月二十一日，改號爲蘧庵，並作《蘧庵集》小序。

見《靈芬館詩四集》卷九《蘧庵集》小序。

寒食節，與徐寶善曉發淮陰之上海。

見《靈芬館詩四集》卷九《寒食偕稼庭司馬曉發袁浦之海上道中有作用東坡黄州韻二首》。

清明節，在安東道中，有詩示徐寶善。

見《靈芬館詩四集》卷九《清明安東道中示稼庭》。

三月，經平橋、界首、瀨水等處歸家，有詩紀之。

見《靈芬館詩四集》卷九《平橋阻風寄巳山越州》、《中夜不寐有作》、《朝至界首》、《破曉渡江即事》、《自瀨上至荊谿》。

居家，與黄凱鈞父子、吴鷗、郭鳳等交遊唱和。時吴鷗有出家之意。

見《靈芬館詩四集》卷九《獨遊別幾十年矣過訪有作慨然奉答不自知其言之悲也》、《獨遊見和前作堅出世之志退庵子未丹叔皆有和詩再用前韻二首》、《次韻退庵天中即事之作》、《再用前韻示獨遊》，及郭鳳《山礬書屋詩二集》卷五《獨遊有逃禪之志伯子贈詩長言感歎次韻一首》、《伯子以獨遊出世之志已決復用前韻同作》，黄若濟《百藥山房詩初集》卷六《喜晤獨遊於靈芬館記別已十年矣頻伽先生慨然有作即次原韻二律》。

五月一日，作詩四首。

見《靈芬館詩四集》卷九《五月一日》。

五月五日端午節，與黄凱鈞、黄若濟、郭鳳唱和。

見《靈芬館詩四集》卷九《端五即事索退庵子未丹叔和》，及郭鳳《山礬書屋詩二集》卷五《端午即事次伯子韻》、黄若濟《百藥山房詩初集》卷六《重午即事次靈芬館韻》。

五月十三日，與黄凱鈞等送吴鷗出家於雁塔寺。

見《靈芬館詩四集》卷九《五月十三日偕退庵送獨遊出家雁塔寺以我作佛事淵乎妙哉空山無人水流花開分韻作詩得妙字乎字》，及吴鷗《天寥遺稿》卷二《嘉慶丙子五月十三日諸公以我作佛事淵乎妙哉空山無人水流花開爲韻作詩相送出家依韻作五絶十六首謝之》，郭鳳《山礬書屋詩二集》卷五《送獨遊出家雁塔寺以我作佛事淵乎妙哉分韻得事淵字一古一律》、《五月十三日觀獨遊落髮戲作》，黄若濟《百藥山房詩初集》卷六《五月十三日送獨遊至雁塔寺出家以我作佛事淵乎妙哉空山無人水流花開爲韻分得佛哉二字》。

《靈芬館詩話續集》卷一載：『獨遊出家雁塔寺，其本師北萊上人，名廣信也。……獨遊法名天寥』。

夏，至溧陽訪陳鴻壽。

《靈芬館詩四集》卷十《壽曼生五十三首》其三言：『去年徂暑時，訪君於洮湖。樂飲過旬朔，群賢不我愚。我年正五十，君顧爲之吁。』

自淮安歸家，在孫均處留數日，爲孫均四十作贈序。孫均亦爲其《靈芬館詩話》作序。

見《靈芬館雜著續編》卷二《贈古雲四十序》。

《靈芬館詩話》孫均序後署曰：『時嘉慶丙子秋，仁和孫均序。』

居家，作《蘧庵詩》。

見《靈芬館詩四集》卷九。

七月十四日夜鬼節，在羈旅中，對月作詩三首。

見《靈芬館詩四集》卷九《七月十四日夜對月作》。

八月十五日中秋，在羈旅中，飲酒賦詩。

見《靈芬館詩四集》卷九《中秋飲罷》。

十月十八日，友汪家禧卒，年四十二，爲作墓誌銘。

見《靈芬館雜著三編》卷二《汪選樓墓誌銘》。

十二月八日，薄遊上海，阻風黄浦，夜不能寐，作逃禪詩三十二首。

見《靈芬館詩四集》卷九《逃禪詩三十二首並序》。

冬，自沪歸家，爲黄若濟删定詩集。

見《靈芬館雜著續編》卷二《黄子未百藥山房詩序》。

十二月二十九日小除夕，點閲《首楞嚴》完畢，作詩以紀。並爲黄若濟詩集作序。

見《靈芬館詩四集》卷九《小除夕點閲首楞嚴竟紀之以詩》二首。

《靈芬館雜著續編》卷二《黄子未百藥山房詩序》後署『小除夕』。

嘉慶二十二年丁丑（一八一七） 五十一歲

正月二十日，值生辰，至西湖謁白居易祠。

見《靈芬館詩四集》卷十《正月二十日西湖謁白太傅祠》。

二月十八日，自蘇州歸，風雨仍作，不能上墳。

見《靈芬館詩四集》卷十《歸自吳門十八日風雨仍作不能上墳用昌黎寒食出遊韻》，郭鳳《山礬書屋詩二集》卷五《清明風雨伯子用昌黎寒食出遊詩韻見示亦次韻奉答》。

春，至淮安清江，寓汪敬見秋山閣，與江聽香、张晴厓、张筠厓、汪鴻、王澤、改琦、萬承紫、汪之選等友交遊，多有題贈。

見《靈芬館詩四集》卷十《題晴厓桑連理館録别圖》、《小樓獨酌用遺山與張杜飲酒韻示聽香晴厓小迂要同作》、《答晴厓見調之作疊蒋韻》、《題筠厓臥看秋山看子》、《題王子卿太守澤花下懷人圖用原韻》、《題改七薌畫仕女》、《萬十二承紫所藏趙子固水仙畫卷即用原韻》、《和晴厓韻》、《題汪月樵之選夢萬松堂看月圖》。

王澤，字潤生，號子卿，安徽蕪湖人。嘉慶進士。官至徐州知府。善畫山水，精篆刻。有《觀齋集》。

五月十日，大風雨，有作。

見《靈芬館詩四集》卷十《五月十日大風雨作》。

五月，與友人作銷夏第一集。

見《靈芬館詩四集》卷十《桐綿詞銷夏第一集》、《偶倡桐綿詞諸君屬和多至四十餘首標新領異幾無可下筆矣因綴輯内典中語更作八首聊資多聞未闕口業》。

小暑，作銷夏第二集。

見《靈芬館詩四集》卷十《新蟬銷夏第二集》。

六月六日，作銷夏第三集。

見《靈芬館詩四集》卷十《浴貓犬詞並序銷夏第三集》。

八月，作詩賀陳鴻壽五十之壽。

見《靈芬館詩四集》卷十《壽曼生五十三首》。

八月十五日，作詩懷朱春生、徐寶善、劉嗣綰、黄安濤、夏寶晉、彭兆蓀、孫均、黄凱鈞、范崇階諸友。

見《靈芬館詩四集》卷十《中秋懷友各寄一詩》。

八月十九日，友李慶來卒，爲作挽詩及墓誌銘。

見《靈芬館詩四集》卷十《挽李鹿籽慶來》。

《靈芬館雜著續編》卷一《李鹿籽墓誌銘》言『君諱慶來，字章有，鹿籽其號』，應清河汪敬之邀主其家，『居半歲，忽暴中風，口不能言』，卒於『嘉慶丁丑八月十九日也，春秋五十』。

八月二十八日，嗣子郭桐至淮，喜而賦詩。

見《靈芬館詩四集》卷十《八月廿八日喜桐兒至浦書呈同人》。

八月，爲沈鶴沙臨米書卷作跋。

見《靈芬館雜著續編》卷三《跋沈教授鶴沙臨米書卷》。

九月四日，作詩悲秋。

見《靈芬館詩四集》卷十《九月四日作》。

閲《宋詩紀事》，檢書中云李清照晚年失節之事，作詩辨之。

見《靈芬館詩四集》卷十《偶閲宋詩紀事云李易安晚節不終流落江湖間以雲麓漫鈔所載上綦崇禮啟爲證而雅雨堂金石録序極辨其誣援據甚精余以爲皆不然也即此啟足以雪易安矣因爲一詩》。

嘉慶二十三年戊寅（一八一八）五十二歲

正月十三日，得西湖友人胡元杲、范崇階、殳慶源書信，喜而賦詩。

見《靈芬館詩四集》卷十一《正月十三日得秋白小湖積堂書喜而有作二首》。

正月二十六日、二十七日，得黄安濤《使黔集》，閲後爲其題詞。

黄安濤《詩娱室詩集》卷八郭麐《使黔集題詞》曰：『戊寅正月廿又六日陳君雲柏以霽靑書及此册交來。廿七日燈下閲竟，輒墨其前。』

友王芑孫卒，作古詩挽之。

見《靈芬館詩四集》卷十一《古詩二首哭王惕甫》。

在淮安，與程元吉、陳鴻壽、改琦等友交遊，有題贈。

見《靈芬館詩四集》卷十一《藹人太史見過話舊有作四首》、《題曼生畫牡丹窠石》、《題改七薌琦臨趙松雪泉明采鞠圖爲錢叔美杜作》。

三月，自淮安歸家，途經邗江、京口，有詩紀之。

見《靈芬館詩四集》卷十一《邗上即事》、《京口食鮆魚》、《艤舟亭》。

居家，釋天寥過訪，有感作詩一首。

見《靈芬館詩四集》卷十一《天寥見過並寄北萊上人》。

穀雨日，在第一功名閣作《靈芬館詩話續集》自序。

見《靈芬館詩話續集》郭麐自序。

穀雨後二日，風雨不止，見紫牡丹將開作詩一首。

見《靈芬館詩四集》卷十一《穀雨後二日風雨仍作新移紫牡丹將花矣詩以慰之》。

居家，點勘元人詩畢，作詩紀之。

見《靈芬館詩四集》卷十一《點勘元人詩竟戲效其體四首》。

三月三十日，作詩送曹言純返嘉興。

見《靈芬館詩四集》卷十一《即席送種水還禾中》二首。

得馬洵寄贈之作，次韻酬之。

見《靈芬館詩四集》卷十一《次韻酬馬小眉洵見寄》。

馬洵，字伯泉，號小眉，海寧人，官候選道。書學山谷，詩亦近山谷，有《五千卷室詩》。

殷墫來訪，有詩見贈，次韻酬之。

見《靈芬館詩四集》卷十一《次韻答殷耐甫墫見贈長句》、《答耐甫留别次韻二首》。

夏，赴淮，路過孫均百一山房，與彭兆蓀夜話，有詩紀之。

見《靈芬館詩四集》卷十一《同甘亭百一山房夜話作》、《甘亭誦元遺山詩醉後有感輒用其韻分示同人六首》。

在淮安清江，與汪敬、高日濬、汪潮生等交遊，有題贈。

見《靈芬館詩四集》卷十一《酒盌歌爲巳山作》、《題高犀泉書牀圖》、《汪飲泉卜生圖》。

汪潮生（一七七七—一八三二），字汝信，號餘泉，一作飲泉，一號冬巢，江都人。諸生。工花卉，精填詞。有《防溪漁隱詞》、《秋隱庵集》。

六月，於觀復齋遇蘇州藝人沈家珍，作詩贈之。

見《靈芬館詩四集》卷十一《題陽關意外圖贈吳門沈生並序》。

此期，與婿夏寶晉，友顧國政、許桂林、鄒殿等有贈答。

見《靈芬館詩四集》卷十一《次韻慈仲》、《次韻竺生讀靈芬館集見懷之作》、《和韻答許月南桂林二首》、《贈鄒彥齋殿英》。

秋，友金勇爲作《靈芬館雜著續編》序。

見《靈芬館雜著續編》金勇序。

七月八日，釋天寥（即吳鷗）以疾卒。

見《靈芬館雜著續編》卷二《天寥遺稿序》。

十月二十八日，友沈植蕃卒，年六十。次年爲作墓誌銘。

《靈芬館雜著續編》卷一《淮安府里河同知加知府銜沈君墓誌銘並序》曰：『君卒於嘉慶二十三年十月二十八日，春秋六十。』

歲暮，作詩懷劉嗣綰、黄安濤、陳鴻豫、彭兆蓀、黄凱鈞、黄若濟、范崇階、江聽香、朱春生、錢昌齡、查揆、潘恭辰、許乃濟、陶章溈及已亡之王芑孫、吳錫麒、樂鈞、釋天寥諸友。

見《靈芬館詩四集》卷十一《歲暮懷人詩》。

歲暮，在淮安旅館作銷寒詩自遣。

見《靈芬館詩四集》卷十一《旅館銷寒詩用東澗韻並序》。

除夕，與潘世恩、張鏐、汪鴻、曹瀾集觀復齋守歲，爲衆人作《歲朝圖》題詩。

見《靈芬館詩四集》卷十一《題歲朝圖並序》。

潘世恩（一七七〇—一八五四），字槐堂，號芝軒。江蘇吴縣人。乾隆五十八年狀元。授翰林院修撰，後歷任侍講學士、内閣學士、戶部左侍郎等職。

曹瀾，字小厓，杭州人。善畫，花卉絶妙。

嘉慶二十四年己卯（一八一九）　五十三歲

正月初一，與潘世恩、張鏐一同過節。

見《靈芬館詩四集》卷十二《元日》兩首。

正月初二，手定前一年之詩，有詩紀之。

見《靈芬館詩四集》卷十二《二日即事》。

正月初十，立春，小病止酒。時爲友沈植蕃作墓誌銘。

見《靈芬館詩四集》卷十二《立春日小病夜坐有作》、《小病止酒用梅宛陵樊推官勸止酒韻二首》。

正月十一日，飲酒，有作。

見《靈芬館詩四集》卷十二《次日飲酒不滿二十杯輒已醺然疊前韻二首》。

正月十四日，與汪敬相約赴蘇州。

見《靈芬館詩四集》卷十二《十四夜即事》。

作詩謝懶堂上人爲刻玉印。

見《靈芬館詩四集》卷十二《謝懶堂上人爲刻玉印以碎火石刻之見者不知爲玉章也》。

正月二十日，值生辰，雨中作詩示友陳鴻壽、汪敬、汪鴻。

見《靈芬館詩四集》卷十二《生朝雨中有感用東坡正月二十日三疊韻示曼生已山小迂》。

雨水後一日、後二日，雪後寒甚，作詩二首。

見《靈芬館詩四集》卷十二《雪後寒甚庭梅未花用放翁湖山尋梅韻二首》、《次日寒更劇小飲作》。

病時白須增多，友人見之皆驚，作詩示之。

見《靈芬館詩四集》卷十二《友人訝余白須漸多作此示之》。

婿夏寶晉至淮，後離去，有詩紀之。

見《靈芬館詩四集》卷十二《遲慈仲不至》、《送慈仲》。

上巳節，不出，有作。

見《靈芬館詩四集》卷十二《上巳不出》。

在淮安，與馮陸舟、張敬軒、馬洵、江沅等友交遊，有詩贈答。

見《靈芬館詩四集》卷十二《次韻答馮陸舟》、《答張敬軒》、《答馬小眉》、《江鐵君沅僧裝小像》。

與嗣子郭桐至蘇州，與姚椿酬唱。

見《靈芬館詩四集》卷十二《次韻酬姚春木椿見贈並感姬傳先生》。

時端木國瑚出都至淮安清江訪麐未遇，麐作詩寄之。

見《靈芬館詩四集》卷十二《端木子彝廣文國瑚出都訪余於浦上不值自云不見二十餘年矣悵惘而去作此卻寄》。

端木國瑚（一七七三—一八三七），字子彝，又字井伯，號鶴田，浙江青田人。讀書杭州敷文書院期間，所作《定香亭賦》傳誦藝林，學政阮元作詩贊之，因得『青田一鶴』之譽。嘉慶間舉人，任歸安教諭十五年。以通堪輿之術，道光中特授內閣中書。道光癸巳進士，仍就原官。有《太鶴山人集》、《周易指》等。

由蘇州復至淮安。

見《靈芬館詩四集》卷十二《廿五日曉起渡江》，及郭鳳《山礬書屋詩二集》卷七《得伯子吳門書知即日有袁浦之行作此遙送》。

五月，序《天寥遺稿》。

見《靈芬館雜著續編》卷二《天寥遺稿序》。

在淮安，有詩贈答王澤、徐寶善、彭兆蓀。

見《靈芬館詩四集》卷十二《子卿太守以黃樓祭兩蘇公詩索和爲作一首》、《稼庭以青田石見贈奉謝》、《甘亭以寓館雜詩見示即用其見懷末章相期共蒲褐何物是榮名十字爲韻酬之》。

爲袁青《燕歸來軒詩稾》題詩。

見《靈芬館詩四集》卷十二《題袁黛華青燕歸來軒詩稾》。

七月初一，寄家書予弟郭鳳，時兩人皆小病初愈。

見郭鳳《山礬書屋詩二集》卷八《得伯子家書後作》。

七月，寄詩予姚椿。時河南大水，家鄉大旱。

見《靈芬館詩四集》卷十二《寄懷春木二首》、《得春木書並寄示憫雨詩十章作此寄答》。

七月三十夜，風雨，有感作詩。

見《靈芬館詩四集》卷十二《七月晦夕風雨》。

秋，喜晤曾燠，有詩紀之。

見《靈芬館詩四集》卷十二《喜晤賓谷中丞即用前歲見寄韻奉呈》、《再答中丞和詩二首》。

八月，爲所輯《唐文粹補遺》作序。

見《靈芬館雜著續編》卷二《唐文粹補遺序》。

汪敬欲抄輯朱春生詩文，麐爲其以詩致意於朱。

見《靈芬館詩四集》卷十二《已山欲鈔輯鐵門詩文恐其深閉固距而不出也詩以達之二首》。

友吴鳴鈞卒，作長詩哭之。

見《靈芬館詩四集》卷十二《哭吴雲璈鳴鈞》。

金勇爲刻《靈芬館雜著續編》，作詩謝之。

見《靈芬館詩四集》卷十二《金五仁甫勇爲序刻雜著續編用前柬鐵門韻二首》。

冬，作《寒宵四詠》詩。

見《靈芬館詩四集》卷十二。

除夕，客中作詩紀之。

見《靈芬館詩四集》卷十二《除夕作》。

嘉慶二十五年庚辰（一八二〇） 五十四歲

正月，友朱春生爲《靈芬館雜著續編》作序。

《靈芬館雜著續編》之朱春生《靈芬館續刻文集序》後署：『嘉慶二十五年歲次庚辰春正月愚弟朱春生拜序。』

三月二十九日，與張靑選、蔣敬同游吳興道場白雀寺，並遊碧浪湖。

見《爨餘集》詩《庚辰三月廿九日偕張雲巢太守蔣芝生同遊道場白雀寺回泛碧浪湖有詩以紀芝生爲雲巢作圖往時曾與獨遊芝亭遊此未有圖畫近芝生欲爲補圖亦未果忽得石田翁此卷若有神契遂書是詩於後時七月五日》，及郭鳳《山礬書屋詩二集》卷九《伯子於今年春偕蔣芝生訪雲巢台州於吳興同爲碧浪湖之遊芝生爲雲巢作圖今伯子又得石田翁碧浪湖圖諸同人題者甚多歸自袁浦出此賞玩余因念昔年與吳獨遊黄退庵遊此今兩君相繼去世不覺棖觸於懷亦次元韻》。

張靑選，字商彝，號雲巢，順德人。乾隆己酉舉人，由知縣歷官湖北按察使，降浙江金衢嚴道。有《清芬閣詩集》。

春夏之交，將往淮安。

見郭鳳《山礬書屋詩二集》卷九《伯子將爲袁江之行風雨蕭然漫成一律》。

六月二十五日，在淮安清江，召同人集觀復齋爲迎秋之會。

見鄭璜《海紅華館詩鈔》卷三《六月二十五日蘧翁招集汪氏觀復齋作迎秋之會分賦二首》。

十月十五日，友黄凱鈞卒於里，年六十九。

《靈芬館雜著三編》卷二《黄君退庵誄並序》云：『維嘉慶二十五年十月十五日，黄君退庵終於里第，春秋六十有九。』

十月二十七日，友徐寶善卒，年五十九，爲作墓誌銘。

《靈芬館雜著三編》卷一《淮安府海安省務同知徐君墓誌銘》言：『君卒於嘉慶二十五年十月廿七日，春秋五十九。』

十一月，由淮浦返魏塘，爲文哭黄凱鈞。

見《靈芬館雜著三編》卷二《黄君退庵誄並序》。

居家，與弟郭鳳、婿夏寶晉賞玩所得石田翁《碧浪湖圖》。

見郭鳳《山礬書屋詩二集》卷九《伯子於今年春偕蔣芝生訪雲巢台州於吳興同爲碧浪湖之遊芝生爲雲巢作圖今伯子又得石田翁碧浪湖圖諸同人題者甚多歸自袁浦出此賞玩余因念昔年與吳獨遊黄退庵遊此今兩君相繼去世不覺棖觸於懷亦次元韻》，及夏寶晉《冬生草堂詩録》卷三《頻翁外舅遊湖州得石田碧浪湖卷命爲長歌記之即次原韻》。

居家，與弟郭鳳多有唱和。

見郭鳳《山礬書屋詩二集》卷九《伯子歸家後坐起一室用十二辰體詩自嘲屬余同作即次元韻》、《伯子復作一詩督和再次前韻》《和伯子晨起寒甚坐靈芬館有懷慈仲之作即次元韻》、《天寒飲酒邀伯子同作次前韻》。

十二月二十九日小除夕，與弟郭鳳唱和作詩。

見郭鳳《山礬書屋詩二集》卷九《小除夕次伯子韻》。

十二月三十日除夕，與弟郭鳳、婿夏寶晉守歲爲詩。

見郭鳳《山礬書屋詩二集》卷九《除夕守歲伯子以寂寥抱冬心爲韻各作五首》，及夏寶晉《冬生草堂詩録》卷三《靈芬館守歲以寂寥抱冬心爲韻五首》。

清宣宗道光元年辛巳（一八二一）　五十五歲

正月五日，友彭兆蓀卒，作哀詞及挽詩悼之。

見《爨餘集》之《哭甘亭四首》。

《靈芬館雜著三編》卷二《彭甘亭哀詞並序》言：『道光元年正月十二日，得古雲書，云甘亭以五日卒於其家。』

二月，在杭州，寓嚴烺皋園，并與屠倬、鄭璜、胡元杲、范崇階、殳慶源等友交遊唱和。

見《爨餘集》詩《寓居皋園次韻瘦山見贈之作》二首、《西湖小集潛園有詩次韻》，及鄭璜《海紅華館詩鈔》卷三《辛巳二月蘧翁自魏塘來寓皋園文酒之歡殆無虛日率成二律奉呈》、《琴塢招同鐵翁蘧翁胡秋白范小湖殳積堂飲潛園》。

《靈芬館詩續集》嚴烺序言曰：『猶記辛巳春，頻伽訪余於所居之皋園，愛其水竹之勝，流連賦詩。』

是年，爲亡友彭兆蓀《懺摩錄》作序言。

見彭兆蓀《懺摩錄》之郭麐序。

道光二年壬午（一八二二）　五十六歲

正月二十二日，在淮安清江，爲殳慶源《小栗山房詩鈔》作序。

殳慶源《小栗山房詩鈔》之郭麐序云：『殳君積堂往有《小栗山房詩》之刻矣。今年過余袁浦，復出其後所爲詩若干卷，屬爲點定，將並前刪削以存，而乞爲之序……道光二年正月立春後九日吳江愚兄郭麐序。』

三月，友陳鴻壽卒於官，年五十五，爲作墓誌銘。

《靈芬館雜著三編》卷一《陳曼生墓誌銘》云：『以風疾卒，年五十五。』

《靈芬館雜著三編》卷三《陳仲恬孝廉傳》有言：『道光壬午三月，曼生卒於官。』

六月，爲黄安濤《詩娱室詩集》作序。

黄安濤《詩娱室詩集》郭麐序後署：『道光二年六月吴江郭麐序。』

十二月二十二日，在淮所居汪氏依光樓失火，跳樓得免於難，然書畫及近三年所著皆焚毁，集友朋保留之已作爲《爨餘集》。

《爨餘集》小敘云：『壬午十二月廿二日，所假館之樓火，僅跳而免，所著皆燼。友朋掇拾，間以抄寄，不復次第，得即存之。』

鄭璜《海紅華館詩鈔》卷四《蘧翁客居汪氏依光樓不戒於火行稿蕩然寄示紀災詩四律作此奉慰》。

是年，作《論書絶句十三首》。

見《爨餘集》。

是年，在淮與盛大士交，贈其《靈芬館詩文集》。盛大士亦爲麐題《靈芬館第八圖》。

見盛大士《藴愫閣詩續集》卷二『壬午』之《題吴江郭頻伽麐靈芬館第八圖》、《頻伽以靈芬館詩文集見贈賦謝兼以奉懷》。

《靈芬館雜著三編》卷五《盛小雲詩序》云：『余因黄霽青始識子履於淮陰學舍。』

盛大士（一七七一—一八三九），字子履，號逸雲、蘭簃外史、蘭畦道人，江蘇鎮洋人。嘉慶五年舉人，官山陽教諭。精於繪事，工詩古文。有《藴愫閣詩集》、《溪山臥遊録》等。

道光三年癸未（一八二三） 五十七歲

正月，痛心於印章書畫及三年之詩皆毀於火，作詩紀之。

見《靈芬館詩續集》卷一《災後有紀四首》、《次韻答聽香見慰之作》。

二月八日，甚寒，有作。

見《靈芬館詩續集》卷一《二月八日寒甚戲作》。

春，馮登府入都，有詩送之。

見《靈芬館詩續集》卷一詩《送馮柳東太史入都兼寄鮑覺生學士許青士給諫》。

馮登府，字雲伯，號柳東，又號勺園，嘉興人。嘉慶庚辰進士，官江西將樂縣知縣、寧波府教授等職。著有《拜竹詩堪詩存》。

清明後二日，雨，作詩傷春懷亡友。

見《靈芬館詩續集》卷一《清明後二日坐雨》。

三月，自淮安歸家，途中訪盛大士，乞其畫《靈芬館第九圖》。

見《靈芬館詩續集》卷一《贈盛子履學博大士》、《次韻子履學博見寄》，及盛大士《蘊愫閣詩續集》卷二『癸未』之《頻伽自袁浦歸舟過余學舍別後以詩見懷疊韻三首答寄》。

三月，歸家途中應張青選之邀赴江都官舍，出弟郭鳳詩，乞爲序。

見《靈芬館詩續集》卷一《雲伯招飲江都官舍歸舟中作此爲別》。

郭鳳《山礬書屋詩二集》張青選序言：『今年春，移官邗。頻伽自淮浦歸魏塘，爲留數日，契闊談燕，略如曩時。』後署『道光三年歲在癸未三月順德張青選序』。

途經孫均百一山房，留兩日，別去有作。

見《靈芬館詩續集》卷一《留百一山房兩日別去作此爲寄》。

三月，居家，作詩送黄安濤入都。別時，黄安濤爲其題《靈芬館第七圖》。

見《靈芬館詩續集》卷一《送霽青太守入都一首》，及黄安濤《詩娱室詩集》卷十二《題頻伽先生靈芬館第七圖即以志别》。

三月十三日，友陳鴻豫卒，有詩哭之，並爲之作傳。

見《靈芬館詩續集》卷一《哭仲恬三首》。

《靈芬館雜著三編》卷三《陳仲恬孝廉傳》載：『君姓陳氏，諱汝銛，原名鴻豫，字仲恬，錢塘人也……癸未春，入都應試，二場甫畢，忽遘時疫，於三月十三日没於邸舍，春秋四十九。』

四月，居家，作《解祟集》小敘。

《靈芬館詩續集》卷一《解祟集》小敘曰：『丙餘試筆，時復斐然。取揚子語以冠其首，亦昔人無忘在莒之義也。癸未四月靈芬館書。』

四月，居家，與弟郭鳳唱和。

見《靈芬館詩續集》卷一《次韻丹叔遲伯葵子高之作》、《次韻丹叔梅雨即事》。

五月初五端午節，有詩示弟郭鳳、嗣子郭桐及姪子郭枬。

見《靈芬館詩續集》卷一《午日示丹叔及桐兒枬姪二首》。

五月，至梅里訪馬洵，有唱和題贈之作。

見《靈芬館詩續集》卷一《過訪小眉於梅里同人集五千卷室以良辰惟古歡分韻得惟字》、《題扇留别小眉》。

六月，馬洵欲出資爲其刊刻《靈芬館詩四集》十二卷，並序之。

《嬃餘叢話》卷一云：『道光癸未春夏之交，余適歸里，梅雨悶人，欲掃不出。五月杪梅里馬小眉以書見招，放舟過之，爲留信宿，小眉置酒五千卷室。』

《靈芬館詩四集》馬洵序云：『去年清江客舍不戒於火，近三年中之稿，俱爲六丁取去。幸而三年以前所删定爲十二卷者，留在家中，得免於厄。今年夏五月，訪余於梅里，爲之且弔且賀。因從臾付梓，而余任其剞劂之費。先生曰：「子意良厚，某不敢辭，其以一言序之。」』後署『道光癸未六月小眉馬洵序』。

由滸墅關至無錫，有詩紀之。

見《靈芬館詩續集》卷一《紀行一首》。

夏，至揚州，與曾燠、王嘉禄等友交遊，有唱和題贈之作。

《靈芬館詩續集》卷一《賓谷先生屬題廬山簡寂觀圖即用自題韻一首》、《賓谷先生春感詩末章見及感呈一首》、《小穀歲暮感懷圖》、《王井叔嘉禄桐屋擁書圖》。

王嘉禄，字綏之，號井叔，長洲人。諸生。王芑孫季子，幼承家學，善詞，婉轉優美，情景俱深。有《嗣雅堂詩存》、《冬讀書齋集》、《桐月修簫譜》。

夏，江浙水災，家中被淹，有多詩紀之。

見《靈芬館詩續集》卷一《子履疊韻見答復此酬之》、《下河熱》、《堂中水》、《即事四首示廉山》、《寄慈仲用前韻》等。

過高郵，作詩懷婿夏寶晉及黄安濤。

見《靈芬館詩續集》卷一《過秦郵有懷慈仲並寄霽青京師》。

八月十二日，在淮安，得汪敬招，飲於荻莊。

見《靈芬館詩續集》卷一《八月十二日已山招同人遊荻莊張燈置酒流連兩夕前遊諸君有作繪圖以記余作此詩題其後》。

在淮陰，與萬承紀交遊，有題贈之作。

見《靈芬館詩續集》卷一《即事四首示廉山》、《次韻廉山見和即事之作》四首。

萬承紀（一七六六—一八二六），字疇五，別字廉山，江西南昌人。乾隆五十七年舉人，曾任山陽知縣、淮安府海防同知等職。擅書畫，詩文皆工。

九月初九重陽節，有詩示汪敬，並爲萬承紀《焦山雅集圖》作後記。

見《靈芬館詩續集》卷一《酒後有作示已山》。

《靈芬館雜著三編》卷六《焦山雅集圖後記》後署『道光三年九月九日記』。

十月二日，友朱春生臥病淮安清江汪敬家，將其文稿付麐存之，並屬麐爲之序。

見《靈芬館詩續集》卷一《鐵門病間》。

《靈芬館雜著三編》卷四《朱鐵門文稿序》曰：『道光三年十月二日，鐵門朱君臥疾於袁浦汪君已山之家，出其所爲文付其友郭麐曰：「子其爲我存之。」……已山謂余曰：「吾任刊之，子爲其序。」』

《靈芬館雜著三編》卷四《鐵簫庵詩鈔序》云朱春生『今年臥病袁浦，不自意全，以所爲詩文付余，余既序其文，復刪定其詩若干首』。

十月六日，在淮安清江與赴任高州的黃安濤相會，有詩贈之。

見《靈芬館詩續集》卷一《霽青有高州之除作此寄之用坡谷邦字倡和韻》。

黄安濤《詩娱室詩集》卷十二《三上春明集》有《晤蘧庵先生於袁浦出示知除高州用坡穀邦字韻見贈之作同韻奉酬》，後附郭麐原作《十月六日知霽青太守有高州之除用坡穀邦字倡和韻奉答》。

十月十九日，在淮安，盛大士過訪，有詩贈答。

見《靈芬館詩續集》卷一《次韻子履學博見寄》，及盛大士《藴愫閣詩續集》卷二『癸未』詩《十月十九日訪頻伽於袁浦别後有作》。

冬，陳寶同自杭州至京迎父陳鴻豫靈柩，乞麐爲其父作傳志。

見《靈芬館詩續集》卷一《小曼自杭州迎仲恬靈柩是夜夢曼生仲恬感而有作》。

冬至日，有雪，作詩紀之。

見《靈芬館詩續集》卷一《至日喜雪》。

冬，得嗣子郭桐書，知女兒移居事，作詩紀之。

見《靈芬館詩續集》卷一《得桐兒書知女兒於廿八日移居用前韻》、《每夕小飲後輒不能成寐胸中拉雜因讀東坡集次其和陶擬古九首凡三夕而竟借澆塊壘云爾》其六。

冬，爲友劉嗣綰删訂詩文。

見《靈芬館詩續集》卷一《每夕小飲後輒不能成寐胸中拉雜因讀東坡集次其和陶擬古九首凡三夕而竟借澆塊壘云爾》其七。

十二月八日，受汪敬之邀，至觀復齋食臘八粥，分韻賦詩。

見《靈芬館詩續集》卷一《已山召集觀復齋食臘八粥以伊蒲塞桑門之饌分韻得蒲字》。

除夕，在揚州度歲。

見《靈芬館詩續集》卷一《除夕》。

《靈芬館詩續集》卷二《得種水書用前韻寄之》自注云：「去年同度歲邗上。」

道光四年甲申（一八二四）　五十八歲

正月初七人日，應曾燠之邀遊鎮江焦山、蒜山，有次韻之作。

見《靈芬館詩續集》卷三《賓谷鹺使招遊焦蒜兩山有人日登高之作次韻一首》，及曾燠《賞雨茅屋詩集》卷十七《人日登高吟》。

正月十五上元節，聞好友朱春生病逝於清江汪氏寓館，作詩抒悲痛之情。

見《靈芬館詩續集》卷三《得已山書知鐵門病亟》及《鐵門以上元謝世是日余適大醉聞信之後作此志痛》。

《靈芬館雜著三編》卷一《朱鐵門墓誌銘》云：「癸未秋，自家將赴浦上，道出清江，汪員外已山留小住。不旬日遂病，歷時，以甲申正月十五日没於寓館。……吾友鐵門既卒之兩月，其孤營葬於祖墓之側，實道光甲申三月某日。」

在鎮江，與王嘉祿、金襄、郭錡等友交遊，有題贈之作。

見《靈芬館詩續集》卷三《次韻井叔夜宿淩江閣》、《次韻井叔贈借庵長老》、《次韻金手山襄席上之作》、《偶得對句索家蘭池錡爲書楹帖遂足成以寄》。

歸家途中，舟中爲劉嗣綰删訂《尚絅堂集》，並作詩懷亡友袁棠、朱春生。

見《靈芬館詩續集》卷三《舟過朱方記與鐵門湘湄同舟秋試賞其丹樓如霞題牓之工忽忽三十餘年矣湘湄久歸道山鐵門今又徂謝心傷往語腹痛成詩》、《鐵門詩文既爲手定舟中復爲芙初太史删定其尚絅堂各稿用前韻一首》、《因鐵門之亡追悼湘湄舟中獨飲忽忽不樂作此寄丹叔》。

二月二十日春分，雨，作詩示弟郭鳳與婿夏寶晉，時爲二人勘定詩作。

《靈芬館詩續集》卷二《春分坐雨示丹叔慈仲》中有自注云：『爲兩君勘定近詩。』夏寶晉《冬生草堂詩録》卷四有《春分日坐雨和頻翁外舅》。

三月十七日，久雨放晴，喜而作詩。

見《靈芬館詩續集》卷二《三月十七日喜晴》。

三月二十一日，至梅里，與友集於馬洵五千卷室，得見朱彝尊書《羅浮蝴蝶詩卷》。

見《靈芬館詩續集》卷二《三月廿一日同人集小眉五千卷室遲榕園不至並寄梅史高陽》、《竹垞翁析田手蹟爲李金瀾遇孫題》、《題小眉所藏竹垞書羅浮胡蝶詩卷》、《五千卷室盆松歌用昌黎山石韻》。

欲往宜興蜀山書院，作詩奉寄林則徐。

《靈芬館詩續集》卷二《奉寄林少穆廉使則徐即用其題慈仲集韻四首》其三有自注云：『時方欲赴蜀山書院。』

林則徐（一七八五—一八五〇），字元撫，又字少穆、石麟，晚號俟村老人、俟村退叟、瓶泉居士、櫟社散人等，福建侯官人。嘉慶十六年進士，選庶吉士，授編修，曾任江蘇巡撫、兩廣總督、湖廣總督、陜甘總督、雲貴總督等職，兩次受命爲欽差大臣。主張嚴禁鴉片，主持虎門銷煙。卒謚文忠。

五月三日，作《歡歡詩》四首。

《靈芬館詩續集》卷二《歡歡詩》其四自注云：『時重五前二日。』

夏，至揚州，有詩留别孫均，並就淮安等地傳言自己已卒之事辟謠。

見《靈芬館詩續集》卷二《留别古雲》、《訊岑自清江來有傳余凶問者又言審庵丈病甚至邗上知審庵已向愈而僕固無恙喜作一詩寄之》，及《爨餘集》之《得古雲病起見寄書奉荅》。

得陳文述贈硯山，喜而作詩。

見《靈芬館詩續集》卷二《余得古鏡及馬腦筆洗作碧月明荷二詩壬午之災鏡燬而洗在他處獨存近雲伯以研山見餉洞穴玲瓏岩岫峭蒨上爲二峰名曰雙髻以配筆洗日夕對之欣然獨笑輒賦一詩》，及《爨餘集》中《碧月謠得古鏡作》、《明荷謠得馬腦筆洗作》二詩。

七月，爲梁章鉅題甘泉瓦拓本及岳飛手簡。

見《靈芬館詩續集》卷二《梁茝鄰觀察章鉅屬題林同人甘泉宫瓦拓本》、《題岳鄂王手簡》。端方《壬寅銷夏録》中録前一詩，後署『道光甲申七月吴江郭麐敬題』。

梁章鉅，字閎中，號茝鄰、茝林，福建長樂人。嘉慶壬戌進士，官至江蘇巡撫。有《藤花吟館詩鈔》。

與王鳳生交，爲其畫題詩。

見《靈芬館詩續集》卷二《題王竹嶼司馬鳳生江聲帆影閣圖》、《夕陽春影圖竹嶼爲亡姬寄意》。

王鳳生，字振軒，號竹嶼，安徽婺源人。嘉慶中爲浙江蘭溪、平湖等地通判，屢攝知縣事，多政績，官至兩淮鹽運使。有《越中從政録》、《宋州從政録》。

得家書，知吴中有疫情，作詩二首。

見《靈芬館詩續集》卷二《得家中前月書並聞故鄉近事二首》。

秋，在揚州，下榻於四並堂。得妻子去世之信。

見《靈芬館詩續集》卷二《至揚州得内人凶問》。

《爨餘叢話》卷二云：『海昌陳受笙孝廉均，今秋與同下榻於揚州節署之四並堂，數晨夕者兩月。』

閏七月十九日，與友人遊湖賞桂花，作詩紀之。

見《靈芬館詩續集》卷二《閏七月十九日同天眉理堂湖上看桂花飲舟中有作》。

八月十五日中秋節，與曾燠唱和賦詩。

見《靈芬館詩續集》卷二《中秋席散有作》、《次韻賓谷鹺使見和中秋之作》。

在揚州，與陳均、蕭光裕、鄧立誠、毛嶽生、湯金釗等友交遊，有題贈之作。

見《靈芬館詩續集》卷二《陳受笙均看山行腳圖》、《題蕭梅生光裕寄廬鐙影圖》、《連得佳釀每夜與鄧溥泉立誠毛生甫嶽生同酌生甫回吳溥泉歸家未來用遺山太白獨酌圖韻》、《敦甫太史以秋詞四首見視余久廢倚聲以詩答之詞爲秋蟲秋葉秋碪秋水》。

陳均（一七七九—一八二八），初名大均，字敬安，號受笙，浙江海寧人。嘉慶庚午舉人。工詩，善篆隸，擅畫山水花卉。著有《松籟閣集》。

毛嶽生（一七九一—一八四一），字申甫，一字生甫，蘭生，寶山（今屬上海）人。蔭襲雲騎尉，改補文學弟子員。末弱冠，即以《白雁詩》得名。嘗從姚鼐遊，工詩古文辭。著有《休復居詩文集》十二卷。

湯金釗（一七七三—一八五六），字敦甫，浙江蕭山人。嘉慶四年進士，道光十五年官至吏部尚書。謚文端。書法顔真卿，中年臨褚、趙，尤能秀潤沉穩而有丰神。

張青選移任天津，作詩送之。

見《靈芬館詩續集》卷二《送雲巢都轉移任天津》。

九月初一霜降前一日，有作。

見《靈芬館詩續集》卷二《霜降前一夕作》。

九月初九重陽節，出遊，作詩示陳均等友。

見《靈芬館詩續集》卷二《九日出遊示受笙兼呈四並堂主人》。

九月，離揚州，瀕行乞酒於曾燠，舟中小酌，作詩謝之。

見《靈芬館詩續集》卷二《瀕行乞酒於都轉蒙侑以松菌油蘿蔔豢木瓜舟中小酌寄詩爲謝》、《舟中卻寄賓谷鹺使》。

舟行阻風高郵，不能登岸至天王寺觀吴道子觀音畫像，作詩紀之。

見《靈芬館詩續集》卷二《阻風高郵夜飲有示》、《高郵天王寺有吴道子觀音畫像風雨不能登岸作禮》。

秋，友王嘉禄卒，作詩哀之。

見《靈芬館詩續集》卷二《哀王井叔嘉禄》。

秋，手寫《首楞嚴經》第三卷畢，作詩紀之。

見《靈芬館詩續集》卷二《寫楞嚴第三卷畢夜飲有作用惜抱軒集中寫經韻》。

友李方煦有詩見寄，次韻和之。

見《靈芬館詩續集》卷二《次韻李桐村方煦見寄並柬蘭雪》。

李方煦，號桐村，浙江錢塘人。少時愛習弓馬，磊落有壯志，弱冠始讀書，不事舉業，惟好爲詩。有《桐村遺稿》。

十一月初三冬至前一日，作詩寄嗣子郭桐。

見《靈芬館詩續集》卷二《長至前一夕用東坡冬至贈安節韻寄桐兒下邳》。

友胡增七十大壽，作詩賀之。

見《靈芬館詩續集》卷二《壽胡古香增七十》。

十一月十二日，作《即事四首》。

見《靈芬館詩續集》卷二《即事四首十一月十二日》。

十二月十七日，立春有雪，作詩紀之。

見《靈芬館詩續集》卷二《立春日作》。

是年，爲女兒女婿買宅於魏塘紅橋。

見夏寶晉《冬生草堂詩録》卷四《外舅買宅於魏塘之紅橋以居余夫婦用前韻爲謝》。

道光五年乙酉（一八二五） 五十九歲

正月十五日，手書《首楞嚴經》畢，作詩紀之。

見《靈芬館詩續集》卷三《寫首楞嚴經畢漫題二絶》。《靈芬館詩續集》卷三《迴向集》小敘曰：「去秋發心，手書《首楞嚴經》，日五百餘字，今年上元日告畢。」

二月初二春分，檢去年春分詩，有感客懷作詩一首。

見《靈芬館詩續集》卷三《檢去歲春分日詩有感客懷用韻一首》。

二月，在淮安清江，與鄭璜、陳泉相見於汪氏觀復齋，追思朱春生有作。

見《靈芬館詩續集》卷三《鄭瘦山陳麋叔泉見過追悼鐵門有作示兩君》，及鄭璜《海紅華館詩鈔》卷五《乙酉二月過訪蘧翁於觀復齋追悼鐵門丈即次見贈韻》。

寒食清明之時，作《即事三首》。

見《靈芬館詩續集》卷三。

清明節後十日，大雪，作詩兩首。

見《靈芬館詩續集》卷三《清明後十日大雪》。

三月初三上巳節，與友集觀復齋，分韻賦詩。

見《靈芬館詩續集》卷三《上巳同人集觀復齋分韻得樹字》，及鄭璜《海紅華館詩鈔》卷五《上巳日蘧翁招集觀復齋分韻得雜字》。

三月十七日，與友集歐齋送春，分韻作詩。

見《靈芬館詩續集》卷三《十七日同人集歐齋送春以落花遊絲白日靜鳴鳩乳燕青春深分韻得鳴字》。

三月二十二日，離淮安返家，有詩留別嚴烺、鄭璜。

見《靈芬館詩續集》卷三《小農河帥以綠牡丹見餉適將南歸詩以留別》、《次韻酬瘦山見送》，及鄭璜《海紅華館詩鈔》卷五《立夏後三日送蘧翁歸魏塘》。

三月三十日，舟行無錫道中，作《迴向集》小序。

《靈芬館詩續集》卷三《迴向集》小序後署：「三月晦日無錫道中。」

歸家途中，有詩示弟郭鳳、嗣子郭桐、姪郭柟、女郭茶。

見《靈芬館詩續集》卷三詩《歸舟有作以元遺山詩明年吾六十家事斷關白爲韻示丹叔桐兒柟姪茶女十首》。

夏，曉偕家人坐船至面城園觀荷。

見《靈芬館詩續集》卷三《曉同家人泛舟至面城園觀荷同丹叔作並柬竹西》。

六月二十三日立秋，應錢清履之邀與友集面城園，唱和賦詩。

見《靈芬館詩續集》卷三《立秋日竹西招集面城園同作》。

居家，與郭鳳、錢清履、姚椿、馬洵、孫義鈞等友有酬唱。

見《靈芬館詩續集》卷三《和丹叔韻寄小麋》、《次韻錢竹西司馬清履見贈》、《次韻春木吳門見寄》、《次韻賓華見寄》、《次韻酬古杉二首》、《小眉以銷夏倡和詩見寄依韻奉和八首》、《贈孫子和義鈞》。

孫義鈞，一名義鋆，字子和、和伯，別稱月底修簫館主人，吳縣人。以諸生入官浙中，官宜良知縣。工詩詞，善書畫，精音律，旁及篆刻、陶埴之事。著有《好深湛思室詩存》。

秋，接李方煦書，時李客死京師已三月，有感而作。

見《靈芬館詩續集》卷三《接桐村書時下世已三月矣感而悼之》。

十一月十三日冬至，在淮安清江，有詩呈汪慎。

見《靈芬館詩續集》卷三《長至夜酌兼呈審庵丈二首》。

十一月十六日，與友集觀復齋，爲消寒之會，有作。

見《靈芬館詩續集》卷三《十一月十六日招王子卿太守澤瘦山麋叔子通張子真子和聽香白亭七薌已山同集觀復齋爲消寒之會各賦曉寒詩以波箋二字爲韻祈雪詞不拘體曉寒詩二首》、《祈雪詞四首》。

在淮安清江，與汪慎、王澤、汪鴻、汪敬、梁逢辰、梁章鉅、嚴熹等友往來，有題贈之作。

見《靈芬館詩續集》卷三《乞蠟梅於審庵得數枝爲供用陶詩歲莫和張常侍韻》、《題趙文度畫卷爲小迂作》、《題王子卿太守澤罷釣圖》、《子卿太守以觀齋集見示爲閱一過用集中弢光詩韻題之並索畫》、《送子卿歸於湖》、《仇十州玉陽洞天圖卷爲已山員外題》、《題梁吉甫孝廉逢辰拾瑤草圖即送北上》、《題茝林觀察小山叢桂圖》、《題嚴小穀熹西溪蘆隱圖》。

十二月二十四醉司命日，蔣因培招諸友作消寒之會，衆人無詩作，麐作詩索同人和。

見《靈芬館詩續集》卷三《醉司命日伯生招作銷寒會而未有詩作此戲柬索同人和》。

道光六年丙戌(一八二六)　六十歲

是年，名其居所爲『老復丁庵』，並改號爲『復庵』。

《靈芬館詩續集》卷四小敘有言：『余今歲六十，思以秉燭之光，勉自策厲，取急就章語以名庵。』《靈芬館詩續集》卷四《春木寄書並詞借遺山樂府作此代答》中言：『名庵曰復丁，厲志追前修。』馮登府《頻伽郭君墓誌銘》言：『君諱麐，字祥伯，頻伽其號，年五十號曰蘧庵，六十曰復庵，而頻伽最著。』

正月十五，作詩兩首。

見《靈芬館詩續集》卷四《上元即事》。

正月二十日，值壽辰。婿夏寶晉寄詩祝壽，和之。

見《靈芬館詩續集》卷四《慈仲新作有見及者各和一首》之《次韻正月廿日白傅像次首見寄爲壽》，及夏寶晉《冬生草堂詩錄》卷五《正月二十日於高明寺瞻拜白太傅畫像即寄頻翁以爲壽二首》。

二月十四日，收到郭鳳二月六日寄出之祝壽詩，和之。

見《靈芬館詩續集》卷四《寄丹叔》、《和丹叔見壽韻》。後一詩中有注云：『詩寄於二月六日，十四日到浦。』

友屠倬以所畫無量壽佛見寄，作詩爲謝。

見《靈芬館詩續集》卷四《琴塢以所畫無量壽佛見寄作詩爲謝》。

二月二十五日，友孫均卒，年五十，作詩悼之，後爲作墓誌銘。

見《靈芬館詩續集》卷四《哭古雲》。

《靈芬館雜著三編》卷二《建威將軍散秩大臣襲三等伯孫公墓誌銘並序》：『嘉慶元年，文靖公薨，公(孫均)襲伯爵……薨於道光六年二月二十五日，春秋五十。』

三月八日，與友飲於浮渌酒店，作詩紀之。

見《靈芬館詩續集》卷四《三月八日偕同人飲於浮渌酒店》。

嚴烺署河東河道總督，作詩送之。

見《靈芬館詩續集》卷四《送小農河帥復任東河》。

三月，爲友盛大士之子盛小雲作詩序。

見《靈芬館詩續集》卷四《作盛小雲詩序竟復作一詩寄子履》。

《靈芬館雜著三編》卷五《盛小雲詩序》後署『丙戌三月老復丁庵主人郭麐序』。

三月三十日，作詩送春。

見《靈芬館詩續集》卷四《立夏後四日作》。

四月，曾燠爲題《老復丁庵圖》，並約看芍藥，因雨不果，皆有詩。

見《靈芬館詩續集》卷四《賓谷先生見題老復丁庵圖次韻奉呈》、《賓翁約看芍藥雨不果舟中卻寄》。

四月，由淮安渡江，見江南春尚好，作詩紀之。

見《靈芬館詩續集》卷四《渡江記所見》、《即事》。

夏，友姚椿寄書並詞欲借《遺山樂府》，作詩答之。

見《靈芬館詩續集》卷四《春木寄書並詞借遺山樂府作此代答》。

七月二十四日，應倪子同之請，爲其父母合葬作墓誌銘。

見《靈芬館雜著三編》卷二《倪府君合葬墓誌銘並序》。

八月十五中秋節，弟郭鳳有作，次韻和之。

見《靈芬館詩續集》卷四《次韻丹叔中秋》。

十月九日，友萬承紀卒，爲作挽詩及墓誌銘。

見《靈芬館詩續集》卷四《廉山司馬挽詩四首》。《靈芬館雜著三編》卷二《萬廉山墓誌銘並序》云：『道光六年十月九日，萬君廉山以疾卒於官。』

友曹言純以《邗上倡和詩》見示，作詩寄之。

見《靈芬館詩續集》卷四《種水以邗上倡和詩見示即用其自贈韻卻寄》。

有詩贈別友姚景衡。

見《靈芬館詩續集》卷四《贈别根重一首》。

有詩和友張井。

見《靈芬館詩續集》卷四《和張芥航河帥韻》。

張井，字儀九，號芥航，又號畏堂、二竹齋，延安府膚施縣人。嘉慶戊午舉順天鄉試，辛酉進士，授内閣中書，歷官至河東河道總督、江南河道總督。

冬，友汪敬患瘍疥，己患痔，皆有詩。

見《靈芬館詩續集》卷四《嘲已山疥》、《連日痔患頗劇用前韻》。

冬，雪後見木冰奇麗，作詩紀之。

見《靈芬館詩續集》卷四《雪後見木冰甚奇麗作二首乞同人和》。

道光七年丁亥(一八二七) 六十一歲

正月初七人日,友盛大士見過,分韻賦詩。後盛大士歸山陽,有詩送之,並有寄懷之作。

見《靈芬館詩續集》卷五《人日子履見過以思發在花前分韻得在字》、《和子履韻即送還山陽》、《入夜獨酌寄子履》。

陳用光寄姬人靜娟所作《訪夢圖》乞題,爲詩三首。

見《靈芬館詩續集》卷五《陳石士用光學士寄詩乞題訪夢圖爲其姬人靜娟作也次韻三首》。

陳用光,字碩士,一字實思,號瘦石,江西新城人。嘉慶辛酉進士,道光十三年任禮部侍郎。有《太乙舟文集詩集》。

爲張井《願遊圖》題詩。

見《靈芬館詩續集》卷五《題張芥航河帥井願遊圖》,分《西湖泛艇》三首,《廬川瀑布》一首,《黄山雲海》一首。

正月二十日,值生辰,作詩紀之。友黄安濤寄詩爲壽,作詩答之。

見《靈芬館詩續集》卷五《正月二十日爲余生辰前此兩用東坡韻作詩今年六十有一矣再用前韻》、《霽青太守自潮州寄詩爲壽時君年亦五十矣作此奉答以樂只君子民之父母爲韻》。

葉樹枚有題老復丁庵之作,次韻答之。

見《靈芬館詩續集》卷五《次韻答葉溉翁樹枚見題老復丁庵之作》。

二月一日,有雪,是時雜料廠失火,波及民房,作詩紀之。

見《靈芬館詩續集》卷五《二月一日曉起雪作》。

在淮安清江,思歸,作詩寄杭州故人。

見《靈芬館詩續集》卷五《思歸兼憶西湖用東坡和趙景貺懷吳越山水韻寄杭州故人》。

二月十二花朝節,作《花朝即事》一首。

見《靈芬館詩續集》卷五。

在淮安清江，友曹言純來會，與汪慎、盛大士、汪敬等詩酒唱和，有多詩紀之。

見《靈芬館詩續集》卷五《得種水書欲來此疊前韻》、《審庵以種水至邀子履同集以詩促之》、《春社詞同種水子履審庵已山作》。

清明時節，多雨，有詩遣懷。

見《靈芬館詩續集》卷五《清明雨》、《連日陰寒書悶二首》、《坐睡》、《雨歎》等。

觀復齋前牡丹花開，有詩紀之。

見《靈芬館詩續集》卷五《觀復齋前牡丹齊開有兩枝白者明秀獨絶》。

四月中，返家。弟郭鳳作詩寄黄若濟，和之。

見《靈芬館詩續集》卷五《今年四月中回家始知積逋甚多歲暮不歸又得子履疊韻詩再和一首》、《次韻丹叔寄子未時從官潮州》。

過梅里，知馬洵改字爲伯泉，有詩紀之，並爲其作《銅鼓歌》。

見《靈芬館詩續集》卷五《次韻伯泉紀事四首小眉新改字》、《銅鼓歌爲五千卷室主人馬伯泉作》。

五月，助梁章鉅得褚遂良臨蘭亭黄絹本，梁作詩紀之，次韻相和。

見《靈芬館詩續集》卷五《茝鄰方伯以新得褚臨蘭亭紀事四首見寄次韻奉酬》。

梁章鉅《退庵詩存》卷十三《新購得褚臨蘭亭黄絹本率題四詩》其三有注云：『道光丁亥五月，始從郭頻伽輾轉購成，頻伽自題所居爲老復丁庵。』

五月二十七日，爲曹溶《德藻堂詩集》作跋。

曹溶《德藻堂詩集》之郭麐跋後署『道光七年五月廿有七日吴江後學郭麐於老復丁庵』。

居家，與錢清履多有詩歌酬唱。

見《靈芬館詩續集》卷五《題竹西照》、《竹西用僕舊韻見題近稿再次奉答》、《寄竹西》、《戲柬竹西》等作。

六月，家人持齋，作詩示之。

見《靈芬館詩續集》卷五《伏日示家人》。

屠倬至清江，而麐已歸家，次韻答屠倬之詩。

見《靈芬館詩續集》卷五《次韻琴塢袁江舟中見柬二首》。

至蘇州，過百一山房，作詩傷悼亡友孫均。

見《靈芬館詩續集》卷五《百一山房感舊》。

梁章鉅重修蘇州滄浪亭，爲作詩題冊。

見《靈芬館詩續集》卷五《重脩滄浪亭落成爲茝鄰方伯題冊四首》。

九月九日重陽節，在前往淮安之舟中，作詩遣懷。

見《靈芬館詩續集》卷五《九日舟中》。

九月，至揚州，知友范崇階卒，作詩哭之。

見《靈芬館詩續集》卷五《哭小湖三首》。

《靈芬館雜著三編》卷五《范小湖詩序》云：『去年八月，余在吴門家中，以君所寄書及詩一冊，乞爲點定且索序……九月中至邗江晤琴塢，始知復書時君已捐館。相對悲怛，爲挽詩三章。』

過揚州董相祠，有作。

見《靈芬館詩續集》卷五《過揚州董相祠戲作》。

冬，在淮安，與鄭璜、汪敬、盛大士等友唱和，多有次韻贈答之作。

見《靈芬館詩續集》卷五《瘦山以去冬被火四詩寄示奉答二首》、《次韻巳山養疴即事》、《題子履橫舍課經圖》、《寄懷子履即用其齋中遣懷四首韻》、《次韻酬子履雪夜見懷》、《子履以歲晏避債四十韻見示次韻答之》、《今年四月中回家始知積逋甚多歲暮不歸又得子履疊韻詩再和一首》。

冬，有詩寄贈時在都中的友人曾燠。

見《靈芬館詩續集》卷五《寄賓谷先生都門》。

道光八年戊子（一八二八）　六十二歲

正月初七人日，有詩寄盛大士，兼懷曹言純。後與盛大士續作之人日聚會，分韻賦詩。

見《靈芬館詩續集》卷六《人日寄子履兼懷種水》、《子履作續人日之會分詠庭前花木得紫藤以涉七氣巳弄分韻得弄字》。

盛大士爲題《老復丁庵集》，次韻作詩奉答。

見《靈芬館詩續集》卷六《子履見題老復丁庵集次韻奉酬一首》。

二月一日，春將半，作詩一首。

見《靈芬館詩續集》卷六《二月一日作》。

二月，新疆叛亂之首領張格爾被擒，張井賦詩，麐和之，並有感而作《口號八首》。

見《靈芬館詩續集》卷六《次韻和芥航河帥喜聞張格爾就禽四首》、《口號八首》。

三月，歸家途經無錫道中，作詩紀之。

見《靈芬館詩續集》卷六《無錫道中》。

《靈芬館雜著三編》卷五《范小湖詩序》云：『今年三月歸家。』

春，梁章鉅在蘇州新建梁高士祠，麐爲賦詩一首。

見《靈芬館詩續集》卷六《茝鄰方伯新建梁高士祠徵詩爲賦一首》。

五月一日，有感作詩一首。

見《靈芬館詩續集》卷六《即感五月一日》。

在蘇州，爲程庭鷺、梁章鉅、陶澍等友題畫。

見《靈芬館詩續集》卷六《題程序伯庭鷺畫山樓圖即用見贈韻二首》、《鐙窗梧竹圖爲茝鄰方伯題並引》、《題陶雲汀中丞澍吴淞放水詩畫卷》。

程庭鷺（一七九六—一八五八），初名振鷺，字慍真、問初，號綠卿，改名庭鷺，字序伯，號蘅鄉，晚號夢庵。嘉定諸生。早歲問業於陳文述，留吳門甚久。工詞章，兼擅丹青、篆刻。著有《以恬養智齋集》、《紅蘅詞》。

陶澍（一七七九—一八三九），字子霖，號雲汀，湖南安化人。嘉慶七年進士，改翰林院庶吉士，十年授編修，遷御史、給事中，歷山西按察使、安徽布政使、江蘇巡撫、兩江總督，贈宫保尚書、太子少保，卒謚文毅。著有《印心石屋文集》等。

在蘇州，月下懷亡友王學浩、顧國政、改琦，作詩四首。

見《靈芬館詩續集》卷六《見月感逝四首》。

王學浩，字孟養，號椒畦，江蘇昆山玉山鎮人。先世爲太倉望族，高祖賓始遷昆山。乾隆五十一年中舉人。後屢試不第，遂絶意進取，以筆墨自娱。

爲改琦畫冊題詩十六首。

見《靈芬館詩續集》卷六《題七薌畫冊十六首》。

七月一日，已過立秋，作詩紀之。

見《靈芬館詩續集》卷六《七月一日作》。

入秋後酷熱，有詩紀之。

見《靈芬館詩續集》卷六《連日秋暑酷熱再用前韻》、《即事》等詩。

居家，與錢清履多有詩歌酬唱。

見《靈芬館詩續集》卷六《答竹西見贈》《寄竹西四首》、《次韻竹西見招小集》、《竹西疊前韻和答一首》。

八月十五中秋節，值秋分，雨後待月，有作。

見《靈芬館詩續集》卷六《中秋雨後待月》。

九月，在松江婁縣行館，爲陳鴻壽存印作記，爲沈炳垣《斲硯山房詩鈔》作跋。

見《靈芬館詩續集》卷六《贈沈曉滄明府炳垣即題其斲硯齋詩》三首。《靈芬館雜著三編》卷六《曼生存印記》後署『道光八年九月松江行館記』。

沈炳垣《斲硯山房詩鈔》之郭麐跋云『戊子九月客松江』，署名『復翁郭麐』，並有『郭氏復翁』印章。

沈炳垣（約一七八四—一八五五），原名潮，字魚門，號曉滄，浙江桐鄉人。嘉慶十五年舉人。道光六年，任婁縣知縣。後歷任上海、南匯、元和、崇明知縣，太倉直隸州知州，松江府海防同知等職。去任後，主講海門書院。著有《斲硯山房詩草》、《祥止室詩鈔》。

九月，在松江婁縣，訪姚楗回，夜不能寐，懷時在河北的姚椿，有作。

見《靈芬館詩續集》卷六《過姚建木楗回夜中風雨不寐有懷春木河北》。

姚楗，字建木，婁縣人。姚椿之弟。由廩生爲寶應教諭，擢河南盧氏縣知縣。年餘，遭母喪歸，不復出，與椿潛心學問，遠近稱爲『二姚』。

在松江婁縣，有詩答贈朱甘澍。

見《靈芬館詩續集》卷六《酬朱蔗根甘澍見贈》。

九月，友屠倬卒於揚州，年四十九。

夏寶晉《冬生草堂文錄》卷四《江西九江府知府屠公墓誌銘》云：『公諱倬，字孟昭，本山陰人，遷於錢塘，以先世故居在琴塢，因以爲號。』又云：『以道光八年九月卒於揚州旅次，年四十有九。』

歲暮，歸家，有感作雜詩七首。

見《靈芬館詩續集》卷六《歲莫雜感》。

十二月十九日，感激錢清履過訪，作詩兩首謝之。

見《靈芬館詩續集》卷六《臘月十九日竹西見過賦謝二首》。

道光九年己丑（一八二九）　六十三歲

正月初一，逢立春，有詩紀之。

見《靈芬館詩續集》卷七《元日立春》。

正月初七人日，時患喉痛，有詩柬錢清履。

見《靈芬館詩續集》卷七《人日柬竹西》。

正月二十日，值生辰，錢清履贈以佳餚。二十一日，錢又和麐集中祀白太傅詩，麐次韻爲謝。

見《靈芬館詩續集》卷七《二十日生朝竹西有肴蒸之饋越日和僕集中祀白太傅詩見投次韻爲謝》。

二月八日，據説爲祠山王生日，戲作一首。

見《靈芬館詩續集》卷七《二月八日戲作》。

春，在淮安，張井贈越酒、石刻，作詩爲謝。

見《靈芬館詩續集》卷七《芥航河帥見餉越酒石刻奉謝二首》。

在淮安，與盛大士唱和贈答。

見《靈芬館詩續集》卷七《次韻子履春感四首》、《次韻子履見寄》、《子履作衆山一覽圖見贈並系一首次韻答謝》。

春暮夏首，十年未見之友殳慶源過訪，麐作詩送其入都。

見《靈芬館詩續集》卷七《積堂見過送其入都四首》。

友汪慎之子冬官十二歲而夭，作詩慰之。

見《靈芬館詩續集》卷七《審庵有子冬官十二而夭作詩慰之仍用前韻》。

五月，連得家信及友人書，知弟郭鳳患痔，有感作詩。

見《靈芬館詩續集》卷七《連得家信及友人書》。

五月，鄭璜書至，囑麐爲其詩集作序。

《靈芬館雜著三編》卷五《鄭瘦山詩序》云：『今年五月，瘦山自山東以書來曰：「璜絶意名場，獨念平生所嘗致力者惟詩，不忍焚棄，删削薈蕞得若干卷，朱袁兩君皆不克就正矣，幸以一言教之。」』

盛大士作《衆山一覽圖》並題詩一首以贈，次韻作詩答謝。
見《靈芬館詩續集》卷七《子履作衆山一覽圖見贈並系一首次韻答謝》。
秋，有詩寄弟郭鳳。
見《靈芬館詩續集》卷七《新涼獨酌寄丹叔》。
婿夏寶晉自晉陽寄書並二詩，次韻答之。
見《靈芬館詩續集》卷七《慈仲自晉陽寄書並二詩次韻答之》二首。
作詩三首賀高塏六十壽。
見《靈芬館詩續集》卷七《壽爽泉六十三首》。
中秋過後，有悲秋之感，作詩二首。
見《靈芬館詩續集》卷七《秋感二首》。
九月二十四秋社日，作《秋社見燕》詩。
見《靈芬館詩續集》卷七。
秋，鄭氏妹卒，其夫鄭籛早已亡，作詩哭之。
見《靈芬館詩續集》卷七《哭鄭氏妹》兩首。
見三十七年前袁棠爲朱春生所畫扇面，作詩懷二位亡友。
見《靈芬館詩續集》卷七《湘湄爲鐵門畫金山於扇面題詩其上且署云它日屬郭十三和之見之感歎不已次韻二首》。
此間，先後爲嚴烺、梁章鉅等友題畫。
見《靈芬館詩續集》卷七《題小農河帥南池雅集圖三首》、《次茝鄰方伯題禹鴻臚下居圖韻四首》。

十月，爲《爨餘叢話》作自序。

見《爨餘叢話》郭麐自序。

冬，至杭州，唁慰潘恭辰。

《靈芬館詩續集》卷七《至杭未至西湖詩以解嘲》三首其一有自註云：『時往唁紅茶方伯。』

冬，舟行京口至丹陽道中，有詩紀事。

見《靈芬館詩續集》卷七《即事三首》。

十一月二十七冬至日，居家，時久不雨，有詩紀之。

見《靈芬館詩續集》卷七《長至書事》、《和丹叔冬旱二首》。

居家，讀宋梅堯臣《宛陵集》有感，作詩紀之。

見《靈芬館詩續集》卷七《讀宛陵集二首》。

歲暮，與錢清履詩酒唱和。

見《靈芬館詩續集》卷七《簡竹西》、《次韻竹西歲暮感懷四首》。

歲暮，曹言純過訪，囑麐删定詞稿。

《靈芬館詩續集》卷七《喜種水見過》中有自註云：『時以詞稿屬定，及見示碧浪湖圖倡和之作。』《靈芬館詩續集》卷八首詩《丹叔有喜種水見過之作次》也有自註云：『時以詞稿屬删定。』

除夕，閱曹言純詞稿，和韻一首。

見《爨餘詞》之《浪淘沙·己丑除夕閱種水削縷詞中有和周晉仙明日新年一闋輒和其韻未免見獵之喜也》。

是年，友陳玉珊卒，張井囑麐爲之删定詩卷。

《靈芬館雜著三編》卷五《陳玉珊席門集序》云：『關中陳君玉珊，道光己丑年卒於清江浦之逆旅，河道總督張公芥航其故交……得其篋中之詩名《席門集》凡十餘冊，屬吳江郭麐爲之删定，分爲若干卷，將付之梓，且屬爲之序。』

道光十年庚寅（一八三〇）　六十四歲

正月十二日，居家，和弟郭鳳《喜種水見過》詩。

見《靈芬館詩續集》卷八《丹叔有喜種水見過之作次》。

正月二十日，值生辰，錢清履贈肴酒爲壽，留錢飲酒有作。

見《靈芬館詩續集》卷八《竹西以肴酒爲生辰之餉留飲》。

應潘恭辰之約，前往杭州。雨中過石門，作詩紀之。

見《靈芬館詩續集》卷八《石門雨中用元遺山山陽夜雨韻》。

《靈芬館雜著三編》卷五《趙淺山詩序》云：『道光庚寅，余以紅茶之約來游武林，蓋不到西湖十年矣。』

二月七日，受許乃釗之邀集於巢居閣。

見《靈芬館詩續集》卷八《二月七日訊岑招集巢居閣感賦一首》。

許乃釗（一七九九—一八七八），字信臣，號貞恒，又號訊岑、訊臣，晚號邃翁，錢塘人。道光十五年進士，授編修，歷任河南、廣東學政。咸豐三年，任江蘇巡撫，兼『江南大營』幫辦。七年，又以三品頂戴幫辦江南軍務。次年，補光祿寺卿。十年，太平軍破『江南大營』，克常州、蘇州，他再度被革職回籍。後病卒。著有《武備輯要》、《續武備輯要》、《荒政輯要》、《安瀾紀要》、《回瀾紀要》等。

二月，下榻於潘恭辰紅茶山房，有詩慰潘恭辰之病。

見續集卷八《下榻紅茶山房旬日矣主人喜已向愈詩以發之》。

二月二十日，雨後天寒，與李堂遊靈隱寺諸院。

見《靈芬館詩續集》卷八《二月廿日偕李西齋堂遊靈隱諸院紀事三十五韻》。

李堂，字允升，號西齋，錢塘人。隱居市井，不慕榮利，少時學爲詩，於詞學致力尤深。著有《梅邊笛譜》。

在杭州，爲奚岡、潘恭辰、湯貽汾、徐楙等友題畫。

見《靈芬館詩續集》卷八《題鐵生小景八幀》、《題紅茶方伯富良江使槎圖》、《題湯雨生都督貽汾琴隱圖三首》、《題徐問渠楙秋聲館圖館爲符幼魯故居》、《次韻奉酬雨生都督扇頭見贈二首》。

湯貽汾（一七七八—一八五三），字若儀，號雨生，晚號粥翁，江蘇武進人。以祖父難蔭襲雲騎尉，爲三江守備，歷官粵東、山右、浙江。後以撫標中軍參將，擢溫州鎮副總兵，因病不赴。退隱南京，貸保緒園以居。太平天國運動，南京陷，賦絶命詩，投池死。謚忠愍。工詩書畫，著有《琴隱園詩詞集》、《畫筌析覽》。

徐楙，字仲繇，號問渠，别署問瞿，錢塘人。嗜書畫、金石，擅篆刻。

三月，由杭返家。寒食出遊，清明上冢。

見《靈芬館詩續集》卷八《苦雨》、《喜晴東竹西》、《上冢即事》。

四月四日，村有賽會，作詩紀之。

見《靈芬館詩續集》卷八《春會》。

夏，因嚴烺以書相招，至濟寧。

《靈芬館詩續集》嚴烺序言：「丙寅夏，余在濟寧，念湘湄、鐵門皆先後化去，頻伽雖無恙，亦垂垂老矣，因以書招之。頻伽不遠千里，惠然肯來，遂同至蘭陽行館，翫竹色於庭中，聽河聲於枕上，酒邊話舊，意興猶昔，惟酒量略減耳。

計余與頻伽交垂四十年，相聚之久，無逾於此者。臨別時爲余書長卷，有後日同遊西湖之約。豈知閱一歲余以病乞歸，頻伽已於是秋歸道山矣。』『丙寅』，許增本改爲『庚寅』。其校語云：『續集第八卷是庚寅年作，多與小麓河帥偈之作，先生歿於辛卯，與序中所述合，當是庚寅之誤。』

得鄭璜贈詩，約爲南池之遊，次韻答之。

見《靈芬館詩續集》卷八《瘦山贈詩且約南池之遊次韻爲答》。

六月十三日，與嚴遜、鄭璜同登太白樓，並小飲於南池。

見《靈芬館詩續集》卷八《六月十三日嚴公子子高遜招同瘦山登太白樓小飲南池得詩三首》。《爨餘叢話》卷五云：『道光庚寅夏，余遊任城，嚴公子子高邀登太白樓，置酒南池，有詩紀之。』鄭璜《海紅華館詩鈔》卷七庚寅年所作有《喜復翁之任城》、《夜話呈復翁》、《六月十三日子高招同復翁遊太白樓南池諸勝》。

在濟寧期間，遊曾子故里、獨山等處。

見《靈芬館詩續集》卷八《過曾子故里》、《獨山曉發》。

在濟寧，與鄭璜、嚴烺、錢楡、許珠等唱和。

且在《靈芬館詩續集》卷八《瘦山市南老屋圖》、《次韻許孟淵夫人珠四首》、《題叔美終葵畫扇》、《題小農河帥河上防秋圖四首》、《新涼即事示叔美小農》、《爲小農題山館新秋圖》。

七月十四日夜，作《對月》一首。

見《靈芬館詩續集》卷八。

作詩賀朱爲弼六十壽。

見《靈芬館詩續集》卷八《奉答朱椒堂京兆爲弼見懷即爲其六十之壽》。

秋，返家途經仲家淺、南陽，有詩紀之。

見《靈芬館詩續集》卷八《牐上泊舟口占》、《夜過仲家淺》、《南陽待牐》。

居家，於黄氏友漁齋席上見小白龜，作詩詠之。

見《靈芬館詩續集》卷八《友漁齋席上詠小白龜》。

十月，爲陳玉珊詩集作序。

《靈芬館雜著三編》卷五《陳玉珊席門集序》後署『庚寅十月』。

十一月二十六日，柳樹芳過訪，拜麐爲其仲兄秀山作墓誌銘。

《靈芬館雜著三編》卷二《柳秀山墓誌銘並序》云：『道光十年冬十一月廿有六日，柳君樹芳拏舟過余，再拜言曰：「仲兄秀山之亡九年矣，以今年十月十一日附葬於先府君之墓。」』

柳樹芳（一七八七—一八五〇），字湄生，晚自號古槎，自稱『勝溪居士』，吴江人。柳亞子之高祖。清嘉慶間諸生。著有《分湖詩苑》、《分湖小識》、《養餘齋集》、《勝溪竹枝詞》等。

冬，修葺小室一間，爲臥起之所。

見《靈芬館詩續集》卷九辛卯年詩《去冬歸葺樓下一小室爲臥起之所紀之以詩》。

道光十一年辛卯（一八三一） 六十五歲

正月初一，作詩兩首和弟郭鳳。

見《靈芬館詩續集》卷九《元日和丹叔二首》。

正月初七，唐小廉過訪，出示其所著詩乞爲勘定。

《靈芬館雜著三編》卷五《唐小廉墨華齋詩序》云：『今年人日，有客過訪，則唐君小廉也。去歲見訪不值，今復自珠街里放舟五十里，沖寒潮至門，其意良殷……出其所著《墨華齋詩》一冊，乞嚴爲刊削。』

正月二十日，值生辰，錢清履贈肴酒爲壽，作詩謝之。

見《靈芬館詩續集》卷九《竹西有肴酒之餽用靈芬館集中禪字韻作詩爲侑奉答二首》。

正月末，春寒，病，服藥止酒。

見《靈芬館詩續集》卷九《春寒即事》三首。

二月十二花朝節，喜晴有作。

見《靈芬館詩續集》卷九《花朝喜晴》。

二月，爲唐小廉《墨華齋詩》作序。

《靈芬館雜著三編》卷五《唐小廉墨華齋詩序》後署『道光辛卯二月序』。

二月，作《紅梨社詩鈔序》。

《靈芬館雜著三編》卷五《紅梨社詩鈔序》云：『舜湖居蘇秀兩州界中，最爲殷賑毓會之區……夢琴陳子客居於此，其與余接者皆介之以來，今年以詩一帙名《紅梨社詩鈔》述君之意，請爲之序。展閲一遍，則皆舜湖諸同人及其鄰近之士遊讌翕集拈題賦韻……道光辛卯二月祥伯郭麐書於老復丁庵。』

居家，與錢清履多有唱和。

見《靈芬館詩續集》卷九《次韻竹西坐雨見寄二首》、《竹西見過後詩來次韻二首》、《和竹西疊前韻》。

居家，得婿夏寶晉浮山所寄詩，作詩一首。

見《靈芬館詩續集》卷九《接慈仲浮山所寄詩卻寄一首》。

居家，得杭州友人邀遊西湖書，擬三月初三上巳日至杭。

見《靈芬館詩續集》卷九《得杭州故人書速爲西湖之遊疊韻二首》。

寒食日，作詩兩首。

見《靈芬館詩續集》卷九《寒食日作》。

將往杭州，作詩別里中諸君及弟郭鳳。

見《靈芬館詩續集》卷九《將往武林先簡諸相知》、《次韻丹叔送之武林》。

曾燠卒，作詩挽之。

見《靈芬館詩續集》卷九《挽賓谷先生》二首。

在杭州，寓居潘恭辰紅茶山館，泛舟西湖，有作。

見《靈芬館詩續集》卷九《泛湖即事》三首。

《靈芬館雜著三編》卷一《贈中大夫候選道加一級金公墓誌銘並序》云：『道光辛卯之春，余來西湖，寓居紅茶山館。』

在杭州，與金森交，爲其題畫。並應金森之請，爲其曾祖父金坤泰、其從兄金巘作墓誌銘，且題金巘遺照。

見《靈芬館詩續集》卷九《題金芸舫倚松聽瀑圖》、《題金意山先生飲香圖遺照先生名巘山陰藉由進士出宰乾隆癸卯鄉試先生分房某試卷首薦下第後蒙千里以書相慰今其從弟芸舫以圖來索題》。

《靈芬館雜著三編》卷一有《贈中大夫候選道加一級金公墓誌銘並序》。

《靈芬館雜著三編》卷一《舒城縣知縣意山金公墓誌銘》云：『今年來武林，金君芸舫以其從兄意山行略，請追爲墓石之文，視其歷官則官舒城同考江南癸卯試，乃知爲十七歲應舉受知之人，至今年辛卯蓋四十八年矣。』

在杭州，爲羅以智題《瓊台夢月圖》。

見《靈芬館詩續集》卷九《羅君以智以詩見投且乞題瓊台夢月圖因過天台不得遊而作也題者皆倚聲余不作此十年矣乃次來韻二首以爲琅玕之報廣雲海之思云爾》。

羅以智，字鏡泉，新城人。道光乙酉拔貢，官慈溪教諭，著有《吉祥室集》。

春，返家。患頭核和頸核之症，作詩紀之。

見《靈芬館詩續集》卷九《頭核自嘲》、《病久厭苦書悶》、《頸核未消戲成俳體十二韻》。

友何其偉過訪，喜而賦詩。

見《靈芬館詩續集》卷九《喜何韋人其偉見過用前韻》。

何其偉，字韋人，又字書田，晚號北幹山人，江蘇青浦人。以詩文與當世名流交，醫能世其傳。著有《幹山草堂詩稿》、《忝生齋文稿》、《北幹山人醫案》等書。

作詩賀弟郭鳳六十之壽。

見《靈芬館詩續集》卷九詩《壽丹叔六十即用其自壽二首韻》。

夏，病重臥床，高塏勸服吉林參，友皆贈參。

見《靈芬館詩續集》卷九《枕上口占》十一首及《長晝病遺》二首。

病有轉好之兆，喜而作詩。

見《靈芬館詩續集》卷九《病中四適》。

七月初六，卒。年六十五。

馮登府《頻伽郭君墓誌銘》云：『以道光十一年七月初六日卒，年六十五歲。』

卒后，馮登府爲作墓誌銘及挽詩，鄭璜、盛大士、殳慶源、陳文述、夏寶晉等有詩哀之。

見鄭璜《海紅華館詩鈔》卷八《挽復翁》，盛大士《藴愫閣詩後集》卷一《哭頻伽》兩首、《夜夢頻伽》兩首，馮登府《拜竹詩堪詩存》卷三《哭郭頻伽即和集中竿木庵祝太白傳詩韻》，殳慶源《小栗山房詩鈔》卷九《九哀詩》其八《郭頻伽明經》，陳文述《頤道堂詩選》卷二十九《挽郭頻伽》，夏寶晉《冬生草堂詩錄》卷六《得外舅凶問旋接遺劄二首》。

附錄二：傳記

頻伽郭君墓誌銘

君諱麐，字祥伯，頻伽其號，年五十號曰蘧庵，六十曰復庵，而頻伽最著。曾祖諱如龍，祖諱諤。考諱元灝，吴江諸生，受陸中丞耀學，姚吏部鼐志其墓，所稱有道君子也。世爲蘆墟人，自君始遷嘉善東門江家橋。少應省試及一應京兆試，輒不遇，三十後遂絶意舉業，專力於詩古文詞。其詩詞尤縱才力所至，簁洒肥膩之習，蜕然出風露之表，已自行於世矣。性通爽豪雋，好食酒，酣嬉譏罵，時露兀傲不平之氣，不折身以市於貴勢，每鉏牙不合而去。顧家窮，空胥疏江湖，不能不與世俗遊，卒諧於時好。晚而思與一二故人謀爲買山娱老計，所得輒以施貧交，終未遂也。以道光十一年七月初六日卒，年六十五歲。嗚呼唏矣！余始見君於馬君洵家，爾時齒方壯，意氣偉然，極一時之盛。逾數年又見於廣陵，意少衰，而飲酒歡呼，狂故猶昔也。又逾數年見於淮上，則以寓樓之災頽然生意盡矣。迨余自閩歸，方赴官甬上，將行，而君適至，又相見於馬君家，飲少輒醉，自傷垂老。相與賦詩，鄭重而别。及今而銘其藏，以此歎嘉會之不常，而良朋之難再得。余與馬君亦年四五十，日月不居，無聞滋懼，交遊零落，恐負知己平生之言，是則重可感也已。夫以君之才之學，雖不遇於時，而名固顯矣。既有得於今，必有貴於後，庶幾於君無所病負，而又奚悲耶。君所著有《靈芬館集》若干卷，刻以行世，未刻詩八卷藏於家。妻孺人，側室素君。生一女，適今山西大挑知縣夏寶晉，以弟鳳子桐爲子。某年某月葬於某原。君弟鳳以余交久，知之悉，來請銘，乃愴然而銘之曰：

其目無人眉獨白，其文及古世識職，其狂可殺志不折，造物忌才六丁奪，神廬一夜風雨泣，山鬼薜荔招不得，千百年後蜕仙骨。（馮登府《石經閣文初集》卷五）

郭麐傳

郭麐，字祥伯，江蘇吴江人。諸生。麐少有神童之目，一眉瑩白如雪，舉止不凡，見者不問而知爲通人雅士。桐城姚鼐極稱許之。家貧，客遊，文采照耀江淮間。負其才識，不得有所見於世。素所積蓄，化爲憤鬱無聊，而時寓於詠歌酣醉。嘗病潘昂霄《金石例》止取韓、柳二家，因取洪氏《隸釋》條分縷析，間以後人祖述之繇，附識於後，爲《金石例補》二卷。詩初學李長吉、沈下賢，稍變而入於蘇、黄。青浦王昶題其行卷云：『攬其詞旨，哀怨爲宗；玩厥風華，清新是上。如見衡叔寶、許元度一流人物。』詞尤清婉穎異，具宋人正音。嘗仿表聖《詩品》，撰《詞品》十二則，深得三昧。所爲古文，亦雅潔奥麗，有古人法律。著有《靈芬館詩》初集四卷、二集十卷、三集四卷、四集十二卷、續集八卷、《雜著》二卷、《雜著續編》四卷、《江行日記》一卷、《樗園銷夏錄》三卷、《靈芬館詩話》十二卷、《續詩話》六卷、《蘅夢詞》、《浮眉樓詞》、《懺餘綺語》各二卷。道光十一年，卒，年六十五。（王鍾翰點校《清史列傳》

卷七十三）

郭先生麐

郭麐，字祥伯，號頻伽，吳江人，諸生。少有神童之目，家貧客游，文采照耀江淮間。嘗病潘昂霄《金石例》止取韓、柳二家，因取洪氏《隸釋》條分縷析，間以後人祖述之繇，附識於後，爲《金石例補》二卷。詩初學李長吉、沈下賢，稍變而入於蘇、黄。詞尤清婉穎異，具宋人正音。嘗仿表聖《詩品》，撰《詞品》十二則，深得三昧。古文，亦雅潔奥麗，有古人法律。著《靈芬館詩》初集四卷、二集十卷、三集四卷、四集十二卷、續集八卷、《雜著》二卷、《雜著續編》四卷、《江行日記》一卷、《樗園銷夏錄》三卷、《靈芬館詩話》十二卷、《續詩話》六卷、《蘅夢詞》、《浮眉樓詞》、《懺餘綺語》各二卷。道光十一年，卒，年六十五。（徐世昌輯《清儒學案小傳》卷十四）

郭麐傳

同時江蘇與原湘負才名者，有吳江郭麐，字祥伯。附監生。一眉瑩白如雪，風采超俊。家貧客遊，人爭倒屣。詩學李長吉、沈下賢，詞尤清婉。著《靈芬館集》。嘗病潘昂霄《金石例》之隘，因據洪氏《隸釋》爲《金石例補》。又撰《詞品》十二則，以繼司空表聖之《詩品》。（趙爾巽等撰《清史稿》卷四百

八十五）

郭麐

郭麐，字祥伯，自號頻伽居士，蘆墟人。生而右眉全白，年十六補諸生，三十後即絕意進取而專詣於詩。麐之言詩曰：『詩之風格不同，各因其人性情之所近，執風格以求古人，惟恐一體之不肖，一字之不工，於吾之性情何與焉？』錢塘屠倬題其言，以爲自漢魏以迄唐宋，其傳者無不各具一性情，故歷千百年之久，如聞其歌哭悲愉哀樂之故，嘉美規頌諷刺之事，有以入人之心而無所間，非苟而已也。故麐之詩甄綜古今，騰踔變化，森森有以自振其風格，蛻然出塵埃之表，而獨成爲麐之詩也。家貧，時出遊，性通爽豪俊，好飲酒，酣嬉淋漓，時露兀傲不平之氣。常作客揚州，文采照耀江淮間。而里中與麐友善者曰朱春生、袁棠、徐濤、吳鷗與其弟鳳數人而已。濤與鷗皆窮士也，而麐於濤之死見於歌詠，歷久而不忘。鷗字獨遊，初爲縫工，見麐兄弟言詩而好之。麐與之遊，不倦。鷗侘傺無聊，後遁爲僧，曰天寥。其死也，鳳爲之塔銘，又刊其詩。麐才氣高岸，目懾儕輩，客遊千里，所接賢士大夫多矣，而於里中，多窮交如此。嘗游桐城姚鼐之門，鼐許爲通儁奇士。晚年遷嘉善東門之江家橋，卒年六十五。弟鳳字丹叔，與麐相友愛，詩宗楊誠齋。麐倦游歸，兄弟白首相倡和而已。後麐十年卒。與麐同時有吳鳴鈞，字雲璈，年少於麐而先麐卒。麐深惜之，稱其詩脫去凡近，自吐其蕭寥清遠之音，其志不充則年爲之也。嘗一及錢塘陳鴻壽之門，卒年三十八，亦蘆墟人。（清金福曾等修、熊其英等纂《〔光緒〕吳江

縣續志》卷二十二）

郭麐

郭麐，字祥伯，號頻伽，吳江附監生。右眉全白，風標秀異。博學，工詩文。家貧出遊，時袁簡齋以詩，姚惜抱以古文，陸朗甫以品學，海内所稱『鉅子』也。麐翱翔其間，特服膺惜抱，惜抱亦推重之。乾隆乙卯赴北闈，法時帆學士先施納交。報罷歸，絶意仕進，爲諸侯賓客以老。嘉慶戊午與弟鳳僑居嘉善，著有《靈芬館詩文集》、《詞集》、《詩話》、《金石例補》、《江行日記》、《樗園銷夏録》、《爨餘叢話》行世。又輯《唐文粹補遺》二十六卷，金勇刻之揚州。無子，以姪桐爲嗣。桐字琴才，工畫，有名於時。參《墨林今話》、《樗園銷夏録》。（江峰青修、顧福仁纂《光緒重修嘉善縣誌》卷二十五）

郭麐

郭麐，字祥伯，江蘇吳江人。諸生。一眉白如雪。槖筆江湖，詩、書、畫皆馨逸。妻字素君，亦能詩。自魏塘移家錢塘，主城中薛氏有年，薛夫婦相繼卒，僅遺一女，年十七，亦一時悲痛宛轉，遽絶。麐爲葬於葛嶺，且爲之銘及圖，吳錫麒題之。麐詩初學李長吉、沈下賢，稍變而入於蘇、黄。《有正味齋詞集》、《蒲褐山房詩話》、《陸以田雜識》。（陳璚等修、王棻等纂《民國杭州府志》卷一百七十）

郭麐

郭麐，字祥伯，號頻伽，又號白眉生，一號蘧庵居士，吳江諸生。少游姚姬傳之門，尤爲阮芸臺所賞識。工詞章，善篆刻，間畫竹石，別有天趣，書法山谷，有《靈芬館集》。（李濬之輯《清畫家詩史》己下）

郭麐

郭麐，字祥伯，號頻伽，又號蘧庵，吳江人。貢生。工詩文，能篆刻，行楷書宗山谷，筆力峭勁，風骨嶄然。偶畫竹石，別有天趣。詩人之筆果無不能。同時擅筆墨者咸相推重訂交焉。著有《靈芬館詩文集》及《金石例補》。《墨林今話》、《甌鉢羅室書畫過目攷》、《海上墨林》。（盛叔清輯《清代畫史增編》卷三十五）

郭麐

字祥伯，號頻伽，江蘇吳江人，諸生，有《靈芬山館詩集》、《文集》。

『其目無人，其心無我。與世周旋，謂狂也可。規模背時，文亦宜然。不趨利祿之路，遂爲他人所先。至其鉥心掐胃，咀宮含商，穿穴險固，窮極豪芒，與時賢而相較，似有一日之長。』《靈芬館主像贊》

右頻伽像贊。頻伽謂其弟鳳所作，實則頻伽自作，頻伽雖狂，然極近情，極服善。《聽松廬詩話》

吳穀人先生曰：『郭白眉詩，希軌於謫仙，取雋於玉局。麗而不縟，清而益深。其力可負風而飛，其氣纍纍乎如貫珠而不絕。』

阮雲臺先生曰：『頻伽詩自抒其情與事而靈氣入骨，奇香悅魂。所爲古文，雅潔奥麗，有古人法律。所填詞清婉穎異，具宋人正音。』

屠琴塢曰：『祥伯詩行海內，四方能文之士交口稱之。』

珠海老漁曰：『頻伽以靈芬名集，其心靈，其筆靈，真得乾坤清氣者也。其詩其文其詞皆必傳。』

（《聽松廬詩話》）

國朝詩人善言情者不少，以黃仲則、樂蓮裳、郭頻伽三家爲最。頻伽含情若柳，吹氣如蘭，於憔悴婉篤之中，有悱惻芬芳之致。（《聽松廬詩話》）

（清張維屏輯《國朝詩人徵略二編》卷五十六）

附録三： 評論

袁枚《隨園詩話》卷十四，第七十七條：『郭秀才麟《彭城中秋》云：「西風聯袂鹿城秋，舊侶偕行話舊遊。羅襪雙鈎人半臂，夜深誰立板橋頭？」詩非不幽豔，而覺有鬼氣。吳竹橋《法源寺》云：「街頭日仄漸風沙，步屧閒尋苦寺花。一樹緑陰兩黄鳥，春深門巷是誰家？」同一風調，恰是人間光景。』

又《隨園詩話補遺》卷七，第四四条：『郭頻伽秀才寄小照求詩，憐余衰老，代作二首來，教余書之。余欣然從命，并札謝云：「使老人握管，必不能如此之佳。」渠又以此例求姚姬傳先生。姚怒其無禮，擲還其圖，移書嗔責。余道此事與岳武穆破楊幺歸，送禮與韓、張二王，一喜一嗔。人心不同，亦正相似。劉霞裳曰：「二先生皆是也：無姚公，人不知前輩之尊；無隨園，人不知前輩之大。」』

王昶《湖海詩傳·蒲褐山房詩話》卷四十四『郭麐』条：『祥伯詩初效李長吉、沈下賢，稍變而入於蘇、黄。予題行卷云：「攬其詞旨，哀怨爲宗；玩厥風華，清新是尚。如見衛叔寶、許元度一流人物。不患其過清而寒，過瘦而枯，過新而纖。如姬傳儀部所云也。」』

洪亮吉《北江詩話》卷一：『郭文學麐詩如大隄遊女，顧影自憐。』

法式善《梧門詩話》卷十一，第五十四條：『郭頻伽詩清雄，屠琴塢詩超拔，查梅史詩瑰麗。三君可稱鼎峙。』

阮元《定香亭筆談》卷一：『頻伽，纏綿悱惻人也。詩文皆極幽秀生峭之致，詞尤雋永。謝藴山方伯謂與蘭雪相伯仲。居西園者月餘。』

又：『頻伽詩佳句，如《友人過訪》云：「故人舊約梅花記，遠客歸心小草知。」《即事》云：「月與梧桐尋舊約，秋將蟋蟀作先聲。」《仰蘇樓》云：「樹搖殘滴有時響，雲與暮煙相間生。」《小集》云：「滿眼青山秋士老，打頭黄葉酒人來。」《謝人餉梅花水仙》云：「詩人冰雪陳無己，寒女神仙謝自然。」《西湖春感》云：「湖山跌宕朝廷小，花月平章蟋蟀秋。」又：「二月落花如夢短，一湖新水比愁多。」《偶成》云：「山低風急兼疑雨，夢醒月明如有人。」《夜發》云：「水當殘夜自然白，我與露蟲同此涼。」《夜聞潮聲》云：「吹水魚龍秋有力，側身江海夜初長。」《述昏》云：「卻月横雲張遇墨，宜男長壽阮修錢。」皆吸露餐霞，不食人間煙火者。』

舒位《乾嘉詩壇點將錄》（不分卷）：『浪子郭頻伽麐（贊）：「東京燕，東林錢，合傳之體司馬遷。」』

張維屏《藝談録》卷上：『頻伽以靈芬名集，其心靈，其筆靈，真得乾坤清氣者。』

《國朝詩人徵略二編》卷五十六：『頻伽五律，有清空一氣而風格高超者。』

又：『頻伽絶句，美不勝收。』

沈濤《匏盧詩話》卷下：『武康徐雪盧孝廉熊飛詩筆性靈不如郭頻伽，而氣韻過之，如「樵徑不逢人，秋蟲樹根語」、「汀洲澹容與，一鳥破寒碧」，標格在襄陽、右丞之間。雪盧少孤，爲當湖秦贅，遂家焉。時頻迦亦從蘆墟移居魏塘。故吾郡一時詩派有二：鶴湖騷客，率皆瓣香靈芬；竹滬後生，亦競規模白鵠。大抵兩寓公之詩雖互有得失，要皆無愧作者。求其探源漢魏，沿波齊梁，合冶唐宋，以上契興觀群怨之旨，旁寫嬉笑怒駡之情，經術之光，發爲韻語，吾黨固自有人在也。』

何曰愈《退庵詩話》卷二十：『余生平不喜豔體詩，以藴藉者少，而猥褻者多也。若郭頻伽之「詩思逢秋容易瘦，美人如月本來孤」、「遠道人來煙雨外，傷心事在别離前」、「明知相見難爲别，便恐重來不是春」、「容易相逢如夢寐，不多時節又黄昏」、「粉黛獨饒名士氣，畫圖原是女兒身」，則香沁心脾，感均頑豔矣。』

陸以湉《冷盧雜識》卷一，『郭頻伽詩』條：『吴江郭頻伽明經麐，少有神童之目。一眉白如雪。屢試不售，橐筆江湖，詩名噪一時。所著《靈芬館集》，氣骨清雋，洗淨俗塵。余最愛其言情之句，摘録於此。《西湖春感》云：「二月落花如夢短，一湖春水比愁多。」《汶上道中卻寄載園》云：「歲月不多須愛惜，功名無定且文章。」《寄壽生獨遊》云：「狂因醉後輕言事，窮爲愁多廢著書。」《夢中得句》云：「憂果能埋何必地，人猶難問況於天。」《雪持表弟至杭得家中書賦贈》云：「此地逢君同是客，故鄉如我已無家。」《客中飲酒》云：「身世不諧偏獨醒，饑寒而外有奇窮。」」

符葆森《國朝正雅集》卷五十三：『阮文達云：「郭君頻伽臞而清，如鶴如玉，白一眉。與余相識於定香亭上。其爲詩也，自抒其情與事，而靈氣入骨，奇香悦魂，不屑屑求肖於流派。殆深於騷者乎？」』《寄心庵詩話》：『頻伽才思穠至，與金手山、吴蘭雪有三才子之目。』

沈其光《瓶粟齋詩話》三編卷三：『頻伽詩不拘流派，蓋鎔冶唐宋香山、誠齋諸家詩而自成一體，能曲折道人胸臆間意，使人動魄悦魂，詠歎淫佚，不能自已。』

徐世昌《晚清簃詩匯·詩話》卷一百十五「郭麐」條：『嘉慶間，頻伽以詩名吴越，……其詩以清儁明秀爲主，正如王、謝家子弟，衣冠吐屬，故自不凡。洪北江擬以「大堤游女，顧影自憐」，要未足以盡頻伽也。』

陳琰《藝苑叢話》卷四：『七言詩之一氣呵成者，名手亦不多覯。惟郭頻伽先生《秦淮席上和叔溫原韻》：「柔情如酒酒如川，小坐真成小比肩。羅綺前頭須福命，功名到手要華年。山偷眉黛從人畫，天借燈光補月圓。好向客中同作達，青山紅粉定誰賢？」』

潘飛聲《在山泉詩話》卷一：『本朝詩人善言情者不少，以黄仲則、樂蓮裳、郭頻伽、黄莘田四家最擅長。悱惻芬芳，尋味無盡。仲則、莘田兩家詩集人人皆讀，蓮裳、頻伽則刊本不易覓也。因從選本摘錄，以餉同愛蓮裳、頻伽者。……（頻伽）絶句尤多佳者。茲錄其一云：「一笑投壺掣電同，阿香車轂走隆隆。天公事事煩兒女，青女飛霜少女風。」其他佳句如：「詩思逢秋容易瘦，美人如月本來孤。」「遠道人來煙雨外，傷心事在别離前。」「明知相見難於别，便恐重來不是春。」「容易相逢如夢寐，不多時節又黄昏。」「已悟散花餘結習，可能嚼蠟視横陳。」「粉黛獨饒名士氣，畫圖還是女兒身。」「身能自主除非夢，事本難言賴有詩。」「定爲情死爲愁死，是不能尋不忍尋？」「有生合與情俱盡，已死難言色是空。自笑别人憐不受，爲卿甘作可憐蟲。」「此生若再來人世，又是垂髫欲上時。」「韓偓香奩義山格，一般悽絶與誰論？」』

陳去病《五石脂》（不分卷）：『蘆區地屬吴江縣東南陬，先王父嘗卜居之，以誕生我兩考。其地東走歇浦，西南瀕分湖，與浙之嘉善縣鄰，爲嘉興、湖州、松江三郡往來之孔道。當明季時，只一村落。近百年來，乃始成市集，故古多賢人長者。陸朗甫曜、郭頻伽麐，其最著者也。……頻伽才名，尤震江淮間。其詩文曰《靈芬館集》，至今日本人猶以爲寶貴。昔吾友野口寧齋，嘗以是書與《秋笳集》爲請，余卒未有以應，而寧齋逝矣。道遠不識其墓安在。予雖欲挂劍，何可得耶？』

又：『嘉、道間與（徐）山民齊名之士，吾邑則有袁湘湄棠、朱鐵門春生、鄭瘦山璜三君，皆同里人，而蘆區郭復翁麐實爲之領袖。郭素患貧，好出游，所交當世知名士殆遍。然才高負氣，齮齕之者甚衆，恒無所遇而歸。獨於生平故舊，眷念甚至，往往形之詩歌，蓋天性懇摯，君子人也。袁、徐差富，以好客而傾其貲。袁氏工詞善書畫，故時稱三絶。徐、鄭皆以詩名，獨鐵門以能古文著，然媿之復翁，咸不及也。』

曹弘《畫月録》：『《隨園詩話補遺》：「郭頻伽秀才寄小照求詩。……無隨園，不知前輩之大。」弘謂求人題像，不但爲榮觀，亦欲掛名名賢集中，藉垂不朽。頻伽此舉，豈非以袁、姚有時名而筆墨未高，未足垂久遠，聊假以示交游之廣。其輕前輩甚矣。隨園阿後生以收譽，惜抱守師道而貴禮，惜抱是也。頻伽本惜抱弟子，師弟子詩筆不同，頻伽在當時或有出藍之譽，故輕視其師歟？近代名流如張香濤、袁爽秋、沈子培諸公，其論詩皆推崇惜抱。兹事得失優劣，未易論定。』

陈詩《尊瓠室詩話》卷一：『夏穗卿太史曾佑，一號別士，光緒庚寅會元，選庶吉士，散館改禮部主事，旋改外授祁門令，擢泗州牧，調權廣德。辛亥棄官歸，旋游京師，數年卒。……夙喜郭頻伽詩，性故相近也。』

郭則澐《十朝詩乘》卷八：『（金蘭畦）性嚴峭，兩頤黑子如豆，毫長與鬚等。其殁也，郭頻伽輓以詩云：「人疑削瓜面，我識養苗心。」時謂工切。』

王藴章《然脂餘韻》卷一：『「江東獨步推君在，天遣飄零郭十三」，金逸纖纖題袁湘湄詩稿句也。頻伽見之，屬武林蔣山堂以落句作一私印，佩之終身，以志知己之感。纖纖著有《瘦吟樓稿》。西江吳蘭雪負異才，其女弟及閨中人皆工詩，頻伽告以纖纖，頗易之。後至吳門，得見全稿，始大折服，以爲真天人也。』

又：『（汪）宜秋又有《頻伽水村圖》云：「深閨未識詩人宅，昨夜分明夢水村。卻與圖中渾不似，萬梅花擁一柴門。」頻伽因復作《萬梅花擁一柴門圖》，遍徵題詠。』

又：『嘉善金文沙女史淑早寡，工詩，不輕以示人。阮芸臺選《兩浙輶軒録》，例選已故，誤收文沙詩入選，文沙以詩謝云：「未亡人得從寬例，文選臺應被誤傳。」立言極爲有體。郭頻伽贈以長律，落句云：「似聞妙繪兼三絶，試畫天風蘿屋寒。」』

又：『錢塘何夢華嗜古成癖，素有狂疾。姬人媚蘭，故大家青衣也，通書史，夢華嬖之。郭頻伽《懷夢華》詩云：「如願拌償十斛珠，牙籤圍住萬蟫魚。莫言狂疾無靈藥，新得佳人未見書。」即指媚蘭而言。』

又：『（澄江殷耐甫）夫人有侍婢名雲娃，絶憐愛之。郭頻伽詞云：「侍兒已合雲爲字，想見玉人如月。」即指此而言。』

卷三：『客冬諸暨蔣孟絜手録吴江姚棲霞女士《翦愁吟》見寄，爲常熟蔣再山刊本，即朱春生所云周雲豪删存之本，而郭頻伽、鄭瘦山諸人爲之題詞者也。』

沈其光《瓶粟齋詩話》初編卷一：『郭麐《小游仙詩》：「偷下蓬壺暫破顔，春風吹緑兩眉山。當時只有狂徐福，曾隔文牕覷阿環。」然李義山《曼倩辭》云：「十八年來墮世間，瑶池歸夢碧桃間。如何漢殿穿針夜，又向牕中戲阿環。」則戲窺上元夫人事乃曼倩而非徐福。』

卷四：『吴江爲詩人淵藪，有清一代，如計甫草、潘次耕、郭頻伽諸人，皆蜚聲壇坫。余於海内詩人識金子松岑天翮爲最早。松岑天才踔厲，詞藻繽紛，而又好壯游。所至，名公鉅卿無不倒屣。眼界廣，境地高，故其詩沉雄奇偉，駸駸乎欲駕其鄉先哲改亭、靈芬諸家而上之。』

卷八：『蘇浙連界之處，有二詩人焉：一吴江許半龍，一嘉善周芷畦。半龍詩清麗，學樊榭。《湖上遇雨》云：「山翠昏陰崖，雲嵐冷蘭隰。暮雨寒欲沉，杳靄孤塔立。輕軥移遠林，溪迴蘋藻襲。沿緣溪上村，微辨鐘魚濕。搴帷眄修渚，蓊然衆緑入。眷兹巖下暉，翠羽每雙集。」佳句如「梅子黄添湖外雨，荔枝紅入嶺南天」、「楝子花時春欲盡，壺盧提罷鳥無言」。芷畦《由寧海至寧波歸舟即景》云：「雲淨蛇山秋過雨，月明象浦夜平潮。海闊帆隨殘月落，天晴山撥曉雲開。作雨春寒仍故故，鬥茶餘韻亦軒軒。」皆似《靈芬館集》中語。半龍名觀，芷畦名斌。』

續編卷一：『曩於友人處假《靈芬館集》讀之，愛其名貴句甚多。今隔二十餘年，不能盡憶，惟三數聯尚往來胸臆間，如云：「三月落花如夢短，一湖春水比愁多」、「狂因醉後輕言事，窮爲愁多廢著書」、「憂果能埋何必地，人猶難問況於天」。』

三編卷一：『六言詩，或以韻勝，或以典勝。其體昉於唐而盛於宋，蘇、黃、范、陸諸大家集中時有之。東坡常譏半山此體爲「野狐禪」，然如「柳葉鳴蜩綠暗，荷花落日紅酣。三十六陂春水，白頭相見江南」，風調亦何必減人？清乾嘉詩人頗亦優爲，郭頻伽云：「春人最憐春盡，花落只在花前。今雨不來舊雨，柳棉飛盡桐棉。」「蠶老三眠三起，桑綠畦東畦西。夢醒不醒雨響，天明未明鴉啼。」「天遠水遠人遠，多感多病多愁。傷別傷春傷逝，杭州蘇州越州。」此又別成一格。』

三編卷二：『東坡云：「欲令詩語妙，無厭空且靜。靜故了群動，空故納萬景。」郭頻伽詩：「芭蕉不作尋常響，一陣花奴羯鼓催。」此的是蕉雨；又云：「梧桐葉上無多雨，一滴聽他又幾時。」此的是梧桐雨。』

又：『靈芬館《得閒集·病起懷人》詩註：「蔣伯生少府言：『余生平於詩服膺三人。』謂黃仲則、王船山及余耳。」或問三子詩學，余曰：『仲則之詩，可學而能；船山、頻伽之詩，不可學而能也。』問何故，曰：『嚴滄浪不云乎？「詩有別才，非關學也；詩有別趣，非關理也。」無他，詩以道性情，性情之至者，極於能感人而止耳。』

三編卷三：『《靈芬館集》六十五卷，吳江郭頻伽麐著，初集四卷、二集十卷、三集四卷、四集十二卷、雜著二卷、續集九卷、詞六卷、詩話十二卷、續六卷，皆嘉道間刊佳槧也。頻伽詩，不拘流派，蓋鎔冶唐宋香山、誠齋諸家詩而自成一體，能曲折道人胸臆間意，使人動魄悅魂，詠嘆淫佚，不能自已。』

又：『《靈芬館集》中，用典多有疏脫處。如《小游仙詩》云：「當時只有狂徐福，曾隔文膍覷阿環。」余據李義山詩，乃東方朔非徐福，已於前《詩話》辯之。《燕巢》詩誤「涏涏」爲「涎涎」。據《漢書梁皇后傳》。校：當作《漢書孝成趙皇后傳》。《渡曹娥江》詩誤「婆娑」爲神名。據邯鄲淳《曹娥碑》「婆娑樂神」。《題孫古芸上冢圖》詩誤司马德操爲徐元直。據《襄陽》記。然縹髮之傷，少陵、東坡亦皆不免。』

又：『江陰陶社創始於祝丹卿廷華、謝冶庵鼎鎔二先生，先後印有《陶社甲乙丙集》。冶庵與季鳴俱喜刊印其鄉先生遺著，故復繪有《陶社校書圖》。冶老爲詩壇耆宿，嘗見其《贈沈錫君》云：「秋風幾度夢蓉湖，太息田園日就蕪。不識杜鵑三百本，春來猶憶主人無？」《東湖酒樓詠絮贈友人別》云：「楊花如雪滿汀洲，裊裊隨人上酒樓。祇恐春深化萍去，舊愁消盡長新愁。」皆頻伽《宋元人絕句選》中佳調也。』

又：『《筆記》又云：癸卯在汴，吴江陸幹甫年丈廷楨屢顧談藝，偶言及其先世居青浦金澤鎮，隱居不仕，日與鎮中名流論詩鬥酒。久之，至所傭成衣匠亦復能詩。其詩集，諸名流爲刊行。丈尚記其一聯云：「自笑生平不安分，剪刀聲裏尚裁詩。」頗工緻可誦云云。余頗疑之，蓋金澤成衣匠有詩集，從未見先民紀載，惟《靈芬館詩話》卷一云：「吾鄉吳鯤，號獨遊，業執針之事。操業往來余家，見架上詩冊輒紬繹咿唔。今年回里，忽出數詩質余，不覺歡喜贊歎，以爲古未嘗有也。」又頻伽集中与獨遊唱和頗多，當時獨遊名必盛。而陸氏先世與郭氏爲同鄉，所稱成衣匠疑即吳鯤也。云金澤者，殆傳聞之誤耳。又《詩話》載一縫人柏姓者能畫。頻伽云：「世人貴耳賤目，安知此中有人。」』

又：『郭君南周，頻伽五世從孫也，商而儒行，篤實懇款。余與南周初以詩相投贈，遂成莫逆。嗣是，余游練溪，輒主其小靈芬館，南周翦燈伴宿，弟昆不啻也。』

三編卷四：『郭頻伽《飛瓊詞》云：「水心亭子壓波平，昨夜朦朧月未明。約略姮娥微啓事，有人下界太寒生。」「不深庭院不多秋，宿粉殘妝一半留。聊與膽瓶添畫本，秋葵花淡海棠愁。」考其詩，爲呈阮芸臺相國而作，託詞微婉，較黄詩藴藉多矣。』

四編上卷：『余謂昔郭頻伽亦云：「題畫之作，别是一格。工詩者未必知畫，能畫者未必工詩。雲林、石田之外，蓋亦寥寥。」皆於言外隱然自寓。然此文人通病，不害爲古之狂也。』

五編上卷：『歸人描寫到家情景，隨園云：「錢塘到家近，心急路轉遙。」郭頻伽云：「約略近家心轉急。」近人祥符周季貺星詒亦云：「近家心轉急。」皆不如我家鋭卿公樹鋒「家近覺舟遲」五字，爲簡明而不費力也。』

劉衍文《雕蟲詩話》卷二：『《綺懷》之十六云：「露檻星房各悄然，江湖秋枕當遊仙。有情皓月憐孤影，無賴閒花照獨眠。結束鉛華歸少作，屏除絲竹入中年。茫茫來日愁如海，寄語羲和快着鞭。」按郭麐《靈芬館詩話》，自稱最愛其末二句，真古之傷心人語也。』

孫兆溎撰、香甫輯《片玉山房詞話》『醉花圖題詞』條：『武林王月鉏，僑寓蘇城百花巷，有百花庵，巖壑窈窕，卉木駢羅，亭館清幽，極水木明瑟之致，爲宋聲求侍郎舊居也。自號醉花主人，好客愛花。一時名流，皆樂與之游。嘗作醉花圖，吾崑王椒畦先生筆也，題者甚衆。如郭頻伽麐《賣花聲》云：「何處賦游仙。酒國花天。小園隨分極幽妍。窣䆲低垂杯灧瀲，那得醒然。勘酌小橋邊。一櫂舭船，多煩紅袖勸華顛。可惜風懷兼飲量，不似當年。」」

吳衡照《蓮子居詞話》卷三『郭楊詞品十二則』條：『吳江郭祥伯、金匱楊伯夔，仿司空表聖之例，撰《詞品》各十二則，奄有衆妙。』

吳衡照《蓮子居詞話》卷三『靈芬館詞話』條：『郭頻伽麐《靈芬館詩話》十卷，末附《詞話》二卷，仿周草窗《浩然齋雅談》例也。頻伽詞專摹小長蘆，清折靈轉，幾於具體而又過之。所錄名篇雋句，生香活色，絶少俗韻。其稱梅溪警句及克齋《太常引》一闋，真能補竹垞《詞綜》所未備；季滄葦《行香子》一闋，亦視王少司寇《詞綜選》爲優。』

卷四『郭麐詞』條：『小令之難，難於中長。郭頻伽麐《好事近》云：「深院斷無人，拆遍秋千紅索。一桁畫簾開處，在曉涼池閣。潛行行過曲欄干，往事正思着。猶認墮釵聲響，卻梧桐葉落。」《賣花聲》云：「秋水澹盈盈。秋雨初晴。月華洗出太分明。照見舊時人立處，曲曲圍屏。風露浩無聲。衣薄涼生。與誰人說此時情。簾幕幾重窗幾扇，說也零星。」循環諷誦，殆無復加。』

丁紹儀《聽秋聲館詞話》卷十五『靈芬館詞話中所采詞』條：『沈君秋卿嘗語余云：昔人言詩話作而詩亡，蓋爲宋人詩話穿鑿辨論而發，藉以攀援標榜者無有也。今也不然。非詡其己作，即廣搜顯者之詩，曲意貢諛，冀通聲氣。甚或不問佳惡，但助刊資，即爲采錄，且以爲利矣。故詩話日夥，詩道日衰。間有采及詞句，則又隨意掇拾，論詞則是，論調則非，未免強作解事。獨吳江郭頻伽麐《靈芬館詩話》不蹈前弊，議論亦佳。時余未見其書，覓之十年，始見浣雲師手鈔本，近復得其《續話》、《叢話》讀之。如謂近日倚聲家莫不宗法雅詞，厭棄浮豔，然多爲可解不可解語，令人求其意旨而不可得，此何爲哉。足爲專事堆垛者他山之錯。惜多錄題圖之什，時亦附以己作，尚未能免俗。其所采朋輩中詞，佳作頗多。如沈芷生進士清瑞《浣溪沙》云：「一片青帘酒榭東，花陰流出水溶溶。短長亭上過春風。　歌扇影遙香月白，鈿車聲起暗塵紅。相逢可惜太匆匆。」《菩薩蠻》云：「秋風吹滿溪橋路，吟鞭倦指題詩處。煙寺隔疏鐘，斜陽雁背紅。　沉沉天似水，今夜新涼起。金翠鏡中寒，苧蘿無數山。」宛平龍劍庵光斗《清平樂》云：「鶯嬌燕綺，絮語東風裏。手卷珍珠揎玉臂，滿院新紅鋪地。　憑誰留住韶華，停針倦倚窗紗。只有多情明月，夜闌還映梨花。」秀水蔣春雨副貢元龍枕上聞雁《霜天曉角》云：「江城秋暮，多少哀鴻度。剛近曉寒窗牖，來天北、一聲櫓。　銜蘆何處去，沙邊行且住。休問故園兄弟，啼不斷、枕邊雨。」錢塘姜淳甫寧咏柳影《疏影》云：「長亭短驛，正一片春光，滿地狼藉。飛絮飛花，蕩漾參差，幾度臨風難折。絲絲遮斷河橋路，悄不礙、踏青遊屐。漸魚雲、斂了斜陽，尋徧亞闌無跡。　曾伴紅窗簸弄，那人愁瘦損，描上香額。細雨吹來，倒映漣漪，莫辨層層深碧。秋懷剩付鴛鴦渡，算只有、斷魂相接。怕亂鴉飛入寒林，未省舊巢端的。」海州許月南孝廉桂林《山花子》云：「子舍言歡蠟炷長，妝臺溫語粉痕香。說著秋聲嫌冷淡，況他鄉。　風打窗櫺催夢醒，雨淋檐角說天涼。禁得客愁濃似酒，又重陽。」秀水高雪舫桐落葉《綺羅香》云：「秋老梧桐，煙寒橘柚，野色蕭蕭如許。捲起西風，撩亂漫天飛舞。纔點向、紅板溪橋，又吹還、綠蘿庭戶。最難描、一片淒涼，酒醒昨夜打窗處。　飄零愁煞倦旅，南北東西萬里，有誰留汝。　古道斜陽，自去自來無緒。　供野竈、閒煮茶香，載寒蟲、輕隨波去。　記樓頭、新綠濃時，隔江聽杜宇。」仁和嚴子容适《鵲橋仙》云：「困人天氣，瘦人時節，廿四番風多換。　癡心欲倩小東風，留住了、桃花人面。　花朝過了，清明過了，一種閒情難遣。簾波窣地沒人來，怕不是、斷腸庭院。」《好事近》云：「一夜亂蛩聲，添了十分愁緒。　爭奈芭蕉葉上，又瀟瀟疏雨。　故人兩地苦相思，欲語向誰語。　鴻雁不傳遠信，但北來南去。」均不啻絲筦湘瑟，悅耳淒心。』

卷十七『郭麐詞』條：『吳江郭頻伽茂才麐流寓隨園，將回嘉善。　值袁蘭村大令所眷吳下女郎趙雙福爲易名疏香者，亦將還吳。　即席賦《高陽臺》云：「暗水通潮，癡嵐閣雨，微陰不散重城。　留得枯荷，奈他先作秋聲。　清歌欲遏行雲住，露春纖、並坐調笙。　暗傷情、忍把離尊，和淚同傾。　天涯我是飄零慣，恁飛花無定，相送人行。　見說蘭舟，明朝也泊長亭。　門前記取垂楊樹，只藏他、三兩秋鶯。一程程、愁水愁風，不要人聽。」又題蘭村南園春夢圖《百字令》云：「東風何苦。　只送將春到，難留春住。　落絮游絲無氣力，還自飛來飛去。　白水橋梁，紅泥亭榭，人說南園路。　畫圖省識，看來已是前度。　莫倚錦瑟筵前，楚腰掌上，年少能才語。　記得些些惆悵事，便費蠻箋無數。　玉局彈棋，銅盤遞淚，此夢儂曾作去聲。　去年今日，桃華亂落如雨。」芬芳悱惻，淒沁心脾。　頻伽眉有白毫，自號白眉生，所著《浮眉樓詞》、《蘅夢詞》各二卷，語最輕儁。　獨奐薌宗伯與余論及乾嘉間詞人頗不取。　顧盛推仁和倪米樓稻孫，謂倪詞如楓亭荔支，甫向枝頭摘下。　郭詞亦具荔支之形，然已在一日變色，二日變味時矣。米樓詞已錄王氏《詞綜》二集，惜晚年貧困無依，幾欲黃冠入道，才人命蹇，無如米樓者。』

尤維熊《二娛小廬詩鈔》卷三詩《評詞八首》其四云：『鼉鼓春場迎小社，玉笙清夜憶江南。傷心蘅夢樓頭夢，天遣漂零郭十三。吴江郭頻伽麐』

李佳《左庵詞話》『康伯可詞』條：『《江城梅花引》調難協，佳作罕見……郭頻伽詞云：「一重方空一重紗，采蓮花，采菱花。愛住吴船，生小號吴娃。墻内紅樓墻外水，有明月，照鴛鴦，宿那家。那家那家在天涯。雨又斜。雲又遮。聽也聽也聽不到，一曲琵琶。漸漸西風，秋柳不藏鴉。欲倩西風吹夢去，還只恐，夢魂中，太遠些。」纏綿宛轉，工力悉敵。』

江順詒輯、宗山參訂《詞學集成》卷五『詞有詩文不能造之境』條：『郭頻伽云：「詞家者流，源出於國風，其本濫於齊梁。自太白以至五季，非兒女之情不道也。宋之樂用於慶賞飲宴，於是周、秦以綺靡爲宗，史、柳以華縟相尚，而體一變。蘇、辛以高世之才，横絶一時，而憤末廣厲之音作。姜、張祖騷人之遺，盡洗穠豔，而清空婉約之旨深。自是以後，雖有作者，欲别見其道而無由。然寫其心之所欲出，而取其性所近，千曲萬折，以赴聲律，則體雖異，而其所以爲詞者無不同也。」』

卷六『古人專心致志爲詞』條：『郭頻伽云：「文章之事，各有所出，亦有所極。唐人以詩爲樂章，尚有溫、李之詞。五代及宋，别爲一體。至南渡諸家，分刌合度，律呂精嚴，其矩矱森然秩然。一時爲之渠帥者，皆有好古絶俗之姿，蕭遠超邁之氣，而又於他文不工，獨工爲此事，故其道大備。」』

謝章鋌《賭棋山莊詞話》卷十『沈夢塘八美詞』條：『……其後臨川樂蓮裳鈞復題古詩十二章，吴江郭頻伽麐各爲之贊，惟紅拂、奢香缺焉。』

卷十二『詞不必唱』條：『文章有創體，即爲絶唱，斷不容後人學步者。司空表聖《詩品》，騷壇久奉爲金科玉律。國朝袁子才乃有續品之作，其語言工妙，興象深微，吾不知媲美前修否也。近日吴江郭祥伯、金匱楊伯夔又仿之，合撰爲《詞品》。』

《賭棋山莊詞話續編》三『夏寶晉《笛椽詞》』條：『（夏）玉延爲郭頻伽麐女夫，其詞宛轉關生，知其濡染者深矣。有《百字令》（將抵袁浦寄頻伽先生）云：「問天不語，恁茫茫塵海，一身飄墮。孤負高歌青眼望，屈指華年空過。鈍榜無名，勞薪有味，那便滄江卧。生平略似，歸来翁定憐我。何意濁浪聲邊，黄埃影裏，猶客長淮左。胡不逍遥從此去，隨處浮家皆可。孽火焚巢，賊星照户，各賸孤身祼。近鄉心切，杜陵茅屋先破。」自注：「頻翁去年不戒於火，余在都爲穿窬所困。」』

蔣敦復撰《芬陀利室詞話》卷一『曹種水詞』條：『嘉興曹種水名言純，詞與郭頻伽相倡和。繪種水圖，自題《摸魚子》一闋，頻伽和之。又爲其妻清素居士繪紡車圖，用前均自題……頻伽和均題云：「從來椎髻梁鴻婦，不識繡韝紅鞲。門似水也，儘要持家，商量閒柴米。」』

又『馮柳東詞』條：『浙派詞，竹垞開其端，樊榭振其緒，頻伽暢其風，皆奉石帚、玉田爲圭臬，不肯進入北宋人一步，況唐人乎……柳東詞大約工於寫景狀物，得南宋人遺意。惟言情之作，不及頻伽，正與種水詞相伯仲耳。』

陳廷焯撰《詞壇叢話》『穀人以後詞家』條：『朱、陳之後有太鴻，太鴻之後有位存，位存之後有璞函，璞函之後有穀人。穀人之後，數十年來，如蓉裳、伊仲、次仲、頻伽、米樓、荔裳、秋舲、吉暉、竹所諸君，後先繼起，非不精妙，然無有越穀人之範圍者。穀人真詞中絶調也。』

《白雨齋詞話》卷四『楊伯夔與郭祥伯詞』條：『楊伯夔當時盛負詞名，與吴江郭祥伯仿表聖《詩品》例，撰《詞品》二十四則，傳播藝林。然兩君於詞，皆屬最下乘。匪獨不及陳、朱，亦去董文友、王小山遠甚。而世顧津津稱之，何也。』

又『頻伽詞尤多惡劣語』條：『頻伽詞尤多惡劣語，如「小桃如綺。命短东風裏」，又「昔日結如心，今日心如結。心裏重重疊疊愁，愁裏山重疊」，又「那家那家在天涯。雨又斜，雲又遮。聽也聽也，聽不到一曲琵琶」，又「丁字簾前，有個丁娘淒斷」之類，似又出二楊之下。』

又『頻伽豔體』條：『頻伽豔體，惟《憶少年》結句云「當時已依約，況夢中尋路」，頗似竹垞手筆，集中不可多得。又《好事近》云：「猶認墮釵聲響，卻梧桐葉落。」措語甚雅，亦頻伽詞中罕見者。』

卷五『作詞宜取法乎上』條：『一篇之工，膾炙人口，如「山抹微雲」、「梅子黄時雨」、《暗香》、《疏影》、「春水」等篇，名實相副，則亦當之無愧色。然白雪陽春，知音必少。有志之士，自宜取法乎上，歷久愈新。若急於求知，如郭頻伽、楊荔裳輩，每作一篇，群焉附和，庸夫俗子，皆言其佳。嗚呼，誠屬高超深厚之作，庸夫俗子，何足以知其佳。庸夫俗子皆言其佳，其不佳也可知矣。』

卷八『論歷代詞』條：『詞有表裏俱佳，文質適中者，溫飛卿、秦少游、周美成、黄公度、姜白石、史梅溪、吴夢窗、陳西麓、王碧山、張玉田、莊中白是也。詞中之上乘也。有質過於文者，韋端己、馮正中、張子野、蘇東坡、賀方回、辛稼軒、張皋文是也。亦詞中之上乘也。有文過於質者，李後主、牛松卿、晏元獻、歐陽永叔、晏小山、柳耆卿、陳子高、高竹屋、周草窗、汪叔耕、李易安、張仲舉、曹珂雪、陳其年、朱竹垞、厲太鴻、過湘雲、史位存、趙璞函、蔣鹿潭是也。詞中之次乘也。有有文無質者，劉改之、施浪仙、楊升庵、彭羨門、尤西堂、王漁洋、丁飛濤、毛會侯、吴薗次、徐電發、嚴藕漁、毛西河、董蒼水、錢保酚、汪晉賢、董文友、王小山、王香雪、吴竹嶼、吴穀人諸人是也。詞中之下乘也。有質亡而並無文者，則馬浩瀾、周冰持、蔣心餘、楊荔裳、郭頻伽、袁蘭村輩是也。並不得謂之詞也。論詞者本此類推，高下自見。』

譚獻撰《復堂詞話》『擬撰篋中詞』條：『閱蔣鹿潭《水雲樓詞》，婉約深至，時造虛渾，要爲第一流矣。閱項蓮生《憶雲詞》，篇旨清峻，託體甚高，一掃浙中喘膩破碎之習。蓮生仰窺北宋，而天賦殊近南唐。丁稿一卷，徧和五代詞，合者果無愧色。有明以來，詞家斷推《湘真》第一，《飲水》次之。其年、竹垞、樊榭、頻伽，尚非上乘。近擬撰《篋中詞》，上自《飲水》，下至《水雲》。中間陳、朱、厲、郭、皋文、翰風、枚庵、稚圭、蓮生諸家，千金一冶，殊呻共吟，以表填詞正變，無取刻畫二窗，皮傅姜、張也。復堂日記戊辰』

『前後十家詞』條：『戴園獨居，誦本朝人詞，悄然於錢葆酚、沈遹聲，以爲猶有黍離之傷也。蔣京少選《瑤華集》，兼及雲間三子。周稚圭有言：「成容若、歐、晏之流，未足以當李重光。」然則重光後身，惟臥子足以當之。嘉慶時，孫月坡選《七家詞》，爲厲樊榭、林蠡槎、吳枚庵、吳穀人、郭頻伽、汪小竹、周稚圭，去取精審。予欲廣之爲前七家，則轅文、葆馚、羨門、漁洋、梁汾、容若、遹聲，又附舒章、去矜、其年爲十家。後七家則皋文、保緒、定庵、蓮生、海秋、鹿潭、劍人，又附翰風、梅伯、少鶴爲十家。詞自南宋之季，幾成絶響。元之張仲舉，稍存比興。明則臥子，直接唐人，爲天才。近代諸家，類能祧南宋而規北宋，若孫氏與予所舉二十餘人，皆樂府中高境，三百年所未有也。復堂日記壬申」

「黄氏《詞綜續編》」條：「閱黄燮清韻珊選《詞綜續編》。填詞至嘉慶，俳諧之病已淨。即蔓衍闡緩，貌似南宋之習，明者亦漸知其非。常州派興，雖不無皮傅，而比興漸盛。故以浙派洗明代淫曼之陋，而流爲江湖。以常派挽朱、厲、吳、郭。原註：頻伽流寓。佻染餖飣之失，而流爲學究。近時頗有人講南唐、北宋，清真、夢窗、中仙之緒既昌，玉田、石帚漸爲已陳之芻狗。周介存有「從有寄託入，以無寄託出」之論，然後體益尊，學益大。近世經師惠定宇、江艮庭、段懋堂、焦里堂、宋于庭、張皋文、龔定庵多工小詞，其理可悟。復堂日記丙子」

「郭頻伽詞」條：「南宋詞敝，瑣屑餖飣。朱、厲二家，學之者流爲寒乞。枚庵高朗，頻伽清疏，浙派爲之一變。而郭詞則疏俊少年尤喜之。予初事倚聲，頗以頻伽名雋，樂於風詠。繼而微窺柔厚之旨，乃覺頻伽之薄。又以詞尚深澀，而頻伽滑矣，後來辨之。篋中詞」

「顧翰詞」條：「蒹塘先生珂謹按：即顧翰倚聲名家，自成馨逸。朋輩中頻伽、伯夔莫能相掩。篋中詞」

「夏玉延詞」條：「夏玉延爲郭頻伽之甥，所謂「山抹微雲」女壻也。高秀之致，欲度冰清。篋中詞」

『孫麟趾輯詞』條：『嘉慶以來五六十年，南國才人，雅詞日出。不僅常州流派，大都取材南宋，婉約清超，拍肩挹袖。王侍郎《詞綜》成，膚語未濯，而名手以隱秀相尚者，不爲所掩。吳人孫麟趾月坡，掉鞅詞壇，往往有汐社遺風。分題唱和，不欲爲箏琶俗響。嘗舉樊榭、蠡槎、枚庵、穀人、頻伽、小竹、稚圭爲《七家詞選》五十五篇，以示揭櫫。復輯《詞綜》以後作者，撰《絶妙近詞》。去取矜慎，殆可繼踵草窗，沖澹幽微，如讀中唐七言詩。篋中詞』